Michael Sobe

Winter ganz unten

Roman

Das Neue Berlin

Für Joane

1. KAPITEL

Nichts wird sich ändern, warf er sich vor.

Er saß in seinem verschlissenen Drehsessel aus gelblich abgegriffenem Kunstleder und sah seit Stunden durch die beschlagenen Scheiben den großen Schneeflocken zu, die aus grauem Himmel in den engen Hinterhof trieben und auf der betonierten Fläche zwischen den Müllkästen und der Wäschestange schmolzen. Es war still. Es war Februar.

Auf der Klappcouch, die er nie ausklappte, lag sein Bettzeug, und auf dem schmalen Tisch davor standen eine geöffnete Flasche Rotwein und das unbenutzte Glas. Den Wein hatte er sich zum achtundzwanzigsten Geburtstag geleistet, sich aber bisher nicht entschließen können, davon zu trinken.

Ich muß es tun, dachte er. Bloß jetzt nicht in diesen Zustand fallen.

Neuerdings konnte er stundenlang in diesen halb wachen, halb schlafenden Zustand fallen, den er so sehr fürchtete, daß er sein Zimmerchen nicht mehr heizte. Es war dort kalt wie draußen, denn er glaubte, durch äußere Härte seinen Willen stärken zu müssen.

Es sollte sein letzter Geburtstag sein, die Flasche bedeutete den Abschiedstrunk, und in der Küche lag ein fester Strick, doch anstatt nach dem Aufstehen den Strick an den Lampenhaken zu knoten, den Wein zu trinken und sich zu erhängen, sah er den Schneeflocken zu.

Es wird Zeit, ermahnte er sich.

Vor zwei Monaten, als er über Selbstmord nachzudenken begonnen hatte, wollte er sich von einem hohen Gebäude stürzen, hatte sogar nach geeigneten Objekten

Ausschau gehalten, war aber zu dem Schluß gelangt, daß man es einem arbeitslosen Architekten als Botschaft auslegen könnte. Die Vorstellung stieß ihn ab. Seit einem halben Jahr, seit er in dieser Wohnung lebte, hatte er zu keinem Menschen Kontakt und für niemanden eine Botschaft.

Aber die andere, erst kürzlich gewonnene Vorstellung, die er sich in allen Einzelheiten auszumalen liebte und bei der er über den Inhalt der Nachrichten spekulierte, die seinem Tode unweigerlich nachfolgen würden, gewann an Gewicht. Was war dagegen ein gewöhnlicher Selbstmord?

Wenn ich es tatsächlich schaffe ...? Wenn es eine ganz ungeheuerliche Tat wäre, ein Fanal, das veranschaulicht, zu welchen Grausamkeiten Menschen bereit sind!

In seinem Zimmerchen gab es einen schmalen Streifen zwischen Couch und Kleiderschränken – der dunkelblaue Teppichbelag war an dieser Stelle abgetreten –, dort ging er auf und ab.

Wie habe ich mir in der Nacht bloß auferlegen können, mich heute zu erhängen?

Umzusetzen, was er sich einmal vorgenommen hatte, war ihm wesentlich. Seine Mutter hatte es ihm bis zu ihrem frühen Tode gepredigt, er hatte es verinnerlicht, aber alles, was sie ihm gesagt hatte, hatte ihn hierhergeführt.

Was hat es mir genutzt, Mama, der Beste meines Jahrgangs zu sein? Nichts! Ich habe keine Arbeit und keine Aussicht auf Arbeit. Niemand braucht mich, aber gerade darum darf ich nicht sang- und klanglos abtreten, verstehst du. Das ist es ja, was man von mir erwartet: Kleinbeigeben! Und Kleinbeigeben, das hast du immer gesagt, darf man nicht! Nichts, was von mir erwartet wird! Ich muß mich wehren, verstehst du! Ich muß!

Er hatte geglaubt, sein Leben würde immer so weitergehen: Leistung – Bewertung, Arbeit – Entlohnung, und hatte die Erfahrung machen müssen, daß nichts so weiterging. Keine Arbeit – keine Entlohnung! Das Studium war zu Ende. Anfänglich hielt er es für einen Irrtum, und wenn man in den Dingen des Lebens unerfahren ist, glaubt man leicht, es gäbe keine Irrtümer, jedenfalls keine, die sich nicht aufklären ließen. Man denkt, ich schaffe das, dann beginnt man zu zweifeln, und am Ende meint man, das eigene Leben, die ganze Welt sei ein Irrtum. So weit war Edgar Winter nach einem halben Jahr. Er wünschte, nicht mehr denken zu müssen. Denken zu müssen, ohne sich dagegen wehren zu können, war ihm besonders zuwider. Vielleicht sind stille, eher bescheidene Menschen, die obendrein Beste in der Schule und im Studium waren, besonders gründlich oder gewissenhaft in ihrer Verzweiflung. Niemand spricht darüber, wie gewissenhaft jemand verzweifelt sein kann. Er war so verzweifelt, daß er seine Verzweiflung nie wirklich empfand. Sein Gefühl dafür war abhanden gekommen.

Er ging häufig spazieren, auch einmal wöchentlich in eine nahegelegene Kneipe, um seine Verzweiflung zu reglementieren, um sie überschaubar zu halten, indem er sie zergliederte und sich an festgelegte Zeiten hielt. Seine Spaziergänge in hoher Geschwindigkeit waren irrsinnige Wanderungen bis zur Erschöpfung, auf denen er niemanden und nichts wahrnahm. Das Verweilen in der Kneipe verursachte ihm Verachtung. Dort fühlte er als Attentäter, schmiedete bei einem Glas Rotwein grauenvolle Pläne und sann über das Wie nach.

Er blieb stehen und überlegte.

Ich habe noch dreiundzwanzig Euro und vierundsiebzig Cent. Erhängen nicht – es wäre nutzlos, vor allem gewöhnlich. Nein! Das neue Geld muß längst eingegangen sein. Gut gewirtschaftet! Vielleicht kann ich fünfzehn Euro in die Sparbüchse legen. Dann hätte ich einhundertdrei Euro. Es muß möglich sein! Ich brauche ein Chemiebuch. Ich muß herausfinden, was eine wirkungsvolle Bombe kostet!

Die genaue Verwaltung der ihm zugeteilten staatlichen Mittel war seine einzige Aufgabe, und das Geld für seine Bedürfnisse ordnungsgemäß einzuteilen das Sinnhafteste in seinem Leben. Vier Euro billigte er sich pro Tag zu, und sein Ehrgeiz bestand darin, dieses Budget weiter einzuschränken. Nicht weil er geizig war, es gab nur nichts anderes. Die Mutter hatte ihm aufgegeben: Spare in der Zeit, dann hast du in der Not. Daran hielt er sich, und so waren über das halbe Jahr einhundertdrei Euro zusammengekommen.

Er sah sich im Zimmerchen um, als wollte er sich den Anblick einprägen, lief dann in den Flur, griff hastig seinen Anorak, stürmte die Treppen hinunter, rannte über den Hinterhof und so ungestüm hinaus auf die Straße, daß er mit einem kräftigen Mann zusammenprallte, der stark nach Schweiß und Alkohol roch. Sie hatten sich gegenseitig gehalten, um nicht zu fallen. Edgar entschuldigte sich sogar, obwohl ihn keine Schuld traf, und blickte zu Boden, während der Mann ihn aufdringlich beschaute und belustigt lallte: »Ein Einfaches, ich möchte was vors Maul, hätte gereicht«, wobei er die Faust hob, als wolle er zuschlagen.

Edgar sah ihn mit kalter Verachtung an, stand ruhig und spürte nur das Rauschen in seinen Schläfen. Der Mann ließ die Faust sinken und grinste einfältig, dann gingen sie weiter.

Schnee wirbelte in die Straßen; Menschen waren eilig unterwegs, und es war sonderbar still, als stehe etwas bevor. Es waren auch keine Stimmen zu vernehmen; die Autos stießen ihre weißlichen Gase aus, glitten geräuschlos dahin, und es gab kein Hupen. Ampeln schalteten von Rot auf Grün, und die Leute der einen Seite gingen an den Leuten der anderen Seite vorüber. Als wenn richtiges Wetter wäre, dachte er. Das wird am Schnee liegen, der schmilzt leise am Boden zu Wasser und nimmt alle Geräusche mit in die Erde. Man kann ihn riechen, der dichte Schnee füllt all die Luft, aber wie kann denn Schnee so die Geräusche verschlucken? Als wenn der Tag sterben wollte. Wie kann Wetter mehr sein als eine ganze Stadt? Vielleicht im Sommer, wenn es unerträglich heiß ist, wenn Gestank zwischen den Häusern steht, sich nichts rührt, das Atmen anstrengt, aber heute ... Selbst der Himmel ist verschwunden. Ein solcher Tag wäre genau richtig: im Schutz einer Besuchergruppe, die Bombe am Körper in den Reichstag und zünden. Draußen fiele der Schnee, draußen wäre es still wie jetzt, drinnen aber ... Blut, kreischende Menschen, abgerissene Körperteile ... Mich müßte die Bombe bis zur Unkenntlichkeit zerfetzen. Es wäre gut, wenn sie mich nicht identifizieren könnten, aber das wird kaum möglich sein ... Wer würde mich vermissen? ... Wenn ich mich ordnungsgemäß abmelde, meine Wohnung kündige, zum Job-Center gehe ... Wenn niemand wüßte, wer es getan hat!

Edgar Winter bot keine auffällige Erscheinung, obgleich er markante Gesichtszüge hatte. Er war schlank, hochgewachsen, hatte kräftige Schultern und graue, klare Augen, mit denen er früher jedermann freimütig, geradezu unschuldig angeschaut hatte. Jetzt hielt er den Blick stets gesenkt. Seine Lippen waren schön geschnitten, vielleicht ein bißchen zu weich, fast feminin. Das Gesicht schmal, die Kinnpartie kantig, und sein dunkles Haar trug er seit seiner Kindheit zum Scheitel frisiert.

Die Kleider waren alt und abgetragen. Der weiße Anorak, bis zur Hüfte reichend, schien eine Nummer zu klein, die braunen Kordhosen waren abgewetzt, und der blaue Rollkragenpullover hin lappig herunter.

Neuerdings führte er Selbstgespräche, verbat es sich strikt, ertappte sich aber immer häufiger dabei und fürchtete sich davor wie vor dem halb wachen, halb schlafenden Zustand. Er registrierte die Erscheinungen mit wachsender Sorge und sah darin den unaufhaltsamen Fortgang einer Krankheit. Er war überreizt und vermied, etwas Konkretes wahrzunehmen: Menschen anzusehen, Begebenheiten zu verfolgen, und geschah es zwangsläufig, befiel ihn eine langanhaltende Erregung. Er hatte für sich akzeptiert, dieser Gesellschaft nicht mehr anzugehören, wenig später, es auch gar nicht zu wollen, und seither wirkte die unbedeutendste Begegnung wie ein zutiefst beleidigendes Mißverständnis. Der unbeteiligte Blick eines vorübergehenden Passanten, tollende Kinder, im Weg stehende oder langsam laufende Menschen, rotgeschaltete Ampeln, Hundekot – er nahm es persönlich und gegen sich gerichtet. Was wollt ihr von mir? Verhöhnt mich ruhig, ihr werdet schon sehen, was ihr davon habt.

So seid ihr, so habt ihr euch eingerichtet. Ich will nie wieder etwas mit euch zu tun haben, mit eurem Egoismus, eurer Gleichgültigkeit! Wenn ihr erkennen könntet, wie armselig und klein ihr seid. Aber ihr werdet nie etwas erkennen, ihr nicht!

Sobald er merkte, daß er vor sich hin sprach, biß er sich auf die Lippe und verachtete sich.

Ohne Fleiß, einen gewissen Ehrgeiz und Willensstärke wird man nicht Klassenbester. Bei ihm kam eigensinnige Starrköpfigkeit hinzu. Er war Bester auf zurückhaltende, unauffällige Art geworden, man könnte sagen: unbemerkt. Weder Kommilitonen noch Professoren hatten es bewußt zur Kenntnis genommen, geschweige denn gewürdigt. Es war ihnen nie eingefallen, über ihn zu befinden, und er hatte nie über sie befunden. Er hatte seinen Maßstab festgelegt und sich starrsinnig daran gemessen. Darüber hatten die anderen ihn und er die anderen aus den Augen verloren. Man muß sich das so vorstellen: Der Professor bewertet Klausuren, nimmt die bestimmte Arbeit zur Hand, wirft einen Blick darauf, neugierig geworden einen zweiten auf den Namen des Studenten: Edgar Winter, natürlich – und setzt ein Sehr gut darunter.

Diese Eigenschaften hatten sich nicht verloren. Wie sollten sie auch? Nur blieben sie im Zustand einsamer Verzweiflung unbrauchbar und sinnlos, wirkten, wenn überhaupt, verstärkend auf die krankhafte Empfindsamkeit. Edgar erging es wie einem glänzenden Fußballspieler, der auf der Ersatzbank schmoren muß. Jetzt, da er sich auf die Umsetzung seines katastrophalen Ziels konzentrierte, schienen sich die Eigenschaften zu entfalten, und es wurde ihm leichter. Ich muß methodisch vorgehen, dachte er. Strategie und Taktik exakt erarbeiten, einen zeitlichen Rahmen festlegen, einen Kostenplan aufstellen, mich mit Sprengstoffen befassen, herausfinden, wo ich welchen besorgen kann und welche sonstigen Möglichkeiten es gibt. Vergiftung von Trinkwasser, Gasexplosionen, Brandstiftung, Zugentgleisung! Erstens klären: Wer soll das Opfer sein? Politiker, Beamte, Wirtschaftsbosse, Bevölkerung? Daraus folgt der Ort größter Effizienz, daraus die Art und Weise. Das Ergebnis muß in Anbetracht meiner Mittel und Möglichkeiten Maßstäbe setzten. In hektischen Schüben, manisch, flogen ihm immer neue Gedanken zu. Jetzt stürmte der Fußballspieler von der Ersatzbank aufs Feld. Er hatte den Blick gehoben, nahm freilich nichts wahr, lief gedankenversunken durch die Straßen, ertappte sich beim Monologisieren, biß sich auf die Lippe – aber warf es sich nicht mehr vor, es war nebensächlich. Er hatte eine Aufgabe gefunden. Den Gedanken an einen gewöhnlichen Selbstmord hatte er verworfen und durch den Vorsatz, ein Selbstmordattentat zu verüben, ersetzt.

Merkwürdig, daß noch kein anderer auf die Idee gekommen ist. Es geht doch Hunderttausenden wie mir. Sieh dir doch die Leute auf dem Arbeitsamt an. Ja, sieh sie dir an! Hocken wie Ochsen auf der Schlachtbank. Das verstehe ich nicht. Warum solidarisieren sie sich nicht? Das ist es, Menschen wie ich müssen Einzelgänger sein, wie sollten sie sonst überdurchschnittliche Leistungen vollbringen? Ich wünsche mir zum Geburtstag, daß ich ein Blutbad anrichte und daß sie niemals herausfinden, wer es getan hat! Nichts wünsche ich mir mehr! Natürlich geht es um Vernichtung, das weiß ich selbst: die Ausbeutung der Ressourcen, die Ausbeutung der Menschen. Denkst du, das wüßte ich nicht? Ich weiß es schon lange! Die Mächtigen machen es im großen Stil – aus Profitgier – nach uns die Sintflut. Warum soll ich es anders machen? Warum, Mama, kannst du mir das mal verraten? Nein, das ist gut. Nach mir die Sintflut! Das ist wirklich gut. Was sagst du dazu? Ich bin die Sintflut! Teil davon. Einer von vielen Tropfen. Ich beginne!

Er war nach stundenlangem Spaziergang vor der Eckkneipe angelangt, blieb stehen und überlegte. Er durfte sich diese Ausgabe in Anbetracht seines Vorhabens nicht leisten und war im Begriff, kehrtzumachen ...

»Was stehen Sie hier im Weg herum!« rief eine ältere Dame, die aus dem Schneetreiben aufgetaucht war und unwillig mit ihrem Stock in seine Richtung stieß. »Sie halten den ganzen Verkehr auf!« Sie stapfte an ihm vorüber und war verschwunden.

Aus seinen Gedanken aufgeschreckt, wollte er ihr den Stock entreißen, mit dem sie seinen Bauch nur um wenige Zentimeter verfehlt hatte, aber alles war zu schnell gegangen, er hatte ins Leere gegriffen. Nun trat er ein, lief, ohne jemanden anzusehen, auf seinen Platz und schaute aus dem Fenster.

Es war eine schlichte Berliner Eckkneipe. Im vorderen, geräumigen Bereich stand der lange Tresen, dort gab es zahlreiche Plätze, zwei Spielautomaten, einen großen, runden Stammtisch, um den meist einige Gäste saßen. Er bevorzugte die Kneipe, weil es einen separierten Teil hinter einem mit Rankenpflanzen begrünten Lattenrost gab. Wenn er da saß, blieb er unbemerkt und konnte die Gespräche am Stammtisch verstehen. Ihn interessierte das Gesagte nicht, er fühlte sich in den Geräuschen aufgehoben.

In dem abgetrennten Teil, der am Abend durch Kerzen erhellt wurde, gab es nur drei Tische, zwei kleine am Fenster und einen größeren vor einem altertümlichen Kanapee, über dem ein goldgerahmtes Gemälde hing, auf welchem der röhrende Hirsch nur noch erahnt werden konnte. Wenn Edgar hier überhaupt jemanden antraf, dann diesen riesenhaften, elegant gekleideten Mann Ende Vierzig, der, wie auch heute, zeitungslesend auf dem Kanapee saß, dessen gesamte Breite er für sich allein beanspruchte.

Edgar schaute aus dem Fenster. Das Schneetreiben war so dicht, daß er die Leute auf der anderen Straßenseite nur schemenhaft erkannte. Es dämmerte, bald würden die Laternen eingeschaltet.

»Sind Sie auch mal wieder hier«, schreckte die schrille Stimme der Kellnerin ihn auf. »Darf's das Übliche sein?«

Die hübsche, mittelgroße Frau, deren lautes Lachen allenthalben erschallte, lächelte ihn mit so unverblümter Freimütigkeit an, daß er errötete. Sie nickte ihm zu und ging mit einer schwungvollen Bewegung davon.

»Hallo, Sie!« hörte er den Mann vom Kanapee rufen.

Edgar starrte wie gebannt aus dem Fenster und tat, als habe er nichts bemerkt.

»Hallo!« erklang es wieder.

Es war unmöglich, den tiefen Baß des Mannes zu überhören, eher stand zu befürchten, daß weitere Gäste aufmerksam würden. Mit einem Ruck wandte er sein glühendes Gesicht in dessen Richtung und rief gereizt: »Meinen Sie mich?«

»Ja, Sie!«

Der Mann faltete die Zeitung zusammen und lächelte freundlich. Er hatte auffällige strahlendblaue Augen.

»Es würde mich freuen, wenn Sie sich zu mir setzten!« Er zwinkerte. »Diese deutsche Unsitte: Jeder sitzt für sich allein, muß man nicht teilen. Viktor Schönwalde!«

Er strich sich mit seinen Pranken durch das kurzgeschnittene, dunkelblonde Haar.

Es war Edgar unangenehm, dennoch erhob er sich und entgegnete laut: »Edgar Winter«, setzte sich an den Tisch und blickte Viktor Schönwalde halb beleidigt, halb verächtlich an.

Der wartete geduldig, bis die Kellnerin Wein und Wasser abgestellt hatte, und sagte: »Sie sind ein interessanter Bursche, Edgar. Ich habe neulich schon, als ich Sie hier sah, den Wunsch verspürt, Sie kennenzulernen. Sie müssen wissen, daß ich gerne Menschen kennenlerne. Es ist eine Art Hobby. Menschen mit Ausstrahlung begegnet man kaum noch. Ich wette, daß Sie aus der ehemaligen DDR stammen.«

Die Stimme Viktor Schönwaldes hatte einen angenehm tiefen Klang, strömte ruhig und, wie es Edgar schien, direkt aus dessen gewaltigem Brustkasten. Allein die Selbstverständlichkeit seines Gegenübers brachte ihn auf. Bevor er sich zu antworten entschloß, trank er in langen Zügen Wein, bis sein Glas fast leer war.

»Aus Anklam!« stieß er grimmig hervor.

»Ich kenne Anklam«, sagte Viktor gemächlich. »Selbst stamme ich aus Ost-Berlin. Hab nie woanders gelebt. Ob Sie es glauben oder nicht, ich bilde mir ein, Ostler und Westler voneinander unterscheiden zu können. Zumindest, wenn sie beim Zusammenbruch ...«

»Zusammenbruch?« unterbrach Edgar schroff.

»Die Wende! Die Wende bezeichne ich als Zusammenbruch. Wenn sie also beim Zusammenbruch etwa vierzehn, fünfzehn Jahre alt gewesen sind. Bei jüngeren Generationen fällt es naturgemäß schwerer.«

»Was haben Sie davon, wenn man fragen darf?«

In Edgars Stimme und Gebaren drückte sich eine unangenehme Überreiztheit aus.

»Nichts. Davon habe ich nichts. Vielleicht«, überlegte Viktor, der die Stimmung seines Gegenübers ignorierte, »daß man sich Gedanken über das Problem einer unterschiedlichen Sozialisierung in Hinblick auf die Dauer von deren Erkennbarkeit in einem einheitlichen Sozialsystem machen könnte. Vielleicht würde man etwas Wesentliches über Erziehung herausfinden oder über die Möglichkeit von Massenmanipulationen. Die Dialektik, Sein – Bewußtsein, keine Ahnung. Mir nutzt das nichts. Ich betrachte es allgemein. – Sie sind Student, nicht wahr?«

»Ich?« rief Edgar unverhältnismäßig laut und als wolle er es Viktor zum Vorwurf machen. »Student? Das war ich! Ich bin Architekt für Luftschlösser. Einer der besten!«

»Sie sind arbeitslos«, stellte Viktor mehr fest, als daß er fragte.

»Ja!« triumphierte Edgar. »Jetzt wissen Sie, was Sie wissen wollten! Jetzt können Sie einen arbeitsscheuen Sozialschmarotzer aus der Nähe betrachten. Ich bin das! Wissen Sie, wie Sie mir vorkommen in Ihrer selbstgerechten Art? Wie meine Professoren! Sie könnten einer von denen sein. Ihr Gerede von Zusammenbruch und Dialektik, das für Sie selbst ganz ohne Bedeutung ist, und Ihr Hobby, Menschen mit Ausstrahlung kennenzulernen, um sich über sie lustig zu machen, das finden Sie originell? Wissen Sie, wie ich das finde? Zynisch und gewöhnlich! Ich habe die Ausstrahlung eines Aussätzigen! Delektieren Sie sich daran, haben Sie Ihren Spaß? Aber das eine sage ich Ihnen, auch Sie werden sich noch wundern!«

Er leerte sein Glas, blickte Viktor gehetzt an und sah sich nach der Kellnerin um, die bereits in seinem Rücken nahte und ein neues Glas Wein servierte.

»Das habe ich nicht bestellt!« herrschte er sie an.

Sie wich unwillkürlich einen Schritt zurück.

»Beruhigen Sie sich!« verlangte Viktor mit freundlichem Nachdruck und runzelte ein wenig die Stirn. »Ich lade Sie ein!«

»Was hat er denn?« erkundigte sich die Kellnerin.

»Nichts, Roswitha. Es ist alles in Ordnung.«

»Er möchte ein mildtätiges Werk an mir vollbringen«, erklärte Edgar der Kellnerin höhnisch. »Als Dank für die Kurzweil, die ich ihm bereite!«

»Na, dann freuen Sie sich doch!« entgegnete sie mit sichtlichem Befremden, warf Viktor einen bezeichnenden Blick zu und ging.

Noch bevor Edgar sich entscheiden konnte, ob er die Einladung ausschlagen oder annehmen sollte, sagte Viktor gelassen: »Ich bin seit etwa fünfzehn Jahren arbeitslos.«

»Das glaube ich Ihnen nicht!« rief Edgar so laut, daß für einen Moment das Stimmengewirr am Stammtisch abebbte und einige Gäste in ihre Richtung blickten. »Sie könnten mich niemals einladen! Ihre teuren Kleider! Ihr Auftreten ... Nein, das können Sie mir nicht weismachen!«

»Doch«, beharrte Viktor unbeeindruckt, »seit dem Zusammenbruch. Seit einer Zeit also, in der Sie noch die Grundschule besucht haben.«

Edgar trank hastig einen langen Schluck und fühlte sich, als sei ihm eine besondere Ungerechtigkeit zugefügt worden.

»Sie machen sich über mich lustig«, sagte er widerwillig.

»Schön wär's«, entgegnete Viktor freundlich. »Ich habe Journalistik studiert. Davon gibt es viel zu viele. Mein Gott, ich hätte auch keine Lust, heute so etwas zu machen. Zum Glück muß ich es nicht. – Lesen Sie Zeitung?«

Edgar schüttelte den Kopf.

»Vernünftig! Selbst im Lokalteil erfährt man mehr über die Meinung des Herausgebers als über das Ereignis, worüber der Redakteur berichten sollte. Ich lese Zeitungen, um zu erfahren, welche Meinung mir von welchem Blatt verkauft wird. Schlechte Angewohnheit. Sie verlieren

Ihren Glauben an die Menschheit, ganz abgesehen davon, daß Sie geschmacklos werden. Ich mache das nur hier. Geld würde ich dafür nicht ausgeben. Im Grunde kann man jedem Menschen nur die Kraft wünschen, sich seinen vollen Glauben an diese Welt zu bewahren – trotz dieser Welt.«

»Aber Sie«, erkundigte Edgar sich ungeduldig, der sich für das Thema nicht zu erwärmen vermochte, »was machen Sie den Tag über, und die vielen Jahre? Wie haben Sie sich damit abfinden und daran gewöhnen können? Fünfzehn Jahre! Ich meine ... Bei mir dauert es erst ein halbes Jahr.«

Viktor trank sein Bier aus und gab ein Zeichen für die nächste Runde.

»Gute Frage. Ich habe mich nicht daran gewöhnt oder damit abgefunden. Die nachhaltigste Form von Freiheit für den Einzelnen ist in dieser Gesellschaft – aus ihr ausgeschlossen zu sein. Früher war es genau umgekehrt – in der Unfreiheit.«

Er lachte dunkel und auf eine eigentümliche, in sich gekehrte Art.

»Das mit Ihrem halben und meinen fünfzehn Jahren hört sich übrigens an, als unterhielten zwei Gefangene sich miteinander. Die wissen aber, wie viele Jahre sie noch vor sich haben. Die wissen um den Tag ihrer Entlassung. Unser Hoffen ist zeitlich unbestimmt. Das ist im Grunde genommen grausamer. Wissen Sie, das kommt mir vor, wie die zum Tode Verurteilten in Amerika, die über Jahre auf ihre stündlich mögliche Hinrichtung warten. Die hoffen, daß es nie geschieht, wir hoffen, daß es so schnell wie möglich geschieht – mit der Arbeit, meine ich. Sie können sich nicht vorstellen, wie schnell meine fünfzehn Jahre zusammengekommen sind. Ich will damit nur andeuten, wie schnell weitere fünfzehn Jahre hinzukommen können. Na ja, in fünfzehn Jahren gehe ich in Rente.«

Die Kellnerin brachte Wein und Bier und Viktor bestellte Würstchen mit Salat.

»Aber um auf Ihre Frage zurückzukommen: Ich strebe nach keiner Stellung mehr und bin dank glücklicher

Umstände versorgt. Aber Sie verstehe ich nur zu gut. Sie sind jung, haben Ihr Studium abgeschlossen und wollen als Architekt arbeiten. Die Zeit vergeht und nichts geschieht. Man merkt Ihnen an, wie gereizt und menschenscheu Sie dieser Zustand macht. Sie sollten sich nicht isolieren, das ist das verkehrteste, was Sie in Ihrer Situation machen können. Ich könnte mir vorstellen, daß Sie die Gesellschaft bereits abgrundtief verachten.«

Edgar sah Viktor mit großen Augen an und merkte, wie ihm der Alkohol zu Kopfe stieg, vor allem aber fühlte er sich durchschaut.

»Ich werde jedenfalls nicht auf meinen Tod warten!« stieß er hervor. »Ich bin anders als Sie! Ihre Geduld finde ich krankhaft und feige! Sie sind für mich einer dieser geduldigen Ochsen auf den Bänken – den Schlachtbänken des Arbeitsamtes. Mir ist völlig gleich, was mit mir geschieht, das können Sie mir glauben, nur warten, warten werde ich nicht!«

»Haben Sie schon einen Plan?« erkundigte Viktor sich auffällig ernst.

Edgar schien es, als könne der andere seine Gedanken lesen.

»Ich will Ihnen mal etwas sagen«, holte er entschlossen aus, »Sie machen sich Gedanken über das Leben, ziehen Ihre Schlüsse und haben zu allem Ihre Ansichten. Ich teile diese Ansichten sogar in gewisser Weise, aber darum geht es nicht! Ihre fünfzehn Jahre sind wie im Fluge vergangen, das haben Sie selbst gesagt, und so werden weitere fünfzehn Jahre wie im Fluge vergehen! Dann werden Ihre Ansichten noch tiefsinniger und abgewogener sein, nur geändert, geändert wird sich nichts haben! Aber eben darauf kommt es an! Wenn ich einen Mißstand erkenne und darunter leide, dann unternehme ich etwas dagegen – mit allen Mitteln! Sie kommen mir wie jemand vor, der vor seinem brennenden Haus steht und über das Feuer sinniert, anstatt zu löschen. Sie sitzen irgendwann da und werden sich grämen, nichts zustandegebracht zu haben! Niemals werde ich so sein!« rief er leidenschaftlich. »Ich werde mich wehren! Ich habe einen Plan! Ich werde ihn verwirklichen, und es würde mich freuen, wenn alle ihn für das Werk eines Irrsinnigen halten!«

»Ein Künstler!« meinte die Kellnerin, die an den Tisch getreten war, lachte und stellte die Würste und neue Getränke ab. »Aber auch die müssen schließlich mal essen, nicht?«

Der Geruch der Bockwürste ließ Edgar das Wasser im Munde zusammenlaufen. Ihm schmerzte vor Hunger der Gaumen, er hatte den Tag über nichts gegessen. Die Kellnerin wandte ihm den Rücken zu und lehnte sich unmittelbar neben seinem Teller an den Tisch. Er mußte achtgeben, sie nicht zu berühren. Da er das Essen herunterschlang, geschah es gelegentlich doch, aber sie kümmerte sich nicht darum.

»Kommst du heute, Viktor?« bat sie leise.

»Wenn du Lust hast«, brummte er.

»Habe ich!«

Sie lachte kurz, und er sah zu ihr auf.

»Oder komm doch besser zu mir«, sagte er gedehnt.

»Komm du zu mir!« verlangte sie. »Laura ist krank. Hat Fieber. Seit Tagen. Keiner weiß, was es ist. Mandy paßt auf. Hat sich extra frei gemacht. Wenn wir kommen, verschwindet sie.«

»Das kann mit dem Kind so nicht weitergehen«, stellte Viktor besorgt fest.

»Das wird schon wieder. Kommst du nun?«

Er nickte, sie stieß sich schwungvoll vom Tisch und rubbelte kräftig seinen Kopf. Ihre Hände waren wie die eines Kindes. Auf den kleinen Fingern steckten unzählige bunte Ringe. Dann wandte sie sich um, schwenkte anzüglich die Hüften und ging, ohne Edgar eines Blickes zu würdigen, zum Tresen zurück.

Viktor hatte seine zweite Bockwurst nur zur Hälfte gegessen und den Kartoffelsalat kaum angerührt, zog nun eine Zigarre aus der Jackettasche, schnitt die Spitze mit einem schweren Zigarrenschneider und steckte sie kennerisch in Brand. Der Rauch stieg zur Decke hinauf und stand nach wenigen Zügen in dichten Schwaden über ihren Köpfen.

»Das ist Roswitha«, brummte er nachdenklich. »Die hat's nun wirklich nicht leicht. Ihr einstiger Lebensgefährte ist ein brutaler Kleinkrimineller und sitzt im Knast. Er hat sie auf den Strich geschickt, mehrmals halbtot geschlagen ... Ich kümmere mich um sie. Blödsinn, sie kümmert sich um sich.«

Er lachte dunkel, und verbrachte eine Weile damit, dem aufsteigenden Rauch nachzustarren.

»Sie hat eine liebe kleine Tochter – Laura. Die kommt so zu kurz, daß ich manchmal denke, unmöglich, daß sie ihre Kindheit überlebt. Aber das ist natürlich auch Blödsinn, die wird am Ende genauso erwachsen, wie alle erwachsen werden, und wahrscheinlich resistenter als die meisten.« Er lehnte sich behaglich zurück und streckte seine gewaltigen Arme die hohe Rückenlehne hinauf.

»Was würden Sie davon halten, wenn Sie erst einmal anfangen, Geld zu verdienen?« fragte er in verändertem, beinahe heiterem Ton.

Edgar trank ein Schlückchen. Das Essen hatte ihm gut getan, aber der Wein ...

»Geld verdienen?« fragte er mit schwerer Zunge. »Wie meinen Sie das?«

»Einen Hilfsjob auf dem Bau, anstellungslos versteht sich, so etwas wäre möglich.«

»Dann streichen sie meine Stütze!«

»Das muß doch keiner wissen.«

Natürlich, dachte Edgar, brauche ich Geld. Nichts brauche ich dringender. Je größer meine Mittel, desto größer meine Möglichkeiten.

Er starrte gedankenversunken auf die Tischplatte, was Viktor bewog, sich energisch zu erkundigen: »Worüber denken Sie denn so lange nach?«

»Können Sie sich nicht vorstellen, was das für Konsequenzen haben kann?« entgegnete Edgar und winkte ungelenk ab.

»Was für Konsequenzen soll es denn haben?« Viktor lachte und orderte die nächste Runde, indem er mit seiner Pranke in der Luft kreiste. »In Ihrer Lage! Was haben Sie zu verlieren? Oder fürchten Sie, Ihre staatsbürgerlichen Pflichten zu verletzen? Sie kommen aus Ihrer Isoliertheit heraus, lernen andere Menschen kennen, fangen an, sich um sich selbst zu kümmern. Oder das Geld hilft Ihnen, Ihre geheimen Pläne zu verwirklichen. Es ist ein Anfang. Ein Schritt ins Leben!«

»Meine Pläne gehen Sie gar nichts an!« sagte Edgar entschieden und schaute in sein Glas. »Wissen Sie eigentlich, wie lange ich schon nicht mehr soviel mit jemandem gesprochen habe?«

»Seit einem halben Jahr vermutlich«, antwortete Viktor schmunzelnd.

»Richtig, seit einem halben Jahr, oder ach, ich weiß nicht, wie lange. Das Geld brauche ich! Die Arbeit mache ich! Aber wissen Sie, worum ich Sie wirklich beneide? Daß Sie sich um das kranke Kind kümmern können. Wirklich, darum beneide ich Sie. Nur, was ich nicht verstehe, warum Sie mit mir hier sitzenbleiben, jetzt, da Sie davon erfahren haben? Warum werden Sie Ihrer Verantwortung nicht gerecht? Um mich müssen Sie sich nicht kümmern. Ich bin nicht krank, aber das Kind. Und Sie sitzen hier! Wahrscheinlich denken Sie darüber nach, wie es dazu kommen konnte und was jetzt am besten zu tun wäre. Sie sind wirklich das ganze Gegenteil von mir!«

»Das kann schon sein, aber ein wenig genaueres Nachdenken würde Ihnen mit Sicherheit nicht schaden.«

Edgar nickte schwerfällig, bemerkte nicht, daß Roswitha neben ihm stand, griff dann erschrocken sein Glas, bevor ihre Kinderhand es erreichen konnte, und stürzte die darin befindliche Neige mit weit in den Nacken gelegtem Kopf hinunter. Als er ihr das leere Glas mit schwankendem Arm reichte, musterte sie ihn nicht unfreundlich, stellte das volle Glas vor ihn und zwitscherte Viktor zu: »Trinkt nicht so viel!«

»Schick Peter her«, bat Viktor mit Seitenblick auf Edgar.

Der starrte das volle Glas an. Seine schmalen Hände lagen links und rechts daneben. Sie verzog skeptisch den Mund. Edgar wandte ihr langsam sein blasses Gesicht zu, aber bevor sich ihre Blicke treffen konnten, lief sie davon.

»Prost, Edgar!«

Viktor lachte und hielt das Schnapsgläschen hoch.

»Prost, Viktor!«

Auch er bemühte sich, sein Glas hoch vor sich zu halten, zog den Arm aber auf halbem Wege langsam zurück, da er den Wein zu verschütten befürchtete.

Ich bin vollständig betrunken, dachte er und nahm einen winzigen Schluck.

»Was mit mir geschieht, ist gleichgültig, ganz gleichgültig«, sagte er, um Deutlichkeit bemüht über den Rand des Glases hinweg, besann sich und fügte flüsternd hinzu: »Außer Ihnen sollte das niemand erfahren. Darauf muß ich mich verlassen können!«

»Wissen Sie«, sagte Viktor, wobei er Edgar aufmerksam anschaute, »daß Sie mindestens ebenso krank sind wie die kleine Laura, um die Sorge zu tragen Sie mich beneiden. Ich kann nur jedem Menschen wünschen, weit genug von dem Ort entfernt zu sein, an dem Sie Ihre Pläne in die Tat umzusetzen gedenken. Gleiches mit Gleichem zu vergelten ist doch dieselbe Idee, wie die andere Wange auch hinzuhalten. Kehrseiten ein und derselben Medaille. Wäre eine neue Idee nicht der grundsätzlich anspruchsvollere Weg? – Es interessiert mich, was für ein Bauwerk Sie errichten würden, wenn Sie könnten, wie Sie wollten?«

Edgar strich mit den Handflächen unruhig über die Tischplatte. Es war laut geworden, am Stammtisch sang man einen aus dem Radio dröhnenden Schlager mit. Er mußte sich konzentrieren, um antworten zu können.

»Ein monumentales Bauwerk«, sagte er endlich, »keinen Wolkenkratzer ... ohne Innenraum ... ohne Innenraum in funktionalem Sinne ... Es müßte mit architektonischen Mitteln die Idee der Epoche, oder wenigstens das, woran sie glaubt, widerspiegeln.«

»Warum ohne Innenraum? Soll es ein Denkmal sein?«

»Ja«, sagte Edgar. »Es sollte ... völlig zwecklos und unfunktional sein. Die reine Darstellung ... gesellschaftlicher Leistungsfähigkeit, allein, um ansehen zu können, wozu die Gemeinschaft imstande ist. Nachfolgende Generationen ... könnten es erweitern, verbessern oder ihre eigenen Monumente errichten.«

»Aber die Innenräume der Kathedralen zum Beispiel«, betonte Viktor, »waren doch immer Begegnungsstätten. Warum wollen Sie darauf verzichten?«

»Begegnungsstätten im Sinne der Eigentümer«, entgegnete Edgar. »Früher waren es Gotteshäuser, heute sind es Museen. Immer im Sinne der Eigentümer. Die Sinnhaftigkeit eines Bauwerkes ... nicht seine pragmatische Zweckbezogenheit ... würde sich mir aber besonders ... in seinem Enteignet-Sein, in seiner Allgemeingültigkeit darstellen. Romantik, egal ... Das Ideelle ... Sehen Sie, in der Gotik zum Beispiel ... Entschuldigen Sie, aber mir ist plötzlich ganz schwindelig.«

Er stützte die Ellenbogen auf und legte seinen Kopf in die Handflächen. Daß Viktor sich mit Peter, dem Wirt, über die Arbeitsstelle für ihn besprach, nahm er kaum zur Kenntnis. Erst als Georg, ein langer, knochiger Bursche um die Dreißig, an den Tisch trat, kam er wieder etwas zur Besinnung und blickte trübe von einem zum anderen. Georg hatte geschorenes, rotblondes Haar, wäßrig grüne Augen und milde Sommersprossen. Er trug Armeehosen, nur ein T-Shirt, seine Arme waren tätowiert und in den Ohren steckten silbrige Ringe.

»Ganz schön Gewichte auf der Zunge, oder wie sieht's aus?« rief er Edgar zu. »Mal richtig benähen, wie ein Erwachsner, muß auch mal sein.«

Und zu Viktor sagte er: »Wenn der nicht bald abwinkt, sieht er morgen aus wie 'ne kackende Grille!«

Edgar fiel ein, daß er erst ab übermorgen Zeit habe, weil er zum Job-Center müsse. Georg lachte.

»Alles easy. Arbeitsamt mit richtig Staub in der Kapuze – immer gern genommen. Na, dann eben übermorgen, achte Stunde.«

Viktor schrieb den Treffpunkt vorsorglich auf einen Zettel. Edgar steckte ihn in sein Portemonnaie und versicherte, daß er pünktlich sein werde. Kaum daß Georg weg war, fragte er Viktor leise: »Wissen Sie ... wie es kommt, daß man ... Selbstgespräche führt?«

»Weil kein anderer da ist?« fragte Viktor schmunzelnd zurück. »Wollen Sie noch ein Glas?«

Edgar schüttelte schwerfällig den Kopf.

»Nein, nein. Ich bin das nicht gewohnt. Ich muß weiter. Ich bin viel zu lange hier gewesen. Alles sehr nett, sehr nett, und bei Ihnen muß ich mich bedanken! Für alles, nein wirklich, seien Sie nicht bescheiden! Wie Sie Ihre fünfzehn Jahre überstanden haben ... mir unbegreiflich. Aber Sie müssen natürlich auch verstehen, daß ich nie so werden möchte wie Sie. Niemals!«

Er stand auf, reichte Viktor zum Abschied die Hand, mühte sich in seinen fipsigen weißen Anorak und wankte steifbeinig hinaus. Viktor schaute ihm nachdenklich hinterher.

2. KAPITEL

Daß er seinen Anorak offen trug, war ihm unwichtig. Edgar war es heiß und übel, und er entschloß sich zu laufen, bis sich die Übelkeit verloren habe. Auf den parkenden Autos lag hoher Schnee, und jedes erschien ihm unterschiedlich weiß. War das überhaupt weiß? Eigentlich war hier nichts weiß. Er sah seinen Ärmel an und hielt ihn gegen die Autos, dann hob er ihn ins Licht.

Nein, weiß ist hier nichts, murmelte er. Gelb, grün, blau, alle möglichen Schattierungen, aber alles kranke Farben, künstlich, kalt und tot.

Er schob den Schnee vom Dach eines Autos, fand Gefallen daran und schob bei vielen Autos den Schnee vom Dach vor die Frontscheibe.

Nie wieder darf mir etwas wie heute passieren, sagte er sich. Wenn ich mich daran gewöhne, geht es mir eines Tages wie diesem Viktor. Dann würde auch ich auf die Sinnlosigkeit meines Lebens zurückblicken und irgend jemandem erzählen: Ach, die Zeit ist schnell vergangen, und jetzt vergeht sie immer schneller. So würde ich niemals leben können ... Das mit der Schwarzarbeit ist gut, als sollte mein Geburtstagswunsch schnell in Erfüllung gehen.

Er bog in die Jablonskistraße, erblickte auf der Höhe seines Hauses einen Menschen und blieb unwillkürlich stehen. Um die Laternen war ein merkwürdig diffuses Flimmern; der Mensch stand unbeweglich und warf einen langen Schatten.

Warum gehst du nicht weg, was wartest du dort, dachte er, und ging langsam und mit einer Angespanntheit, als befürchte er eine Gefahr, auf den anderen zu. Nach wenigen Schritten erkannte er, daß es sich um eine Frau handelte. Obwohl er es für ausgeschlossen hielt, ahnte er beunruhigt, daß diese Frau etwas von ihm wollte. Und tatsächlich rief sie bereits aus einiger Entfernung freudig oder erleichtert: »Edgar!«

»Johanna?« fragte er verwundert.

»Ich warte ja auf dich! Ich wollte zu dir!«

Sie wirkte überaus erleichtert, faßte gleich die Schöße seiner Jacke und versuchte, den Reißverschluß zu schließen. Das ging nicht einfach, sie hatte wollene Fingerhandschuhe an. Er fand es albern, so kurz vorm Haus, ließ es aber geschehen.

Johanna war eine schlanke Frau, nur wenig kleiner als Edgar, mit schönen, blaugrauen Augen, mittelblonden, halblangen Haaren, von denen einzelne Strähnen unter der bunten Wollmütze hervor naß an ihren geröteten Wangen hafteten. Ihr Gesicht, ihre gesamte Erscheinung wirkte knabenhaft, etwas spröde, was sich im Klang ihrer Stimme wiederfand. Um den Hals hatte sie einen zur Mütze passenden Schal geschlungen, und ihr dickgepolsterter Anorak reichte bis zu den Knien. Sie war nicht nur Edgars einstige Kommilitonin, sondern hatte mit ihm und zwei weiteren Studenten in einer Wohngemeinschaft gelebt. Er hatte ihr oft bei Arbeiten geholfen und sie immer für oberflächlich gehalten, aber das lag weit zurück.

Was willst du von mir, dachte er. Ich kann dir nicht mehr helfen. Ich habe ein anderes Leben. Du auch. Also verschwinde! Verschwinde aus meinem Leben!

»Hast du mal eine Zigarette?« fragte sie. »Meine sind alle.«

»Ich rauche nicht mehr.«

Sie standen voreinander.

»Können wir trotzdem welche kaufen?« bat sie.

»Meinetwegen«, sagte er betont gleichgültig. »Du siehst ja, ich bin betrunken.«

Er sah sie kurz an und lief langsam los. Sie huschte geschwind an seine Seite. Er schwankte nicht mehr. Sie gingen schweigend zu einer kleinen Bar.

»Kannst du mir das Geld für die Zigaretten borgen?«

Er fand das unverschämt, zog dennoch sein Portemonnaie aus der Gesäßtasche und gab ihr den Zwanzig-Euroschein. Sie hatte die Handschuhe ausgezogen, griff flink das Geld, stieß die Tür auf und verschwand. Für einen Moment war er von dem warmen, verbrauchten Luftstrom umweht. Er hörte Gelächter aus der Bar und zählte die erleuchteten Fenster der gegenüberliegenden Häuser. Es waren elf. Er zählte die nichterleuchteten. Wassertropfen rannen ihm übers Gesicht, er wischte sie nicht weg.

Als Johanna wiederkehrte, hatte sie eine Zigarette im Mund. Ihre Wangen glühten, ihre Augen strahlten, und sie sagte: »Die sind lustig da drinnen. Alles Männer, außer der Barfrau«, beschrieb mit den Händen den Brustumfang der Barfrau und reichte ihm das Wechselgeld. »Die wollten mich gar nicht wieder weglassen. Ich mußte erst einen Wodka trinken. Riech mal!« forderte sie ihn auf und hauchte ihm unversehens ins Gesicht.

Er roch den Alkohol vermischt mit Zigarettenqualm, wich zurück und lief langsam weiter.

»Warst du mit Freunden trinken?« erkundigte sie sich.

Er schwieg beträchtliche Zeit, bevor er sich zu antworten entschloß: »Nein. Mich hat jemand eingeladen, den ich nicht kannte.«

Er überlegte einen Moment, ob er ihr von der Schwarzarbeit erzählen sollte. Warum nicht, dann weiß sie gleich, wie es um mich steht, und wird mich nicht lange behelligen.

Aber kaum daß er es ihr berichtet hatte, meinte sie freudig: »Das ist doch gut!«

Sie strahlte ihn von der Seite an. Da er stur geradeaus blickte, stieß sie ihn sanft: »Freu dich!«

Er sah sie an und mußte lächeln.

»Ich freue mich aber nicht«, brummte er umso verbissener.

»Hauptsache du hast überhaupt etwas. Ich arbeite im Supermarkt auf Vierhundert-Euro-Basis an der Kasse.«

»Du?« Er blieb stehen.

»Ja, ich.« Sie lachte, zog ihn weiter und ließ dabei seinen Arm, den sie mit beiden Händen hielt, nicht mehr los. Es sah aus, als hinge sie an ihm und schöbe ihn gleichermaßen voran.

»Ich dachte, du bist mit Jörn und Florian zusammen? Ihr habt euer eigenes ...«

»Ach, Florian kann doch die Gehälter nicht zahlen«, unterbrach sie ihn lebhaft. »Die Aufträge, die uns sein Vater versprochen hat, platzen alle. Wenn nicht bald etwas passiert, muß er Konkurs anmelden. Ich kann froh sein, wenn ich im Monat achthundert Euro von ihm bekomme.«

Bis sie im Zimmerchen angelangt waren und Edgar die von der Decke herabhängende Glühlampe eingeschaltet hatte, schwiegen sie.

»Ich war oft hier, weißt du das nicht?« fragte Johanna leise und sah sich um.

»Nein.«

Er wollte das nicht wissen, zog seinen Anorak aus, schaltete den Ölradiator und die Schreibtischlampe an und löschte das Deckenlicht. Nun wirkte das Zimmerchen nicht mehr so trostlos. Auch Johanna zog ihren Anorak aus und streifte die Mütze vom Kopf. Sie trug einen flauschigen, weinroten Pullover und einen braunen, enganliegenden Rock. Ihr Haar war zerzaust, sie stand steif und hielt den Anorak vor dem Bauch. Edgar schob sein Bettzeug zusammen und warf eine bunte Wolldecke darüber. Sie lächelte ihm zu, er wandte den Blick ab.

»Hier hat sich nicht viel verändert«, sagte sie und setzte sich. »Funktioniert die Dusche noch?«

»Soll ich sie einschalten?«

»Nicht für mich, aber du, du bist doch völlig durchweicht. Zum Aufwärmen.«

»Möchtest du etwas trinken«, fragte er und wies auf die Flasche.

»Gern.«

Sie schenkte sich aber nicht ein, saß aufrecht auf der vorderen Kante des Polsters, ihren Anorak sorgfältig neben sich gelegt, daß man meinen konnte, sie wollte jeden Moment fortgehen. Edgar lief in die Küche, verstaute den Strick, schaltete den Boiler an, füllte einen Krug mit Wasser, stellte ihn samt Gläsern auf den Tisch und wechselte seinen feuchten Pullover gegen ein trockenes Hemd. Als er in ihrem Rücken zwischen Schrank und Couch auf seinem abgetretenen Laufweg stand, wußte er nicht, wie er sich verhalten sollte, und betrachtete ihren Hinterkopf und das zerzauste Haar. Sie bewegte sich keinen Millimeter, und auch er rührte sich nicht von der Stelle. Es verging einige Zeit, bis er entschlossen ihren Anorak griff und im Flur an den Haken hängte.

»Und was willst du nun ausgerechnet von mir?« fragte er dabei laut.

»Ich weiß nicht, wohin ich soll.«

Er hatte sie kaum verstehen können und sah nicht, wie ihre Augen von Tränen überquollen, aber das feine Vibrieren ihrer Stimme war ihm nicht entgangen, und so kehrte er ins Zimmerchen zurück, schloß behutsam die Tür und setzte sich in den verschlissenen Drehsessel. Sie saß regungslos, und als er sie anblickte, sah er aus ihren weitgeöffneten Augen Tränen die Wangen hinablaufen. Er empfand kein Mitleid, aber aus einer tiefen, unerklärlichen Regung sagte er plötzlich entschieden: »Ich werde dir helfen, Johanna!«

Kaum daß er es ausgesprochen hatte, schluchzte sie auf. Ein unbändiges Zucken lief durch ihren schlanken Körper, sie sank zusammen, weinte und verbarg das Gesicht in den Händen. Edgar schenkte Rotwein ein, sich selbst Wasser, trank sein Glas leer, goß es voll, trank noch einen langen Schluck und fragte: »Was ist denn geschehen?«

Sie hatte zu schluchzen aufgehört, die Hände aber nicht vom Gesicht genommen, zwischen deren langen Fingern noch immer Tränen hervorquollen.

»Was ist denn nur geschehen, Johanna?« fragte er abermals und wünschte, daß sie sich bewegen möge.

Sie bewegte sich aber nicht. Auch er wagte es nicht, sich zu rühren, und eine eigenartige Ruhe erfüllte ihn. Er dachte ergriffen: Wenn es immer so bleiben könnte. So still, so ruhig.

Seine Empfindung war so stark, daß er erschrak, als sie die Hände vom Gesicht nahm und sich aufrecht setzte. Sie lachte sogar ein kleines, verlegenes Lachen und wischte sich mit den Fingerspitzen die Tränen aus den verweinten Augen.

»Bitte, Edgar«, fragte sie fast flehentlich, »kann ich hier bleiben? Wenigstens heute nacht?«

»Ja! Ja, natürlich.«

Augenblicklich meinte er, es sei ein Fehler gewesen, sie mit in die Wohnung genommen zu haben, warf ihr vorsichtig einen prüfenden Blick zu, den sie zu seiner Beruhigung nicht bemerkte, da sie gedankenversunken in der Couchecke saß und eine Zigarette nach der anderen rauchte.

Die Wohnung samt Mobiliar hatte Edgar nach dem Studium von Richard Westhof, einem Mitstudenten übernommen, der jetzt in Hamburg, im Büro seines Vaters arbeitete. Er erinnerte sich, daß Westhof nie Geldprobleme hatte, teure Autos fahren konnte und ständig kiffte. Er hatte sich auch gelegentlich von Edgar Hausarbeiten anfertigen lassen und ihn dafür großzügig entlohnt, aber daß er mit Johanna zusammen gewesen war ... Nächte mit ihr auf dieser Couch verbracht hatte ... Offenbar wußte sie von Westhof, daß er jetzt hier wohnte, woher sonst? Niemals hatte Edgar über die Möbel nachgedacht, warum auch, er hatte sie benutzt. Jetzt hatten sie eine Geschichte.

Wahrscheinlich, dachte er, ist sie deshalb auch hier. Sie weiß, daß mir das alles geschenkt worden ist, daß ich sie allein darum übernachten lassen muß, daß es meine Pflicht ist. Sie hat ältere Rechte an dieser Wohnung. Es ist gut, daß sie so schweigsam ist. Soll sie hier schlafen, ein wenig zur Ruhe kommen. Mich geht das nichts an.

Es war nach zwei, als sie die Couch ausklappten und Johanna ihm zeigte, wie es am einfachsten ging. Die ausgeklappte Couch stieß bis an die Schranktüren. Auf dieser Seite lag Johanna. Edgar lag auf der Seite vor dem Tisch. Johanna hatte nur ihren Rock ausgezogen und lag an die Schranktüren geschmiegt. Edgar, in weißer Unterwäsche, lag auf der äußersten Kante seiner Hälfte, den linken Fuß auf den Boden gestützt, die Hände hinter dem Kopf verschränkt, und lauschte ihrem gleichmäßigen Atem. Er fand darüber keinen Schlaf und wünschte zu wissen, was ihr widerfahren war. Sollte sie außer ihm wirklich niemanden haben? Das konnte unmöglich sein. Er erinnerte sich, daß sie immer im Mittelpunkt gestanden hatte und von zahlreichen Verehrern umschwärmt worden war. Es war ihm unbegreiflich, daß jemand wie sie sich ausgerechnet an einen wie ihn wenden mußte. Wie hatte sie nur all ihre vielen Freunde verlieren können? Daß sie im Supermarkt an der Kasse arbeitete ...? Ging es ihr denn wie ihm? Er verspürte das Verlangen, sie zu streicheln, wie man ein Kind streichelt, wenn man es lieb hat und behütet wissen will. Davon aber würde sie aufwachen, und was sollte er ihr dann sagen?

Am Morgen war er besonders rücksichtsvoll und gab sich den Anschein, als habe er nicht bemerkt, daß sie aufgewacht war. Er hatte Kopfschmerzen, löffelte in der Küche einen Teller Haferflocken und war sehr unruhig. Er wollte fort und bleiben zugleich. Vielleicht sah er sie ja nie wieder? Wenn er nur nicht ins Zimmerchen gemußt hätte, aber seine Tasche stand neben dem Schreibtisch. Er stand einige Sekunden unschlüssig vor der Tür, dann drückte er sie auf. Der Lichtschein vom Flur erhellte den Raum. Sie hatte die Decke bis ans Kinn gezogen und lächelte schlaftrunken.

»Guten Morgen!« wünschte sie leise.

»Guten Morgen!«

»Das wird ein guter Tag!« sagte sie bestimmt. »Ich weiß es.«

Edgar nickte. »Ich lege dir den zweiten Schlüssel auf den Küchentisch, falls du nicht weißt, wohin du sollst.«

»Wie spät ist es?«

»Gleich sieben.«

»Danke Edgar, für alles!«

Es nieselte, aber das störte ihn nicht. Es ärgerte ihn, daß er zum Arbeitsamt, anstatt zur Schwarzarbeit ging. Alles ärgerte ihn. Und Viktor, an den er dachte, hatte vielleicht doch nicht so unrecht.

Ich gehe den falschen Weg, schoß es ihm durch den Kopf. Er konnte sich aber nicht entschließen umzukehren, sondern lief noch schneller. Ich muß genauer denken! Auch damit hat er recht! Tausende haben das Falsche studiert und sitzen auf der Straße. Wie kann es sein, daß ich zum Arbeitsamt gehe? Gestern ist mir Arbeit angeboten worden, und ich gehe zum Arbeitsamt! Johanna schlägt sich auch irgendwie durch. Vielleicht geschieht ein Wunder, vielleicht hat man Arbeit für mich, vielleicht hat sich etwas ergeben.

Er ging an den Sicherheitsleuten im Eingangsbereich des Job-Centers vorüber, den langen Gang mit den grauen Türen hinunter und trat, ohne anzuklopfen, in Zimmer 406.

Fallmanager Schwerter war gereizt. Als Edgar eintrat, sah er kurz auf: »Ach, Herr Winter«, sagte er und schob einige Akten beiseite, blickte nochmals auf, wandte sich sofort wieder ab und sprach vernehmlich vor sich hin: »Sie sehen schlecht aus. Kann es sein, daß Sie zu trinken angefangen haben? Das wäre ja gut, dann würden Sie nicht andauernd unaufgefordert hier erscheinen.« Er blickte Edgar an. »Ich habe Ihnen hundertmal gesagt, daß ich Sie anschreibe, wenn ich etwas für Sie habe. Verstehen Sie?« Er buchstabierte: »Daß ich Sie anschreibe!« Betont gelangweilt fügte er hinzu: »Sie haben studiert, Sie müßten das verstehen. Aber setzen Sie sich, wenn Sie schon mal da sind.«

Er war ein korpulenter Mann Ende Fünfzig, mit grauen, dünnen Haaren und einem in Richtung Ohren gezwirbelten, ebenfalls grauen Bart. Stets trug er eine bunte Weste über seinem gebügelten weißen Hemd, an dem die großen, glänzenden Manschettenknöpfe auffielen.

»Ja, Herr Winter«, sagte er, »Sie sind einer dieser Menschen, die nicht begreifen, was?«

»Ich verstehe nicht«, erwiderte Edgar ernst.

»Sie begreifen nicht, was man Ihnen sagt! Verstehen Sie das?«

»Nein.«

»Daß Sie nicht verstehen, wird der Grund dafür sein, daß Sie keine Arbeit haben. Aber keine Bange, ich mache Ihnen das jetzt mal verständlich – ein für alle Mal!«

Er schichtete einige Akten von links nach rechts, ergriff einen dünnen, fleischfarbenen Hefter, hob ihn bedeutungsvoll gegen Edgar und schlug ihn mit den Worten: »Ein-Euro-Jobs« auf. »Das alles ist für Sie, wenn Sie nicht augenblicklich begreifen.«

Er sah gewichtig in Edgars Richtung und wartete offenbar auf eine Erwiderung.

»Ein-Euro-Jobs, haben Sie davon schon mal etwas gehört?«

»Selbstverständlich«, antwortete Edgar, »gemeinnützige Tätigkeiten.«

»Na sehen Sie«, sagte Schwerter. »Es geht doch. Und so einen Ein-Euro-Job habe ich für Sie, wenn Sie noch einmal unaufgefordert hier erscheinen sollten. Verstehen Sie das?«

Er strich sich mit der kleinen, geschmeidigen Hand flink seinen Bart zu den Ohren hinauf.

»Nein«, sagte Edgar, mittlerweile leicht irritiert.

»Nein, Sie verstehen nicht – aha«, sagte Schwerter. »Dann werde ich ...«

»Moment!« unterbrach Edgar schroff. »Ich bin nicht wegen Ein-Euro-Jobs hier. Verstehen Sie!«

»Verstehe ich, verstehe ich alles, aber etwas anderes gibt es nicht. Verstehen Sie?«

Er blickte lange in Edgars Richtung, und es schien ihm Freude zu bereiten, daß Edgar nicht antwortete.

»Verstehen Sie!« rief er dann laut und verlangend.

»Ich verstehe nicht, was Sie von mir wollen! Ich erwarte, daß Sie mir eine Anstellung als Architekt vermitteln. Sonst überhaupt nichts!«

Edgars Gesicht war weiß.

»Scheiße werden Sie kübeln. Scheiße über Scheiße! Ich habe hier fünfzig Anforderungen für Alten- und Pflegeheime.«

Der Beamte Schwerter lachte, daß man meinen konnte, er hüstelte.

»Und dahin vermittle ich Sie, wenn Sie noch ein einziges Mal unaufgefordert hier erscheinen sollten.«

Er besann sich einen Moment und sagte leutselig: »Herr Winter, ich habe Ihnen hundertmal gesagt, daß Sie nur zu erscheinen haben, wenn ich Sie schriftlich benachrichtige, was einzig bedeutet, daß es eine realistische Stelle für Sie gibt. Wenn ich Sie nicht benachrichtige, gibt es auch keine Stelle für Sie. Sie sind einer von denen, die aufrichtig Arbeit suchen. Das ist ja lobenswert. Sie kamen anfänglich fast jeden Tag, dann konnten wir uns, nach langen Debatten, auf Dienstag einigen, und gerade darum bitte ich Sie zu verstehen, daß Sie mir einfach nur Zeit rauben. Zeit, die ich für andere, chancenreichere Arbeitslose dringend benötige. Verstehen Sie?«

»Ja, ich verstehe das«, entgegnete Edgar mit versagender Stimme.

»Noch mal zum Mitschreiben«, verlangte Schwerter. »Wenn ich Ihnen keine Nachricht zusende, erscheinen Sie hier nicht! Sollten Sie dennoch erscheinen, vermittle ich Ihnen einen Ein-Euro-Job. Nehmen Sie den nicht an, werden Ihre Bezüge gestrichen. Also, nutzen Sie Ihre Zeit sinnvoller. Herr Winter, Sie sind ein intelligenter Mann, ich weiß das. Es ist für uns beide besser.«

Edgar lief durch die Straßen. Er atmete ein und aus und freute sich über die Regelmäßigkeit, mit der er es tat. Er konnte Luft einatmen und ausatmen, und niemand sagte ihm, daß er es anders tun müsse. Er achtete auf nichts, lief einfach voran. Es war ganz gleich, wohin er lief. Alle Leute liefen, niemals fragte einer den anderen, wohin er gerade laufe. Er atmete ein und atmete aus und machte es wie die Leute. Erst als er am Brandenburger Tor anlangte, war er überrascht und überlegte, wie weit es zurück in die Jablonskistraße wäre, und machte kehrt. Als er die Greifswalder hinauf lief, blieb er plötzlich stehen, biß sich auf die Lippe, sah sich furchtsam um und begriff, daß er in diesen halb wachen, halb schlafenden Zustand gefallen war, wobei er nüchtern feststellte: Jetzt geschieht es also schon auf der Straße.

Das Antiquariat wurde von einem beleibten Mann mit Vollbart und Nickelbrille betrieben. Er führte Edgar in einen Raum, in dem man vor Büchern nicht treten konnte, wies auf eine Regalreihe und einen gewaltigen Haufen achtlos übereinandergeworfener Bücher und sagte: »Nehmen Sie davon mit, was immer Sie wollen. Meinetwegen alles.«

Nach einer halben Stunde hatte Edgar gefunden, was er suchte. Der Antiquar warf nur einen flüchtigen Blick auf den Stapel und sagte: »Für alles fünf Euro.«

Als Edgar die Bücher in einem Karton nach Hause trug, erfüllte ihn Freude, und er dachte: Das wäre doch gelacht.

In einem kleinen Laden kaufte er einige Lebensmittel und eine Schachtel Zigaretten für Johanna.

Falls sie kommt, werden wir uns unterhalten. Es wird anders als gestern, sie wird mir anvertrauen, was sie so sehr bedrückt, und morgen gehe ich arbeiten. Das ist gut, sie hat es auch gesagt.

Kaum daß er seine Wohnung betreten hatte, sah er auf den Küchentisch – der Schlüssel war weg. Im Zimmerchen war es warm wie lange nicht. Er ließ den Radiator an, die Türen geöffnet, damit auch Flur und Küche sich erwärmen konnten, und reinigte die gesamte Wohnung. Lustlos dachte er über seine Attentatspläne nach, er mußte sich sogar dazu zwingen, die vielen Eindrücke des vorangegangenen Tages lenkten ihn ab. Schließlich fragte er sich ungläubig: Sollte das wirklich möglich sein – ein ganz normales Leben?

Als er fertig war, ging er hinunter zum Briefkasten, um nachzuschauen, ob Johanna den Schlüssel dort hineingeworfen hatte. Aber außer Werbung fand er nichts, und so stieg er die Treppen wieder hinauf, setzte sich in den Drehsessel vor den Schreibtisch, nahm das neuerworbene Buch »Die gebräuchlichen Sprengstoffe« zur Hand und begann zu lesen. Bald schlief er im Sessel ein.

Gegen acht erwachte er schweißgebadet, starrte in die Dunkelheit und lauschte auf die scharrenden Geräusche, die aus der Wohnung unter ihm heraufklangen. Sie kommt also nicht, dachte er, auch gut, drehte sich zum Fenster und sah hinüber zum Vorderhaus.

In der zweiten Etage wohnte eine Frau, die er bisweilen beobachtete, wenn sie sich in Reizwäsche, manchmal auch nackt, in ihrer Küche aufhielt. Sie tat es fast jeden Abend zwischen zehn und elf. Die meiste Zeit saß sie am Tisch und las Zeitung oder ein Buch, unterbrach ihre Lektüre aber in Abständen und vollführte aufreizende Bewegungen, als wolle sie sich bewußt zur Schau stellen. Sie war Anfang Dreißig, dunkelhaarig, hatte eine schöne Figur und hieß C. Kalander, wie er vom Namensschild wußte. Sie lebte mit ihrer kleinen Tochter dort. Edgar war ihr des öfteren auf der Straße begegnet, ohne jemals den Mut aufgebracht zu haben, sie auch nur zu grüßen, geschweige denn anzusprechen. Er schreckte hoch, als sein Schloß schnappte, schaltete die Schreibtischlampe an, stellte eilig die Bücher ins Regal und ging in den Flur.

Johanna hatte eine große, schwere Ledertasche mitgebracht, ihre Wangen waren vor Anstrengung gerötet, und kleine Schweißperlen glitzerten in ihrem Gesicht. Sie zog die bunte Wollmütze vom Kopf, strich sich die zerzausten Haare glatt und lachte.

»Ja, was siehst du mich so an? Mein Leben ist mindestens genauso beschissen wie deins!«

»Alles wird gut«, entgegnete er freundlich.

»Nichts wird gut!« Sie hängte ihren Anorak an den Haken. »Warum sagst du einen so dummen Spruch? Kommst mir vor wie Richard Westhof, der hatte nur Sprüche drauf. Ich mag das nicht.«

Sie ging ins Zimmer, setzte sich in den Sessel, zog mühsam ihre Stiefel aus und legte die Füße auf den Tisch.

»Ist ja richtig warm hier!« stellte sie fest. »Heute nacht dachte ich, ich müsse erfrieren. War übrigens ein Scheißtag! Ich habe mich heute morgen geirrt. Und wie war es bei dir?«

Edgar antwortete nicht. Er lief nervös zwischen Küche und Flur auf und ab, roch den Duft ihres süßlich herben Parfüms, betrachtete die Tasche und dachte, das ist erst der Anfang! Er verspürte nicht das geringste Verlangen, sich zu ihr ins Zimmerchen zu setzen, und ging nicht auf ihre Frage ein. Ihre selbstverständliche Art stieß ihn ab, und es ärgerte ihn, ihr Zigaretten gekauft zu haben, die er augenblicks vom Küchentisch nahm und im Werkzeugkasten im unteren Schrank versteckte. Dann setzte er sich ans Tischchen vor das Fenster und blickte zu C. Kalander hinüber, aber dort brannte noch immer kein Licht. Wo sie nur bleibt, dachte er, und beobachtete die an den Scheiben hinabrinnenden Wassertropfen.

Johanna kam lautlos in den Flur, kramte in ihrer Tasche und stellte zwei Flaschen Wein vor ihn auf den Küchentisch, legte noch Schinken, Käse, Brot, Butter, Milch, Kerzen hinzu, nahm ihm gegenüber Platz und fragte verhalten: »Dein Tag war auch nicht besonders, stimmt's?«

Edgar sah sie an, als begreife er weder, wer sie war, noch die Frage, und stieß hervor: »Dieser Schwerter ist wirklich das Letzte!«

»Wer ist Schwerter?«

»Wer Schwerter ist?« rief er aufbrausend und sprang hoch, daß der Stuhl gegen den Küchenschrank schlug. »Schwerter? Schwerter ist mein Fallmanager!« Er lachte gekünstelt. »Ha, ha! Ein überaus feingeistiger Mensch! Ein Beamter, den es nur gibt, weil es mich und meinesgleichen gibt! Arbeitslose! Weil es uns gibt, gibt es den steuerfinanzierten Schwerter! Weißt du, was er mir heute gesagt hat? Weißt du das?«

»Beruhige dich!« bat Johanna, die auf ihrem Stuhl weit zurückgewichen war.

»Weißt du es?«

»So sag's mir doch!«

»Wenn ich noch ein einziges Mal unaufgefordert bei ihm erscheine, verschafft er mir einen Ein-Euro-Job im Pflegeheim, damit ich aus dem Verkehr gezogen bin – damit ich ihm nicht seine kostbare Zeit stehle! Kannst du dir das vorstellen?«

Zu Johannas Erleichterung setzte er sich wieder, aber seine weit aufgesperrten Augen verlangten sofortige Antwort. Johanna bemühte sich, durch ein entgegenkommendes Lächeln einzulenken, bemerkte jedoch, daß sich seine Miene verfinsterte, und sagte schnell: »Das haben wir doch alle schon erlebt.«

»Na fein! Dann können wir ja alle beruhigt schlafen gehen! Wir haben es alle erlebt! Dann hat es seine Berechtigung! Dann ist es halb so schlimm! Ach, was rede ich, dann ist es legitim, selbstverständlich, wunderbar! Für alle kein großes Glück, aber für alle auch kein großes Übel! Wenn es so ist, habe ich einfach nicht bedacht, daß wenn es allen geschieht, eine große, glückliche Gemeinschaft Betroffener daraus hervorgeht, die psychotherapeutische Kurse unter dem Motto abhalten: Arbeitslosigkeit muß kein Makel sein! Oder: Ihr seid viele, du bist nicht allein! Ich hätte Psychologie studieren sollen. Architekten braucht man in Berlin ja leider nicht. Leerstehende Gebäude, in denen die Selbstfindungskurse abgehalten werden können, finden sich an jeder Ecke.«

»Weißt du, Edgar«, fiel Johanna ihm bestimmt ins Wort, »du solltest dich da nicht so hineinsteigern! Ich finde das nicht schön! Es ist auch nicht richtig, weil es dich lähmt. Ich kenne dich ganz anders. Ausgeglichen, zielstrebig, zuverlässig. Du kommst mir völlig verändert vor, weißt du das?«

Sie hatte sich trotz ihrer Bestimmtheit um Verständigung bemüht, aufmunternd gelächelt und wich um so erschrockener zurück, als er abermals hitzig aufbrauste.

»Fein Johanna! Ausgeglichen! Zielstrebig! Zuverlässig! Im Studium ja! Bei der Jobsuche nein! Weißt du, da kehrt sich vielleicht alles um. Hast du dich das schon mal gefragt? Und wage ja nicht davon zu reden, daß ein Leben als schwarzarbeitender Architekt, mit einem Hilfsjob auf der Baustelle, auch sehr erfüllt sein kann! Wage es ja nicht!«

Wieder sprang er auf, daß der Stuhl gegen den Schrank schlug, und stemmte die Fäuste auf den Tisch.

»Dann müßte ich dich nämlich bitten zu gehen, und zwar sofort!«

»Jetzt hör auf!« verlangte Johanna verärgert. »Ich kenne

dich so nicht, und ich will dich so nicht kennen. Wenn du es wünschst, gehe ich. Es ist eh alles gleich.«

»Genau«, höhnte Edgar, »alles ist gleich, völlig gleich.« Er setzte sich wieder, blickte sie an und sagte: »Natürlich kannst du bleiben. Solange du möchtest! Und natürlich hattest du recht, es war ein beschissener Tag.«

»Dann machen wir von jetzt an alles anders!«

Sie lief zum Küchenschrank und begann Geschirr herauszusuchen.

Edgar sah stumpf zu C. Kalander hinüber, nun brannte auch Licht, aber es war ihm gleich. Er rührte sich nicht, starrte vor sich hin und nahm keinerlei Notiz von Johanna, die behend den Tisch im Zimmerchen mit allem eindeckte, was sie vorfand. Sie summte dabei eine Liedchen, ging in die Küche, wo er unverändert saß und seine auf der Tischplatte liegenden Hände anstarrte.

Ich weiß nichts von ihm, stellte sie sachlich fest, kehrte ins Zimmer zurück und setzte sich mit angezogenen Beinen in die äußerste Couchecke. Das Kinn auf die Knie gestützt, sah sie traurig auf den gedeckten Tisch und die leuchtenden Kerzen. Sie hatte den Eindruck, egal was sie tun würde, er würde in der Küche hockenbleiben, selbst wenn sie ginge. Dann überkam sie die abwegige Vorstellung sich auszuziehen, in den Rahmen der Tür zu lehnen und: Na Edgar, wie wär's, zu fragen? Sie mußte lachen, womöglich würde er nicht einmal aufblicken, und wenn, um im nächsten Moment wieder auf seine Tischplatte zu starren. Ich brauche so schnell wie möglich eine eigene Wohnung, dachte sie und vermied ihn anzusehen, als er ins Zimmer kam und sich in den Sessel setzte.

»Geht es dir gut?« erkundigte er sich.

»Und dir?«

»Das hast du schön gemacht, danke!« Er wies mit einer Geste auf den Tisch und fügte nachdenklich hinzu: »Es geht uns wohl beiden nicht so gut.«

»Jetzt geht es schon besser.«

Sie brachen das Brot, aßen Schinken, Käse, Oliven, lächelten sich bisweilen zu und schwiegen. Dann tranken sie Wein, Johanna rauchte, und es war still.

Es mußte eine halbe Stunde vergangen sein, als sie entschlossen sagte: »Ich bin dir eine Erklärung schuldig.«

»Keineswegs!«

»O doch! Ich bin zu dir gekommen, und du sollst wissen, warum.«

»Das muß ich nicht wissen, glaub mir. Du bist hier, das reicht. Ich meine, du mußt dich mir nicht anvertrauen!«

Sie freute sich über das anziehende Lächeln, das sie in seinem Gesicht bemerkte, und verlangte entschieden: »Ich möchte es aber! Und ich finde es nicht richtig, wenn du jetzt so abgeklärt tust.«

Sie sahen sich an, wurden darüber verlegen und senkten die Blicke.

Wie kann man sich wehren, ohne unhöflich zu sein, fragte er sich. Kann ich ihr sagen, daß es genug ist, einander wiederbegegnet zu sein, daß es besser für uns beide ist, wenn mir ihre Lebensgeschichte vorenthalten bleibt? Weiß sie denn nicht, daß jeder nur Kraft für seine Probleme hat, daß man sich nichts Zusätzliches aufbürden darf? Es ist mein Recht, nichts erfahren zu wollen.

Er suchte nach einer angemessenen Formulierung, um zu verhindern, daß sie sich ihm anvertraute, aber sie sprach längst. Sie sprach leise, und der Klang ihrer spröden Stimme füllte den Raum. Ein um Verständnis bittendes Lächeln begleitete ihre Worte, und ein bestimmter Ausdruck, halb aus Verlegenheit sich ihm mitzuteilen, halb aus Entschlossenheit es dennoch zu tun, verlieh ihr einen ernsthaften Zug, der durch die kleine Falte, die sich auf ihrer hohen Stirn gebildet hatte, unterstrichen wurde. Anfänglich lauschte er nur dem Klang ihrer Stimme, nun bemühte er sich, den Sinn des Gesagten zu erfassen. Sie sprach von der gemeinsamen Studienzeit, der Wohngemeinschaft, einem Mann, den sie kennengelernt hatte und bei dem sie eingezogen sei, ein Makler namens Sven, mit traumhafter Wohnung am Kollwitz-Platz und einem wahnsinnig teuren Porsche. Sie sagte: »Du kennst ihn nicht. Wir gingen damals gerade alle auseinander.«

Er hielt sich an dem Wort »damals« auf, es gewann keine klare Bedeutung.

»Edgar?«

»Ja!« schreckte er aus seiner Abwesenheit auf.

»Paola war meine beste Freundin! Weißt du das nicht mehr?«

»Paola, die kleine blonde«, erinnerte er sich.

»Und wir drei«, fuhr Johanna, die sich nicht aus ihrem Konzept bringen lassen wollte, rasch fort, »Paola, Sven und ich waren von Anfang an zusammen. Wir gingen in Kinos, Theater, Ausstellungen, Diskos – es war eine gute Zeit. Ich hatte meinen Job im Architekturbüro bei Florian und Jörn. Paola ist ja gleich bei Stange & Partner untergekommen. Die hat es von uns allen am besten getroffen. Wir haben nur gelacht. Wir haben so viel gelacht.« Sie zündete sich eilig eine Zigarette an. »Na sicher, Sven ist zehn Jahre älter als ich, aber was heißt das schon? Und er hat Vorstellungen vom Leben, die kannte ich bis dahin nur aus dem Fernsehen. Geld spielt keine Rolle. Er schwimmt im Geld. Seine Eltern sind stinkreich, weißt du. Villa in Hamburg, Zugehfrau – was du dir vorstellen kannst. Wir haben andauernd gekokst. Sobald wir uns trafen. Es war kraß. An manchen Tagen war ich so zu, daß ich nur noch lachen konnte. Paola auch. Abends, wenn ich nach Hause kam, sind wir durch Kneipen gezogen, haben abgefeiert bis morgens, dann wieder ins Büro ... abends an die Kasse ... Das konnte ja gar nicht gut gehen«, sagte sie nachdenklich. »Aber ein Glück, daß ich es gemacht habe! Ich meine den Nebenjob. Sven hat mich dafür ausgelacht. Er hat ja alles bezahlt, aber hätte ich es nicht getan, könnte ich mir jetzt nicht einmal Möbel kaufen. Ich habe mich heute schon um eine Wohnung gekümmert, weißt du.«

Edgar nickte, hob sein Glas und trank. Johanna trank auch einen Schluck. Aber Edgar wollte nicht verstehen. Alles, was sie erzählte, ging ihn nichts an, und er wünschte, daß sie nun aufhören möge. Er ahnte, daß sie das Wesentliche vor sich her schob, und er wußte, daß er nicht die Kraft hatte, ihr weitere Worte zu verbieten.

»Jedenfalls«, sagte sie bedrückt, »als ich gestern am Abend nach Hause kam, hörte ich schon im Treppenhaus laute Musik. Ich schloß die Tür auf und wartete. Es geschah nichts, keine Regung, verstehst du. Die laute Musik hallte im Treppenhaus. Ich hatte mich den ganzen Tag auf zu Hause gefreut. Ich hatte gedacht ... es würde der freudigste Tag meines Lebens. Ich stand da und wagte nicht, mich zu rühren. Es war, als würde eine Ahnung zur Gewißheit, die man nicht zulassen möchte. Man hofft, daß es nicht so sein möge, wie man denkt. Das ist vielleicht das Schrecklichste. Ich rief ihn. Du kannst dir nicht vorstellen, welche Überwindung es mich gekostet hat, nach ihm zu rufen. Ich mußte ja auch so laut rufen – die Musik ... Und als er dann antwortete: ›Hanni‹ – so nennt er mich –, konnte ich mich nicht bewegen. Ich stand wie festgenagelt in der Wohnungstür. Erst als von unten jemand ›Ruhe!‹ rief und er wieder: ›Hanni!‹, ging ich wie unter Zwang in Richtung Schlafzimmer. Ich hörte Paola kichern.« Johanna atmete tief, senkte verlegen den Blick und sagte leise: »Sie ...«, dann sprach sie schnell weiter. »Paola kniete auf dem Bett, er hinter ihr, die Kamera lief und beide grinsten mich an. Sie riefen: ›Komm, mach mit!‹ Wie auf Kommando und hörten nicht auf. Sie riefen: ›Mach mit! Mach mit!‹ Sie hörten nicht auf, Edgar, im Takt. Da bin ich raus, weg! Runter auf die Straße!«

Wieder atmete sie tief.

»Ich habe ein Kind von ihm im Bauch. Das wollte ich ihm gestern sagen. Und als ich durch die Straßen lief und nicht wußte, wohin ich konnte, da bist du mir eingefallen. – Sonst niemand.«

Ihre Augen hatten sich mit Tränen gefüllt. Sie zündete sich die nächste Zigarette an.

»Ich habe fast eine Stunde auf dich gewartet. Ich hätte nicht mal ins Hotel gehen können, meine Geldkarte lag bei Sven. Ich war so froh, als du endlich kamst und daß die Tür überhaupt offen war, sonst hätte ich ja nicht einmal gewußt, ob du da bist.«

»Du bist schwanger?« fragte er befremdet.

»Im ersten Monat ... Wir wollten ein Kind, weißt du. Wir wollten eine Familie gründen.«

»Und nun?« Edgar strich sich unablässig den Hinterkopf.

»Nun werde ich es wegmachen lassen«, antwortete sie, als wäre es die natürlichste Sache der Welt. »Allein kann ich kein Kind gebrauchen.«

Edgar schenkte Wein nach, aß Oliven und sah in kurzen Abständen zu ihr. Er hätte nicht erklären können warum, aber es schien ihm unannehmbar, das Kind, wie sie es genannt hatte, »wegmachen« zu lassen.

»Du willst das Kind doch gar nicht abtreiben«, sagte er laut und als sei er sich dessen gewiß.

Johanna sah auf, strich sich mit flacher Hand flüchtig den Bauch und wiederholte: »Allein kann ich kein Kind gebrauchen.«

»Aber du sagtest, der Vater sei ein vermögender Mann, der muß dich finanziell unterstützen!« Er setzte sich aufrecht und legte die Hände auf die Armlehen. »Das ist seine Pflicht! Und es wird Menschen geben, die dir helfen. Deine Eltern ...«

»Edgar«, unterbrach sie ihn, »meine Eltern leben in einer Platte in Stralsund. Mein Vater ist ohne Arbeit. Sie können mir nicht helfen. Und meine berufliche Situation ist ungewiß. Stell dir vor, Florian erfährt von der Sache. Der kann mir jetzt mein Gehalt schon nicht vollständig zahlen und erst recht nicht, wenn ich wegen der Schwangerschaft ausfalle. Nein, das könnte ich ihm nicht antun. Ich würde freiwillig gehen und müßte, wie du, von der Stütze leben. Und was ich von Sven bekomme«, sie winkte ab, »steht in den Sternen. Nein! Ich habe mir mein Leben anders vorgestellt. Als alleinerziehende Mutter komme ich aus der Sozialhilfe nie mehr raus.«

»Aber Sven, weiß er denn, daß du ein Kind von ihm bekommst?«

Sie schüttelte den Kopf.

»Na siehst du! Du weißt ja gar nicht, wie er reagieren wird. Vielleicht bereut er, was geschehen ist, und ihr findet wieder zueinander. Das ist doch möglich, und das möchtest du doch auch, oder etwa nicht?«

»Ich weiß nicht, Edgar. Ich glaube, es ist vorbei. Ein für alle Mal. Ich habe mir da etwas vorgemacht ... die ganze Zeit. Er ist eiskalt und denkt nur an sich.«

Sie griff das neben ihr liegende Handy und hielt es wie zum Beweis in seine Richtung. »Keine Nachricht.« Sie warf es achtlos auf die Couch zurück.

»Ja, aber ...« Er überlegte. »Und wenn es dir wie mir ergeht, wenn du keine Arbeit hast und keine findest, dann könntest du dich doch genauso gut für dein Kind entscheiden. Verhungern lassen werden sie dich nicht. Gibt es denn etwas Schöneres als ein Kind?«

»Nein«, antwortete Johanna nach einigem Zögern, »etwas Schöneres gibt es nicht.«

Sie sahen sich einen Augenblick an, sprachen aber nicht mehr miteinander. Sie rauchte, und er aß Oliven.

Wie die Nacht zuvor lag Edgar mit hinter dem Kopf verschränkten Händen auf dem Rücken. Sie hatte ihm heute das Gesicht zugewandt, und er spürte den Hauch ihres Atems sacht an seiner Wange. Er lag steif wie ein Stock, sein Herz schlug heftig und es war ihm unmöglich, gleichmäßig zu atmen. Er zwang sich dazu, aber es schien ihm, als gäbe es für die Luft nicht genügend Platz in seinem Körper. Da fühlte er ihre Hand seinen Kopf berühren, ein zaghaftes Streicheln, über das er zutiefst erschrak.

»Wollen wir uns morgen gemeinsam Wohnungen ansehen?« fragte sie.

»Ja«, stieß er hervor.

Jetzt war ihm leichter. Sie zog die Hand zurück und kuschelte sich ein.

3. KAPITEL

Es war ein klarer, kalter Morgen, und obwohl er dem Tag mit Erwartung entgegensah, empfand er keine Freude auf dem Weg zur Arbeit.

Er trug zerschlissene, mit Farbflecken übersäte Jeans, einen für die Witterung kärglichen, grünen Pullover, dessen Kapuze er sich über den Kopf gezogen hatte, und ramponierte Turnschuhe.

Mit Verbitterung fühlte er Johanna und sich zu Entscheidungen genötigt, die einzig den Verhältnissen geschuldet waren und, irrsinnigerweise, als das Vernünftigste für Leute in ihrer Lage galten. Er ging zur Schwarzarbeit, und sie würde ihr Kind abtreiben.

Sie nehmen einem alles weg, dachte er, und wenn man nichts Materielles mehr besitzt, dann nehmen sie einem die Würde, die Lebensfreude – jeden Tag ein kleines Stück. Ist doch so: der Mitmensch ist nur da, um einem etwas wegzunehmen – im großen wie im kleinen. Es ist ein durchgängiges Prinzip. Warum hat mir dieser Viktor denn den Job vermittelt? Für eine Provision, oder was denkst du?

Er schritt die Schönhauser Allee hinauf und sah in die Gesichter der entgegenkommenden Menschen. Große, kleine, dicke, dünne, Männer, Frauen, kaum jemand erwiderte seinen Blick und wenn, so schien es ihm, flüchtig, um einer vermeintlichen Gefahr begegnen zu können oder einen eventuellen Vorteil nicht leichtfertig zu übersehen. Er konnte die Gesichter nicht unterscheiden, welches nahm, welchem genommen wurde, dachte: sie nehmen alle, wenn sie nur können. Frauen haben andere Frisuren und die kleineren sind Kinder.

Er stieß die schwere Eingangstür des bezeichneten Hauses auf, durchquerte den langen, hohen Flur und ging in den von Gemäuer eng gefaßten, von allerlei Schutt und Unrat überhäuften Hinterhof. Dort stand ein blauer Container, in den, aus der vierten Etage hinab, die ineinandersteckenden Rohrsegmente einer Schuttrutsche mündeten. Papierfetzen trieben im Luftzug, Geräusche vernahm er keine. Der Lärm lag in gedämpfter Ferne, und nichts deutete auf die Anwesenheit anderer Menschen hin. Rechter Hand stand die Tür des Seitenflügels offen und führte in ein marodes, finsteres Treppenhaus. »Hallo!« rief er, und vernahm ein »Hallo!« als Antwort von oben. Langsam stieg er die knarrenden Stufen hinauf. Die Türen der Wohnungen, an denen er vorüberging, waren entweder geöffnet oder fehlten, die staubigen Fensterscheiben ließen nur stumpfes, glanzloses Licht ein, und als er eine angelehnte Zimmertür aufstieß, gewahrte er im Halbdunkel einen Mann, der auf einem eisernen Ofen kauerte und ihn erwartungsvoll ansah. Das Feuer unter ihm bullerte, und aus dem Aschekasten flogen Funken weit in den Raum hinein.

»Hallo!« grüßte Edgar und reichte die Hand. »Winter, ich darf hier mitarbeiten.«

»Ich weiß«, entgegnete der Mann, schüttelte die Hand kräftig und stellte sachlich fest: »Edgar Winter, Architekt ohne Arbeit, richtig?«

Edgar nickte. Der andere machte keine Anstalten, vom Ofen herunterzuklettern.

»Hab was an den Nieren«, erklärte er, als habe es keine weiterreichende Bedeutung. »Harald Emsig.«

Er wies zum Tisch, auf dem eine Kaffeemaschine Kaffee kochte und um den etliche Stühle unterschiedlichster Art standen.

»Setz dich! Trink was!«

Obwohl Edgar keinen Kaffee mochte, kam er der Aufforderung nach, um nicht unhöflich zu erscheinen.

Harald Emsig war ein mittelgroßer, kräftiger Mann Anfang Vierzig. In seinem schmalen Gesicht, aus dem die Nase auffällig hervortrat, lag etwas gutmütig Spöttisches.

Sein welliges, dunkelblondes Haar war über die hohen Geheimratsecken nach hinten gekämmt, und lange Barthaare bedeckten spärlich seine Wangen und die Kinnpartie. Er trug einen blauen Seemannspullover, eine Latzhose, und seine großen Füße steckten in hellbraunen, knöchelhohen Schuhen. Er lehnte mit dem Rücken am Ofenrohr, von dem er, wenn es zu heiß wurde, nach vorne wippte, hielt die Knie umfaßt und blickte gelegentlich zu Edgar, ohne sich entschließen zu können, weitere Worte an ihn zu richten.

Das Zimmer strotzte vor Dreck, auf der Tischplatte hatte sich eine klebrige Patina aus verschütteten Getränken und verkleckerten Essensresten gebildet. Neben der Tür war ein beträchtlicher Berg allen erdenklichen Mülls angewachsen, auf dem Boden lagen unzählige Kippen verstreut, und von den Wänden hingen Tapetenfetzen und alte Elektrokabel, als hätte jemand begonnen, sie herunterzureißen, dann aber abgebrochen.

»Was soll ich machen?« erkundigte Edgar sich.

»Wir warten, bis die anderen da sind«, antwortete Harald und steckte sich ein Zigarillo an. »Das ist meine Baustelle«, erklärte er dann aus einer Rauchwolke hervor. »Ich teile die Arbeit ein. Ich lege den Ablauf fest. Wenn es Probleme gibt, kommst du zu mir! Ach«, klagte er, »die Auftraggeber sind ...« Er lachte. »Wie alle Auftraggeber: Alles an einem Tag und kosten darf es nichts. Das Hinterhaus muß in zwei Monaten fertig sein.« Er winkte ab. »Schaff ich!« Als er Edgars verdutzten Blick bemerkte, fügte er unbekümmert hinzu: »Ist doch nur Innenausbau.«

Unten schlug die Haustür, Lachen und Stimmengewirr klang herauf, wenig später trampelten vier Männer in Edgars Alter herein. Sie nickten ihm kurz zu und nannten ihre Namen. Alle hatten geschorene Köpfe, und Georg überragte seine Kameraden um Haupteslänge. Kaum hatte er Harald auf dem Ofen erblickt, rief er: »Hast dir wohl die Eier verkühlt, Alter?«

»Na, wie sieht's denn aus, Georgeman?« rief der breitschultrige Dennis und schlug Georg klatschend auf die

Schulter, worüber alle vier in ein kurzes, atemloses Gelächter ausbrachen.

»Zu wenig Bier«, erklärte Harald. »Nur zu wenig Bier. Ungesunder Lebenswandel. Das alte Problem.«

»Bierchen fürs Nierchen«, sagte der stämmige Steve. Seine Augen leuchteten.

Sie setzten sich an den Tisch, gossen Kaffee ein, und jemand rief: »Kippe auf Lippe.«

Der Kleinste, Ralf, reichte Harald einen Becher herüber, dann rauchten sie, schlürften heißen Kaffee und machten allerlei Bemerkungen, über die sie sich amüsierten. Als Georg seinen leeren Becher über die Schulter auf den Müllberg warf und »Na, denn wollen wir mal«, sagte, kletterte Harald mit schmerzverzerrtem Gesicht vom Ofen. Die vier zogen ihre Jacken aus und hängten sie über die Stuhllehnen. Sie trugen trotz der Kälte kurzärmlige T-Shirts, warfen ihre Kippen auf den Boden und liefen lachend und sich gegenseitig schubsend hinter Harald her, der Edgar zu warten gebot. Wenig später wurden Stemmaschinen eingeschaltet, Lärm erfüllte das Haus und hallte in den Hof. Die Wände bebten, von der Decke rieselte Putz und von den verglimmenden Kippen stieg in zittrigen Kringeln blauer Rauch auf.

»Mit denen da«, brüllte Harald zurückkehrend und in Richtung Decke weisend, »hast du nichts zu tun. Du reißt Öfen raus. Nebenan geht's los.«

Er deutete mit dem Kopf zum angrenzenden Zimmer. »Schuttrutsche ist am Fenster, Werkzeug liegt auch da. Vier Öfen am Tag, komplett in den Container, ist in Ordnung.«

Er zog mehrmals mit gespitzten Lippen und sich nach innen stülpenden Wangen an seinem Zigarillo, warf es fort, zündete sich ein neues an, lachte und brüllte: »Ich muß ja leider mindestens zehn schaffen.«

»Dann will ich das auch versuchen«, entgegnete Edgar voller Eifer.

»Ha, ha«, lachte Harald gekünstelt. »Richtige Einstellung!« blickte mit Erstaunen in Edgars ernstes Gesicht und wiegelte scherzend ab: »Nein, nein! Unternehmer müssen am Tag zehn Öfen schaffen, damit sie auf ihr Geld kommen. Für Arbeitnehmer reichen vier. Ist Marktwirtschaft. – Mittag bin ich zurück!« drehte sich um und eilte davon.

Edgar stemmte mit Hammer und Meißel einen gelben Kachelofen auseinander, schleppte den Schutt in Eimern zur Schuttrutsche und freute sich am Poltern der in der blechernen Röhre niedersausenden Trümmer. Die Sonne schien ins Zimmer, Asche wirbelte in ihrem Schein. Er mußte husten, spuckte aus dem Fenster. Später spuckte er, wo es ihm danach war, und begann zu schwitzen. Seine Augen brannten, die Lippen waren trocken, er bekam Durst und trank einen Becher bitteren Kaffee. Dann schlug er weiter auf den Ofen ein.

Das ist doch in Ordnung, fand er. Ich habe Arbeit. Das ist die Hauptsache. Hör dir den Lärm an! Das ist die Arbeit! Davon sind sie so unbeschwert – auch Johanna. Nur ich leide am Leben. Ist es nicht so? Aber auch mir wird es leichter werden, in ein paar Tagen. Siehst du, Mutter, nun habe ich Arbeit gefunden! Dafür hätte ich nicht studieren müssen ... Weißt du, was eigenartig ist? Daß diese Johanna in mein Leben getreten ist. Es ist doch ein Zufall, daß sie ihr Kind abtreiben will. Ich meine, du hast mich ausgetragen und aufgezogen, ohne mir jemals zu sagen, wer mein Vater ist. Warum hast du mich nicht abgetrieben? Warum bist du meinen Fragen ausgewichen, in der schwierigen Zeit, so lange, bis ich sie nicht mehr gestellt habe und nur noch fleißig war, um dein Vertrauen zu verdienen ...

Er drosch auf den Ofensockel ein, der nicht zerbersten wollte.

Wolltest du mich? Warum hast du das getan? Hat mein Vater je von mir erfahren? Uns ging es gut, uns beiden, bis du diesen Mann zu uns holtest ... Dieser Mann, der verhinderte, daß ich zu dir ins Bett krauchen konnte, wann immer mir danach zumute war, der allgegenwärtig war, alles anders wußte und niemals Rücksicht nahm. Der mir deine Wärme – der uns unsere Wärme genommen hat, weil er dich für sich beanspruchte, und du ihm bereitwillig nachgabst, mir aus schlechtem Gewissen den Kopf streicheltest und sagtest, daß ich nun ein großer Junge sei, und große Jungs so was nicht machten – ins Bett ihrer Mutter krauchen, sondern fleißig sein müßten. So würde es auch bei Johanna sein, wenn sie ihr Kind austrüge. Würde es nicht die gleiche Geschichte? Und wäre nicht ich – er erschrak vor dem Gedanken – oder ein anderer Mann derjenige, der sich zwischen sie und ihr Kind drängen würde, weil er um seiner selbst willen käme und das Kind als kleines Übel in Kauf nähme? Es ihr anfänglich unterschwellig, später offen vorwerfen würde, da sie ihm nie ganz gehöre, ein Teil unweigerlich an ihrem Kind hinge, sie darum weniger wert mache und er das Kind, welches ihn ständig an den anderen, fremden Mann vor seiner Zeit erinnere, nie wirklich lieben würde? Was für eine Selbstsucht, welche ausweglose Kleinheit.

Der Sockel barst.

»Ha!« rief er mit Genugtuung, richtete sich auf und murmelte: »Johanna, du sollst dein Kind nicht wegmachen.«

Dann war es plötzlich still. Er trat ans Fenster und blickte hinunter in den Hof und hinauf in den blauen Himmel, atmete die Luft begierig ein und freute sich daran. Er freute sich an der Kälte und daß ihm sein Handgelenk schmerzte. Er freute sich, daß er fühlte.

»Wie sieht's denn aus, Edgar?« vernahm er die freundlich knarrende Stimme des kleinen Ralfs in seinem Rücken.

»Gibt's hier irgendwo Wasser?« fragte Edgar, legte den Schlägel aufs Fensterbrett, zog die Handschuhe aus und legte sie sorgsam daneben.

»Im Wasserregal.«

Ralf schmunzelte. Nachdem er Edgars verständnislosen Blick genossen hatte, fügte er hinzu: »Hinter der Tür im Zimmer«, und deutet mit dem Kopf in die Richtung. »Selters! Kannst du dir nehmen. Hat Harry bezahlt. Ist für uns alle. Du Edgar, wir gehen Essen kaufen. Willst du mitkommen, oder sollen wir dir was mitbringen?«

Edgar kramte fünf Euro hervor, reichte sie Ralf, dankbar, nicht selbst hinunter auf die Straße zu müssen, und bestellte zwei Bockwürste. Er holte sich eine Flasche Wasser, trank, sah versonnen in den Hof und entschloß sich, die Reste des Ofens in den Container zu werfen, bevor die anderen zurück wären.

Wie eigentlich will ich vier Öfen schaffen, fragte er sich, gegen die Kacheln schlagend, wenn ich so weitermache wie bisher. Wie spät ist es denn? Länger als zwei Stunden darf ich für einen Ofen nicht brauchen! Die Vorstellung, die vier Öfen nicht zu schaffen, beunruhigte ihn. Er schippte Schutt zusammen, eilte zum Fenster, kippte aus und schlug unaufhaltsam auf das letzte Stück ein, bis es zertrümmert war.

Gut, freute er sich, vier Eimer dann ist er weg.

Schippte, schleppte zum Fenster und bemerkte nicht, daß die anderen längst in der Tür standen und ihn schweigend beobachteten.

»Hast du noch Termine?« fragte der stämmige Steve.

Edgar sah verdutzt in die Gesichter.

»Essen!« sagte Dennis hart.

Sie drehten sich um und verschwanden. Er lief ihnen nach, aß seine Bockwurst und lauschte ihren merkwürdigen Sätzen oder nur einzelnen Worten, die sie sich unter ständigem Lachen zuriefen. Sie waren sich bewußt, daß ein Außenstehender nichts verstand. Das beflügelte sie, und sie fanden immer aberwitzigere Verkürzungen, verhielten sich um so ausgelassener, bewarfen sich mit Papierkugeln, allem, was sie vorfanden, und lachten laut. Edgar war ihr Publikum. Jeder hatte seinen Spitznamen, und wurde einer dieser Namen ausgerufen, war es, als finge derjenige einen Ball auf, den er unter Ausrufen eines anderen Namens weitergeben mußte. Der kleinste von ihnen, Ralf, wurde Kürzlich genannt. Steve, der offenbar Alkoholprobleme hatte, Hassan el Straffat, Dennis aufgrund seines dunklen Teints, der braunen Augen, seiner schwarzen Haare, der Kaplan von Marzahn, Kappi oder der Haßprediger und Georg Georgeman. Die vier Männer, mit denen er beim Frühstück saß, kamen ihm wie Vertreter einer unbekannten Welt vor, und er sah Dennis staunend zu, wie der sich nach dem Essen unter allgemeinen Kommentaren einen Joint baute und genüßlich inhalierte, während Ralf nochmals Kaffee kochte, da allseits welcher verlangt wurde. Edgar gab vorsichtig zu bedenken, daß er für Kaffee eigentlich keine Zeit mehr habe, was allgemeine Verwunderung auslöste.

»Ich soll vier Öfen abreißen«, erklärte er.

»Jaaa«, höhnten die anderen belustigt.

»Aber bis Mittag«, fügte Dennis, den Rauch seines Joints ausstoßend, hinzu und starrte Edgar aus großen, dunklen Augen unverwandt an.

»Wieso«, erkundigte sich Edgar, »ist das unmöglich?«

»Wenn du drei schaffst, ist das okay«, stellte Georg sachlich fest.

»Hat Harry dir gesagt, stimmt's«, wollte Ralf schmunzelnd wissen.

»Ja, Harald«, bestätigte Edgar.

»Dann versuch's doch!« sagte Dennis, ihn nach wie vor anstarrend.

»Haß! Haß! Haß!« rief Steve und tat, als läute er eine Glocke, »Kappi, der alte Haßprediger.«

»Wie sieht's denn aus«, rief Dennis, »Hassan el Straffat? Straff wie ein Jagdhund, oder was?«

»Dezentes Knorpeljucken, würde ich sagen«, erwiderte Steve betont distinguiert.

»5,28«, brüllten die anderen und fielen in ihr kurzes, atemloses Gelächter.

»Wie ein Erwachsner, ohne Punkt und Komma. Oder wie sieht's aus?« gab Steve zu bedenken.

»Mal wieder so richtig benähen, el Straffat, so sieht's aus!« lachte Dennis.

»Die Brille beschmieren, bis zum Verlust der Muttersprache«, fügte Ralf hinzu und goß Kaffee in die Becher.

»Nein, nein«, sagte Georg, um Klärung bemüht, »drei Öfen sind okay.«

Und Ralf fügte erläuternd an: »Das ist so Harrys Art. Reiß mal schnell vier Öfen raus, da bist du ja Mittag fertig. Ist doch nichts dabei. Soll er mal vormachen.«

»Der Spinner, Junge!« rief Dennis, schnippte seine

Kippe gegen die Wand, sprang auf und lief unruhig durchs Zimmer. »Wie sieht's denn aus, meine Herren, kollektive Arbeitsverweigerung, auch Streik genannt, oder was?«

Er trank im Stehen einen letzten Schluck Kaffee und ging hinaus.

Steve meinte: »Dafür fehlt mir der intellektuelle Zugang!«

Augenblicke später ertönte wieder der ungeheure Lärm.

Edgar begann die Abdeckung des zweiten Ofens abzustemmen. Er verstand Harald Emsig, der die Norm hoch veranschlagt hatte, um eine maximale Leistung zu bewirken, sonst verstand er nichts. Er verstand nicht, wie er hierhergeraten war und was er hier tat. Das wiederum stimmte ihn froh, denn es war ja gut, hier zu sein, es verursachte ein gutes Gefühl, das immerhin so stark war, nichts verstehen zu müssen. Es war eben einfach so.

Für den ersten Ofen hatte er zwei Stunden gebraucht, der hatte sich im Zimmer mit der Schuttrutsche befunden, jetzt kam ein Transportweg von einundzwanzig Schritten hinzu. Dieser Transportweg würde sich bei jedem weiteren Ofen verlängern und durch einen engen, dunklen Flur führen. Stellte er in Rechnung, daß seine Kräfte sich aufbrauchen und die Schmerzen im Handgelenk zunehmen würden, war es illusorisch, von vier Öfen in acht Stunden auszugehen. Sein Bewegungsablauf veränderte sich zusehends, über die gleichmäßige Ausdauer, mit der er die Arbeit anfänglich bewerkstelligt hatte, legten sich immer hektischere Züge. Er schleppte die schwerer werdenden Eimer im Laufschritt zur Rutsche, stieß mit dem Fuß gegen die Kachelreihen, sprang zur Seite, wenn die Brocken durchs Zimmer polterten, und war von einer Wolke aus Staub und Asche umhüllt. Das unaufhörliche Gedröhne über ihm, der Lärm, den er selbst verursachte, die wirbelnde Asche, der in die Augen rinnende, brennende Schweiß, trockne Lippen und das ständige Husten verhinderten jeden Gedanken. Wenn er den nötigen Willen aufbrächte, mußte es zu leisten sein. Es lag doch nur an ihm, aber wenn es nur an ihm lag ...

Jede dritte Kachelreihe gestattete er sich einige Schlucke Wasser. Es war wunderbar, Wasser zu trinken, wie angenehm kühl es die Kehle hinabrann und erfrischte. Er empfand Dankbarkeit, daß es Wasser gab und er es trinken konnte.

Auf den Sockel des zweiten Ofens drosch er nicht wieder von oben ein, sondern hebelte die ihn umfassende Scheuerleiste heraus, setzte den Meißel an die Betonkante, und nur nach wenigen Schlägen hob sich der Sockel komplett ab. Zufrieden zerschlug er ihn in handliche Stücke, trug sie zur Rutsche und ließ sie herunterkrachen. Die im Container aufschlagenden Teile stiebten beträchtliche Mengen Staub in den grauen Hinterhof, der in goldbraunen Schwaden im Sonnenschein schwebte und dessen vielfältig verschlungene Gebilde ihm kindliche Freude bereiteten.

Das ist mein Werk, dachte er frohgemut. Jetzt nur nicht langsamer werden. Wenn ich bis Mittag den dritten Ofen bis zum Feuerraum abreiße, schaffe ich es. In puncto Öfen abreißen habe ich einiges gelernt. Wenn ich heute vier Öfen abreiße, sind vier Öfen morgen viel einfacher. Nur noch die Abdeckung, dann trinke ich Wasser.

Der Standort des Ofens ärgerte ihn. Er mußte die Eimer durch den langen finstren Korridor schleppen, der so eng um eine Ecke führte, daß er die Eimer vor und hinter sich hob, um überhaupt hindurchzugelangen.

»Arbeitest wohl viel mit dem Kopf?« vernahm er Ralfs Stimme. Er stand in der Tür, hatte die Hände in die Hüften gestützt und schmunzelte. Edgar hielt inne.

»Siehst aus, als wenn du dir Asche übern Kopf gekippt hast.«

»Ach, das«, sagte Edgar unbeeindruckt, blickte kurz an sich hinab und wandte sich wieder dem Ofen zu.

»Wie sieht's mit Essen aus?« hielt Ralf ihn zurück.

Edgar kramte zwei Euro aus der Tasche. »Eine Bockwurst, bitte!« und begann, ohne Ralf weiter zu beachten, den Ofen abzutragen.

In zehn Minuten werden sie zurück sein, unmöglich, das zu schaffen. Wie spät ist es eigentlich? Bis zum Feuerraum in zehn Minuten. Blindwütig schlug er auf den Ofen ein. Aschewolken verfinsterten den ohnehin düsteren Raum. Am Ofenrohr rutschte er ab, traf mit ganzer Wucht seinen Handrücken oberhalb des Daumens, schrie gellend auf, warf Hammer und Meißel von sich, riß den Handschuh runter und hüpfte, die Hand abwechselnd schüttelnd, dann wieder schützend zwischen die Schenkel pressend, mit schmerzverzerrtem Gesicht durchs Zimmer. Er zog den Handschuh wieder an und drosch umso verbiesterter auf den Ofen ein. Und tatsächlich, wenn man weitermachte, als sei nichts geschehen, verlor sich der Sinn für den Schmerz. Er spie fortwährend den bitteren, von Dreck durchsetzten Speichel aus, rannte mit den Eimern scheppernd und gegen Wände stoßend durch den Flur, verwünschte sich für sein Mißgeschick und biß die Zähne zusammen, um den schmerzenden Handrücken nicht zu spüren.

Ich bin beim Feuerraum, sagte er sich, aber das sind mindestens fünfmal Schuttrutsche, bis in das Trümmerfeld Ordnung kommt, und das sind mindestens fünfzehn Minuten. Er hatte sich ein Ziel gesteckt, und jede Faser seines Körpers, jede Regung seines Fühlens diente einzig dem Erreichen dieses Ziels.

Als er mit den Männern am Tisch saß, seine Bockwurst runterschlang und vor sich hin stierte, bemerkte er gleichgültig, Gegenstand ihres Interesses geworden zu sein. Sie scherzten, und er lächelte unbeteiligt. Er war von Kopf bis Fuß mit Asche überzogen.

»Bißchen surreal die Edition«, befand Steve.

»Nichts fürs Auge«, stellte Dennis hinsichtlich Edgars blau angeschwollenen Handrückens fest.

Und Georg bemerkte: »Das sieht so richtig Scheiße aus.«

»Aber so richtig«, vertiefte Ralf.

Edgar legte die geschundene Hand auf sein Knie, trank Kaffee und fragte: »Seid ihr auch alle Schwarzarbeiter?«

»Wie sieht's denn aus?« lachte Dennis, und Steve rief: »Keiner weiß es.«

»Geht doch gar nicht anders«, meinte Ralf. »Auf dem

Bau läuft's nur noch so. Ist zwar alles für Schmales, aber hier kriegst du wenigstens überhaupt noch regelmäßig deine Kohle.«

»Ja, Kürzlich«, rief Georg, »das hättest du dir mal früher überlegen sollen.«

»Willst du richtig Arme sehn, mußt du nach Kalkutta gehn!« reimte Steve.

»Hassan el Straffat, Junge, geistig anspruchsvoll, oder was?« Dennis lachte.

»Wie sieht's denn aus, Kappi? Zehn Jahre Hort. So sieht's aus«, rief Steve zurück.

»Wie meinst du das?« nahm Edgar Georgs Bemerkung auf.

»Kürzlich hat sich fest anstellen lassen. Große Firma, alles schick, nur daß er zwei Monate kein Gehalt bekommen hat.«

»Das Geld krieg ich aber noch«, brummte Ralf trotzig.

»Jaaa, Kürzlich, du kriegst dein Geld«, höhnten die anderen und machten Bewegungen, als strichen sie ihm über den Kopf.

»Wie lange macht ihr das denn schon?« fragte Edgar und sah in die Runde.

»Seit immer«, entgegnete Dennis unwillig. »Aber da hilft kein Maulspitzen!« fügte er munter hinzu. »Ich glaube, ich bau mir mal einen richtigen Joint. Einen für Erwachsene. Eine richtige Hallertüte.«

Er kramte aus seinem Rucksack die nötigen Utensilien hervor.

»Luke Skywalker«, freute sich Steve, streckte seinen rechten Arm in die Höhe, winkelte den linken Arm an, die Finger ausgestreckt, und beschrieb mit dem Oberkörper und in den Nacken gelegtem Kopf eine schwenkende Bewegung die Himmelslinie entlang.

Harald war noch immer nicht zurück, und Edgar schleppte Reste des dritten Ofens zur Rutsche. Es war ziemlich genau zwei Uhr – einen Ofen noch – er war zuversichtlich. Er dachte, daß es falsch sei, sich am Ziel zu glauben. Das Ziel lag noch in weiter Ferne, auch wenn die Zeit ausreichend schien. Der Transportweg war um weitere Meter angewachsen, und er fühlte eine Müdigkeit aufsteigen. Es blieben zwei Stunden. Seine Hand schmerzte, er vermochte den Meißel kaum zu halten, arbeitete gleichmäßig, gestattete sich ab und an einen Blick in den Hof, in den Himmel, atmete die kalte Winterluft und trank viel Wasser. Die Männer schleppten angelieferte Gipsplatten in das Zimmer mit der Schuttrutsche und stapelten sie gegen die Wand, an der vormals der Ofen gestanden hatte. Edgar begegnete ihnen gelegentlich, wenn er seine Eimer auskippte, aber mittlerweile schwiegen alle, keiner wechselte ein Wort mit ihm, und nur wenn sie die Treppen hinunterliefen, hörte er sie lachen.

Um halb vier versammelten sie sich in seinem Zimmer und sahen ihm rauchend bei der Arbeit zu. Er hatte noch den Sockel vor sich, den Steve, während Edgar die Eimer wegschaffte, abstemmte. Ralf schaufelte die Eimer voll. Edgar mußte nur noch laufen. Um dreiviertel vier war alles geschafft. Fünf Männer saßen mit dem Rücken an die Wand gelehnt auf dem Fußboden und warteten auf den Feierabend. Georg sprach davon, wie es morgen weiterginge, daß er Gips anschrauben und sich darauf freuen würde. Ralf klagte, den Schutt vom Boden herunterschleppen zu müssen und daß er und Steve damit bis zum Mittag beschäftigt wären.

Dann war Feierabend.

Bevor sie hinaus auf die Straße liefen, klopfte der stämmige Steve Edgar ab. Er meinte, daß Edgar so unmöglich hinauskönne. Edgar hatte seinen Pullover ausgezogen, ihn ausgeschüttelt, und Steve schlug damit an ihm herum, daß der Staub in dem zugigen Flur nur so davonwehte. Dann verabschiedeten sie sich.

Edgar war es kalt, eisig kalt. Sein Handrücken puckerte, und er begann zu rennen. Er wollte niemanden ansehen, keine Gedanken finden – er wollte nach Hause. Er hatte Hunger, er fühlte sich wie ein Kind, das vom Kindergarten nach Hause läuft, hin zu seiner Mutter, und einzig damit befaßt ist. Er rannte die Danziger hinunter, immer schneller, die kalte Luft stach in der Lunge. Er dachte, welche Mengen an Hundescheiße, und sprang darüber hinweg. Es lag soviel davon auf dem Gehweg, daß er seine Schritte danach bemessen mußte. Prenzlauer Allee, Jablonski, zu Hause.

Keuchend trat er in die Küche und sank auf den Stuhl. Er legte seine geschundene Hand auf den Tisch und besah das leise Zittern seines Daumens, das er nicht unterdrücken konnte. Die Schwellung leuchtete blau-violett, und der Schmerz reichte bis weit über das Handgelenk hinauf.

»Wie siehst du denn aus?« fragte Johanna und verharrte einen Moment in der Tür. Dann setzte sie sich ihm gegenüber.

Sein Gesicht war aschbraun, auf der Stirn glitzerten Schweißperlen. Wo sie hinabgeronnen waren, hatten sie helle Spuren hinterlassen, und seine Augen schauten matt.

»Na, hattest du einen guten Tag?« fragte er mit einer Sanftheit, die wie ein Streicheln war.

Sie hatte ihr blondes Haar hochgesteckt, und an den Rändern ihrer zierlich modulierten Ohren bemerkte er einen feinen Flaum winziger, weißer Härchen. An dem schlanken Hals, von dem er meinte, ihn mit einer Hand umfassen zu können, hing eine Haarsträhne spielerisch in den Nacken. Sie nahm seine verletzte Hand in ihre Hände und berührte ihn zart. Beide sahen auf seine Hand in ihren Händen. So saßen sie eine Weile, bis Johanna sich erkundigte: »Wollen wir heute noch Wohnungen ansehen, oder soll ich allein ...?«

»Nein«, antwortete Edgar, stand auf und streifte seinen staubigen Pullover über den Kopf.

Sie verließ die Küche. Er sah ihr nach. Sie ist sehr stolz, dachte er, stieg in das Becken im Eck neben der Tür, zog den Vorhang sorgsam zu und drehte das Wasser an. Ihm taten alle Knochen weh. Duschen war die reinste Wohltat. Er spürte von weit her, was ein Genesender nach langer Krankheit fühlt – zurückkehrende Kraft. Alles beginnt in zuversichtlichem Licht zu erscheinen. Der erste leise Hauch ... Langsam, langsam, es ist die Euphorie.

Zeit hatten sie wenig, wollten sie alle drei Wohnungen besichtigen, und so eilten sie in die Dunckerstraße, unweit vom S-Bahnhof Prenzlauer Allee, wo ein dicker, junger Mann ihnen aus kleinen Augen entgegenblickte, die Haustür aufschloß, mit ausgestrecktem Bein aufhielt, ihnen seine warme, weiche Hand reichte und sie zielstrebig, einen Hefter fest unter die Achsel geklemmt, ins Hinterhaus in eine im drittem Stock gelegene Wohnung führte.

Die Wohnung war heruntergekommen, aufdringlich gemustertes Linoleum warf Wellen. Bad und Küche strotzten vor schmierigem Dreck, so daß Johanna, die einigermaßen irritiert durch die Räume geschritten war, in helles Lachen ausbrach.

»Das ist nicht Ihr Ernst?« wandte sie sich an den Makler, der vor ihrer direkten Art zurückwich und um Rechtfertigung bemüht zu bedenken gab: »Aber was erwarten Sie denn für zweihundertachtzig Euro?«

»Eine Wohnung und kein Rattenloch«, fuhr Johanna ihn scharf an. Sie hakte Edgar unter und zog ihn mit sich.

»Auf Wiedersehen!« rief der dicke Mann ihnen beleidigt nach.

Die nächste Wohnung lag nur wenige hundert Meter entfernt. Johanna erzählte den Weg über Nichtigkeiten. Edgar fand Gefallen daran, ihrer Stimme zu lauschen.

»Wenn alles erledigt ist, lade ich dich zum Essen ein«, sagte sie. »Das bin ich dir schuldig.«

Sie wirkte merkwürdig vergnügt.

Das Haus, vor dem sie anlangten, war ein Bau aus den zwanziger Jahren, wie es sie häufig gibt. Johanna freute sich, daß alle Räume nach hinten heraus gelegen waren und den Blick auf eine Parkanlage gewährten, wo sich ein von hohen Kastanien umstandener Kinderspielplatz befand. Überglücklich versicherte sie dem Verwalter, einem freundlichen, älteren Herrn, der nur mühsam die vier Etagen hatte hinaufsteigen können, gleich morgen den Vertrag zu unterzeichnen. Sie lachte, lief durch alle Räume, drehte die Wasserhähne auf und zu und stellte vielmehr fest, als daß sie fragte: »Ist das nicht toll, Edgar.

Ist das nicht toll«, und fand vierhundertsechzig Euro Miete gerechtfertigt. Edgar freute sich mit ihr.

In der Gaststätte, in die sie anschließend eingekehrt waren, sagte Johanna, nachdem Edgar sein Eisbein verzehrt hatte, nachdenklich über den Rand ihres Rotweinglases hinweg: »In dieser Wohnung könnte ich sogar mit meinem Kind leben.«

Edgar sah sie überrascht an. Sie hielt den Blick gesenkt. In der rechten Hand, den Ellenbogen aufgestützt, hielt sie das Glas, die linke Hand lag auf dem Tisch. Edgar streichelte diese Hand flüchtig.

Johanna wollte sich gerade eine Zigarette anstecken, als ihr Handy schrillte. Im nächsten Augenblick rutschte sie unruhig auf der Bank hin und her, lachte übertrieben laut und rief andauernd enthusiastisch »Ja« ins Telefon.

Edgar trank mit einem Zug sein Bier aus, tat unbeteiligt und blickte in der Fensterscheibe sein Spiegelbild an. Wie merkwürdig ernst ich aussehe, dachte er, stützte seinen Kopf in die linke Hand und fühlte den Schmerz. Er sah in die andere Richtung, auf eine gelbgetünchte Wand, trommelte unruhig mit den Fingern auf die Tischplatte und zwang sich, keinen Sinn aus ihren Worten zu hören. Sie winkte dem Kellner, und als der mit dem Bier kam, war das Telefonat zu Ende.

»Stell dir vor, Richard kommt nach Berlin. Er will mir beistehen.«

»Du hast ihm davon erzählt?«

»Ja. Wenn mir einer helfen kann, dann er.« Sie sah Edgar aufmerksam an. »Du hilfst mir natürlich auch, aber er kennt die richtigen Leute. Anwälte und so, verstehst du? Ich muß jetzt jede Hilfe annehmen. Ich habe in meiner Situation doch gar keine andere Wahl. Du weißt am besten, wie das ist.«

»Natürlich. Die Wohnung macht dich unabhängig ... Was heißt unabhängig, aber du findest zu dir und kannst in Ruhe entscheiden. Ich helfe dir jederzeit, wenn irgendwas zu machen ist, Möbel aufstellen oder so ...«

»Lieb von dir.«

Sie zog mit dem Fingernagel Linien in das Tischtuch.

»Weißt du, was mich mal interessieren würde, Edgar? Wieso hast du eigentlich keine Freundin?«

Sie betrachtete ihn von unten herauf. Edgar war überrascht, trank einen Schluck, stellte das Glas bedächtig ab und verzog auf eigentümliche Weise den Mund.

»Keine Ahnung. Hat sich nicht ergeben.«

»Als ich zu dir kam, als ich nicht wußte, wohin ich sollte, habe ich die ganze Zeit gehofft: Hoffentlich lebt er nicht mit irgend jemandem zusammen.«

»Dann hat sich deine Hoffnung ja erfüllt.«

»Ja«, bestätigte Johanna und zündete sich die nächste Zigarette an. »Und wann hattest du deine letzte Freundin?«

»Johanna, was soll das?«

»Ich will es wissen!«

Etwas Freches, Schelmisches war in ihr Gesicht geraten, ihre Augen sprühten. Edgar mußte lächeln.

»Was interessiert dich das?«

»Ich will es einfach wissen! Sag's mir!«

Obwohl sich alles in ihm sträubte, sagte er nach einigem Zögern: »Mein Gott, das ist zwei Jahre her. Du kennst sie wahrscheinlich.«

»Was? Ich kenne sie? Erzähl!«

Edgar schüttelte den Kopf. »Gundula Obermayer.«

»Die Kunststudentin!« erheiterte Johanna sich. »Gundi, die mit der schwarzen Brille von der Alm. Die immer in ihren schrägen, selbstgeschneiderten Klamotten rumlief. Das glaub ich dir nicht!«

»Es war aber so«, bemühte er sich um Ernsthaftigkeit.

»Davon hab ich überhaupt nichts bemerkt. Habt ihr euch geliebt?«

»Johanna«, sagte Edgar mit Nachdruck. »Wir waren uns nahe. Ich glaube, mit Liebe hatte es nichts zu tun.«

»Aber ich glaube an die Liebe! Es ist das einzige, woran ich glaube. Und eines Tages werde ich sie finden – meine große Liebe.« Sie drückte ihre Zigarette energisch aus. »Aber man geht auseinander, findet den nächsten, geht auseinander, findet den nächsten, und alles ist ohne Bedeutung. Und nur die Hoffnung ...«

»Nein!« unterbrach er sie. »Was geschehen ist, hat schon seine Bedeutung. Wir legen sie dem Geschehenen schließlich bei. Dein Verhältnis zu Westhof oder zu Sven beschreibt dich, so wie mein Verhältnis zu Gundula auch mich weit mehr beschreibt, als alles, was ich sage. Aber wen interessiert das? Es ist ganz gleichgültig. Wir können tun, was wir wollen, es kräht kein Hahn danach. Und doch«, überlegte er, »vielleicht gerade weil das so ist, sollten wir über nichts genauer nachdenken als über das, was wir tun.«

»Prost Edgar! Scheint ja ein netter Abend zu werden. Jedenfalls habe ich eine schöne Wohnung«, stellte sie unbeschwert fest. »Sag mal, wenn du neben mir liegst, nachts, auf Richards Couch, hast du da kein Verlangen nach mir?«

»Was soll das?«

»Sag's mir einfach! Ich wäre gestern nacht gern von dir gestreichelt worden! Aber du liegst da, schnaufend und an die Decke starrend, daß man Angst bekommen könnte.«

»Soviel zu deiner großen Liebe.«

»Gib dich nicht so weltmännisch. Antworte ehrlich auf eine ehrliche Frage!«

»Johanna? Laß uns auf deine Wohnung anstoßen.«

Noch bevor er den Satz beendet hatte, hielt sie ihm ihr Glas entgegen. Sie lachte tief aus dem Bauch heraus. Edgar war von diesem heraufkullernden Lachen entsetzt. Er stellte sich vor, wie dort ihr Kind heranwuchs und gemeinsam mit ihr lachte. Entgeistert sah er sie an und murmelte: »Johanna, was willst du von mir?«

Sie hatte ihn nicht verstanden und wiederholte nachdrücklich: »Eine ehrliche Antwort, Edgar, die bist du mir wohl schuldig!«

Sie strich mit ihrem ausgestreckten Finger immer im Kreis herum über den Rand ihres Glases. Das wirkte sehr unbeteiligt, hatte für ihn aber etwas Provozierendes. Während er sie beobachtete, biß er sich auf die Lippe.

»Johanna«, sagte er nach einigem Zögern, »ich weiß nicht, was du von mir erwartest, ist ja auch völlig egal. Aber ich habe dir Obdach gewährt, weil du in Not warst.

Es wäre mir unmöglich gewesen, deine Lage auszunutzen. Wenn du so offen bist, wie du dich jetzt gibst, warum hast du nicht gesagt, was du willst? Im übrigen habe auch ich einen eigenen Willen und könnte dir jetzt nicht einmal sagen, ob die vergangenen Momente, aus meiner Sicht, die richtigen gewesen wären. Ich habe es nicht gewollt ... Das ist vielleicht zuviel. Ich war nicht in der Lage ... Ich habe es so nicht verstanden, und außerdem bekommst du ein Kind!«

»Ach Edgar«, seufzte sie unwillig, »wie wollen wir nach deiner gewichtigen Rede die heutige Nacht überhaupt durchstehen? Du bist so schwermütig. Wie stellst du dir denn die heutige Nacht vor?«

»Wie die gestrige«, sagte Edgar entschieden, gleichsam um Munterkeit bemüht.

»Weißt du Edgar, ich liebe schöne Nächte, wo ich gestreichelt werde und umsorgt bin. Ich mag andere Nächte nicht.«

»Ja«, erwiderte er. »Ich glaube ... ich weiß nicht.«

Dann gingen sie nach Hause. Und Edgar hatte recht, die heutige Nacht war wie die gestrige. Keiner von beiden wagte sich zu rühren.

4. KAPITEL

Der Weg zur Arbeit erschien ihm lang, und was ihn erwartete, wußte er: Vier Öfen. Er lief gleichmütig im Strom mit den anderen.

Harald Emsig saß mit gebeugtem Rücken im Halbdunkel des verdreckten Zimmers am Tisch, rauchte ein Zigarillo, trank Kaffee und blickte Edgar aus müden, kleinen Augen entgegen. Im eisernen Ofen loderte knisternd Feuer, aber es war eisig im Raum. Harald hatte sich rasiert, sein schmales, hohlwangiges Gesicht leuchtete in auffälliger Blässe aus morgendlich grauem Licht. Er stellte ein Paar neue Arbeitsschuhe auf den Tisch und sagte: »Deine kaputten Turnschuhe – das geht nicht.«

Edgar bedankte sich überrascht, wußte im ersten Moment nicht mit dem Geschenk umzugehen, zog die Schuhe dann in übertriebener Eile an und freute sich, daß sie paßten. Er lief linkisch durchs Zimmer, weil er meinte, es Harald schuldig zu sein, und schob seine zerschlissenen Turnschuhe tief in den Müllberg neben der Tür, bis sie vollständig darin verschwunden waren. Harald beobachtete ihn schmunzelnd und sagte ernst: »Hat mir meine Frau zum Geburtstag geschenkt, sind mir aber leider zu eng.«

Edgar sah betroffen auf die Schuhe, dann mit halbgeöffnetem Mund zu Harald, überlegte und fragte: »Warum habt ihr sie nicht umgetauscht?«

»Ach, Quatsch!« lachte Harald und schlug sich vergnügt auf den Schenkel. »Die Schuhe liegen schon ewig bei mir rum.«

Edgar lächelte verlegen und goß sich Kaffee ein.

»Heut geht's hier richtig vorwärts«, führte Harald aus.

»Fensterbauer, Elektriker, Rohrleger, ein paar Afrikanerinnen kommen auch. Die reißen Tapeten ab. Das ganze Programm. Das heißt«, er hob achtungsgebietend den Finger, »wir können die Tür unten nicht abschließen!«

Er sah in Edgars fragendes Gesicht.

»Falls Kontrolle kommt«, erklärte er, »verschwindet ihr über den Dachboden ins Nachbarhaus! Ich bleibe heute hier und warne euch rechtzeitig! Mußt dir keine Sorgen machen, Georg nimmt dich mit. Bisher haben wir das noch immer geschafft.«

Wie am Tag zuvor kündigte sich das Eintreffen der anderen durch lautes Lachen an. Steve fehlte. Dennis blickte lange in seinen Becher, entschuldigte ihn dann schnell und ohne aufzusehen.

»Der kommt später, mußte zum Arbeitsamt.«

Edgar stemmte die Abdeckung eines tadellosen grünen Ofens runter. Seine linke Hand schmerzte, und überhaupt spürte er sämtliche Knochen, aber das verlor sich beim Arbeiten.

Im gesamten Gebäude herrschte reges Treiben, und tatsächlich rissen drei Afrikanerinnen im Zimmer mit der Schuttrutsche Tapeten ab. Edgar sah sie verstohlen an. Sie waren sehr jung, nicht schön, dafür um so exotischer, und ihre Zähne wirkten nur im ersten Moment weißer. Sie hatten einen Rekorder eingeschaltet, bewegten sich nach dem Getrommel und schauten neugierig aus großen Augen. Die Fensterbauer trugen Fenster hinauf, die Rohrleger verteilten Heizkörper, und die Elektriker rannten mit Kabelrollen durchs Treppenhaus. Überall waren Radios eingeschaltet, unterschiedliche Sender, laut; ein Gemenge aus Arbeitsgeräuschen, Werbespots und Popmusik, das durchs gesamte Haus und weit in den Hof hallte.

Steve tauchte auf und stand eine Weile schweigend in Edgars Rücken, bevor er brummelte: »Wie sieht's denn aus?« Er schwankte leicht, ohne sich von der Stelle zu bewegen. »Straff bin ich«, sagte er mit schwerer Zunge und wiederholte es ständig.

Edgar nickte, ließ sich jedoch in seiner Arbeit nicht

stören. Wenn er die Eimer aus dem Zimmer schleppte, wich Steve auf biegsame Weise aus, obwohl er den Weg genaugenommen nicht versperrte. Dabei balancierte er seinen stämmigen Körper eigentümlich grazil auf den Zehenspitzen und ruderte sacht mit den Armen nach Gleichgewicht.

»Warum hilfst du Ralf nicht?« fragte Edgar.

»Harry ist oben!« flüsterte Steve. »Sehen und verstehen! – Hab noch ein bißchen viel Staub in der Kapuze.«

Edgar stemmte den Sockel ab.

»Warum bist du dann hergekommen?«

»Wußte nicht, daß Harry hier ist.«

»Und in dem Zustand warst du beim Arbeitsamt?« staunte Edgar. Er unterbrach sogar seine Tätigkeit und sah Steve in die Augen. Steve sah auch in Edgars Augen, zumindest versuchte er es, aber er vermochte allenfalls in Edgars Richtung zu blicken und schien jetzt sogar zu überlegen, wen er da eigentlich vor sich hatte.

»Quatsch, Arbeitsamt!« brummte er mit den Armen rudernd und brüllte dann hitzig: »Bin ich verrückt, oder was?«

»Straffi!« rief Ralf freudig, lief zu Steve und schlug ihm kräftig auf die Schulter. Steve schwankte bedenklich, fiel aber nicht um.

»Wie sieht's denn aus, Kürzlich, du alter Kürzlich!« brüllte Steve und machte Anstalten, den Kleinen zu umarmen, dem es nur unter Aufbietung aller Kräfte gelang, den massigen Mann von seinem Vorhaben abzuhalten.

»Sei leise!« flüsterte Ralf eindringlich, dessen anfängliche Freude sich augenblicks in Besorgnis gewandelt hatte. »Straff wie ein Jaghund bist du! Harry ist oben!«

»Hab ich alles auf dem Schirm«, brummelte Steve verstimmt und verlangte mit glasigem Grinsen: »Bring Reparaturbier mit!«

»Sauf woanders! Hau ab hier! Oder willst du rausgeschmissen werden?«

Ralf zog vergeblich an Steves Arm, um ihn ins Treppenhaus zu bugsieren. Steve verstand die Bemühungen als lustiges Spiel, wehrte dessen Anstrengungen tapsig wie ein Bär ab und brummte trotzig: »Mir sagt keiner, wann ich mich bepansche! Wenn ich mich bepansche, bepansche ich mich!«

»Hilf mir, Edgar!« verlangte Ralf, die Aussichtslosigkeit seiner Versuche mit entschuldigendem Lächeln eingestehend. »Wir müssen ihn rausbringen!«

Edgar faßte Steves Arm und führte ihn gemeinsam mit Ralf die Stufen hinunter. Zu beider Erstaunen ließ er es ohne Widerstand geschehen. Die Elektriker lachten, und Steve brüllte: »Wie sieht's denn aus?«

Ralf stieß ihn auf die Straße. Er torkelte lachend davon.

Das Frühstück verlief schweigsam. Harald fragte kurz, wo Steve denn nun bliebe, und Dennis erklärte ausweichend, daß dessen Handy abgestellt sei. Ralf und Georg führten wortreich aus, was auf dem Arbeitsamt alles passieren konnte. Harald gab sich letztlich zufrieden, ohne zufrieden zu sein.

Edgar stemmte gleichmütig den zweiten Ofen auseinander, als ein Elektriker, der sein Radio auf maximale Lautstärke gestellt hatte, sich zu ihm gesellte und alte Kabel und Steckdosen herauszureißen begann. Lag es an den Werbespots, den Stimmen, der Musik, der Lautstärke? Edgar wurde von Minute zu Minute gereizter. Als er es nicht länger aushielt, bat er den Elektriker freundlich, das Radio leiser zu stellen. Der sah ihn kurz an, sagte: »Kultur am Arbeitsplatz! Hast du davon schon mal was gehört?« und beachtete ihn nicht weiter.

Edgar warf die Kachel weg, richtete sich auf, musterte den Elektriker, einen drahtigen, flinken Burschen, spuckte aus, nahm das Radio in die Hand, hob es langsam über den Eimer und sagte in größter Ruhe: »Mach es leise, sonst schmeiß ich es in den Container!«

Der Elektriker entriß Edgar das Radio und stieß wütend hervor: »Was bist du denn für 'n Vogel?«, machte es aber aus.

Vom Treppenhaus konnte man andere Sender hören, außerdem die afrikanischen Trommeln, die Edgar eigenartigerweise nicht störten.

»Das ist er«, brüllte Harald, auf Edgar deutend.

Neben Harald stand ein langer, schlaksiger Mann in wollenem Jackett, mit schmalem, bleichem Gesicht, die dunkelblonden Haare zu einem langem Zopf gebunden, und reichte Edgar mit den Worten »Erasmus Hahn« seine kalte Hand. »Du bist der Architekt?« erkundigte er sich mit langem, prüfenden Blick.

»Ja«, bestätigte Edgar.

»Das trifft sich gut«, freute sich Hahn. »Ich kann dich brauchen.«

»Wozu?« fragte Edgar.

»Als Architekten. Zwar auch nur auf Schwarzgeldbasis, aber immerhin, oder?«

Edgar betrachtete Erasmus Hahn ohne die geringste Regung, dann blickte er fragend zu Harald.

»Ist schon in Ordnung«, half Harald. Für das«, er deutete auf den Ofen, »gibt's genug andere.«

»Genau!« bekräftigte Erasmus, streckte die Arme weit von sich und rieb sorgfältig seine Hände, dann sah er Edgar nochmals eingehend an, zwinkerte Harald zu, rief: »Alles klar! Keine Zeit! Bis Montag«, und stürmte die Treppen hinunter.

Harald riß eine Seite aus seinem grünen Notizbuch, schrieb die Adresse auf und reichte sie Edgar.

»Montag um acht.«

Edgar faltete den Zettel sorgsam zusammen und steckte ihn ins Portemonnaie. Dabei strahlte er Harald aus großen Augen an. Er zündete sich ein Zigarillo an und kratzte sich an der Schläfe. Das Getrommel dröhnte im Raum, und aus einem aufrichtigen Gefühl faßte Edgar überraschend Haralds Hand und drückte sie kräftig.

»Ich werde das Vertrauen rechtfertigen!« versicherte er und nickte entschieden mit dem Kopf.

Um seiner Verlegenheit zu begegnen, lachte Harald.

»Wir werden sowieso häufig miteinander zu tun haben. Erasmus und ich arbeiten zusammen.«

»Das freut mich!« erwiderte Edgar und erkundigte sich zurückhaltend: »Kann ich denn morgen trotzdem kommen?«

»Na, selbstverständlich!«

Es war herrlich, Öfen abzureißen. Die umhüllende Staubwolke, das Rumoren der zahlreichen anderen Arbeiter, das unerträgliche Gedudel der vielen Radiosender, das Getrommel der Afrikanerinnen, die schmerzenden Glieder, alles erfüllte ihn plötzlich mit Leichtigkeit. So konnte das Leben also auch sein, so schön, so befriedigend. Wenn nur Johannas Problem zu lösen wäre! Es ist meine Pflicht, ihr zu helfen!

Ihm war eingefallen, daß er Paolas Handynummer besaß. Über Paola würde er Svens Adresse in Erfahrung bringen, und mit dem würde er heute ein klärendes Gespräch führen. Diese Idee begeisterte ihn umso mehr, da er es ohne Johannas Wissen tun wollte.

Wie kann sie dem Vater ihres Kindes auch seine Vaterschaft vorenthalten? Wie soll Sven sich erklären, wenn er nicht weiß, was ihn betrifft? Ich werde ihn in Kenntnis setzten. Vielleicht begleitet er mich nach dem Gespräch zu Johanna? Was für eine Überraschung! Sie werden eine Familie gründen, und alles wird, wie beide es wollen.

Es war nach drei, als Ralf ihm half und den Schutt wegtrug.

»Weißt du«, wandte sich Edgar, Kacheln in die Eimer schaufelnd, an Ralf, »warum die Menschen sich ihr Leben immer so schwer machen?«

»Keiner weiß es«, antwortete Ralf gleichgültig. »Staub nicht so! Will nicht aussehen wie du.«

»Ob ihnen nicht einfach ihr Stolz im Weg steht, ihre Eitelkeit, ihre Geltungssucht und ihr Egoismus?«

Ralf betrachtete ihn längere Zeit, bevor er entgegnete: »Wenn du Steve meinst, ist es der Suff.«

»Aber auch das hat doch einen Grund. Hast du dich nie gefragt, warum er trinkt? Du bist sein Freund. Du mußt ihm helfen.«

»Wir haben ihm doch heute geholfen!«

»Das meine ich nicht. Ich meine, daß man ihm ein Gemeinschaftsgefühl geben muß. Damit er sich aufgehoben und geborgen fühlt. Damit er bereit ist, Verantwortung zu übernehmen.«

»Du hast nicht zufällig Drogen eingeworfen, oder wie sieht's aus?«

Ralf verschwand mit den Eimern. Als er wiederkam, sagte er: »Weißt du, Steve hat einen Haufen Scheiße durch. Gib ihm einen vernünftigen Job als Rüster, wo er regelmäßig halbwegs Kohle verdient, und er packt das. Wir sind Freunde. Wir kennen uns seit der Schule, und wir helfen uns auch, aber wenn du sechs Jahre arbeitslos bist, wie willst du jemand dabei helfen? Am Ende läuft jeder seinen eignen Amok.«

Harald gesellte sich zu ihnen, stellte sich mit dem Rücken an die Wand und zündete sich ein Zigarillo an. Ralf trug die Eimer zur Rutsche, und Edgar riß den Feuerraum heraus. Eine Wolke aus Ruß und Asche stob ins Zimmer. Harald öffnete beide Fenster und blieb dort, von den herausziehenden Schwaden umweht, stehen.

»Kann sein, daß ich auch mal einen Architekten brauche«, wandte er sich an Edgar.

Edgar legte den Rost und die Offenklappen für Ralf bereit, richtete sich auf und sah Harald erwartungsvoll an.

»Ich hab ein Haus auf dem Land«, erklärte er. »Seit Jahren. Hab nie was daran machen können. Weiß nicht, ob's überhaupt je was wird – einfach zu wenig Geld, aber vielleicht könnten wir uns das mal gemeinsam ansehen? Ganz entspannt bei einem Bier. Bißchen planen, bißchen hoffen.«

»Selbstverständlich!« antwortete Edgar so nachdrücklich, daß Harald sich die Schläfe kratzte. »Das machen wir!« bekräftigte er nochmals und schlug die letzte Kachelreihe raus.

Ralf, der die Worte mit angehört hatte, meinte: »Da können wir dir doch auch helfen.«

»Klar!« Harald lachte. »Trotzdem brauch ich erst mal die Kohle, wenigstens fürs Material. Und bei dem, was ihr mich jeden Tag kostet, ist daran vorerst nicht zu denken.«

Ralf schwieg, und Edgar sah Harald verständnisvoll an.

Es war Feierabend. Der graue Himmel reichte bis auf die Dächer. Schneeregen wirbelte in die Straßen, und Edgar rannte in seinen neuen, schweren Arbeitsschuhen nach Hause. Die glückliche Wendung, die Johannas Leben durch seine Hilfe noch heute nehmen würde, trieb ihn zur Eile.

Er duschte, kramte das Handy hervor, steckte es ins Ladegerät und fand Paolas Nummer. Telefonieren konnte er nicht, sein Guthaben war verbraucht. Er mußte erst in den Zeitungsladen.

Es war ein merkwürdiges Gespräch. Abgesehen von ihrer Überraschung, überhaupt noch einmal von ihm zu hören, was sie, wie sie ohne Umschweife bemerkte, für absolut ausgeschlossen gehalten hatte, war sie keineswegs gewillt, ihm Svens Adresse zu geben. Sie verbat sich seine Einmischung, und selbst nachdem er ihr offenbart hatte, daß es sich um ein wichtiges Ereignis in beider Leben handele und er ihr weitere Details unter keinen Umständen anvertrauen dürfe, bezeichnete sie ihn schlicht als einen Idioten. Zu guter Letzt nannte sie ihm eine Gaststätte in der Knaackstraße, in der sie gegen neunzehn Uhr mit Sven zum Essen verabredet sei.

Obwohl er reichlich Zeit hatte, machte er sich unverzüglich auf den Weg. Er wollte die Begegnung mit Johanna vermeiden.

Es ist meine Pflicht, betete er sich vor. Ich habe es versprochen!

»Pasternak« hieß die Gaststätte, die er mit einer gewissen Erregung betrat und in der er sich sogleich von dem grellen Licht, das den bescheidenen Raum erhellte, geblendet fühlte. Er blickte zu den Deckenleuchtern hinauf, während ihm der stämmige, grauhaarige Kellner aufdringlich verschiedene Möglichkeiten Platz zu nehmen anbot. Edgar entschied sich für einen Zweiertisch nahe der Eingangstür, die vorsorglich durch einen schweren, weinroten Vorhang gegen Zugluft abgeschirmt wurde, und setzte sich mit dem Rücken zu den Fenstern. Alle Tische, in vielfältigen und unterschiedlichsten Formen, waren mit weißen Tischtüchern bedeckt und von ebenso unterschiedlichen Stühlen umstanden. Die Gaststätte war so gut wie leer. Tanzmusik dudelte leise, und der Kellner legte die umfangreiche Speisekarte vor.

Ich muß resümieren, gebot sich Edgar und durchblätterte lustlos die Karte. Er erinnerte sich, in seiner Studienzeit regelmäßig resümiert zu haben, um sich Rechenschaft über seinen Leistungsstand zu geben. Merkwürdig, daß er es seither nicht mehr getan hatte. Daß es ihm jetzt eingefallen war, schien ihm ein verheißungsvolles Zeichen. Ab Montag würde er erstmals als Architekt arbeiten, so fing es an. Und wenn auch nur als Schwarzarbeiter, das war in der heutigen Zeit eben nicht anders. Es war eine glückliche Fügung, daran bestand nicht der geringste Zweifel, und warum eigentlich sollte sich aus einer Schwarzarbeit über die Zeit nicht eine Festanstellung entwickeln? Ausdauer, Einsatzbereitschaft, unbedingtes Wollen, darauf würde es ankommen. Die Vorstellung, sich wie Münchhausen am eigenen Schopf aus dem Sumpf zu ziehen, stimmte ihn heiter. Entschlossen bestellte er eine Soljanka und einen Schoppen Rotwein. Während er hungrig die Suppe löffelte, kam ihm zu Bewußtsein, daß er dabei war, unnötig viel Geld auszugeben. Er hielt unwillkürlich inne und blickte sich um. Zwei Mädchen am Nachbartisch lächelten einander zu. Er sah nachdenklich in die Schüssel zwischen seinen Händen. Ich bin nicht zum Essen hier. Ich kann es mir nicht einmal leisten. Und trotzdem tue ich es, als wäre ich willenlos. Für dieses Süppchen und den Wein habe ich drei Stunden gearbeitet und werde nicht einmal satt davon. Wenn Johanna erst bei Sven ist, wird mir so etwas nicht wieder passieren. Es ist richtig, daß ich ihr helfe. Sie ist zu schwach, ihr fehlt der Mut, sie fühlt sich verletzt. Man übersieht in solcher Lage leicht naheliegende Dinge. Ich hätte mich auch viel früher um Schwarzarbeit kümmern müssen. Wenn ich das heute erledigt habe, fängt mein Leben an.

Gäste traten in rascher Folge ein, sahen sich um und wählten Plätze. Es konnte nicht mehr lange dauern. Zwei Männer setzten sich an den Nebentisch. Der Mann gegenüber steckte den Kopf in die Karte und nagte mit nach oben verdrehtem Handgelenk am Daumennagel. Er hatte die Handfläche dabei eigentümlich unter das Kinn geklemmt, während Edgars Nachbar seinen Kopf herüberneigte und um Verständnis bat, daß sie Raucher seien. Sie sprachen verhalten über Autohandel und blickten auf vier vor ihnen liegende Handys. Edgar registrierte es kopfschüttelnd.

Dann kam Paola Pawlowski. Sie wirkte elegant und streifte lässig den halblangen schwarzen Wintermantel ab, unter dem sie ein graues Kostüm trug. Edgar hatte sie viel kleiner in Erinnerung, aber das mochte an den hochhackigen Stiefeln liegen, die ihre runden Waden eng umschlossen. Aus ihrem pausbäckigen Gesicht ragte die kleine Stupsnase mit frechem Schwung, und ihre runden, grünen Augen standen ein wenig zu weit vor. Das glatte, kastanienbraune Haar war zu einem Pony frisiert. Ihre vollen Lippen hatte sie auffällig dunkelrot geschminkt.

Der Kellner begrüßte sie mit übertriebener Höflichkeit und wollte sie an ihren Platz geleiten. Als sie Edgar erblickte, lächelte sie süßlich und ging mit den Worten auf ihn zu: »Wie blöd bist du eigentlich? Ich hatte gehofft, du würdest begreifen, wie lächerlich das ist.«

Die beiden Autohändler amüsierte das. Edgar erhob sich und wirkte vor ihr bestenfalls wie ein armer Student.

»Nun komm schon!« verlangte Paola, wandte sich zum Tresen und wechselte einige Worte mit der Barfrau, dann schritt sie, ohne irgend jemanden zu beachten, in die äußerste Ecke des Gastraumes und setzte sich an einen größeren Tisch, auf dem ein Reserviertschild stand.

Edgar nahm Jacke und Weinglas, folgte ihr und sagte mit deutlicher Stimme: »Ich bin nicht deinetwegen hier. Ich bin wegen Johanna und Sven hier. Sie hat sich an mich gewandt.«

»Du hast doch keine Ahnung!« lachte Paola schrill. »Dich nutzt Johanna genau so eiskalt aus, wie sie Sven ausgenutzt hat. Was weißt du denn von ihr? Hast du dich das mal gefragt? Du hast ihr beim Studium geholfen, ja gut, und selbst da hast du nicht begriffen, daß sie deine Gutmütigkeit ausgenutzt hat. Wenn du wüßtest, wie oft sie sich über dich lustig gemacht hat! Und du hast auch keine Ahnung, wie lächerlich du dich im Augenblick machst! Denk doch nicht, daß du etwas weißt, was Sven oder ich nicht längst wissen! Das ist ja eine Farce!«

Sie winkte mit hochrotem Gesicht dem Kellner und bestellte eine Flasche Champagner.

»Sven ist der gutmütigste Mann der Welt«, sagte sie etwas ruhiger und mit leicht verklärtem Blick.

»Ich glaube nicht, daß du weißt, worum es hier geht«, entgegnete Edgar unbeeindruckt.

Der Kellner brachte den Champagner, zwei Gläser und schenkte ein. Paola trank einen langen Schluck, sah Edgar herausfordernd an und fragte herablassend und als kenne sie die Antwort längst: »Hast du eigentlich jemals eine Arbeit gefunden?«

»Selbstverständlich«, behauptete Edgar.

»Wo?« fragte sie, als könne sie ihn sofort der Lüge überführen, und zog das Glas, welches der Kellner Edgar zugedacht hatte, demonstrativ zu sich.

»Du wirst ihn kaum kennen«, antwortete Edgar so ungezwungen, wie es ihm möglich war, »Erasmus Hahn.«

»Erasmus?« Paola sah ihn überrascht an. »Und ob ich den kenne. Er wird heute auch herkommen.«

Edgar wurde es heiß. Er trank einen Schluck, biß sich auf die Lippe und starrte zur Tür. Der weinrote Vorhang wurde aufgeschlagen, aber nicht Erasmus Hahn, wie Edgar sich, von Panik erfaßt, einbildete, sondern ein Mann, von dem er sofort annahm, er sei Sven Olaf Hafersack, betrat das Lokal.

Er war mittelgroß und bot eine überaus gepflegte und sichtlich darauf bedachte Erscheinung. Er trug einen dunkelblauen, zweireihigen Anzug nebst Weste, rosafarbenes Hemd und eine auffällig rot-blau gestreifte Seidenkrawatte. Das Gesicht, aus dem die schwarzen Augen wie zwei blanke Knöpfchen hervorglänzten, war kreisrund und unnatürlich gebräunt, seine Kinnpartie sorgfältig blaurasiert und ein weltläufiges Lächeln von den schmalen, auffälligen rosa Lippen nicht wegzudenken. Sein meisterlich zu einem kurzem Scheitel frisiertes dunkles Haar verbarg nicht vollständig die sich auf seiner Schädeldecke ausbildende Glatze, was allgemein kaum aufgefallen wäre, hätte er nicht selbst immer wieder flüchtig die flache Hand auf dieses Stelle gelegt.

Nachdem er mit dem Kellner einige Worte gewechselt hatte, trat er schwungvoll an den Tisch und begrüßte Paola mit einem flüchtigen Kuß. Dann machte er sich mit Edgar bekannt, nahm neben ihm und ihr gegenüber Platz, leerte das Glas Champagner in einem Zug, atmete wohlig auf und füllte es neuerlich.

»Und Sie, Herr Winter«, sagte er schließlich distanziert, »glauben mit mir ein Gespräch führen zu müssen über Dinge, die Sie doch nicht das geringste angehen.«

Dabei sah er Edgar mitleidig an, als handele es sich um eine bedauernswerte Erscheinung. Edgar hatte sich von dem Schreck, im nächsten Moment mit Erasmus Hahn konfrontiert zu werden, noch nicht erholt und trotzdem standhaft den Blick erwidert. Jetzt betrachtete er Hafersacks Profil, der Paolas Hand vertraulich hielt, einvernehmliche Blicke mit ihr tauschte und die Angelegenheit hierdurch bereits für erledigt zu halten bekundete.

Er sieht aus wie ein Sittich, schoß es Edgar durch den Kopf. Das kommt von der kleinen Hakennase und den Knöpfchenaugen und von dem fliehenden Kinn, das beinahe ansatzlos zum Kehlkopf läuft. Komisch, wenn man ihn von vorne sieht, fällt einem das gar nicht auf. Da wirkt er direkt attraktiv. Als wenn er zwei Gesichter hätte.

Das Händchenhalten, die bewußt zur Schau gestellte abweisende Art, selbst die teure, mit Edelsteinen besetzte Uhr, alles erschien ihm lächerlich unecht und ließ ihn unvermittelt ausrufen: »Daß Sie Vater werden, wollte ich Ihnen sagen!«

Hafersack wandte sich ihm abrupt zu, Paola lief krebsrot an und rollte die runden Augen.

»Ich glaube nicht, daß Sie das etwas angeht!« stieß er zwischen den schmalen, rosa Lippen akzentuiert hervor.

Er hatte die kurzen, manikürten Finger ineinander gefaltet, die Unterarme auf den Tisch gelegt und versuchte, Edgar allein durch seinen überaus geringschätzigen Blick zum Verstummen zu bringen.

»Das ist Ihnen wohl neu, Herr Hafersack?« rief Edgar

laut wie zuvor und mit einer triumphierenden Unverschämtheit, die Hafersack aus der Fassung brachte.

»Ist das alles, was du uns sagen wolltest?« zischte Paola. »Dann kannst du ja verschwinden!« Sie sah sich besorgt nach den anderen Gästen um.

»Hören Sie zu!« flüsterte Sven Olaf Hafersack, sich über den Tisch beugend. Seine Augen blitzten und ein spezieller Zischlaut kennzeichnete seine von Wut verzerrte Sprechweise. »Johanna bekommt kein Kind! So ist es zwischen ihr und mir vereinbart! Das Kind wird abgetrieben! Und sollten Sie«, er wies mit seinem ausgestrecktem Finger auf Edgars Nasenspitze, »Johanna beeinflussen, diese Vereinbarung zu brechen, dann nehme ich mir einen Tag meines Lebens Zeit, um mich mit Ihnen zu befassen! Sie werden sich danach wie verschollen fühlen! Das verspreche ich Ihnen!«

Er lehnte sich zurück. Man merkte ihm an, daß er davon ausging, endgültig und abschließend verstanden worden zu sein und mit keinerlei Erwiderung rechnete. Aber Edgars kurzes, unheilvolles Lachen belehrte ihn eines besseren. Bleich vor Zorn stürzte Hafersack einen Schluck Champagner hinunter, sah wütend zu Paola, die die Augen verdrehte, während Edgar in sonderbarer Gelassenheit verkündete: »Sie werden Vater!« Gäste sahen neugierig zu ihnen herüber. »Sie schüchtern weder mich noch Johanna ein! Sie werden Vater, und Sie werden Ihre Pflichten erfüllen! Sie armseliger Mann, Sie haben weder Johanna noch das Kind verdient, aber Ihre Pflichten, die werden Sie erfüllen! Das verspreche ich Ihnen!« In gemäßigtem Ton wandte er sich der lächelnden Barfrau zu: »Die Rechnung, bitte!«

Die Fassungslosigkeit in Sven Olaf Hafersacks Gesicht war allzu deutlich. Er war es nicht gewohnt, daß man ihm widersprach, und die anmaßende Dreistigkeit, mit der dieser unbedeutende Mensch es dennoch tat, übertraf seine Vorstellungskraft.

»Sie sind für mich ...«, stieß er voller Abscheu hervor, brach aber ab, da er eine weitere Eskalation vermeiden wollte und instinktiv begriff, sich keinesfalls gemein machen zu dürfen. Gefaßter fügte er hinzu: »Eines möchte ich Ihnen mit auf den Weg geben! Vielleicht denken Sie mal darüber nach – wenngleich ich den Eindruck habe, daß Denken nicht Ihre Stärke ist: Das Kind wollte Johanna mir unterschieben, um mich an sich zu binden. Hätte ich auch nur geahnt, daß sie derartige Absichten hegt, daß sie eine derart abgefeimte und berechnende Person ist, hätte ich mich niemals auf sie eingelassen. Ihre lächerliche Ritterlichkeit ist völlig fehl am Platz. Guten Abend!«

Er wandte sich demonstrativ Paola zu, die ihm eifrig die Hand streichelte und ihn teilnahmsvoll anlächelte.

Der Kellner beeilte sich, das Wechselgeld herauszugeben, aber Edgar ließ sich nicht drängen. Als er hinaus auf die Straße trat, schaute er sich mehrmals in alle Richtungen um – Erasmus Hahn war nirgends zu erblicken –, dann wurde ihm übel und er eilte davon. Immerhin war es so spät, daß Johanna zu Hause sein mußte.

Nein, dachte er, jetzt muß ich mir Klarheit verschaffen, jetzt muß ich mich besinnen und resümieren! Mit diesem Gedanken blieb er stehen, sah in den dunklen Himmel, starrte auf den feuchten Gehweg, überquerte langsam und mit übertriebener Vorsicht die Straße und setzte sich in ein Wartehäuschen der Bahn. Er war sicher, soeben seinen Job verloren zu haben. Eigentlich sah er nur Paolas herablassendes, rotwangiges Lachen, dann sprang er auf, ballte die Hände zu Fäusten, befahl sich, daß es nun genug sei, und beschloß, mit Johanna ein letztes, klärendes Gespräch zu führen.

Daß Johanna das Kind bekommen werde, stand für ihn außer Zweifel, während grimmige Gedanken an sein Attentat ihn mit Mutwillen erfüllten.

In seiner Wohnung roch es nach Pizza, klassische Musik erklang leise, und Johanna saß gemütlich, die Beine angezogen, ein Glas Wein vor sich, in die Couch gelehnt und strickte. Sie hatte etliche Kerzen angezündet, blickte von ihrer Handarbeit auf und sagte: »Wir können essen, Edgar.«

Er setzte sich mit größter Zurückhaltung, als könne er

durch eine unbedachte Bewegung etwas beschädigen, auf die Kante des schäbigen Sessels. Dort verharrte er regungslos und sah Johanna mit verwundert an.

»Ist alles in Ordnung?« erkundigte sie sich schließlich.

»O ja.« Sie musterte ihn einen Augenblick und strickte weiter. Er war befangen, seine Wohnung erschien ihm anheimelnd, wie ein Ort friedlichster Abgeschiedenheit, und Johanna verkörperte das. Er hatte die Ahnung, daß es ein letztes, klärendes Gespräch nicht gab, mit niemandem, solange man lebte, und mit Johanna schon gar nicht.

Johanna legte die Handarbeit beiseite, ging in die Küche, brachte die Pizza, schenkte Wein ein und war befangen wie er selbst. Sie aßen schweigend, aber plötzlich lachte er kurz und ungehemmt auf, so daß Johanna ebenfalls laut und wie befreit lachen mußte.

In wenigen Minuten verschlang er seine Portion, leerte das Glas und aß nach einiger Ziererei Johannas halbe Pizza auch noch, dann fühlte er sich träge und unterdrückte ein Gähnen. Johanna betrachtete ihn aufmerksam.

»Ich weiß, was du heute gemacht hast«, sagte sie und errötete.

»Nichts hab ich gemacht«, antwortete er und lehnte sich, die Hände hinter dem Kopf verschränkend, in seinen Sessel.

»Doch, doch! Du hast in ein Wespennest gestochen.«

»Das war auch nötig«, entgegnete Edgar mit wohligem Gefühl.

Er fühlte sich überlegen und empfand tiefe Dankbarkeit für das, was ihn umgab.

Da draußen, wo die Hafersacks sind, herrscht der Schwachsinn – was hier herrscht, weiß ich nicht, aber es ist unbedingt zu verteidigen, dachte er.

»Erst war ich stinksauer, daß du dich in mein Leben mischst«, sagte Johanna. »Du kannst doch nicht einfach, ohne mich zu fragen, zu Sven gehen. Aber je länger ich darüber nachdenke, desto besser finde ich es. Weißt du, Edgar, wie sehr man erschrickt, wenn sich jemand unaufgefordert in sein Leben mischt? Erst schämt man sich irgendwie und denkt, was fällt dem ein? Dann fragt man sich, was hat er bloß davon, und warum tut er das denn? Und wenn man dann einsieht, daß es aus Nächstenliebe, aus Verantwortungsgefühl geschehen ist, dann ist man erst recht beschämt.«

Edgar sah Johanna bei ihrer Handarbeit zu. Er fand es eine schöne Beschäftigung, vor allem, weil daraus etwas Praktisches hervorgehen werde.

»Ich würde so gern mehr von dir wissen«, hörte er sie sagen. »Mir ist, als wüßte ich nichts von dir. Mir ist, als würdest du mir von Tag zu Tag fremder, obwohl du mir so nah wie nie zuvor erscheinst. Ist das nicht merkwürdig? Als Sven mich über deinen Auftritt in Kenntnis setzte, mußte ich über seine Panik lachen. Er hat fast eine viertel Stunde mit mir telefoniert. Ich konnte über ihn lachen, stell dir das vor, und ich dachte, was ist das doch für ein armseliger Wicht. Seine einzige Sorge war, daß ich das Kind nicht abtreiben könnte, und deine Impertinenz, mich darin noch zu bestärken. Du hast gehandelt, und mir ist, als würde ich frei entscheiden können. Warum hast du das getan?«

»Das weiß ich nicht. Heute, auf der Arbeit, kam mir die Idee – wie eine Eingebung. Und dann wuchsen Zweifel, mehr und mehr, die mich zur Eile trieben. Als ich mit Sven und Paola sprach, war wieder alles ganz selbstverständlich.«

»Manchmal bedarf es vielleicht eines Anstoßes?« befand Johanna leise. »Solch ein Anstoß, wenn man doch selbst keinen Ausweg finden kann, gibt einem das Gefühl, daß man gar nicht gezwungen ist, einen Ausweg zu suchen. Daß sich alles auf natürliche Weise fügt und man nur seinem Herzen folgen muß ... Mir kommt es vor, als wäre es genau verkehrt, sich auf Vernunftgründe zu berufen – wo doch alles so unvernünftig ist, was man vernünftig nennt. – Oh, das ist schön! Kannst du es bitte etwas lauter stellen.«

Edgar drehte die Musik lauter. Es war die Ouvertüre der Zauberflöte. Er lächelte Johanna an und sagte erwartungsfroh: »Vielleicht spielen sie die ganze Oper? Dann können wir sie hören, stell dir vor.«

»Ja«, freute sich Johanna, »das wäre schön.«

Sie rekelte sich behaglich, legte das Strickzeug aus den Händen und lauschte hingebungsvoll der Musik. Edgar hatte die Arme auf die Lehne des Sessels gelegt und blickte versunken zwischen den Knien hinab.

Nachdem Taminos Arie mit den Damen, »Zu Hilfe! Zu Hilfe!« verklungen war und Papageno anstimmte, sagte Johanna: »Mein Bruder ist Violinist, und sein erstes Engagement in einem Orchester war die ›Zauberflöte‹. Ich war in allen zwölf Vorstellungen. Ich liebe ihn, und jetzt lebt er in Australien.«

»Gibt es nicht Augenblicke, in denen man alles in Frage stellt«, sagte Edgar nachdenklich, ohne eine Antwort zu erwarten. »Und sind das nicht gerade die besten Augenblicke? Aber vor ihnen hat man Angst. Es sind die Augenblicke, in denen man alles loslassen müßte, was man weiß und was man besitzt, um etwas Neues ergreifen und begreifen zu können. Die Hände frei zu haben ist eine große Hoffnung, aber wahrscheinlich auch eine große Furcht. Sich an etwas zu klammern ... wider besseres Wissen ... oder aus vermeintlichem Wissen, wird nicht weit führen, aber alle klammern sich an etwas ... Der Strohhalm verhindert das Schwimmen, so ist es doch am Ende immer wieder.«

Er sah Johanna gedankenversunken an und fügte nach einer Weile hinzu: »Wir sind Architekten, und die Aussage, die einen funktionell gut gelösten, fest gefügten Bau in ein Kunstwerk verwandelt, bedeutet doch nichts anderes! Wenn wir selbst ohne Vorurteile sein wollten, müßten wir alles loslassen ... Wie sollen wir denn zu Fragen finden, wenn wir zu Antworten erzogen sind? Die gelernten Antworten in Frage zu stellen – das müßten wir leben, wir beide.«

Er hatte kaum vernehmlich gesprochen, als habe er nur laut gedacht. Johanna hatte seinen Worten umso aufmerksamer gelauscht. Sie sah ihn warmherzig an und entgegnete leise: »Es ist gut, daß ich ein Kind im Bauch trage, weißt du. Es ist ganz ursprünglich. Wenn ich das Kind zur Welt bringe, gegen jede Vernunft, ist es in der heutigen Zeit«, sie überlegte, »als errichtete ich einen Menhir.«

Edgar mußte unwillkürlich lachen, er sah das megalithische Bauwerk, den aufgerichteten Stein aus Urzeiten vor Augen und sagte: »Du bekommst ein Kind, wenn du es ausgetragen hast, kannst du dich um die Aufrichtung eines Menhirs kümmern.«

»Das meine ich nicht!« entgegnete Johanna schnell. »Ich meine es symbolisch! Ein Kind zu gebären ist, in Anbetracht meiner Lage, als lehnte ich mich gegen alles auf, was in dieser Welt vernünftig heißt. Der einzige, der mich darin bestärken würde, bist du. Und du lachst.«

»Na und. Ich rate dir gegen alle Vernunft, dein Kind auszutragen, und du nimmst den Rat gegen alle Vernunft an. Aber vielleicht hast du ja recht, und ich sollte nicht lachen. Die Menschen, die einen Menhir errichtet haben, hätten aus heutiger Sicht bestimmt sehr viel Vernünftigeres tun können. Ein Glück, daß sie es nicht getan haben, so besteht wenigstens das Symbol ihrer Hoffnung weiter, wenn es uns schon lange nicht mehr geben wird.«

»Ja, das ist merkwürdig. In unserer rationalen und reichen Gesellschaft sterben die Menschen aus Vernunftgründen aus, und in den armen Ländern vermehren sie sich unvernünftigerweise.«

Sie zündete sich eine Zigarette an.

Später, als sie im Dunkel auf der Couch nebeneinander lagen, sagte er laut in die Stille: »Es ist schön, deinen Atem zu spüren.«

Johanna überlegte, was sie antworten könne. Sie meinte, sich lange nicht so geborgen gefühlt zu haben, sagte es ihm aber nicht. Vielleicht sollte sie ihm sagen, daß es gut war, daß er sie nicht berührte. Dann dachte sie, wenn mir nicht gleich etwas einfällt, kann ich gar nichts mehr sagen, der Abstand ist zu groß. Und wenn ich einfach nur danke sage? Und dann entschloß sie sich, ihm einen Pullover zu stricken, worüber sie einschlief.

5. KAPITEL

»Du siehst immer aus wie ’ne Drecksau«, sagte Dennis und sah Edgar gerade an.

Es war Feierabend, und die fünf Männer waren in dichtem Schneetreiben auf dem Weg in die Kneipe, um ihr Geld zu holen. Sie gingen nebeneinander und nahmen die Breite des Bürgersteigs ein.

»Na und«, rief Edgar, »kann man doch wieder waschen.«

»Trotzdem, Alter, nichts fürs Auge«, fand Dennis und lachte.

»Danke noch mal«, rief Steve, »für gestern!«

Edgar nickte ihm zu.

»Ist ein Wunder, daß Harry nichts gemerkt hat!« sagte der lange Georg mit unüberhörbarem Vorwurf.

»Wenn du die 5,28 Edition nicht runterkriegst, ist sowieso bald alles vorbei«, ergänzte der kleine Ralf.

»Was bedeutet eigentlich 5,28?« fragte Edgar.

Die vier lachten.

Edgar fühlte sich wohl in ihrer Mitte und wie sie an dem grauen, kalten Februartag gemeinsam die Straße entlangstiefelten. Die Menschen, die ihnen entgegenkamen, blickten verunsichert und wußten nicht, ob es ratsam sei, sich in einen Hauseingang zu drücken, bis sie vorüber wären.

»Mit 5,28 ist Hassan el Straffat im Krankenhaus aufgeschlagen«, sagte Dennis.

»Nachdem die Bullen ihn an den Füßen aus den Kitzelfichten gezogen hatten«, fügte Ralf an.

Sie liefen bei Rot über eine Kreuzung. Autos bremsten.

»Na und«, rief Steve, »als ich in der Charité aufgewacht bin, hab ich die Schläuche abgerissen, meine Entlassungspapiere unterschrieben und bin nach Hause. Zum Professor hab ich gesagt, was ich brauche, kannst du mir sowieso nicht geben. Außerdem bin ich nicht der Spitzenreiter. Das war ein Russe. Fernfahrer. Den haben sie mit 7, 2 aus seinem Truck gezogen.«

»Echt mal, die Russen sind Wahnsinn«, meinte Ralf.

»Soviel zu Oma und Opa«, brüllte Dennis. »Die kleine Negerin – habt ihr euch die mal richtig angesehen? Die hat einen Arsch ... Als ich ihr raufgeklatscht habe, hat sie ihn mir erst mal richtig – so richtig entgegengestreckt. Echt geil, die Alte.«

»Affenfick«, rief Ralf. »Akne hat sie auch. Hast doch deine Biene!«

»Ne, ne, so ne Negerin ist schon okay. Wer hatte denn schon mal so was Schwarzes?« Und damit stieß Georg die Kneipentür auf.

Der Gastraum war warm und leer, nur Viktor lehnte zigarreschmauchend auf dem Kanapee, begrüßte die Männer und winkte Edgar mit lässiger Geste zu sich. Er hatte ein auffällig grünes Seidenhemd mit langem Kragen an, dessen obere Knöpfe geöffnet waren und seinen baumdicken Hals und ein gutes Stück der Brust entblößten. Während die anderen unter allerlei Gelächter ihre Jacken auszogen und über die Stuhllehnen am Stammtisch hängten, setzte Edgar sich zu Viktor, der zufrieden schmunzelte und freundlich brummte: »Na Edgar, Sie sollten sich vielleicht erst einmal ein wenig waschen, was?«

Edgar sah kurz an sich hinab und ging aufs Klo. Als er wiederkam, standen Rotwein und Wasser auf dem Tisch.

»Das ist doch in Ihrem Sinne, hoffe ich.«

»Danke!« freute sich Edgar und trank durstig das Wasser. »Sie hatten recht: Es ist ein Anfang. Ein Schritt ins Leben. Und diesen Schritt haben Sie mir ermöglicht. Dafür werde ich Ihnen immer dankbar sein!«

Viktor lachte. »Das freut mich für Sie!«

Er blies den Rauch zur Decke hinauf.

»Mir ist zu Ohren gekommen, daß Sie hervorragende Arbeit leisten. Ich hatte das nicht anders erwartet. Und ab Montag arbeiten Sie als Architekt. Sie machen Karriere.«

»Das wissen Sie?« Edgar besann sich. »Natürlich wissen Sie das.«

Viktor sah ihn prüfend an.

»Stellen Sie sich das aus der Sicht unseres Innenministers vor«, gab er gemächlich zu bedenken. »Der nennt das Parallelwelt. Diese Parallelwelt soll mittlerweile über dreißig Milliarden Euro jährlich umsetzen, und Sie sind Teil dieser kriminellen Kraft.«

»Sie können sich gar nicht vorstellen, wie egal mir das ist«, entgegnete Edgar entschieden.

»Erst jetzt sind Sie«, hob Viktor hervor, »wie Sie sich ausdrückten, ein Sozialschmarotzer! Vor drei Tagen waren Sie ein unbescholtener Hartz-IV-Empfänger. Ich will Sie nicht beunruhigen, aber Sie sind so kriminell wie die Jungs, mit denen Sie arbeiten, und wie Harald und Erasmus, die Sie beschäftigen. Darüber sollten Sie sich im klaren sein!«

»Natürlich bin ich das«, antwortete Edgar mit einer gewissen Entrüstung. »Es beunruhigt mich auch nicht! Im Gegenteil! Die Alternative, die ich zur Genüge kenne, die beunruhigt mich. Ich weiß, wem ich was schuldig bin, darauf können Sie sich verlassen!«

»Na dann ist es ja gut. Haben Sie denn das Problem Ihrer Selbstgespräche schon in den Griff bekommen?«

»Selbstgespräche? Ja, ja!« Edgar sah auf den Boden, als suche er etwas.

»Und wie geht es mit Ihren Plänen voran – dem Werk eines Irrsinnigen – sind Sie da weitergekommen?«

Viktors Stimme hatte freundlich geklungen. Edgar sah kurz in dessen Augen, dann vor sich auf den Tisch.

»Sie wissen ganz genau, daß mein Leben durch Sie in eine andere Bahn gelenkt worden ist.« Er blickte Viktor glühend an. »Ich weiß das zu schätzen, alles andere geht Sie nichts an!«

Zu seiner Verwunderung schenkte Viktor ihm keinerlei Aufmerksamkeit mehr, sondern blickte zum Tresen, an dem Roswitha aufgeregt mit Peter debattierte, der sie vergeblich zu beruhigen suchte. Immer wieder sah sie zu Viktor, strich sich mit den Handflächen sorgenvoll die Wangen und eilte dann entschlossen auf ihn zu.

»Ich muß dich sprechen! Jetzt, unbedingt«, flüsterte sie.

Ihr puppenhaftes Gesicht war weiß. Vom Stammtisch erschallte Gelächter. Georg war aufgesprungen, sein Stuhl umgeschlagen. Er zog sein bierdurchweichtes T-Shirt vom Körper und kicherte atemlos in die Runde. Dennis warf mit einem Bierdeckel nach ihm und traf ihn am Kopf, was eine weitere, lautstarke Lachsalve auslöste. Die Tür sprang auf, Harald und Erasmus traten unter allgemeinem Gejohle ein, und als Erasmus Edgar die Hand schüttelte, sagte er bedeutsam: »Wir müssen nachher noch mal reden!« Er setzte sich mit Harald an einen der Zweiertische vors Fenster.

»Er kommt raus! Er kommt raus!« rief Roswitha, die es kaum noch ausgehalten hatte.

»Jetzt setz dich!« verlangte Viktor.

Sie setzte sich nicht.

»Was soll ich denn machen? Er kommt raus! Er schlägt mich und Laura tot!«

Viktor packte sie bei der Hand und zog sie mit einem kräftigen Ruck zu sich auf das Kanapee. Ihr Gewicht schien für ihn ohne Bedeutung. Sie kreischte vor Schreck und zog hastig ihren kurzen Rock zurecht.

»Niemand erschlägt dich und Laura! Das haben wir doch alles besprochen.«

»Er will dich umbringen! Das hat er mir eben gesagt. Verstehst du? Auch dich! Uns alle!«

Sie zeigte wie zum Beweis auf das Handy.

Am Stammtisch sangen sie: »Es fährt ein Zug nach nirgendwo.«

»Beruhige dich. Du mußt keine Angst haben!«

Roswitha seufzte und schmiegte sich an Viktors Brust, der ihr besänftigend übers Haar streichelte.

Peter brachte unaufgefordert neue Getränke und tauschte mit Viktor einen kurzen Blick, dann legte er mit den Worten: »Ist in Ordnung so«, ein Briefkuvert vor Edgar, blieb unschlüssig stehen, als erwarte er Instruktionen, aber Viktor schüttelte kaum merklich den Kopf.

Edgar sah in den Umschlag, in dem sich einhundertvierzig Euro befanden. Viktor blies den blauen Rauch mit gespitzten Lippen in kleinen, sich kräuselnden Kringeln gemächlich über den Tisch. Roswitha murmelte merkwürdig träumerisch: »Er bringt uns alle um. Du wirst es sehen. Erst mich, dann Laura und dich. Seine Stimme ist so widerlich.«

Viktor betrachtete nachdenklich die Zigarre in seiner Pranke. Edgar wandte den Blick ab und sah, weil er Roswithas Blick nicht auf sich gerichtet wissen wollte, aus dem Fenster.

Ich würde ihr auch helfen, dachte er, aber sie ist ja in guten Händen. Er beschützt sie besser, als ich es jemals könnte. An Viktors Tisch fühlte er sich aufgehoben. Alles würde sich regeln. Er war nicht beunruhigt.

Draußen, auf der anderen Straßenseite, sah er, wie zwei Männer eine Frau belästigten. Sie hielt ein kleines Mädchen an der Hand, das sich ängstlich an sie schmiegte. Das Mädchen trug einen blaues Mäntelchen, aus dem die dünnen Beinchen mit den kugeligen Knien ragten. Die Männer, beide in Bomberjacken und Springerstiefeln, hielten Bierbüchsen in der Hand. Der Hagere lehnte an der Hausmauer, während der Breitschultrige mit weitvorgestrecktem Kopf die dunkelhaarige Frau anschrie. Passanten machten einen Bogen, manche wechselten sogar die Straßenseite. Jetzt versuchte die Frau, dem breitschultrigen Mann ins Gesicht zu schlagen, doch der wich aus und stieß ihr so heftig mit der Faust gegen die Brust, daß sie taumelte.

Edgar meinte, die Frau von irgendwoher zu kennen, überlegte auch einen Moment angestrengt, aber es fiel ihm nicht ein.

Das Mädchen fing an zu weinen, ihre Mutter wollte fort, aber der hagere Mann stieß sich von der Mauer ab und versperrte ihnen breitarmig und von links nach rechts hüpfend den Weg.

Edgar sprang auf und verließ mit langen Schritten die Gaststätte. Er stand zwischen zwei parkenden Autos, den Oberkörper nach vorn, die Arme nach hinten gestreckt, und hatte die Hände zu Fäusten geballt. Der hagere

Mann schüttete Bier nach dem Kind, das Mädchen schrie und klammerte sich am Mantel seiner Mutter fest. Edgar machte einen energischen Schritt auf ihn zu, so daß er affektiert zurückhüpfte und die Frau mit dem Kind geistesgegenwärtig an ihm vorbei konnte. Sie lief schnell, ohne sich umzusehen, die Straße hinauf. Die beiden Männer postierten sich bedrohlich vor Edgar und schrien auf ihn ein, der aber wandte sich ab, beachtete sie nicht weiter, wollte zurück in die Kneipe, mußte jedoch auf ein herannahendes Auto warten.

Während auch Roswitha, an der Seite Viktors, gebannt aus dem Fenster sah, grölten am Stammtisch alle den Schlager: »Du hast den Farbfilm vergessen.«

Da schubste der Breitschultrige Edgar auf die Straße, direkt vor das Auto. Er schien nur auf diesen Moment gewartet zu haben. Edgar schlug der Länge lang hin, Bremsen quietschten. Die beiden konnten sich vor Lachen kaum halten.

Roswitha und Viktor sprangen auf, starrten hinaus und sahen, wie Edgar sich mühsam unter der Stoßstange hervorrappelte. Die Tür des Autos wurde aufgestoßen, ein Mann mit eckiger Brille und Schiebermütze stieg hastig aus, sein Gesicht war weiß. Einige Schaulustige blieben stehen. Die beiden Männer stellten sich lachend neben den ratlosen Fahrer, der verwirrt vor sich hin sprach. Edgar kniete auf allen vieren, schüttelte benommen den Kopf, als der Hagere ihm in die Seite trat, daß er wieder gegen das Auto schlug.

Viktor rannte hinaus, Erasmus und Harald waren von ihren Stühlen aufgestanden, und am Stammtisch verstummte schlagartig das Gegröle. Stühle schurrten, alle stürmten Viktor hinterher. Autos stauten sich, hupten.

Als Edgar das zweite Mal von dem hageren Mann getreten wurde, konnte er dessen Bein packen, ihn zu Fall bringen und sich auf ihn stürzen. Sie klatschten in eine tiefe Pfütze. Edgar hielt den Unterarm auf den Hals seines Gegners gedrückt und schlug wie von Sinnen auf dessen Kopf ein, während der Autofahrer von dem Breitschultrigen einen Fausthieb ins Gesicht erhalten hatte und mit blutender Nase seine Brille suchte. Dann sprang der Breitschultrige in die Pfütze, seinem Kameraden zur Seite, zog Edgar an den Haaren zurück und schlug ihm mit der Faust wieder und wieder gegen das Ohr. Endlich war Viktor heran. Die Zigarre zwischen den Lippen, packte er den Mann an dessen Jacke und riß ihn mit einem so gewaltigen Ruck hoch, daß der sich erschrocken umsah und von Edgar abließ. Wieder frei, begann Edgar weiter auf den reglos in der Pfütze liegenden einzuprügeln, während Viktor den Burschen so heftig gegen eines der parkenden Autos schleuderte, daß der Spiegel abbrach. Dennis und Steve warfen sich in Edgars Arm und zerrten ihn gegen seinen heftigen Widerstand auf den Bürgersteig und weiter in die Kneipe zurück.

Drei Minuten später war alles vorüber: die Autos fortgefahren, und Schneeflocken bedeckten die Blutlache. Ein Polizeiwagen fuhr langsam heran, hielt kurz, fuhr weiter, und in der Kneipe herrschte aufgeregte Siegesstimmung. Edgar war der Held. Er saß blutüberströmt, mit aufgeschlagener Lippe auf seinem Stuhl, und jeder klopfte ihm anerkennend auf die Schulter. In seinem Kopf rauschte es, die Stimmen drangen wie aus weiter Ferne zu ihm, und er lächelte betäubt gegen die Wand. Roswitha war mit einer Schüssel Wasser herbeigeeilt und reinigte behutsam sein Gesicht und die Hände. Er ließ es regungslos geschehen und bemerkte ihr liebevolles Lächeln nicht. Peter hatte den Schlager, »Die Capri-Fischer«, laut gedreht, dann stellte er einen großen Schnaps vor Edgar und verlangte, daß er ihn sofort austrinken müsse. Unter allgemeinen Beifallsbekundungen hob er das Glas langsam an den Mund und leerte es in einem Zug. Der Wodka lief ätzend über die aufgeplatzte Lippe und strahlte warm aus dem Magen in den Kopf. Auf dem Weg hinterließ er Schmerzen. Die rechte Seite, das rechte Ohr, der Kopf – Edgar fühlte wieder. Mit der ersten Bewegung ächzte er leise und bemerkte, daß Viktor und Harald, die nebeneinander auf dem Kanapee saßen, ihn forschend ansahen.

Wie bleich das Gesicht von Harald ist, wunderte sich Edgar. Selbst seine Augen sind bleich.

Roswitha griff seine linke Hand und tauchte sie mit fürsorglicher Entschlossenheit in die Wasserschüssel. Es brannte, die Haut am Handrücken und an den Knöcheln war abgeschürft. Alle sahen die winzigen, hervorquellenden Blutstropfen, die sie immer wieder behutsam wegtupfte. Für Edgar hörte sich alles an, als hätte er Watte in den Ohren, nur die Geräusche, die er verursachte, wenn er den Kiefer vorsichtig bewegte oder schluckte, waren laut und eigentümlich ungewohnt. Er wandte sich Erasmus Hahn zu, der neben ihm Platz genommen hatte und ihn mit mildem Blick anstaunte.

»Falls sich Paola Pawlowski bereits an dich gewandt hat, möchte ich dich bitten, nichts auf ihre Worte zu geben. Es können nur Verleumdungen sein. Es geht um etwas ganz anderes.«

Er hatte so laut gesprochen, daß Erasmus zurückwich und alle erschrocken aufsahen. Viktor musterte Erasmus sehr genau, der unsicher lachte, als sei er ertappt, in die Gesichter der anderen schaute und um Sorglosigkeit bemüht meinte: »Das ist doch nicht der Rede wert. Aber du solltest ihr in Zukunft überhaupt nichts erzählen. Sie muß das nicht wissen. Am besten, wenn niemand was weiß!«

Alle schwiegen und sahen Roswitha zu, die Edgars Hand abtrocknete und auf den Tisch legte, als wäre es irgendein beliebiger Gegenstand, ihm einen letzten warmherzigen Blick schenkte und mit der Wasserschüssel davonging.

»Worum geht's denn?« erkundigte sich Viktor, steckte eine neue Zigarre in Brand und blickte Erasmus an.

Da der nicht antwortete und ein wenig hilflos auf seinem Stuhl hin und her rutschte, fügte er hinzu: »Das würde Harald bestimmt auch interessieren.«

»Ich weiß nicht, ich weiß nicht«, wand sich Harald auf seinem Platz, »ob ich das wirklich wissen will.«

Er trug noch seine Arbeitskleidung, den blauen Seemannspullover und die Latzhose, huschte flink zum anderen Tisch, holte Erasmus' und das eigene Bierglas, legte sein Hände schützend um sein Glas und blickte in die Runde. Erasmus zuckte mit den Achseln.

»Was seht ihr mich so an? Ich weiß es nicht! Die Pawlowski mag ihn nicht.«

Die Blicke richteten sich gespannt auf Edgar.

»Sie mag mich nicht, da hat er recht«, tönte Edgars Stimme so laut, daß die anderen drei abermals zurückschreckten.

»Nicht so laut!« dröhnte Viktor mindestens ebenso laut.

»Vielleicht hat er was mit den Ohren«, bemerkte Harald. »Guckt doch mal, die ganze Gesichtshälfte ist geschwollen!«

»Ich will auch Bier«, verlangte Edgar gedämpfter, wunderte sich, wie leise er sprach und daß die anderen ihn dennoch zu verstehen schienen.

»Vier Bier!« donnerte Viktor ungeduldig durch den Raum.

»Eine Liebesgeschichte«, fuhr Edgar fort. »Eine ganz banale Liebesgeschichte, in die ich mich eingemischt habe.«

Er sah in die erwartungsvollen Gesichter und verspürte plötzlich nur noch Schmerzen, es schien ihm, als würde sein Schädel zerspringen. Er hatte große bunte Kringel vor den Augen, so daß er Erasmus Hahn nur undeutlich wahrnehmen konnte und dessen Augen ihm so lang und schmal vorkamen, als reichten sie von der Nase bis an die abstehenden Ohren.

»Es tut mir leid, daß ich dich erwähnt habe, gestern, als sie mich fragte, ob ich eine Arbeit hätte und bei wem. Ich weiß, das war dumm von mir. Ich habe es selbst bereut, gestern. Ich werde nie wieder ein Sterbenswörtchen darüber verlieren! Sie hatte mich provoziert. Ich habe mich provozieren lassen. Es wird nicht wieder geschehen.«

Er seufzte, und Erasmus Hahn nickte entschieden.

Roswitha kam mit dem Bier, und Edgar rief: »Eine dumme Liebesgeschichte ist der Hintergrund. Ja!«

Roswitha lächelt wonnig, stellte schnell die Biere ab und setzte sich auf Viktors Schoß. Es interessierte sie nicht, daß ihr Rock hochrutschte.

Edgar erwiderte ihr Lächeln, trank das halbe Glas aus, überlegte und erzählte in wenigen Worten, was geschehen war.

»Ach, die arme Johanna«, seufzte Roswitha mitfühlend, nachdem er geendet hatte. »Die kann ich so gut verstehen. Bring sie doch mal mit her!«

»Frauen!« Harald kicherte. »Die besten Freunde des Menschen.«

»Na ja, irgend so was dachte ich mir schon«, sagte Erasmus, ein Gähnen unterdrückend. »Aber sprich nicht mehr mit ihr, vor allem nicht mit Hafersack. Ich habe mit Stange & Partner eine Subunternehmer-Vertrag, und die Pawlowski vermittelt das. Ich könnte mir nicht leisten, darauf zu verzichten, verstehst du?«

Edgar nickte.

»Außerdem kannst du jederzeit bei mir arbeiten«, meinte Harald. »Erasmus sieht doch immer nur das Licht an der Öffnung des Analtunnels und bildet sich ein, daß es sich um einen Reisegutschein handelt, mit dem er unterwegs ist.«

»Wie sieht's denn in meinem Arsch aus?« fragte Erasmus.

»Wenn man an den Hämorrhoiden vorbei ist – finster. Gibt keinen Rückweg und keinen Ausgang.«

»Hafersack?« überlegte Viktor. »Den kenne ich. Eine dieser ungreifbaren Erscheinungen mit der selbstgerechten Intelligenz eines Leitartiklers, die in ihren tiefsten Momenten Selbstmitleid darüber empfinden, was sie täglich zum Wohl der Menschheit leisten müssen.«

»Der mit dem Käuzchengesicht, auf dem Empfang bei deiner Halbschwester?« fragte Roswitha.

»Seid vorsichtig«, gab Erasmus Hahn zu bedenken, »der hat seine Finger überall drin.« Er zog sich in sein braunes Wolljackett zurück, als hätte er eine Unbedachtsamkeit begangen. »Es gibt keine große Ausschreibung, an der Hafersack nicht beteiligt ist! Entweder auf der Investorenseite oder in der Vergabekommission. Wenn es um viel Geld geht, taucht Hafersack auf – bis in Regierungskreise.« Er lehnte sich zurück und faltete die Hände vorm Bauch. »Ich jedenfalls möchte den nicht zum Feind haben.«

»Das ist mir doch völlig egal!« rief Edgar. »Der ist doch auch nur ein Mensch. Der hat doch schließlich was zu verlieren ... Ich hingegen ...«

»Ach«, meinte Harald, »zu verlieren hat jeder was. Irgendwie hängt man doch an seinen Verpflichtungen. Wenn man mir die Steuern erlassen würde – ich weiß nicht, mir würde was fehlen.«

»Hat denn diese Paola Druck auf dich ausgeübt, Edgar nicht einzustellen, oder wie haben wir das zu verstehen?« wandte sich Viktor an Erasmus und rückte Roswitha zur Seite, um ihn besser sehen zu können.

»Na sicher!« antwortete Erasmus mit wichtiger Miene in die Runde. »Würde ich sonst davon sprechen? Aber das ist ja völlig unwichtig. Ich brauche einen guten Architekten, und wenn sie nichts davon erfährt«, er blickte Edgar wohlwollend an, »dann gibt es keine Probleme. Ich meine«, sagte er verbindlich, »wir wissen doch alle, worum es geht. Offiziell kann ich Edgar nicht einstellen, dazu müßten die Auftragsbücher doppelt so dick sein und die Kunden vernünftige Honorare zahlen. Wenn keiner mehr Geld hat, geht es nur schwarz. Und daß wir ohne Schwarzarbeit mit dem Rücken an der Wand stehen, Harald und ich, bedarf auch keiner Erwähnung. Und darum – kein Wort zu niemandem!«

Hierüber herrschte Einigkeit, und Viktor verlangte, Edgar möge endlich aufhören mit seinen Beteuerungen, niemandem ein Sterbenswörtchen zu erzählen.

Als Edgar sich wenig später verabschiedete, hatte jeder ein freundliches Wort für ihn. Roswitha schenkte ihm sogar einen Kuß auf die Wange und Peter, der untersetzte, stiernackige Kneiper, nickte mehrmals kräftig mit dem runden Glatzkopf über seine Zapfhähne und zwinkerte ihm zu. Dennis stand vom Stuhl auf und rief: »Edgar, Junge! Du paßt in die Welt!« Und Georg sagte: »Komm jut übern Alex, Alter!«

Was kümmerten ihn die Schmerzen, der waagerecht durch die Straße wirbelnde Schnee? Es verstärkte sein

Glücksgefühl. Wir werden es schaffen, theatralisierte er in seinem dröhnenden Kopf, und ihn erfüllte unbändiger Tatendrang.

»Wir müssen sprechen!« verlangte er von Johanna beim Eintritt in seine Wohnung, ohne im mindesten Notiz von Richard Westhof zu nehmen, der auf der Couch lümmelte und rauchte. Edgar packte sie am Arm, zog sie derb in die Küche, schloß die Tür und lehnte sich mit dem Rücken dagegen.

»Mein Gott!« rief sie, an ihm hinabblickend. »Du siehst ja jeden Tag schrecklicher aus. Was ist denn nun wieder geschehen?«

Sie schüttelte ungläubig den Kopf und starrte ihn aus weitgeöffneten Augen an. Ihre Pupillen waren riesig.

»Du mußt mir dein Wort geben«, sagte er und drückte ihren Arm so heftig, daß sie sich ihm mit einem Aufschrei entwandt und gegen den Kühlschrank zurückwich. »Niemandem, wirklich niemandem darfst du erzählen, daß ich schwarz arbeite! Das mußt du mir versprechen! Versprich es mir!«

»Ist ja gut. Ich erzähl's niemanden«, versicherte Johanna, hielt sich die Hand vor den Mund und fing zu kichern an. »Kann es sein, daß du wahnsinnig bist?«

»Niemandem! Versprich es mir!« beschwor er sie.

»Ja«, beteuerte sie, als zaghaft gegen die Küchentür geklopft wurde und Richard Westhof sich erkundigte, ob alles in Ordnung sei.

Edgar sah sie so eindringlich an, daß sie nochmals bestätigend nickte, und riß die Tür mit einem überraschenden Ruck auf. Richard stand im Türrahmen.

»Was lauschst du hier!« herrschte Edgar ihn kalt an.

»Alles in Butter, Doktor Luther«, blödelte Richard und betrachtete Edgar. »Individuelles Design. Selber kreiert oder arbeiten lassen? Besonders Lippe und Ohr. Alles Silikon, oder?«

Er klopfte Edgar jovial auf die Schulter und besah sich dann seine schmutzige Hand.

»Sag mal, was machst du so den Tag über?«

»Bin arbeitslos«, entgegnete Edgar, schob die beiden aus der Küche und ging duschen.

Als er zurückkam, saßen Johanna und Westhof, einen Joint rauchend, nebeneinander auf der Couch. Westhof blickte Edgar versonnen an und strich mit seiner flachen, fleischigen Hand an seiner faltenlosen Stirn entlang.

»Tut mir leid«, sagte Edgar. Er hatte nur das Handtuch um die Hüfte geschlungen und suchte im Schrank nach Kleidern.

Richard fragte: »Bist du unter die Straßenbahn geraten?«

»Auto, nur Auto«, entgegnete Edgar, dessen beide Brustseiten von bunt schillernden Hämatomen prangten. Sein rechtes Ohr war violett und geschwollen, und die Unterlippe stand von einem breitem Riß geschlitzt weit vor.

»Na, dann geht's ja«, meinte Richard kopfschüttelnd.

»Nein«, sagte Edgar unwiderruflich als er im Sessel Platz genommen hatte, »ich komme nicht mit!«

Insbesondere Johanna hatte ihn bewegen wollen, mit ihnen gemeinsam durch Kneipen zu ziehen.

»Darüber bin ich traurig«, sagte sie, ihren Anorak überziehend, und Richard meinte: »Na dann, ein andermal vielleicht.«

Sie hatten den Ölradiator eingeschaltet, und er stellte ihn nicht aus.

Es soll warm sein, dachte er. Ich kann das bezahlen, und legte zufrieden die einhundertvierzig Euro in seine Büchse.

Dann briet er Eier, kochte eine Kanne Tee, machte sich Stullen, setzte sich an den Küchentisch und schlang das Essen hinunter, als hätte er keine Zeit. Sein Hochgefühl hatte sich nicht verloren. Er konnte sich nicht erinnern, jemals so glücklich wie heute gewesen zu sein, und war nach wie vor von unbezwingbarem, aber völlig ziellosem Tatendrang erfüllt, der ihn schon bald Johannas Abwesenheit als ärgerlich und ungerecht empfinden ließ.

Wie taktlos du bist, dachte er, mir auch noch anzubieten, euch zu begleiten. Soll ich mit ansehen, wie schön Richard dich streichelt und umsorgt? Was bildest du dir eigentlich ein? Das ist doch alles verlogen. Nein, nein, vergnüg dich ohne mich und zieh so schnell wie möglich aus! Unverschämt genug von dir, ausgerechnet zu mir zu kommen, wenn es dir schlecht geht.

Er blickte mißmutig hinüber zum Vorderhaus. C. Kalander saß in schwarzem BH und einem winzigen Slip am Tisch und las ein Buch. Er betrachtete sie mit zunehmendem Interesse, dann schreckte er auf. Aber das war sie doch! C. Kalander, die Frau mit dem Kind auf der Straße! Natürlich war sie es! Die Frau, die dem breitschultrigem Mann versucht hatte, ins Gesicht zu schlagen und dann davongelaufen war. Einen Moment war er verwirrt, erhob sich und starrte hinüber, dann ging er zur Tür und schaltete das Licht aus. Er wußte, daß sie gelegentlich heraussah, als überprüfe sie, ob alle Beobachter anwesend seien. Früher war es ihm gleich, jetzt nicht. C. Kalander, was für eine Frau. Es lag so nahe, er zögerte keinen Augenblick, nahm die Flasche Wein, die Johanna gekauft hatte, und ging.

6. KAPITEL

Er hatte sich direkt vor ihren Spion gestellt. Es war nach elf, und sie würde sehen wollen, wer so spät klingelte. Sein Herz schlug heftig, und sein Kopf glühte. C. Kalander öffnete die Tür nur einen Spalt und fragte mit eigentümlich hoher Stimme: »Was wollen Sie?«

Ihr Gesicht war gerötet, sie sah ihn aus großen, braunen Augen an und lächelte selbstbewußt.

»Ich möchte mit Ihnen ... sprechen«, brachte er unsicher hervor. »Wir haben uns heute kennengelernt ... auf der Straße ... erinnern Sie sich?«

»Moment.«

Sie sperrte die Tür vor ihm zu. Es dauerte, und er dachte erregt an ihre exhibitionistische Neigung.

»Kommen Sie herein!«

Sie hatte einen blauen, seidenen Kimono übergezogen und schritt barfüßig durch den langen Korridor in das zur Straßenseite gelegene Wohnzimmer. Hier gab es helle Vorhänge vor den hohen Fenstern, die zu Edgars Verwunderung zugezogen waren und bis auf den lindgrünen, weichen Teppichboden reichten. Der Raum war von gedämpftem Licht erfüllt, das kleine in die hochglanzpolierte Anbauwand integrierte Strahler spendeten, deren Lichtkegel gegen die sorgfältig aufgereihten und sämtliche Regalreihen füllenden Buchrücken gerichtet waren. Gegenüber der Schrankwand, neben der schwarzledernen Polstergarnitur, stand eine imposante Yuccapalme, und Edgar vermittelte sich der Eindruck peinlichsten Ordnungssinns.

Sie setzte sich auf die Couch und schlug ihre langen Beine übereinander. Ihre zierlichen Füße hatten einen auffällig hohen Spann, und ihre Zehnägel waren rot lackiert.

»Worüber möchten Sie mit mir sprechen?« erkundigte sie sich mit freundlicher Direktheit.

Edgar war es, als erwache er. Bis hierher, in diesen Sessel vor den Glastisch, war alles wie im Traum geschehen, aber jetzt? Er blickte sie unsicher an.

»Entschuldigen Sie«, stammelte er. »Ich weiß selbst nicht ... Ich bin Ihr Nachbar. Sozusagen. Aus dem Hinterhaus«, seine Stimme wurde immer leiser. »Ich wollte nur sehen ... auch wegen heute nachmittag ...«, dann verstummte er, und sah auf dem Tisch die Flasche Wein an, die er dort hingestellt hatte.

»Haben das die beiden angerichtet?«

Edgar faßte sich flüchtig an die geschwollene Lippe.

»Nicht der Rede wert.«

»O doch, das finde ich schon.«

Sie schien noch ein wenig mehr zu erröten.

»Ich weiß, daß Sie im Hinterhaus wohnen. Ich hätte mich bei Gelegenheit für Ihre Hilfe bedankt.«

Sie ließ ein kleines Lachen folgen, um Edgars offenkundige Verlegenheit zu zerstreuen. Sie selbst war keineswegs verlegen.

»Das brauchen Sie nicht! Das war doch selbstverständlich. Ich war mir heute nachmittag nicht einmal im klaren, daß es sich um Sie und Ihre Tochter handelt. Erst vorhin, als ich aus dem Küchenfenster ...«, er blickte voller Unruhe zur Anbauwand, »zu Ihnen rübersah, ist es mir aufgefallen. Als Sie ... in Ihrer Küche standen ... Ich kann Sie von dort deutlich sehen, wissen Sie das?«

Er schob seine geschwollene Unterlippe nervös auf und ab und wich ihrem Blick aus.

»Tja«, entgegnete sie unbekümmert, stand auf und holte Gläser aus dem Schrank. »Dafür können Sie sich bei Herrn Rudel bedanken. Mir macht das alles nichts aus.«

Herr Rudel war Edgars Nachbar. Ein Rentner, klein und korpulent, dessen runde, glänzende Glatze im Treppenhaus leuchtete. Edgar war ihm selten begegnet, verstand auch den Zusammenhang nicht, den C. Kalander nun ohne Umschweife erklärte.

»Er bezahlt mich dafür.«

Edgar verkniff sich jede Bemerkung. Er entkorkte fahrig die Flasche und hielt es für unmöglich, länger zu bleiben.

»Einhundert Euro im Monat. Er kauft mir auch die Unterwäsche, die ich tragen soll. Ach«, sie lachte, nahm ihm die Flasche aus der Hand und schenkte ein, »ich bin nicht prüde. Soll er doch seinen Spaß haben.« Sie hob ihr Glas. »Ich heiße Constanze.«

»Edgar.«

Er nippte am Wein.

»Ich wollte eigentlich nur sehen, wie es Ihnen geht. Mich erkundigen, ob ich Ihnen ... Ich dachte, vielleicht kann ich Ihnen irgendwie helfen. Verstehen Sie mich nicht ...«

»Du wolltest mich kennenlernen«, unterbrach sie ihn ein wenig spöttisch. »Du hast mich oft beobachtet, und nach dem Vorfall am Nachmittag schien dir die Gelegenheit günstig. Also hast du dir ein Herz gefaßt, die Flasche Wein gegriffen und bist rübergekommen. Warum willst du jetzt den Schwanz einziehen?«

»Nein!« rief er und sah sie entsetzt an.

Sie schien Gefallen daran zu finden, ihn durch ihre Offenherzigkeit zu verblüffen.

Sie plauderte drauflos, erzählte, daß sie Pädagogik studiert und einige Jahre als Lehrerin gearbeitet habe und nun seit vier Jahren arbeitslos sei. Sie lebe von der Stütze, zu der sie, wie sie unumwunden eingestand, jede Möglichkeit, Geld dazuzuverdienen, nutzen müsse, um sich und ihre vierjährige Tochter Sara durchzubringen. Die Hoffnung, nochmals eine Anstellung als Lehrerin zu finden, habe sie aufgegeben, und wie ihr Leben weitergehe, sei ihr einerlei – sagte sie. Dann holte sie aus einer Schublade eine Schachtel Zigaretten, begann zu rauchen und meinte, daß sie sich Rauchen eigentlich nicht leisten könne und es sich nur in besonders schönen Momenten zubillige. Sie saß aufrecht, die Beine seitlich angewinkelt, den Ellenbogen auf die Lehne der Couch gestützt und sah Edgar eingehend an. Ihr Gesicht war seinem sehr nahe.

»Ich hätte die Möglichkeit, fünfzig Euro zu verdienen«, erklärte sie mit einem merkwürdigem Lächeln, »dazu brauche ich aber deine Hilfe.«

»Ja«, entgegnete er breitwillig.

Sie zog mit gespitzten Lippen an der Zigarette, die sie in ihren ausgestreckten Fingern hielt, und blies den Rauch langsam in seine Richtung, dann lachte sie und sah ihn mit befremdender Direktheit an.

»Ich gefalle dir, stimmt's? Du gefällst mir auch«, sagte sie kehlig, strich das schwarze Haar hinter ihr Ohr und ließ keinen Blick von ihm.

»Dein Nachbar würde fünfzig Euro zahlen, wenn er mir beim Geschlechtsverkehr zusehen könnte.«

Edgar starrte sie an, dann lachte er vor Hilflosigkeit laut auf.

»Das ist nicht dein Ernst! In deiner Küche? Vor aller Augen? Mit mir?«

Er lachte abermals, schüttelte entschieden den Kopf und verschränkte die Arme vor der Brust.

»Nein! Ein Video würde reichen.«

Und da Edgar sie unvermindert anstarrte, fuhr sie mit hoher Stimme fort: »Was ist denn dabei? Wir haben unseren Spaß und bekommen noch Geld dafür. Der hat genug Geld, da mußt du dir keine Sorgen machen.«

Edgar schüttelte noch immer den Kopf.

»Constanze«, sagte er dann irritiert und sich weit nach hinten in den Sessel schiebend, »wir kennen uns doch eigentlich gar nicht.«

Sie erwiderte verächtlich: »Warum bist du denn dann hergekommen, Hartz-IV-Mann? Wolltest du mit einer Hartz-IV-Frau und deren Tochter eine Familie gründen, oder wolltest du nicht eigentlich mit ihr ficken?«

Edgar schwieg, ihm drehte sich alles. Constanze saß aufrecht, dann drückte sie ihre Zigarette aus, stand auf und ging zur Tür.

»Möchtest du Sara noch ein bißchen beim Schlafen zusehen? Bißchen heile Welt vorgaukeln? Oder woran bist du interessiert, als Dankeschön für deine unerbetene Heldentat?« Sie ging hinaus.

Sie hat recht, dachte Edgar. Vor einer Woche hätte ich mich das nicht getraut. Ich habe sie nicht einmal anzusprechen gewagt. Jetzt bin ich hier! Das habe ich immer gewollt. Unglaublich!

Er stand auf, lief vor der Anbauwand auf und ab und konzentrierte sich, die Buchtitel zu lesen.

»Entschuldige«, sagte er, als sie verstimmt eintrat. »Ich komme mir in deiner Gegenwart wie ein ... Ich wußte gar nicht genau, was ich ... aber natürlich ... du hast recht.« Er sah sie verlegen an. »Ich habe dich oft beobachtet. Ich habe mir nichts anderes erträumt. Ich wohne ja schon ein halbes Jahr dort ...« Er blickte die Buchreihen entlang.

»Vielleicht sollte ich mir auch angewöhnen, in besonders schönen Momenten eine Zigarette zu rauchen«, fügte er nach einer Weile hinzu.

Constanzes Gesicht, selbst ihr Hals war gerötet, ein Glanz lag in ihren Augen, der sie noch dunkler erscheinen ließ. Sie trat dicht vor ihn, zündete die Zigarette an und steckte sie zwischen seine Lippen. Sie war einen halben Kopf kleiner als er und sah zu ihm auf. Edgar meinte, sie müsse seinen Herzschlag hören, und berührte mit den Fingerspitzen vorsichtig ihre Wange. Sie hatte einen dunklen Teint und ihm war, als flösse Strom aus ihrer Haut in seine Fingerspitzen. Er roch sie begierig, spürte ihre Hand sanft und wie zufällig seinen Schenkel berühren, dann zog sie die Zigarette zwischen seinen Lippen hervor, inhalierte den Rauch tief und blies ihn langsam in sein Gesicht, daß der Qualm in seinen Augen brannte. Sie legte ihm ihre Hände auf die Schultern, schmiegte ihren Körper gegen seinen, streichelte seine geschwollene Gesichtshälfte und faßte dann so fest sein verletztes Ohr, daß er schmerzvoll den Mund verzog.

»Wir müssen uns wehtun«, sagte sie kehlig. »Es geht nicht anders«, und zog ihn wie einen unartigen Knaben am Ohr auf die Couch.

Edgar hatte bis in den späten Nachmittag geschlafen, saß jetzt am Küchenfenster, sah der, in den Hinterhof sinkenden, Dämmerung zu und wußte nichts anzufangen. Johanna war nicht zurückgekommen. Sie würde kommen, wenn nicht heute, dann morgen, und dann würde sie in wenigen Tagen in ihre eigene Wohnung ziehen, sie würden einander aus den Augen verlieren. Sie hatte Richard, und er Constanze, deren Geruch ihm anhaftete und nach der es ihn verlangte. Er wußte, daß sie nicht zu Hause war, denn sie ging jeden Sonnabend und Sonntag mit Sara zu ihren Eltern. Sie hatte ihm gesagt, daß er niemals vor acht kommen dürfe, weil sie nicht wünsche, daß ihre Tochter von ihm wisse. Sie allein sei Saras Familie. Er dachte an ihren geschmeidigen, schweißnassen Körper, an ihre Zähigkeit, Ausdauer, Unersättlichkeit und wie sich das auf ihn übertragen hatte und nicht zu stillen war. Er beschloß, bis um acht zu warten und dann wieder zu ihr zu gehen.

Constanze und Sara kamen um sieben nach Hause. Edgar saß in seinem Sessel und beobachtete die beiden im Kinderzimmer. Constanze schlug behend das Bett auf, dann zog sie die Gardine zu. Wenig später traf auch Johanna ein. Sie hatte tiefe Augenränder, sprach kein Wort und ging duschen. Er hatte sie abschätzig angesehen, was sie zu ärgern schien. Dann lief sie nur mit einem Höschen bekleidet geschäftig durchs Zimmer, blickte sich hektisch um, als suche sie etwas, und tat, als wäre alles völlig normal. Anfänglich fühlte sich Edgar sehr überlegen, dann empfand er Mitleid. Johanna tat ihm so leid wie nie zuvor. Er sagte nichts, sah weg, und sie lief hin und her, ganz sinnlos. Sie klapperte übertrieben laut in der Küche, kam mit Gläsern und Wein ins Zimmer – immerhin hatte sie sich ein Hemd übergezogen – reichte ihm ein Glas, legte sich ins Bett und zog die Decke bis an die Nasenspitze. Das Glas hielt sie in ihrer Hand auf den Bauch gestellt. Aus der Küche fiel ein spärlicher Streifen Licht ins Zimmer.

Dann seufzte sie leise. Er sah gespannt in ihre Richtung, nur die Bettdecke hob sich heller aus dem Dunkel, ihr Gesicht lag unkenntlich im Schatten.

»Ich muß mein Leben ändern«, klang ihre Stimme spröde durch die Stille. Nach einer langen Pause fuhr sie fort: »Ich muß lernen, Verantwortung zu übernehmen.« Wieder schwieg sie lange, bevor sie mit vibrierender Stimme hinzufügte: »Ich fühle mich so allein und verlassen wie mein ganzes Leben noch nicht.«

Edgar lauschte in die Stille, eine Antwort fiel ihm nicht ein. Er wartete geduldig, es machte ihm nichts aus, im Gegenteil, es beruhigte ihn.

»Richard meint, daß ich einen ›optimaleren‹ Vater für mein Kind überhaupt nicht hätte finden können – ›finanziell gesehen‹.«

Johannas Widerwillen war ihrem Tonfall und der übertriebenen Akzentuierung deutlich anzumerken.

»Ich solle einen ›Deal‹ aushandeln, hat er mir nahegelegt. Er sehe darin durchaus Vorteile für mein Leben – zumal in meiner Lage. Ist das nicht gruselig, Edgar?«

Sie richtete sich auf und trank einen Schluck.

Edgar erkannte ihr Gesicht schemenhaft, er bildete sich ein, die kleine Falte auf ihrer Stirn zu sehen, und schwieg beharrlich.

»Ich soll um mein Kind feilschen – es ist noch nicht einmal geboren!« empörte sie sich.

»Und es ist deine Verantwortung!« gab er mit gleicher Empörung zurück.

Johanna stellte ihr Glas auf den Boden, warf sich auf die Seite und zog die Decke über die Ohren. Plötzlich verspürte er den Drang, ihr von Erasmus, Viktor und seiner Zukunft zu erzählen. Warum durfte er sie daran nicht teilhaben lassen? Er schob unruhig seine Unterlippe auf und ab, horchte in die Stille, als könne sich daraus eine Antwort herleiten, und sah zu Constanze hinüber, die bekleidet in ihrer Küche hantierte. Ihr Anblick verstörte ihn. Er stellte sich seinen Nachbarn Rudel vor, der sie für hundert Euro im Monat beschaute, und empfand ein Gefühl von Ekel.

»Johanna!« rief er verhalten und doch so inständig, als wolle er sie auf etwas aufmerksam machen. »Wir dürfen uns keine Sorgen machen, egal was geschieht!«

»Ich weiß!« Sie richtete sich langsam auf. »Laß die Lampe aus, mir ist zum Heulen!«

»Weißt du«, sagte Edgar, »mir kommt es so vor, als könnten wir das Naheliegende nicht erkennen, weil unsere Angst nicht mehr der Schatten ist, den wir werfen, sondern wir zum Schatten unserer Angst geworden sind. Wir reagieren nur noch.«

»Edgar«, sagte Johanna nach einer Weile, sie lag auf ihre Ellenbogen gestützt, »ich hab ganz kalte Füße.«

Er stand auf, setzte sich zu ihr, legte sich ihre Füße, die sie ihm wohlig entgegenstreckte, auf die Knie und umfaßte sie wärmend mit beiden Händen. Sie hatte schmale, lange Füße, die sich so zart und weich anfühlten, als liefe sie niemals damit.

»Manchmal«, sagte Johanna, »wenn ich in meinen Erinnerungen spazierengehe, ist mir so wohl zumute, und wenn der Spaziergang dann zu Ende ist, versteh ich nicht, wie ich hierher, in die Gegenwart, geraten bin. Mir ist, als hätte das eine mit dem anderen nichts zu tun, aber das kann doch nicht sein.«

»Das verstehe ich leider nicht. Ich kann mich an nichts erinnern. Alles, woran ich mich erinnern kann, ist sehr äußerlich, als hätte ich es in einem Film gesehen. Wenn ich, zum Beispiel, ein Foto von mir sehe, auf dem ich ein Kind bin, oder auf dem meine Mutter oder sonst jemand von früher drauf ist, dann sehe ich es mir an und weiß, daß ich es bin und daß es meine Mutter ist, sonst nichts.«

»Das tut mir leid für dich. Es ist sehr gut, wenn man etwas in sich hat, in das man gehen kann wie in einen geheimen Raum, um dort Ruhe zu finden. Das hört sich vielleicht ein bißchen sentimental an, aber so ist es.«

»Nein, es hört sich keineswegs sentimental an. Es ist schön, daß du so etwas hast, und es ist sehr schön, daß du mir davon erzählst.«

Johanna ließ sich nach hinten sinken. Sie hörte auch auf, ihre Zehen zu spreizen, lag einfach ganz still.

»Du Edgar, ich habe mich, glaube ich, entschlossen, um mein Kind zu ›feilschen‹! Egal was passiert, wirst du mir helfen?«

Sie richtete sich auf, zog ihre Füße aus seinen Händen, umschlang die angewinkelten Beine und sah ihn erwartungsvoll an.

»Natürlich werde ich dir helfen!«

Dann erhob sie sich, lief in die Küche und klapperte eifrig mit dem Geschirr. Edgar saß am Fußende der Couch und empfand sie wie ein sprunghaftes, kleines Kind. Er blickte hinaus in den Flur und wartete auf ihr Rückkunft. Er hätte ihr gern etwas Aufmunterndes zugerufen, aber ihm fiel nichts ein, und so wartete er einfach.

Als sie ins Zimmerchen trat, war sie vollständig angezogen.

»Ich werde jetzt gehen. Ich muß mich um mein Leben kümmern; ich habe keine Zeit.«

Sie griff ihren Anorak, winkte vom Flur, die Tür klappte.

Er ging bedächtig zwischen Wohnungs- und Zimmertür auf und ab, dann trat er in die Küche und sah zu Constanze hinüber. Dort war alles dunkel. Es war kurz vor zehn.

Jeder hat sein Leben, dachte er.

Es schien ihm jetzt unmöglich, allein zu sein. Er zögerte, ging an seine Blechbüchse und entnahm einen Fünfzig-Euroschein. Nein, es war nicht auszuhalten. Er schaltete den Radiator aus und ging hinüber.

Constanze lachte unverhohlen, als sie ihn einließ. Sie trug Jeans und eine weiße Bluse, die wenig über ihre Hüfte reichte. Auf dem Tisch im Wohnzimmer lag ein Stapel Schulhefte, allerlei Papiere und ein Französischlehrbuch. Sie trank schwarzen Tee und bot ihm davon an. Sie machte einen gelösten Eindruck, und Edgar, den ihr Lachen anfangs irritiert hatte, erschien es nun, daß sie sich über seinen Besuch freute. Sie erzählte ihm, auf die Hefte deutend, daß sie zweimal wöchentlich Kindern kostenlos Nachhilfeunterricht erteile.

Edgar nickte, sah sie flüchtig an und sagte zurückhaltend: »Es ist großartig, was du machst. Ich bin ja erst ein halbes Jahr arbeitslos und kann damit überhaupt nicht umgehen. Ich war der Verzweiflung nahe. Ich wußte nicht, was ich tun sollte. Das heißt ... ich kam schon auf etwas, aber es war destruktiv, völlig destruktiv. Erst jetzt, seit einigen Tagen, scheint sich eine Wende abzuzeichnen. Zumindest bin ich wieder zuversichtlicher.« Er überlegte, sah in ihr Gesicht und fügte hinzu: »Aber alles, worauf sich meine Hoffnung gründet, ist illegal.«

»Was glaubst du, wie es mir ging? Ich habe nächtelang geheult. Ich habe alles verflucht, und wenn ich Sara nicht gehabt hätte ... Ich weiß nicht, was geschehen wäre. Ich bin von Pontius zu Pilatus gelaufen. Ich habe gebettelt, gefleht – alles vergebens. Aber irgendwann war es genug, verstehst du. Irgendwann habe ich kapiert, daß es mehr als Stütze nicht gibt, daß ich nur ein Leben habe, und daß ich mitnehmen muß, was ich kriegen kann. Ich habe als Model für Versandhauskataloge gearbeitet, im Puff hinterm Tresen – ach, einfach alles, was ging. Das hat zwei Jahre gedauert, stell dir das vor. Zwei Jahre, bis ich mich endlich gefangen hatte. Mir ist völlig egal, ob ich schwarz arbeite oder nicht. Hauptsache, nicht zu Hause hocken.«

Sie wirkte glücklich und sagte aufmunternd: »Das Leben ist doch nur so schwer, wie man es selber nimmt. Überleg mal, selbst du könntest als Architekt arbeiten. Kostenlos!«

Von ihrer Idee begeistert, lachte sie auf.

»Du gibst eine Annonce in die Zeitung: Architekt auf Hartz IV Basis kann ohne Arbeit nicht leben und übernimmt kostenlos die Planung Ihres Hauses.«

Jetzt mußte auch Edgar lachen.

»Stell dir vor«, sagte er, »was die Annonce für einen Eklat auslösen würde!«

»Und was für einen Berg an Aufträgen du hereinbekämst!«

Sie stand auf, holte Gläser und schenkte Wein ein.

»Vor Arbeit jedenfalls könntest du dich nicht retten. Aber sie würden es wohl verbieten.«

»Ja, sonst wären über kurz oder lang die Architekten die erste Berufsgruppe, die auf Sozialhilfe-Niveau arbeitet.«

»Deine Kollegen wären deine schlimmsten Feinde.«

Sie stießen die Gläser klingend gegeneinander, tranken und schwiegen. Er wagte nicht einmal, sie anzusehen, da fühlte er ihre Hand auf seinem Kopf. Sie streichelte ein-zweimal sanft über sein Haar und sagte leise: »Erst wenn wir uns nicht mehr helfen, ist alles vorbei.«

Er starrte auf den lindgrünen Teppichboden, versuchte zu denken – irgend etwas zu denken, aber er konnte nur versunken gucken. Er rutschte im Sessel hoch, zog umständlich den Fünfzig-Euroschein aus der Hosentasche und legte ihn überaus sorgsam auf den Tisch.

»Ich möchte das nicht. Und darum habe ich das Geld mitgebracht – für dich.«

»Steck es weg!«

»Nein!« beharrte er.

»Ich nehme von dir kein Geld! Am besten, wir vergessen das! Ich möchte, daß wir das vergessen!«

Sie rückte ein Stück von ihm ab.

»Nein! Ich werde es nicht einfach vergessen. Ich möchte, daß du das Geld nimmst. Ich bestehe darauf!«

Constanze überlegte, dann sah sie ihn an.

»Na gut, wenn du darauf bestehst.«

Sie griff den Geldschein, öffnete die beiden oberen Knöpfe ihrer weißen Bluse, faltete den Schein und steckte ihn in den Ausschnitt ihres schwarzen BHs.

»Und wann wollen wir das Video für Rudel drehen, hast du dich da auch schon entschieden?«

»Das Geld ist dafür, daß du kein Video drehst! Hast du das denn nicht verstanden?«

»Ach so?« Constanze tat verwundert. »Nein, das habe ich wohl nicht. Ich hatte angenommen, du schenkst mir die fünfzig Euro.«

»Ja! Ich schenk sie dir doch auch, aber nur, damit du dich nicht prostituieren mußt!«

»Aha, jetzt verstehe ich. Du hast moralische Bedenken. Da kann ich dich beruhigen. Die mußt du nicht haben. Stell dir einfach vor, daß ich Spaß daran finde, mich zu prostituieren.«

Sie stand auf und legte eine CD ein. Eine Frau sang, »Sunrise, Sunrise«.

Constanze bewegte sich im Rhythmus der Musik und sagte: »Wenn du viel Geld haben willst, mußt du auf die

Moral pfeifen, und wenn du kein Geld hast, kannst du sie dir nicht leisten.«

Sie zog den Geldschein aus ihrem BH, entfaltete ihn, hob ihn mit beiden Händen über ihren Kopf, bewegte sich lasziv auf Edgar zu, spuckte auf das Geld und klebte es an seine Stirn.

»Steck es weg!«

Edgar blickte sie an, ohne Anstalten zu machen, den Schein zu entfernen. Constanze beachtete ihn nicht weiter. Sie schien in die Musik versunken und strich mit den Händen an ihren Hüften entlang. Der Geldschein fiel in Edgars Schoß. Er steckte ihn umständlich zurück in seine Hosentasche, dann rief er, seine Erregung war unüberhörbar: »Worum geht es denn, Frau Lehrerin?«

Constanze tanzte weiter, fuhr sich mit den Fingern durch die Haare, daß einzelne Strähnen in ihr Gesicht fielen und drehte anzüglich ihren Unterkörper.

»Es geht um Spaß, um die Einzigartigkeit des eigenen Lebens.«

Sie sagte das teilnahmslos und bewegte sich dabei langsam auf ihn zu.

Edgar wich soweit wie möglich in den Sessel zurück. Sie hockte sich breitbeinig auf seinen Schoß, packte derb sein geschwollenes Ohr, daß er vor Schmerz aufstöhnte, und hauchte: »Es geht um uns, Herr Schüler. Um unser Leid und unser Glück.«

Edgar umfaßte ihre Taille und zog sie an sich. Sie grub ihre Zähne in seinen Hals. Er grabschte ungestüm nach ihrem Busen, um ihr wehzutun. Er konnte anders nichts fühlen.

Um halb fünf stieg er langsam die Treppen zu seiner Wohnung hinauf. Das grelle Flurlicht, der schmutziggelbe Ölsockel an den bröckligen Wänden, der ranzige, süßliche Geruch, der sich das Treppenhaus hinauf verdichtete, dazu die vielfach sorgfältig überlackierten Türen und die albernen Namensschilder erregten seinen Widerwillen. Ihm tat alles weh. Sie hatte ihm den Rücken blutig gekratzt, und er fühlte sein Unterhemd an den Wunden kleben. Bevor er seine Wohnung betrat, schlug er mit der Faust gegen die Tür des Nachbarn Rudel. Er stellte sich vor, wie der Nachbar verängstigt unter der Bettdecke lag und nicht wagen würde, die Tür zu öffnen. Edgar lachte laut und böse, als er ein ängstliches »Hallo« vernahm. Nochmals trommelte er gegen die Tür, brüllte laut und völlig sinnlos, vernahm keinen weiteren Laut, dachte wutentbrannt, dein Glück, und betrat seine Wohnung.

»Was ist denn los?« fragte Johanna besorgt.

»Nichts!«

Er hörte sie seufzen und wie sie sich in die Kissen sinken ließ, während er sich in der Kälte auszog. Es tat gut, daß alles weh tat und daß er die Heizung ausgeschaltet hatte.

»Und«, fragte er, »hast du um dein Baby feilschen können?«

Er legte sich in gewohnter Weise, ein Bein auf den Boden gestemmt, die Hände hinter dem Kopf verschränkt, neben Johanna auf die Couch. Ihre Nähe störte ihn. Sie stützte sich auf den Ellenbogen, sah offenbar in seine Richtung und sagte schwermütig: »Du hast keine Ahnung, wie grausam die Menschen sind.«

Er lachte kalt. »Seit ich die Menschen kenne, liebe ich die Tiere – ist es das?«

»Begibst du dich jetzt etwa auch auf das Niveau?« Sie warf sich entrüstet zurück und atmete vernehmlich aus.

»Richard ist auch so eine Ratte«, sagte Edgar nüchtern. »Der kann doch froh sein, mit jemandem wie dir zusammenzusein.«

»Der kann ganz andere haben«, wies sie ihn zurecht. »Dem geht's so gut, davon haben wir keine blasse Ahnung.«

»Das meine ich ja.«

»Mach mal die Lampe an!« verlangte Johanna.

Eigenartigerweise stand Edgar sofort auf, ging an den Schreibtisch und schaltete die Lampe ein.

»Da, siehst du!« Sie hielt die linke Wange ins Licht.

»Nein.« Edgar ging auf sie zu und besah ihre Wange.

»Da hat er mich geohrfeigt!«

»Nichts zu sehen.«

»Dann siehst du es morgen im Hellen.«

Edgar löschte das Licht und legte sich wieder neben sie.
»Wer hat dich geohrfeigt?«
»Sven!«
»Du warst bei Sven?«
»Ja, mit Richard. Und ein Glück, daß ich mit Richard dort war. Keine Ahnung, was sonst noch passiert wäre.«
Edgar war erschöpft und verspürte nicht das geringste Bedürfnis, mit Johannas Problemen konfrontiert zu werden. Auch war ihm ihre Ahnungslosigkeit in gewisser Weise peinlich. Er empfand Scham und redete sich ein, daß er dafür keinen Grund habe. Was schließlich ging es sie an, daß er gerade von einer anderen Frau kam? Weder war Johanna ihm noch er ihr rechenschaftspflichtig. Und warum eigentlich behelligte sie ihn permanent mit ihren Problemen?
»Stell dir vor, Edgar, er hat mir angeboten, das Kind nach der Geburt zu übernehmen. Dafür würde er mir eine Entschädigung zahlen. Eine Art Schmerzensgeld. Ich sei ohnehin nicht imstande, das Kind aufzuziehen. Er würde das notfalls gerichtlich durchsetzen.«
Auch sie lag auf dem Rücken, und da Edgar schwieg, fuhr sie flüsternd fort: »Richard meint, das wäre nur ein Bluff. Ich soll eingeschüchtert werden, um mich zur Abtreibung zu entschließen. Ich weiß nicht, ob das stimmt. Ich habe solche Angst, daß er es wahrmachen könnte. Bei dem Geld, bei den Möglichkeiten, die er hat. Der kann doch alles kaufen. Richard meint auch, wenn es wirklich so weit käme ... daß durchaus die Möglichkeit bestehe ... Jedenfalls müsse ich damit rechnen ... Kannst du dir das vorstellen?«
»Ja!« Er richtete sich mit einem jähen Ruck auf. »Ja, ja, ja! Ich kann mir das vorstellen! Ich kann mir nichts anderes vorstellen! Wer Geld hat, kann alles bezahlen. Wer Häuser straßenzugweise kaufen kann, wird auch Kinder kaufen können.«
Auch Johanna setzte sich auf.
»Vielleicht wäre es doch besser, ich treibe es ab. Es ist sinnlos, sich gegen ihn zu stellen. Und wahrscheinlich ist es auch das Vernünftigste.«

»Nein!« Edgar schüttelte energisch den Kopf. »Nein, nein, nein! Wenn man sich von diesen Typen Angst machen läßt, sich auch noch aufzwingen läßt, wie man sich zu verhalten hat, was ist man dann selbst für ein lächerlicher, armseliger Mensch? Niemals darf man das! Man wird doch nur klein und immer kleiner, wenn man sich klein macht!«

Er atmete vor Erregung schwer.

»Wenn du das Kind willst, dann will es wirklich! Kämpf für das, was du willst! Ich bitte dich, um deinetwillen!«

Sie saßen aufrecht nebeneinander, die Knie angezogen und blickten geradeaus.

Diese Stille, diese einzigartige Stille entsteht immer nur in Johannas Gegenwart, dachte er. Es ist eine Stille, wie vor einer großen Erwartung. Sie löscht alles aus. Ich bin ganz leer und voller Erwartung. Als wenn sie mir etwas zufügen will und ich dafür bereit bin.

Sie legten sich beide im selben Moment auf die äußersten Kanten der Couch und zogen die Decken bis ans Kinn. Zwischen ihnen hätte noch ein Dritter Platz gefunden.

Der ganze Sonntag war ein düsterer Tag. Sie waren gegen Mittag aufgewacht und hatten den Radiator angestellt, aber es brauchte Zeit, bis das Zimmerchen sich mit Wärme füllen würde. Edgar hatte Tee gekocht, sie hielten die Tassen mit den Händen umfaß, und hauchten beim Trinken in den aufsteigenden Dampf. Dann war er hinüber zur Wohnung des Nachbarn gegangen und hatte sich vor dessen Tür postiert, stand dort eine Minute unter großer Anspannung und kehrte achselzuckend zurück. Johanna hatte es bemerkt, ging aber mit keinem Wort darauf ein.

Als Stunden später Richard eintraf, hatte sich die Stimmung nicht geändert. Immerhin war es warm im Zimmerchen. Johanna strickte, Edgar las in einem Buch.

Richards fleischiges Gesicht war von der frischen Luft gerötet, er wirkte überaus gesund, fühlte sich aber sichtlich unwohl in dieser eindringlich stillen Atmosphäre. Seine zur Schau gestellte Munterkeit verpuffte und erschien ihm wohl selbst eher peinlich. Er stimmte einer

Tasse Kaffee zu und schaute, nachdem Johanna in die Küche gegangen war, mehrmals zu Edgar, der aber nicht aus seinem Buch aufblickte. Richard zündete sich vorsichtig eine Zigarette an, hielt sie mit ausgestreckten Fingern vorm Gesicht und sah einer Weile dem blauen Rauch hinterher, dann schob er die Zigarettenschachtel über die Tischplatte, als spiele er mit einem Auto, und sagte bemüht: »Das ist eine überaus ernste und vertrackte Geschichte, in die mich Johanna da gezogen hat. Du bist ja gewiß informiert ... Wir können also offen reden. Wie siehst du denn die Sache?«

Edgar klappte sein Buch klatschend zu, legte es hinter sich auf den Schreibtisch, sah Richard eindringlich an und verlangte laut: »Sag du es mir!«

»Nicht so aggressiv!« verbat sich Richard. »Hierbei geht es um größtmögliche Ausgewogenheit. Um einen kühlen Kopf.«

Er tupfte mit der Zigarette im Aschenbecher.

»Ich habe nicht umsonst den halben Tag unseren Anwalt konsultiert. Dein Auftritt jedenfalls war Johannas Interessen auf nachhaltigste Weise abträglich«, dabei hob er seine Handfläche mit abgespreizten Fingern gegen Edgar, um ihm jedweden Einwand zu verbieten. »Es geht um Fingerspitzengefühl!« führte er gewichtig aus. »Du hast anders, gegen einen wie Hafersack, nicht den Hauch einer Chance. Das ist deutscher Geldadel. Das ist Macht pur! Ein Wunder, daß Johanna überhaupt von dem schwanger ist. Das kann ihr zum Vorteil gereichen, kann aber auch zum größten Verhängnis werden.«

Er war von der Tragweite dessen, was er ausführte, offenbar selbst beeindruckt. Sein Mund hatte die Form eines kleinen o's angenommen. Allein Edgars unbeteiligte Miene ließ ihn mit Abschätzigkeit sagen: »Du hast ja keine Ahnung.«

»Was für ein Glück! Was für ein Glück!« rief Edgar und schlug mehrmals mit den flachen Händen auf die Armlehnen des Sessels.

Richard lehnte sich mit Abscheu zurück und sah hoch in die Zimmerecke. Er war um Haltung bemüht. Johanna brachte den Kaffee herein, zwinkerte Edgar zu und fragte Richard: »Bin ich nur eine Brutmaschine, oder habe ich auch eine Chance als Mutter?«

»Kinder«, sagte Richard begütigend, aber sehr von oben herab, »begreift den Ernst der Lage! Insbesondere du, Johanna! Ich kann dir sonst nicht helfen! Ich müßte es ablehnen!«

Er hatte gewiß mehr erwartet als ihr Schweigen, gab sich einen Ruck und sagte: »Ich kann also davon ausgehen, daß du dein Kind austragen wirst und willst?«

Da Johanna bestätigend nickte, fuhr er fort: »Und es ist so, daß Hafersack die Vaterschaft beansprucht gegen die Zahlung eines Schmerzensgeldes, wie er es gestern erklärt hat. Gut!«

Er schien sich in seiner Pose zu gefallen und sah nicht ohne Triumph in beider Gesichter.

Johanna forderte ungeduldig: »Mach's doch nicht so spannend, Richard!«

»Er muß dir nachweisen, daß du nicht imstande bist, dein Kind aufzuziehen. Daß du asozial und unmoralisch bist.«

Er lehnte sich wohlig zurück, faltete die Finger vor dem Bauch und war entsetzt über Edgars neuerliches Gelächter.

»Sie ist nicht asozial und unmoralisch!« Edgar schlug wieder auf die Sessellehne.

Das alles schien unter Richards Niveau zu sein.

»Johanna«, sagte er eindringlich, »du mußt dir im klaren sein, daß er dich überwachen lassen wird, um die nötigen Beweismittel zusammenzutragen. Sei dir sicher, daß er Detektive auf dich ansetzen wird. Ein beweisträchtigeres Umfeld als hier bei Edgar kann es gar nicht geben. Außerdem gibt es den Passus der aufgezwungenen Schwangerschaft. Du hast am Ende nichts in Händen gegen das Geld der Hafersacks!«

»Entschuldige mal«, empörte sich Johanna, »ab nächste Woche habe ich eine eigene Wohnung! Eine gute, ganz normale Wohnung. Ich gehe arbeiten. Ich bin ein ganz normaler Mensch – ab nächste Woche.«

Sie hatte sich hoch aufgerichtet.

»Ist ja gut«, besänftigte Richard, »ich weiß das doch. Ich weiß das alles. Ich bin ja auch bereit, dir zu helfen, und es zeichnen sich gewisse Möglichkeiten ab! Auch Hafersack kann nicht hundertprozentig davon ausgehen, einen Gerichtsprozeß zu gewinnen. Auf diesem Weg bekundet er Verhandlungsbereitschaft. Außergerichtlicher Vergleich, versteht ihr! Kurz bevor ich herkam, hab ich noch mal mit ihm telefoniert. Er hat eindeutig erklärt, dich sehr großzügig abzufinden – außergerichtlich.«

»Wie?« fragte Johanna, »er will mir mein Kind abkaufen, und ihr habt schon über die Summe gesprochen? Kann sich denn niemand vorstellen, daß ich mein Kind behalten möchte?«

»Doch, ich!« rief Edgar, nickte energisch und sah von einem zum andern.

»Bitte«, verlangte Richard und legte die Handflächen wie zum Gebet aneinander, »können wir die Emotionen nicht endlich aus dem Spiel lassen! Wir finden sonst nie zu einer vernünftigen Lösung, und einzig daran muß uns gelegen sein! Bitte!«

Er nahm mit Befriedigung zur Kenntnis, daß sie sich zurücklehnten.

»Hafersack«, fuhr er fort, »ist nicht mehr daran interessiert, daß du euer gemeinsames Kind aufziehst, auch wenn das gestern noch anders klang, jetzt hat er eindeutig Position bezogen: Wenn du das Kind für dich beanspruchst, gibt es nur den Gerichtsweg. Er beansprucht das alleinige Sorgerecht, wobei er sich vorstellen könnte, dir, unter bestimmten Voraussetzungen, ein Begegnungsrecht einzuräumen. Für den Fall deiner Verhandlungsbereitschaft stellt er eine Summe von zweihundertfünfzigtausend Euro als einmalige Abfindung in Aussicht. Ich weiß, das ist für ihn kein bedeutender Betrag, aber andererseits für dich eine durchaus akzeptable Summe, finde ich. Außerdem wird man das wohl noch nachverhandeln können. So, das war's im wesentlichen«, sagte er erleichtert und zündete sich eine Zigarette an.

Edgar schüttelte verächtlich den Kopf, und Johanna starrte auf den Boden. Sie hatte die gefalteten Hände in den Schoß geleg und war ganz in sich zusammengesunken. Sie wirkte sehr zerbrechlich.

»Es ist doch gar nicht so schlecht«, tröstete Richard salbungsvoll.

Sie verzog ungeschickt den Mund, man konnte meinen, daß sie zu lächeln bemüht war.

»Geld«, sagte sie kleinlaut und senkte den Blick wieder.

Edgar pochten die Schläfen. Er richtete anklagende Blicke auf Richard, der sich sogleich wie unter Qualen abwandte.

Was für kindliche Gemüter, dachte Richard. Im Grunde wollte er schnell fort. Mit diesem Edgar an der Seite war Johanna nicht zu helfen. Worauf hatte er sich nur eingelassen?

»Johanna!« rief Edgar sanft, »Johanna, hör doch! Es gibt mehr und anderes als Geld.«

Einen Augenblick sah sie ihn an, dann erwiderte sie: »Nein, Edgar! Nein, du irrst dich.«

Richard war erleichtert. Wenigstens sie war nicht verblödet. Er räusperte sich.

»Ich denke, man kann mit Geschick auch leicht das Doppelte aushandeln. Ich denke, ich kann das bewerkstelligen, und ich mache das aus reiner Freundschaft. Wie gesagt, du mußt mir keine Provision zahlen.«

Nachdem Richard gegangen war, aßen sie in der Küche, tranken Tee und sprachen kein Wort. Sie sahen sich gelegentlich flüchtig an und mußten jedes Mal wie Kinder lächeln, die gemeinsam einen Streich begangen hatten.

Als sie im Bett lagen, im Schutz der Dunkelheit, sagte Edgar: »Ab morgen wird sich mein Leben ändern. Glaub mir, ich bin bereit, dich und dein Kind zu unterstützen.«

»Ich weiß, daß du lieb bist«, gab sie zurück. »Aber wir müssen jeder unseren Weg gehen. Wir werden schon bald nur eine gemeinsame Vergangenheit haben. Das weißt du genauso gut wie ich.«

Und dabei dachte sie an den Pullover, den sie für ihn strickte, während ihm die Schläfen pochten und er mehrmals die geschwollene Unterlippe hinaufschob.

7. KAPITEL

Edgar hatte ein kurzes Gespräch mit Erasmus geführt und die Adresse im Berliner Vorort Zepernick erhalten, wo er die Maße eines Hauses aufnehmen und eine Bestandszeichnung anfertigen sollte.

Er fuhr mit der S-Bahn, dann mit dem Bus, hielt die Aktentasche auf den Knien und sah aus dem Fenster.

Im Vorort herrschte kaum Verkehr. Gepflegte Grundstücke reihten sich aneinander, Haus folgte auf Haus, Zaun an Zaun, kahle Bäume säumten schmale Straßen schwarz und feingliedrig im winterlichen Grau. Er ging langsam, beinahe übertrieben aufrecht, und suchte.

Das Haus lag breit in die bräunliche, verwilderte Wiese geduckt, die unmittelbar hinter dem wackligen Staketenzaun begann und sich in die lehmigen, aufgebrochenen Felder verlor, über deren Weite hin eine Fernverkehrsstraße sichtbar war. Er sah die Autos fahren, ohne sie zu hören.

Es war ein schlichtes Bauernhaus, wohl um die Jahrhundertwende erbaut, mit Eingangsgiebel, abgewalmten Dach, und das einzige seiner Art weit und breit.

Harald öffnete auf sein Klopfen die alte, blaulackierte Eingangstür und ließ ihn in eine rot-gelb geflieste Diele ein. Von hier führte eine massive und aufwendig gearbeitete Treppe mit geschwungenem Handlauf in das Dachgeschoß. Harald eilte voran und stellte ihm drei Russen vor, die damit beschäftigt waren, Dachschrägen zu beplanken.

»Igor«, erklärte er, auf einen blonden, jungen Mann mit gutmütigem Gesicht weisend, »spricht als einziger halbwegs deutsch. Das sind Sergej und Kolja.«

Sie reichten ihm mit bescheidenem Lächeln ihre schwieligen Hände.

»Straswutie towarisch!« grüßte Edgar.

Darüber freuten sie sich, und Kolja, ein drahtiger, kleiner Mann mit wassergrünen Augen scherzte: »Du Kamerad, wir Kamerad!«

Er machte eine kreisende Handbewegung, um anzuzeigen, daß sie fortan eine Gemeinschaft wären. Edgar nickte zustimmend, die Russen auch.

Unten im Wohnzimmer sagte Harald nachdrücklich: »Das sind Illegale, sie schlafen hier und haben nicht mal Aufenthaltsgenehmigungen! Achte darauf, daß sie nicht rausgehen oder an den Fenstern rumstehen. Überall Anscheißer.«

»Sie schlafen hier?«

»Vorübergehend«, erklärte Harald ungeduldig. »Wir hatten sie auf einer anderen Baustelle. Dort ging es auch, hier ist es gefährlich. Viktor wollte irgendwas für sie regeln, hat aber alles nicht richtig geklappt. Sind fleißige Leute. Schade. Sobald ich es schaffe, bringe ich sie nach Polen.«

Er hatte keine Zeit und mußte los.

Edgar packte seine Utensilien aus und begann zu vermessen. Er hörte die verhaltenen Arbeitsgeräusche und gelegentlich einige leise, fast flüsternd gewechselte russische Worte.

Als er die Tür zu einem fensterlosen Kämmerchen öffnete, das an die Küche grenzte, zögerte er, es zu betreten. Dort hatten sie ihre Lagerstatt eingerichtet. Auf dem rotbraun gestrichenen Dielenboden lagen Luftmatratzen und einfache Wolldecken, saurer Geruch nahm ihm den Atem, und an die schwärzlich glänzende Wand war ein Kalenderblatt, eine Ikone, geheftet. Neben jeder Schlafstelle stand eine Untertasse mit heruntergebrannter Kerze und Zigarettenkippen darauf.

Er ging in die Küche, zog die zerlumpte Gardine zurück und öffnete das Fenster. Die kalte Februarluft drang wie eine Windböe ein und schob den Geruch hinaus.

Auf der Straße schritt eine ältere Dame naserümpfend

vorüber. Ihre dünnen, auftoupierten Haare waren bernsteinfarben. Sie trug eine blitzende, goldgerahmte Brille auf ihrer erhobenen Nase, und es ging eine Aura so selbstverständlicher Verachtung von ihr aus, daß Edgar ihr nachschaute, bis sie in ein silbergraues Auto stieg und davonfuhr.

Vor die Fenster war aus rohen Brettern eine Küchenzeile gezimmert, auf der eine zweiflammige Kochplatte stand und sich vielerlei Konserven und Fertiggerichte stapelten. In der Spüle lag abgewaschenes Geschirr, und alles zusammengenommen machte einen beklemmenden Eindruck.

Am Nachmittag, als er mit seiner Arbeit fertig war, kamen die drei mit einer Wodkaflasche und forderten ihn zu trinken auf. Sie hatten Ölsardinen, Brot, Zwiebeln und geviertelte Apfelstücke auf einem Teller dabei. »Du, Kamerad!« Sie lachten und meinten sich alle vier. Er lachte mit ihnen und setzte die Flasche an die Lippen.

Wie viele Kilometer sie von ihrer Heimat weg sind, dachte er. Und ich erscheine ihnen als ein reicher, glücklicher Mann.

Vielleicht lag es am Wodka, er hätte sie umarmen mögen. Sie unterhielten sich vergnügt und lachten laut. Er verstand nichts. Später übersetzte Igor mühselig, daß sie nicht zurück nach Rußland wollten, sie erklärten es immer wieder, wußten aber, daß es unmittelbar bevorstand und drängten ihn zu sagen, wann es soweit sei. Igor meinte: »Deutschland gut, Deutschland sehr gut.«

»Diese Woche noch«, sagte Edgar, bevor er ging.

Auf der Straße atmete er tief ein und entschloß sich, die entgegengesetzte Richtung zur Bushaltestelle zu nehmen. Daß der Weg sehr viel länger war, störte ihn nicht.

Ein grauhaariger Mann in blauem Trainingsanzug und mit aufgezwirbeltem Bart lehnte an einem weinroten Auto, dessen Kofferraumklappe geöffnet war, hatte die Arme vor der Brust verschränkt, zwei Bierkästen neben sich stehen und blickte ihm triumphierend entgegen. Ein überlegenes, nichts Gutes verheißendes Lächeln lag in seinem Gesicht.

Edgars Glieder waren bleischwer. Es waren vielleicht zwanzig Meter, die sie voneinander trennten, und mit jedem Schritt dachte er: einfach vorbeigehen, gar nicht beachten! Sein Herz schlug heftig, er sah vor sich auf den Weg, aber noch bevor er ganz heran war, hörte er Fallmanager Schwerter sagen: »Daß ausgerechnet Sie mit dieser Schwarzbaustelle zu tun haben, Herr Winter, überrascht mich wenig.«

Er stieß sich vom Auto ab und trat in die Mitte des Gehwegs. Edgar hätte auf die Straße ausweichen müssen, um an ihm vorüberzugelangen. Jetzt standen sie sich direkt gegenüber, und Schwerter sagte selbstgerecht: »Ich hatte immer den Verdacht, daß Sie scheinheilig tun. Vertrete seit längerem die Ansicht, daß Leute wie Sie die Schlimmsten sind. Die Scheinheiligen, die andauernd und in schönster Regelmäßigkeit ins Amt kommen, um den Eindruck zu erwecken, daß sie kein Wässerchen trüben können. Es sind nicht die Leute, die sich geduldig in ihr Schicksal fügen, es sind Leute wie Sie, die sich ganz im stillen Geld dazuverdienen und die Gutmütigkeit des Sozialstaates auf Kosten der Allgemeinheit schamlos ausnutzen.«

Edgar stand mit gesenktem Blick und brachte kein Wort heraus. Er konnte keinen Gedanken fassen, ihm war eisig kalt.

»Na, nun gucken Sie nicht so!« verlangte Schwerter nicht unfreundlich und ging zu seinem Wagen. »Es gibt für alles eine Lösung. Kommen Sie, fassen Sie an!«

Er schlug die Kofferraumklappe zu, griff einen der Bierkästen und lief ins Haus.

Mechanisch legte Edgar seine Aktentasche auf die Flaschen, hob den anderen Kasten und folgte.

Schwerters Haus war mit gelben Klinkersteinen verblendet. Eine freitragende Treppe führte zur Eingangstür hinauf, die von einem unverhältnismäßig großen Vordach überbaut war.

Edgar betrat eine kleine Diele, an deren linker Wand eine opulente, geschmiedete Garderobe hing und an der sich zu seiner Verwunderung kein Kleidungsstück befand.

Rechts, vor dem Fenster zur Straße, standen ein Tischchen und zwei Stühle, auf dem Tischchen lagen ein aufgeschlagenes Heft und ein angespitzter Bleistift, daneben stand ein Strohblumenstrauß in einer goldenen Vase. Geradezu führte die lackierte Holztreppe ins Obergeschoß, daran vorbei der nicht eben breite Flur zur Kellertreppe, die hinunter er seinem Fallmanager in eine Art Hobbyraum folgte. Er stellte den Bierkasten auf den Schwerters und wich vor dem schnaufenden Mann zurück, bis er mit dem Rücken gegen eine Werkbank stieß. Der flache, nüchterne Raum war von Neonröhren erhellt.

»Die ganze Sauerei da drüben ist mir seit langem ein Dorn im Auge«, betonte Schwerter. »Mit Ihrer Hilfe, Winter, kann ich die ganze feine Bagage mit Stumpf und Stiel ausrotten!«

Er musterte Edgar aus zusammengekniffenen Augen. Edgar nahm hastig die Aktentasche vom Bierkasten, lehnte sich wieder mit dem Rücken an die Werkbank und stellte die Tasche zwischen seine Füße. Schwerter lachte laut, dann erklärte er überlegen: »Die Polacken beobachte ich seit Tagen. Nein, nein, mein Lieber, es gibt nur eine Chance! Entweder Sie sind mir behilflich, oder ich zeige Sie an. Was Sie erwartet, ist Ihnen hoffentlich klar: Sozialbetrug geht vor den Staatsanwalt! In Ihrem Fall würde ich mich persönlich kümmern. Es sei denn«, lenkte er ein, »Sie zeigen sich kooperativ. Ich würde Ihnen zusichern, Sie rauszuhalten, wenn Sie mir die Namen der deutschen Drahtzieher nennen. Um die geht es mir! Nicht um die drei armseligen Polacken. Und eines kann ich Ihnen nur raten, sich schleunigst meiner Meinung anzuschließen! Mensch, Winter, entscheiden Sie sich. Verwechseln Sie nicht Roß und Reiter. Die, die Ihnen Schwarzarbeit zuschanzen, nutzen Sie aus! Die verdienen sich auf Ihre Kosten dumm und dämlich! Das sind die Leute, die verhindern, daß Sie eine anständige Arbeit finden. Ich mache Ihnen ein einmaliges Angebot! Begreifen Sie das?«

Edgar sah sich in dem Raum um. Neben seiner Hand auf der Werkbank lagen verschiedene Werkzeuge, am

Regal zur linken hingen Spaten, Harken, Spitzhacke und ein gelber Gartenschlauch. Er blickte in Schwerters Gesicht, sein Herz schlug heftig. Viktor, Erasmus, Harald, dröhnte es in seinem Kopf. Sie waren die Drahtzieher. Er wußte nur diese drei Namen.

Schwerter hatte sich mit dem Rücken an ein mit allerlei Aktenordern und Büchsen und Schächtelchen gefülltes Regal gelehnt und die Arme vor der Brust verschränkt. Er überlegte recht lange, bevor er sagte: »Winter, es kann doch nicht sein, daß Sie mit diesen Leuten gemeinsame Sache machen? Ich kenne Sie besser, als Sie sich selber kennen, glauben Sie mir. Ich weiß, daß Sie Recht von Unrecht unterscheiden können, daß Sie ein anständiger Mensch sind. Meinen Sie, ich wüßte nicht, wie schwer es Leutchen in Ihrer Situation haben? Gerade ich, der täglich mit Ihresgleichen zu tun hat? Ich weiß, wie es um Sie steht! Sie haben mein vollstes Verständnis, das können Sie mir glauben. Die Lage auf dem Arbeitsmarkt ist schwierig – wissen wir beide –, und darum müssen Menschen wie wir gemeinsam, mit allen Mitteln, gegen die Schwarzarbeit angehen. Das ist die Ursache des Übels! Wenn der Kerl, der Ihnen die Arbeit gegeben hat, aus dem Verkehr gezogen ist, können Sie dessen Aufträge ausführen. So müssen Sie das sehen, und so einfach ist es auch!«

»Nein!« rief Edgar dumpf. Es hatte sich wie ein tierischer Laut angehört.

»Wie?« forschte Schwerter hellhörig, »Es gibt keine Hintermänner? Was sind denn das für Leutchen da drüben? Hat Sie dieser Dr. Lottermoser beauftragt? Jetzt reden Sie schon, Mann!«

»Nein!« rief Edgar nochmals.

»Nein?« wunderte sich Schwerter. »Also gibt es Drahtzieher!« Er schob ungeduldig seine vor der Brust verschränkten Arme hin und her. »Reden Sie endlich, meine Geduld hat Grenzen!«

»Viktor Schönwalde, Harald Emsig, Erasmus Hahn!«

Er hatte die Namen merkwürdig ruhig ausgesprochen. Schwerter lachte erfreut, zog einen kleinen, grauen

Kalender, an dem ein Kugelschreiber klemmte, aus seiner Hosentasche, trat an die Kästen, schlug das Heftchen auf und legte es auf die Flaschen.

»Nehmen Sie sich ein Bier, Winter«, sagte er großzügig, »und geben Sie mir mal den Zimmermannshammer. Der liegt da hinter Ihnen.«

Edgar reichte den Hammer. Schwerter nahm eine Flasche, öffnete sie gekonnt und hielt sie Edgar entgegen. Der schüttelte den Kopf. Schwerter trank einen Schluck und gab den Hammer zurück.

»So, und jetzt der Reihe nach! Wer hat Ihnen Arbeit vermittelt? Wie heißt der Mann? Wo wohnt er, und was macht er?«

»Das da drüben ... sind keine Polen. Es sind Russen.«

»Später, später, das hat Zeit«, entgegnete Schwerter, trank noch einen Schluck und stellte die Flasche in den Kasten zurück.

Edgar wirkte gefaßt und ließ sacht den Hammer gegen sein Bein pendeln.

»Sie werden diese Woche nach Rußland zurückgebracht.«

»Winter, eins nach dem anderen. Den Namen!« verlangte Schwerter.

»Viktor Schönwalde. Ich habe ihn in einer Kneipe kennengelernt. ›Falschmünzer‹.«

Schwerter, der den Namen eilig notiert hatte, sah auf.

»›Falschmünzer‹ – ist das nicht eine Eckkneipe im Prenzlauer Berg?«

Edgar nickte.

»Der Besitzer der Kneipe hat auch damit zu tun. Ich kenne nur seinen Vornamen: Peter. Er hat mir Geld für die drei Tage gegeben. Einhundertvierzig Euro.«

»Das mit dem Geld für Sie vergessen wir mal«, sagte Schwerter entschieden. »Mann, Winter, das ist ja eine richtige Organisation, in die Sie da hineingeraten sind. Seien Sie froh, daß ich Sie rechtzeitig raushole, und machen Sie sich keine Sorgen, Ihnen geschieht nichts, darauf gebe ich Ihnen mein Wort! – Dieser Schönwalde, was für eine Rolle spielt der?«

»Er ist seit fünfzehn Jahren arbeitslos.«

»Das ist unwichtig.«

Edgar wurde der Hammer schwer. Er hielt in seinem sachten Pendeln inne, faßte ihn mit beiden Händen und sah zu ihm hinab.

»Er hat Journalistik studiert und ist mit der Kellnerin befreundet. Roswitha. Sie hat ein krankes Kind. Laura. Er kennt alle ... er weiß alles. – Harald Emsig hat eine kleine Baufirma ... kämpft ums Überleben ... schafft es kaum ... er hat mir die Arbeitsschuhe geschenkt ... als ich die Öfen abgerissen habe. Die Aufträge bekommt er von Erasmus Hahn ... dem Architekten ... Steve ist schon sechs Jahre arbeitslos und die andern ... Ich weiß nicht ...«

»Kein falsches Mitleid!« ermunterte Schwerter, dem Edgars zusammenhangsloses Gerede auf die Nerven fiel. »Konzentrieren Sie sich, Sie sind ein intelligenter Mann! Hat dieser Emsig einen weißen Transit?«

Edgar nickte.

»Dachte ich mir«, freute sich Schwerter. »Der liefert hier ständig Material an. Ich habe den unlängst zur Rede stellen wollen.« Er winkte verächtlich ab. »Sie können sich das vorstellen: sinnlos! Hab sofort gemerkt, mit dem stimmt was nicht. Na, der wird sich wundern.«

Schwerter lachte ein kleines Lachen, das auch ein Hüsteln sein konnte. Edgar war der Hammer schwer, er empfand nichts anderes als diese Schwere und sah fast flehentlich zu Schwerter.

»Was ist mit Ihnen?« fragte Schwerter, dem das alles zu langsam ging. »Ist Ihnen nicht gut? Sie sind ja weiß wie die Wand.«

Er schaute Edgar prüfend und mit einer gewissen Besorgnis an.

»Jetzt sagen Sie was!« verlangte er beunruhigt. »Sie sehen aus wie eine Vogelscheuche.«

Die Schwere des Hammers hatte sich verloren. Edgar war gefaßt und wartete. Er hatte das Gefühl, nur noch warten zu müssen, und sagen würde er gar nichts mehr.

Schwerter rief verärgert: »Jetzt legen Sie endlich den Hammer weg und konzentrieren Sie sich!«

Er ging um die Kästen herum auf Edgar zu, vermochte aber nicht mehr, den Hammer aus dessen Hand zu nehmen. Der Schlag traf ihn an der linken Schläfe. Sein abwehrender Reflex war zu langsam. Edgar hatte den Hammer losgelassen, der mit der spitzen Seite tief in Schwerters Kopf steckte. Schwerter taumelte, schlug hart mit der Stirn, unmittelbar neben Edgar, auf die Kante der Werkbank und dann mit dem Gesicht auf den grünen Betonboden. Kein Röcheln, kein Laut. Eines von Schwerters Augen war geöffnet und glänzte ins flirrende Licht, der Hammerstiel ragte in die Höhe, und um den Kopf bildete sich eine Lache Blut. Das Blut rann das Gesicht hinab. Die Lache wurde immer größer.

Edgar nahm seine Aktentasche und legte sie auf die Werkbank.

Nur jetzt keinen Fehler machen, ermahnte er sich und sah sich um.

Im Regal fand er Arbeitshandschuhe, zog sie über, faßte den Hammer, zog ihn aus dem Kopf und verharrte, die Wunde betrachtend. Dann legte er den Hammer auf Schwerters Körper, nahm einige Zeichenblätter, wickelte den Hammer sorgfältig ein und steckte ihn in die Aktentasche.

Das Notizbuch! Es lag auf dem Kasten, er stopfte es in seine Anoraktasche.

Wieder sah er sich um. Unter dem gelben Gartenschlauch befand sich ein Spülbecken, der Schlauch war an den Wasserhahn angeschlossen. Er stellte seine Aktentasche auf die Kellertreppe, zog den Schlauch in den Raum, drehte den Hahn auf, spülte erst die Werkbank und dann alles übrige ab. Er tat es langsam und gründlich. Als er an der Tür war, warf er den Schlauch auf den Boden. Das Wasser floß gegen Schwerters Körper und mischte sich mit dem Blut. Er überlegte, was er übersehen haben könnte, dann schaltete er das Licht aus, ging die Treppe hinauf und blickte in der Diele aus dem Fenster auf die Straße. Es war niemand zu sehen.

Er ging hinaus, schloß die Eingangstür hinter sich, ließ die Gartenpforte offenstehen und nahm, wie er es sich vorgenommen hatte, den entgegengesetzten Weg zur Bushaltestelle.

Die Straßenbeleuchtung war noch nicht eingeschaltet, doch in den Häusern brannten die Lichter längst. Edgar konnte die Menschen hinter den Scheiben sehen. Er wußte, daß Schwerter tot war, sonst wußte er nichts. An der Bushaltestelle wartete er eine Weile. Dann wurden die Lampen eingeschaltet. Er bemerkte, daß er noch immer die Handschuhe trug, zog sie aus und lief die Strecke, die der Bus nehmen würde, um zur S-Bahnstation zu gelangen.

Laufen tat gut. Er warf die Handschuhe in einen Müllbehälter. Der Bus fuhr an ihm vorüber. Es saßen kaum Leute darin. In der S-Bahn war es nicht anders. Er saß allein und sah hinaus; den vorüberfliegenden Lichtern zu. Wenn der Zug im Bahnhof hielt, drängte es ihn, auszusteigen. Doch es war einfacher zu warten, bis er weiterfuhr. Er stieg auch nicht in der Prenzlauer Allee aus, sondern erst am Ostbahnhof. Er fand, daß es weit genug weg war.

Als er durch die Greifswalder Straße an den Gaststätten vorüberkam, blieb er stehen und sah durch die Scheiben.

Ich hätte das glänzende Auge Schwerters nicht ansehen sollen, dachte er. Das Auge eines Toten geht keinen mehr was an – das sieht so aus. Wie sollte es anders aussehen? Man sieht so was nicht oft. Ich habe es zum ersten Mal gesehen. Jetzt wird alles voll Wasser stehen. War da ein Einlauf? – Nein, da war kein Einlauf. Es wird alles voll Wasser stehen. Wann wird man ihn finden? Da war nichts, was auf eine Frau oder sonstwen hingewiesen hätte, oder war da was? Wenn es keinen Einlauf gibt, läuft der Keller voll, seine Leiche wird im Wasser treiben, gut, es wird keine Spuren geben. – Ich habe den Bierkasten angefaßt! Habe ich ihn abgespült? Habe ich den Bierkasten abgespült? – Ich werde es sehen, wenn sie mich abholen. Vielleicht steigt das Wasser so hoch, wie die Bierkästen sind. Ich werde es ja sehen.

Er betrat das nächstbeste Café. Er war der einzige Gast, und der Wirt, ein dicker fünfzigjähriger Mann, freute sich unverhohlen, einen Gast zu haben.

Edgar bestellte eine Tasse Kaffee. Der Wirt lächelte wehleidig. Edgar empfand Verständnis. Wenn es so war, wie es dem Wirt ging ... Er brachte den Kaffee, zwei Gläschen Schnaps und setzte sich wie selbstverständlich an Edgars Tisch.

»Der geht aufs Haus!«

Sie stießen an und tranken. Es war Kräuterlikör.

»Können Sie mir erklären, was ich falsch gemacht habe?« fragte er Edgar eigenartig vertrauensselig und wies mit ergebenem Blick in sein leeres Lokal.

»Ja«, antwortete Edgar mit ruhiger Bestimmtheit. »Sie haben Hoffnung gehegt!«

»Ja, großer Gott, die hegt doch jeder!«

»Ihre ist zerplatzt wie eine Seifenblase.«

»Woher wissen Sie das?« erkundigte sich der Wirt erstaunt und hing mit seinen kugeligen Augen erwartungsvoll an Edgars Lippen.

»Weil ich Ihr Elend sehe. Weil ich es fühle, und weil ich weiß, daß Sie noch lange nicht dort angelangt sind, wo ich längst bin. Weil Sie noch sehr viel weiter gehen müssen, bis Sie ankommen. Sie haben noch Hoffnung, daß sich alles zum Guten wendet.«

»Hören Sie mal! Sie sind bestenfalls Ende Zwanzig. Ich bin fast doppelt so alt. Was wollen Sie mir denn damit sagen?«

»Nichts«, antwortete Edgar düster wie schon zuvor, »Sie müssen weiterleben, bis Sie begreifen, was einem geschehen kann. Bis Sie begreifen, daß Leute wie ich Ihre letzten Gäste sind. Sie brauchen nur zu warten, aber davon wissen Sie nichts – vom Warten.«

»Versteh, versteh«, entgegnete der Wirt eifrig und als erfreue ihn, was sein Gast ihm sagte. Ich hol uns die Flasche!« sagte er, als hätte er die Lösung für alle Probleme gefunden, schob scheppernd den Stuhl zurück und eilte zur Theke, als habe er Angst, daß sein letzter Gast ihn verlassen könnte, falls er nicht schnell genug zurück sei.

Edgar trank ruhig den Kaffee. Schwerter war tot, und er hatte ihn getötet.

Alles, was zurückliegt, ist gleichgültig, dachte er. Überhaupt ist alles egal. Ich darf mich nicht mit Vergangenem aufhalten. Das glänzende Auge ist Geschichte.

Warmherzig, wie zu einem langjährigen Bekannten, für dessen Lage man Verständnis empfindet, sagte er: »Sie wollen sich besaufen, aber das ist kein Ausweg. Stellen Sie die Flasche weg.«

»Nein! Wir trinken jetzt einen. Ich lade Sie ein!«

Der Wirt goß die Gläser voll.

»Nein! Wir trinken keinen. Ich brauch einen klaren Kopf, und Sie brauchen ihn auch.«

»Wofür brauchen wir den?« freute sich der Wirt. »Heute kommt sowieso kein Gast mehr. Und was Sie betrifft, habe ich keine Ahnung.«

»Genau.« Edgar lächelte bitter. »Davon haben Sie keine Ahnung.« Er kramte sein Portemonnaie aus der Gesäßtasche und warf ein Zwei-Eurostück klimpernd auf die Tischplatte, stand auf und ging auf die Straße.

»Hallo!« rief ihm der Wirt aufgeregt nach. Er blickte krank vor Hoffnung. »Sie haben Ihre Tasche vergessen! Wollen Sie nicht doch ... auf ein Gläschen ...«

Edgar nahm die Tasche und sagte nachdenklich: »Sie brauchen nur zu warten, glauben Sie mir, einfach nur zu warten.« Dann ging er weiter.

Er trottete in traumwandlerischer Versunkenheit durch die Straßen, lief zweimal an seiner Wohnung vorüber, ohne es zur Kenntnis zu nehmen, und ging dann in die Kneipe. Dort setzte er sich auf seinen Stuhl dem Kanapee gegenüber, die Aktentasche auf den Knien mit den Armen umschlungen, und starrte den röhrenden Hirsch an.

Es war gerade neun und die Kneipe leer.

Roswitha fand, daß er kränklich aussehe und Schlaf brauche. Er trank Kaffee und dachte, ich brauche keinen Schlaf, und nach Hause gehe ich nicht. Dann tat es ihm leid, daß Roswitha hier ausharren mußte, nicht zu ihrer Tochter konnte, nur weil er nicht nach Hause ging. Es war ihm auch nicht recht, sie durch seine abweisende Art verscheucht zu haben. Er mußte sich entschuldigen, eine kleine Erklärung abgeben, bei nächstbester Gelegenheit ...

Er bemerkte nicht einmal, daß Viktor eintrat, und verharrte regungslos, als der ihm zur Begrüßung auf die Schulter klapste.

Viktor musterte Edgar aufmerksam. »Du siehst aus, als hättest du dein Schicksal verstanden.«

»Geht das?« fragte Edgar mit abwesendem Blick.

Viktor zog eine Zigarre aus der Jackettasche und zündete sie an.

»Was ist passiert?«

»Wie kommst du darauf, daß etwas passiert ist?«

»Passiert nicht immer irgend etwas? Sag mal Edgar«, fuhr Viktor gemächlich fort, »was mich schon immer interessiert hat, bist du eigentlich religiös?«

»Ich? Nein!«

»Sieh mich nicht so erstaunt an«, sagte Viktor. »Mich beschäftigt die Frage, welche Werte ein Mensch für sich zur Maxime macht. Ethische Kategorien, die er für sich aufstellt und nach denen er sich in seinem Leben richtet. Macht das überhaupt jemand, wenn er Atheist ist?«

»Keine Ahnung ... Nein, ich jedenfalls nicht. Mir geschieht alles einfach so. Hast du denn so etwas für dich?«

Viktor schmunzelte.

»Ich glaube an die Unsterblichkeit der Seele.«

»Da weiß ich nichts mit anzufangen. Ich glaube nicht richtig – woran auch, und wenn überhaupt, dann an die Unsterblichkeit des Kapitalismus.«

»Hervorragend!« Viktor stieß eine Rauchwolke zur Decke hinauf. »Besonders aus deinem Munde. Ich brauche nur an deine Ritterlichkeit der Frau gegenüber zu denken. – Was liest du eigentlich für Bücher, und womit beschäftigst du dich im Augenblick?«

Edgar verstand nicht und antwortete ehrlicherweise: »Nichts. Ich beschäftige mich mit nichts.«

Er hob erklärend die Tasche von seinen Knien, umklammerte sie aber im nächsten Moment wieder.

»Ich mache für Erasmus Grundriß und Aufriß des Bauernhauses.«

»Du mußt lesen, Edgar! Du mußt Musik hören! Ich glaube, daß du dich nicht einmal um die Architektur ernsthaft bemühst, um die ideelle Seite der Architektur, meine ich. Dein Denkmal, von dem du gesprochen hast, darüber müssen wir reden. Du mußt Visionen entwickeln, für dich, für uns alle.«

Roswitha stellte drei Bier und drei Schnaps auf den Tisch, setzte sich und sagte mit mißfälligem Unterton zu Edgar: »Jetzt bist du wenigstens nicht mehr ganz so stinkig.« Und vorwurfsvoll zu Viktor: »Morgen kommt er raus!«

Während Edgar eine Entschuldigung murmelte, sagte Viktor: »Dann kümmern wir uns ab morgen um Sandro!«

Das Thema war ihm merklich unangenehm.

»Ab morgen«, warf Roswitha ihm vor, »kümmert sich Sandro um uns!«

»Hör endlich auf! Ich habe dir gesagt, daß ich mich darum kümmern werde. Mehr kannst du im Augenblick nicht verlangen!«

»Worte, Worte!« eiferte Roswitha. »Du hast nichts als Worte. Deine ganzen vielen Worte regen mich auf! Ich muß um alles bitten und betteln! Bis du deinen Hintern aus dem Stuhl bekommst, ist die Welt untergegangen!«

»Nein!« rief Edgar laut in Roswithas Richtung. »Er kümmert sich um euch!«

Die beiden sahen ihn überrascht an. Roswitha errötete leicht und sagte leise: »Weiß ich doch. Ich hab nur so Angst.«

Viktor legte seine Pranke um ihre Schulter und zog sie an seine Brust.

»Ich kann mir keine Bücher und keine Konzertbesuche leisten«, fuhr Edgar nachdenklich fort.

Wieder sahen sie ihn überrascht an.

»Du kommst zu mir! Ich kann dir alle Bücher dieser Welt geben«, freute sich Viktor. »Wir werden das in Ruhe besprechen und aussuchen.«

Er holte ein kleines Büchlein hervor, schrieb seine Adresse hinein, riß den Zettel ab und reichte ihn Edgar.

»Mir gibt er auch immer Bücher zu lesen«, sagte Roswitha zwinkernd, »und dann verlangt er, daß wir darüber sprechen. Aber wehe, ich bin nicht seiner Meinung, dann redet er so lange, bis er denkt, daß ich seiner Meinung bin. Das stimmt überhaupt nicht, aber anders würde er nie Ruhe geben.«

»Sag mal, Roswitha«, fragte Viktor, während er ihren Rücken streichelte, »findest du nicht, daß er irgendwie verändert wirkt?«

Roswitha sah prüfend in Edgars Gesicht.

»Ach, na ja, vielleicht ein bißchen grau heute. Vielleicht ist eine Erkältung im Anzug. Oder hast du Liebeskummer mit deiner Johanna?«

»Nein!« verwahrte sich Edgar heftig. »Zwischen mir und Johanna ist nichts und wird nie etwas sein!«

»Hört sich ja vielversprechend an«, freute sich Roswitha und schmiegte ihren Kopf an Viktors Brust.

»Wirklich nicht!« beteuerte Edgar. »Sie wird noch diese Woche ausziehen! Sie selbst hat gesagt, daß wir nur eine gemeinsame Vergangenheit haben. Ich sehe das genauso.«

Er trank ein Schlückchen.

Roswitha und Viktor sahen zur Tür. Edgar hörte, daß jemand eintrat. Die Tür schlug zu, und er lauschte angestrengt. Roswitha löste sich aus Viktors Arm, stand auf und strich ihren Rock glatt.

»Machen Sie sich keine Umstände!« vernahm er Johannas spröde Stimme in seinem Rücken. »Ich wollte zu ihm!«

Edgar saß wie versteinert. Viktor erhob sich, um Johanna zu begrüßen. Sie hatte von Kälte gerötete Wangen, zog ihre lustige Wollmütze vom Kopf, beugte sich zu Edgar und gab ihm einen flüchtigen Kuß.

»Willst du mich nicht vorstellen?«

»O ja!« Edgar schnellte, die Aktentasche gegen die Brust gepreßt, vom Stuhl hoch, daß die anderen drei lachen mußten.

»Ist alles in Ordnung mit dir?« erkundigte sich Johanna, und Roswitha sagte: »Schön, daß wir Sie auch mal kennenlernen. Edgar hat uns so viel von Ihnen erzählt. Ich habe ihn neulich schon aufgefordert, Sie unbedingt mal mit herzubringen.«

»Von mir hat er erzählt?« verwunderte sich Johanna und setzte sich neben Edgar. »Normalerweise kriegt man doch kaum ein Wort aus ihm heraus.«

»Kann ich nicht bestätigen«, sagte Viktor besonders klangvoll, »ich finde, daß geradezu er von großer Leidenschaftlichkeit ist. Eigentlich drängt alles aus ihm heraus. Sehen Sie doch nur sein Ohr und die aufgeschlagene Lippe! Sind das nicht allerbeste Zeugnisse seiner Leidenschaftlichkeit?«

»Das war so heldenhaft«, führte Roswitha aus, »als er die Frau und das kleine Mädchen verteidigt hat. Wer macht denn so was heutzutage noch? Aber nun sagen Sie erst einmal, was Sie trinken wollen?«

Johanna sah auf den Tisch, dort standen die Biere und Schnäpse.

»Ich nehme auch ein Bier. Aber davon weiß ich ja gar nichts«, wandte sie sich an Edgar.

Der sah sie an und brachte kein Wort heraus.

»Ach Edgar«, sagte sie »und mir hast du erzählt, daß du unter ein Auto geraten bist.« Sie sah fragend zu Viktor.

»Das stimmt«, erklärte Viktor. »Er ist vor ein Auto gestoßen worden, nachdem er die Zudringlichkeiten gegen die Mutter und deren Kind abgewehrt hatte.«

»Was machst du denn hier?« erkundigte Edgar sich verwirrt, als habe er sie erst jetzt bemerkt.

Johanna griff entschlossen seine Tasche, die er ihr widerstandslos überließ, stellte sie gegen das Tischbein und öffnete ihm den Anorak.

»So«, verlangte sie, »und jetzt erzählst du uns, was mit dir los ist!«

»Was soll denn mit mir sein?« gab er unter großer Anstrengung zurück und sank vorsichtig auf seinen Stuhl. »Mit mir ist nichts. Nein wirklich. Ich hatte einen aufreibenden Tag. Das ist alles.«

»Und was ist für einen Arbeitslosen ein aufreibender Tag, kannst du mir das mal verraten? Ich habe den ganzen Abend auf dich gewartet. Es gibt so viele Neuigkeiten.«

Edgar hatte die Hände neben sein Bierglas gelegt und schien zu überlegen. Johanna tauschte mit Viktor einen Blick. Sie waren sich einig, ihm Zeit zugestehen zu müssen.

»Ich kann dir das doch alles gar nicht sagen«, antwortete er zu beider Überraschung bedrückt.

Er hob den Kopf ein wenig, ohne jemanden anzusehen.

»Es wäre ja gut, wenn wir uns einander anvertrauen könnten, aber so ist es nun mal nicht. Am Ende sind wir angefüllt mit dem, was wir für uns behalten müssen. Wenn ich nur die Hälfte sage, ist es eine Lüge, und die Hälfte, die ich verschweige, bleibt als Lüge in mir zurück. Am Ende bin ich voller Lügen, und alles, was ich tue, tue ich als Lügner.«

Johanna konnte nur den Kopf schütteln, und Viktor sagte sarkastisch: »Man muß sein Menschsein annehmen. Aber so theatralisch, wie Edgar es schildert, ist es nicht.«

Wieder tauschte er mit Johanna einen Blick.

»Er war arbeiten. Als Architekt. Heute den ersten Tag.«

Da Edgar erschrak, fuhr er umso unbekümmerter fort: »Ja, da mußt du mich gar nicht so anstarren, aber es ist doch wohl viel mehr Grund zur Freude als zur Trübsal. Auch wenn es nicht so ganz legal zugeht. Das wird sich finden, da bin ich unbesorgt. Im übrigen«, er hob die Arme, »wie der Dichter sagt: ›Die erfundene Welt ist die wahre Welt, die wirkliche Welt ist nur hinzugelogen.‹«

»Edgar!« rief Johanna freudig, als wolle sie ihn aufwecken. »Das ist doch wunderbar!«

Sie schlang die Arme um seinen Hals und zog ihn an sich.

»Jetzt versteh ich auch, was du gemeint hast, als du sagtest, daß du dich um mich kümmern könntest.«

Sie legte ihm die Hände auf die Schulter und betrachtete ihn.

»Wenn du bloß nicht immer alles so schwer nähmest. Seht doch mal, wie er schon wieder dreinschaut.«

Roswitha, die mit dem Tablett an den Tisch getreten war, meinte: »Na Edgar, soviel zu eurer gemeinsamen Vergangenheit«, und ließ sich lachend in das Kanapee fallen.

»Wir haben Grund zum Feiern!« Viktor lachte aus breiter Brust. »Hol uns eine Flasche Sekt!«

Roswitha sprang auf und lief vergnügt zur Theke.

»Und jetzt ist Schluß mit Trübsalblasen!« verlangte Johanna, faßte Edgars Schultern und schüttelte ihn so kräftig, wie sie vermochte. Als sie sein trübsinniges Lächeln sah, zog sie ihn nochmals an sich.

»Hör, was ich dir gesagt habe!«

»Jetzt ist Schluß damit«, wiederholte Edgar und trank hastig sein Bier.

»Ja!« vertiefte Viktor. »Jetzt fängt ein neues Leben an! Ihr werdet sehen, ich habe in solchen Sachen immer recht!«

Er schmauchte genüßlich seine Zigarre und freute sich über die Vertrautheit, die sich ganz selbstverständlich zwischen ihnen hergestellt hatte.

»Und dein Kind, Johanna, was wird denn nun aus deinem Kind?« fragte Roswitha noch auf halbem Wege.

»Das wißt ihr auch? Na, wenn ihr es wißt: Ich werde Mutter!«

Roswitha stellte schnell das Tablett ab, fiel der überraschten Johanna um den Hals und jauchzte: »Du weißt gar nicht, wie sehr ich mich für dich freue!«

Sie hatte sogar Tränen in den Augen, als sie meinte: »Die Erzeuger kannst du meistens vergessen! Es gibt nichts schöneres als ein Kind!«

»Ich weiß«, entgegnete Johanna. »Ich rauche nicht mehr! Ich will mein Kind!«

»Dein Kind, das ist ein schönes Gefühl, stimmt's? Jetzt geht es dir, wie es mir ging. Meine Laura wird nächsten Monat fünf. Und wenn es noch tausendmal schwerer wäre, sie großzuziehen, ich würde es immer wieder machen. Es war die beste Entscheidung meines Lebens!«

Viktor goß Sekt ein und sagte: »Wir haben wirklich allen Grund zu feiern – Edgars Neuanfang und deine Mutterschaft.«

»Und meine eigene Wohnung«, ergänzte Johanna. »Den Schlüssel habe ich schon. Morgen ziehe ich ein!«

Sie stießen an und tranken.

»Also morgen«, sagte Edgar düster. »Das ist gut, sehr gut. So hätte es auch nicht länger weitergehen können.«
Er sah herausfordernd von einem zum anderen.

»Na hör mal«, Roswitha war verdutzt, »das klingt ja, als wenn du dich darüber freust?«

»Das tue ich auch! Oder soll das Kind in meiner Wohnung zur Welt kommen? Es ist kein Platz für zwei, geschweige denn für drei dort. Außerdem hat Johanna ihr Leben und ich meins! Es ist höchste Zeit, auseinanderzugehen!«

»Aha«, verwunderte Johanna sich leise und sah Edgar befremdet an, »das war deutlich!«

Sie nippte am Sekt.

»Jetzt könnte ich eine Zigarette rauchen!« bemühte sie sich um Lebhaftigkeit und fügte entschieden hinzu: »Ich mach es aber nicht!«

»Gut«, brummte Viktor. »Wirklich gut. Richtige Feste bedürfen nämlich eines Quentchens Leid. Das habe ich in Rußland gelernt, und offenbar weiß Edgar auch um diesen Umstand. Ich selbst hatte schon überlegt, wie ich unserer Fröhlichkeit dieses Quentchen beimischen könnte, aber das ist natürlich brillant, mit welch sicherem Instinkt Edgar mich dieser schwierigen Aufgabe enthoben hat. Ein gekränktes Herz, wie wunderbar.« Er schmunzelte, und seine blauen Augen strahlten. »Wenn wir hier nicht den Anfang einer einzigartigen Liebesgeschichte miterleben, müßte ich mich doch arg wundern.«

Er zog an seiner Zigarre.

Roswitha lachte an seiner Brust. »Das glaube ich nämlich auch. Prost, ihr beiden!«

Johanna blickte zu Edgar, der ein wenig entgeistert wirkte, aber sein Glas nahm, anstieß und trank.

»Den Beginn einer wunderbaren und einzigartigen Freundschaft könnt ihr hier miterleben«, erklärte Johanna beschwingt. »Stimmt's, Edgar?«

Edgar nickte und bemühte sich ebenfalls um ein einvernehmliches Lächeln, dann sagte er trotzig, und es war deutlich, daß er Johanna verletzten wollte: »Die Freundschaft zwischen einem Mann und einer Frau ist wie ein totgeborenes Kind. Sie ist Selbstbetrug, die auf das Wesentliche verzichtet – aus Freundschaft, daß ich nicht lache.«

Er warf Johanna einen verächtlichen Blick zu und fügte laut an: »Entschuldige, selbst wenn es für dich keinen Sinn ergibt, ich wollte dir nur sagen, daß ich an eine Freundschaft zwischen uns nicht glaube.«

Die beiden Frauen sahen betroffen in ihre Gläser, nur Viktor schien wenig beeindruckt.

»Betrachte es doch besser als ein Verhältnis zwischen Mensch und Mensch«, gab er zu bedenken. »Warum soll es eine Freundschaft zwischen Mann und Frau nicht geben? Laß das Triebhafte weg, nimm an, daß du eine bestimmte Frau liebst und zu einer anderen eine Freundschaft unterhältst!«

»Wir sind doch auch schon fast befreundet«, bekräftigte Roswitha aufmunternd und wirkte trotz der verlaufenen Schminke sehr verständig.

»Genau, und wir sind Freunde!« Johanna sah Edgar freundlich an.

»Ist doch auch egal«, murmelte er. Er wußte nicht mehr, warum er Johanna hatte verletzen wollen.

»Und jetzt erzähl uns, wo deine Wohnung ist und wie sie aussieht!« forderte Roswitha Johanna auf.

Johanna berichtete lebhaft. Edgar hing an ihren Lippen. Er selbst aber sprach den ganzen Abend kein Wort. Er suchte nach Worten, andauernd, aber bevor er welche fand, war das Gespräch längst weitergeglitten. Es fiel keinem auf, und ihm selbst war es gleich. Es war ihm nicht wichtig, was er zu erzählen gehabt hätte; das Suchen nach Worten inmitten der Ausgelassenheit seiner Freunde tat ihm gut. Die Zeit verging leicht.

Johanna hatte auch den gesamten Heimweg über und noch, als sie im Bett lagen, unbekümmert geplaudert, bis sie plötzlich unvermittelt eingeschlafen war. Edgar hatte lange Zeit geduldig ihrem gleichmäßigen Atem gelauscht, war dann aufgestanden, hatte sich angekleidet und in die Küche gesetzt. Dort hatte er trübsinnig vor sich hingestarrt, dann den Hammer aus der Aktentasche genommen, ihn vorsichtig ausgewickelt und gründlich abgewaschen. Das blutbeschmierte Papier verbrannte er im Ausgußbecken. Den Hammer legte er in seine Werkzeugkiste. Bei dieser Gelegenheit fand er die Zigaretten wieder und warf sie auf den Tisch. Zu spät, ich gebe sie Constanze.

Er harrte eine Weile still aus, bevor er die Zeichenblätter auf dem Tisch ausbreitete und betrachtete. Schließlich schlich er ins Zimmerchen, holte sein Reißbrett und begann zu zeichnen. Gelegentlich klemmte er die Hände wärmend unter seine Achseln und hauchte gegen die Fingerspitzen.

Wenn die Hände zu kalt sind, überlegte er, kann man sie zum Zeichnen nicht gebrauchen. Die Finger sind steif und ungelenk. Wenn die Hände eine normale Temperatur haben, beachtet man sie nicht. Wenn etwas normal ist, muß man sich erst darauf besinnen, um es zu bemerken. Ich sollte mir viel mehr Gedanken um das Normale machen, dachte er.

Als aus den Fenstern des Vorderhauses die ersten Lichter in den Hinterhof fielen und lange Schatten an die Fassade warfen, kochte er sich eine Kanne Tee, hockte zusammengekauert auf dem Stuhl, umschloß das Glas mit beiden Händen und entschied sich, die Wohnung um sieben Uhr zu verlassen. Es war Dienstag. Er würde ins Job-Center gehen, so wie er es immer getan hatte, und Schwerter würde nicht dort sein. Wenn er zurückkehrte, würde er auch Johanna nicht mehr begegnen und seine Zeichnung in Ruhe zu Ende bringen.

Daß er für den Mord zur Rechenschaft gezogen werden könnte, kam ihm nicht in den Sinn.

8. KAPITEL

Er weckte Johanna. Sie rieb sich die verschlafenen Augen und wollte ihm etwas sagen, aber er ging gleich fort.

Im Eingangsbereich des Job-Centers standen erste Arbeitslose und debattierten hitzig mit den Sicherheitsleuten. Der lange Gang mit den vielen grauen Türen war menschenleer, und Schwerters Tür verschlossen. Er klopfe an die Nachbartür, öffnete sie und sah in das erstaunte Gesicht einer jungen Frau, die mittels eines Apparates Zigaretten stopfte.

»Herr Kunze?« fragte sie und fügte ermahnend hinzu, »Sie sind eine Stunde zu früh!«

»Winter«, entgegnete er, »ich wollte zu Herrn Schwerter.«

Sie saß im Halbdunkel des kleinen Büros vor dem flimmernden Computer.

»Ja. – Ich kann Ihnen da aber auch nicht helfen. Hatten Sie denn einen Termin?«

»Jeden Dienstag besprechen wir, ob sich etwas für mich ergeben hat«, erklärte er gleichmütig. »Ist er krank?«

Sie war in Edgars Alter und sah ihn eingehender an. Vielleicht fand sie ihn sympathisch, vielleicht wollte sie sich nur mitteilen, jedenfalls bat sie ihn, Platz zu nehmen, und lächelte ihm freundlich zu.

»Ich weiß gar nicht, ob ich Ihnen das sagen kann!«

Sie tat ein wenig geheimnisvoll. Edgar war augenblicklich von einer gewissen Spannung ergriffen. Sie schob die fertig gestopften Zigaretten mit den Fingerspitzen hin und her.

»Es ist etwas so Furchtbares geschehen. Ich habe es eben erfahren.«

Sie zog die obere Schublade ihres Schreibtisches auf und stellte einen Aschenbecher auf den Tisch.

»Möchten Sie auch eine?«

»Nein, danke! Was ist denn geschehen?«

Trotz seiner Angespanntheit empfand er ein Gefühl von Befriedigung darüber, die Antwort längst zu kennen. Ihm wurde gleichzeitig bewußt, wie klug es gewesen war, heute hier zu erscheinen. Er ließ keinen Blick von ihr, als könne er nicht abwarten, es aus ihrem Munde zu hören.

Sie hatte sich eine Zigarette angesteckt, spürte seine Ungeduld und ließ sich umso länger Zeit mit der Antwort.

»Herr Schwerter ist tot«, sagte sie endlich.

»So? Tot«, entgegnete Edgar unbeeindruckt und besann sich. »Er machte eigentlich keinen kranken Eindruck. Ich fand immer, daß er für sein Alter eher sportlich wirkte. Woran ist er denn so plötzlich gestorben?«

Sie hatte ein rundes, blasses Gesicht und lächelte eigentümlich versonnen.

»Da haben Sie recht, für sein Alter, aber ...«, sie sah ihn lange an, »er ist keines natürlichen Todes gestorben.«

»Ein Unfall?«

Sie schüttelte den Kopf.

»Was dann?«

»Ermordet!«

»Ermordet?«

Daß sie es gesagt hatte, daß er es ausgesprochen hatte – es war Realität. Was soll jetzt noch passieren, dachte er und sah ihr in die Augen. Ich war es, erkennst du das nicht? Sieh mich an! Ich sehe dich solange an, bis du es begreifst!

Sie hatte seinem Blick lange standgehalten, ihren letztlich gesenkt und wieder mit den Zigaretten zu spielen begonnen.

»Für heute vormittag hat sich die Kriminalpolizei angekündigt. Wir sollen alle befragt werden. Es geht heute also sowieso drunter und drüber, und darum möchte ich Sie bitten ...«

»Wer war es denn? Weiß man was?« unterbrach er sie lautstark.

»Nein«, antwortete sie zurückhaltend und ein wenig irritiert, »deswegen kommt ja die Polizei. Uns sagt man ja nichts. Nur daß die Mordkommission Fragen an uns stellen will und wir uns bereithalten sollen. Am Vormittag.«

»Das ist aber nicht in Ordnung«, sagte er laut wie zuvor. »Schließlich ist er ein Kollege von Ihnen. Da interessiert doch jeden, was geschehen ist. Ich kann das nicht verstehen. Verstehen Sie das?«

Er hatte seinen Blick nicht eine Sekunde von ihr gewandt. Sie wagte kaum noch aufzusehen.

»Vielleicht wissen sie selbst noch nichts. Ich meine, was wollen sie sonst auch hier? Warum würden sie uns sonst befragen wollen? Sie haben ihn doch erst am frühen Morgen gefunden.«

Sie sah ihn flüchtig an.

»Na gut«, sagte er nüchtern, »aber es muß ja weitergehen.«

Sie hielt die Zigarette dicht vor ihrem Gesicht und war ein wenig verwundert über die plötzlich wieder eingetretene Geschäftigkeit.

»Aber es muß jetzt alles erst umstrukturiert werden«, erklärte sie halb entschuldigend. »Er betreut ... betreute viele Fälle, wie wir alle. Ich kann Ihnen nicht sagen, wer für Ihren Fall zuständig sein wird, in Zukunft. Herr Schwerter hat über tausend Vorgänge betreut, wie wir alle.«

»Ich würde mich jedenfalls freuen, wenn Sie meine neue Fallmanagerin werden würden!« meinte Edgar überaus entgegenkommend und erhob sich schwungvoll.

»Ich weiß es nicht«, antwortete sie mit eigentümlichem Lächeln. »Ich habe darauf keinen Einfluß. – Wie war noch gleich Ihr Name?«

»Edgar Winter.«

»Sandra Hagedorn.«

Sie reichten sich zum Abschied die Hände.

Mit Schwerter habe ich mir niemals die Hand gegeben, dachte er. – Am frühen Morgen erst. Wer kam denn da zu ihm? Wenn es keinen Einlauf gibt, müssen etliche Kubikmeter Wasser in den Keller geflossen sein. Der Hahn war voll aufgedreht. Vielleicht zwanzig Liter pro Minute, pro

Stunde über ein Kubikmeter. Ich weiß ja nicht, wie weit das Haus unterkellert ist, aber selbst im günstigsten Fall wäre der obere Bierkasten nicht überspült. Wenn ich wüßte, ob es einen Einlauf gibt.

Er stürmte durch die Straßen nach Hause und sagte sich immer wieder: Vor allem habe ich keine Zeit!

In der Küche auf dem Tisch lag ein Brief von Johanna. Obenauf sein Handy, eine Geldkarte und der Wohnungsschlüssel. Er schaltete den Radiator an, dann überflog er den Brief.

Lieber Edgar!

Schade, daß Du heute morgen keine Zeit hattest. Ich hätte Dir so gern etwas Liebes gesagt, und es tut mir auch leid, daß ich Dir gesagt habe, daß wir nur eine gemeinsame Vergangenheit haben werden. Ich weiß, daß Du gestern in der Gaststätte mit deinen bösen Worten darauf Bezug genommen hast. Ich war sehr betroffen und habe mich geschämt. Ich möchte Dich dafür um Verzeihung bitten!

Wir haben ja eine gemeinsame Zukunft. Vielleicht nicht als Liebespaar, aber bestimmt als die innigsten Freunde auf dieser Welt. Ich wünsche mir nichts sehnlicher und bitte Dich, mich nicht zurückzuweisen!

Deine Freunde, Viktor und Roswitha, sind so nett. Freunde sind doch das Salz in der Suppe. Sie machen das Leben erst schmackhaft. Kinder segnen es. Auch da haben Du und Roswitha ganz recht.

Ich bin Dir sehr dankbar dafür, daß Du mir die Kraft gegeben hast, mich für mein Kind zu entscheiden.

Ich kann es Dir ja nur schreiben, weil Du heute früh so schnell weg warst.

Ich befürchte, daß Du Dich nicht melden wirst, darum habe ich Dir eine Telefonkarte gekauft und mich vergewissert, daß meine Nummer in Deinem Handy gespeichert ist. Ich habe es so programmiert, daß Du nur die Eins drücken mußt, um mich zu erreichen. Nimm es immer mit, damit wenigstens ich Dich erreichen kann!

Erreich mich, Edgar! Ich freue mich immer über Dich!

Deine Johanna!

Er knüllte den Brief zusammen, warf ihn in den Eimer und setzte sich an den Schreibtisch, um zu zeichnen. Aber immer wieder sah er den Brief vor sich, holte ihn, strich ihn glatt und las ihn von neuem, dann faltete er ihn zusammen, legte ihn in ein Buch, warf sich auf die Couch und schlief ein.

Als er hochschreckte, war es hell. Er wußte nicht, ob es noch hell war oder schon wieder. Nein, er hatte nur eine Stunde geschlafen. Er machte sich Stullen, schlang sie hinunter und trank Leitungswasser, dann zeichnete er. Jetzt ging es, er konnte sich konzentrieren. Als er die Bleistiftzeichnungen fertig hatte, war sein Kopf leer. Er gab sich Begriffe auf, um darüber Gedanken zu finden.

Ermordet!

Er drückte überreizt seine Fingerspitzen gegen die Schläfen.

Johanna! Frau Hagedorn! Ich kann mich nicht besinnen! Ich heiße Edgar Winter und bin achtundzwanzig Jahre alt! Ich habe weder Mutter noch Vater ...

Es machte ihn wütend, er versuchte es nochmals, aber es führte zu nichts, und so setzte er sich an den Schreibtisch und plante seinen Tagesablauf.

Fünf Stunden Schlaf – bleiben neunzehn Stunden. Wann schlafe ich? Von elf bis vier Uhr früh. Dann zwei Stunden Französisch. Von sechs bis sechs Arbeit für Erasmus, zwölf Stunden. Dann zwei Stunden Lesen. Ja, Viktor hat recht, ich muß lesen, ich muß mich bemühen. Dann zwei Stunden für alles Mögliche. Kneipe, Kontakte, und vorm Schlafen eine Stunde Englisch. Ja, so werde ich es machen.

Er nahm das Blatt und heftete es an seine Wohnungstür, anschließend zog er die Bleistiftlinien der Zeichnungen mit Tinte nach. Kurz nach zweiundzwanzig Uhr radierte er die Zeichnungen sauber und blickte hinüber zu Constanze. Sie saß wie gewohnt in der Küche und las Zeitung. Wieder machte er sich Stullen und schaute kauend hinüber. Sie las und las, dann stand sie auf, trat ans Fenster, strich mehrmals über ihren Körper, knipste das Licht aus und verließ die Küche. Er griff nach den Zigaretten und ging hinüber.

Ihm war gleich aufgefallen, daß Constanze nicht so überlegen wie sonst wirkte, sie schien traurig zu sein und sich nach Zuwendung zu sehnen. Sie umarmte ihn zu seiner Überraschung bereits im Flur und bewegte sich nicht, als er sie in den Armen hielt. Sie standen lange beieinander, bis Edgar unvermittelt sagte: »Im Job-Center habe ich heute erfahren, daß mein Fallmanager ermordet worden ist.«

»So etwas geschieht.«

»Ja, aber, es ist doch ... überraschend. Ich kenne ihn seit einem halben Jahr, verstehst du?«

»Schicksal, Edgar. Da gibt's nichts zu verstehen.«

»Ja, ich weiß, aber man wird doch nicht einfach so ermordet.«

Constanze sah ihn verwundert an.

»Mir kommt es vor«, sagte er plötzlich mit Entschiedenheit, »als wenn ich es getan hätte! Ich hätte ihn auch ermorden können, verstehst du? Er war mir ... so verhaßt ... Vielleicht nicht er, aber was er ...

Ich könnte das! Ich könnte es jeden Tag tun!«

Er blickte auf seine Hände.

»Vielleicht erzähle ich dir mal eine Geschichte«, sagte sie verständnisvoll.

»Verstehst du wirklich, was ich meine? Ich könnte jeden, der sich mir in den Weg stellt, der mich irgendwie behelligt ... ermorden. Ich habe alle Skrupel verloren. Ich bin zu allem fähig. Es ist mir ganz egal ... auch, was mit mir geschieht. Ich habe mich in diesem halben Jahr dazu entwickelt. Nur in dieser kurzen Zeit.«

»Ach«, Constanze winkte ab, »was machst du dir darum Gedanken. Jeden Tag geschehen Grausamkeiten. Sieh dich an, deine Verletzungen sind noch nicht mal verheilt. Du kannst genauso schnell Opfer wie Täter werden. Was in den menschlich und sozial zerrütteten Familien heranwächst, wird die Welt verändern, da bin ich ganz sicher. Ich nehme meine Tochter nicht aus, falls du das glaubst. Aber wir beide«, sie lachte, »sind dagegen Waisenknaben.«

Ihre resolute und belehrende Art gab ihm unerwarteten Halt. Bisher hatte er sich mit einer Welt konfrontiert gesehen, in der er seinen einsamen Platz längst eingenommen zu haben meinte. Ihm war nicht klar gewesen, daß er nicht einsam sein mußte. Der Gedanke beschwerte und erleichterte ihn gleichermaßen.

Sie sah ihn aufmerksam an.

»Wir haben uns kennengelernt, und dabei wird es bleiben. Ich möchte, daß das zwischen uns klar ist!«

»Ich brauche deine Hilfe!« entgegnete er und sah sie inständig an.

Constanze lachte und zog ihn zur Couch.

In seiner Wohnung besah Edgar seinen von Kratzern und Bißwunden ramponierten Körper. Besonders von seiner rechten Brust ging ein strahlender Schmerz aus, und er sah deutlich die Abdrücke ihrer Zähne.

Das Kissen in den Rücken gestopft, das Englischbuch auf den Knien, hatte er sich ins Bett gelegt, war aber zu aufgewühlt, um sich konzentrieren zu können. Die Wunden, die Constanze ihm beigebracht hatte, waren seine Schmerzen, mit ihr hatte es nichts mehr zu tun. Sie erinnerten nur an sie, an den Kampf um Leben zwischen ihnen. Aber zu begreifen, daß es nur darum ging, diesen Kampf zu führen, in jedem Fall, ein jeder für sich, kam ihm wie eine Erleuchtung vor. Jetzt, allein im Bett, konnte er ihn führen, morgen bei Erasmus Hahn und bei Constanze. Es ging darum, daß er ihn führte, daß er aushielt und weitermachte.

9. KAPITEL

Erasmus Hahn stolzierte durch sein großzügiges, hellgraues Büro und fuchtelte aufgeregt mit den Händen in der Luft.

»So muß es gehen!« rief er begeistert. »Vergiß das Bauernhaus!«

Keinen Blick hatte er auf Edgars Zeichnung geworfen, stattdessen entrollte er einen Lageplan, in dem eine Häuserzeile rot markiert war, und stieß mit seinem langen, spitzen Finger mehrmals darauf.

»Zu neunundneunzig Prozent sicher! Sanierung! So und nicht anders kommen wir aus dem Schlamassel heraus!«

In Anbetracht der sich auftuenden Möglichkeiten konnte er nicht stillsitzen. Mal stand er in Edgars Rücken, dann saß er auf der vorderen Kante seines Sessels, wippte nervös und schaute Edgar erwartungsvoll an. Da dieser beharrlich schwieg, rief er feurig: »Versteh doch! Mit dem Auftrag hab ich für zwei Jahre ausgesorgt! Alles, was dazukommt, ist Kompott!«

Edgar nickte geistesabwesend, so daß Erasmus anfügte: »Arbeit für dich! Arbeit ohne Ende!«

»Was soll ich machen?« fragte Edgar und sah ihn unbeteiligt an.

»Was du machen sollst?« Erasmus war verblüfft. »Deinen Job!« Er sprang aus dem Sessel und stellte sich vor Edgar. »Du hältst mir den Rücken frei, und ich kümmere mich um das da!«

Er wies wie ein Feldherr mit ausgestrecktem Arm auf die Zeichnung. Sein langer Zopf hing den Hals entlang, die schmale Brust hinab, aber Edgar nickte nur gleichmütig.

Erasmus entrollte ratlos, aber entschlossen Edgars Zeichnung und warf einen flüchtigen Blick darauf, dann trat er ans Regal, zog einen Ordner hervor und warf ihn auf den Schreibtisch.

»Deine Baustelle! Alles, was du brauchst: Kostenkalkulation, Vorstellungen des Bauherrn und: Ich teile mit dir das Honorar. Zweitausendfünfhundert für dich, wenn du sie glücklich machst! Übrigens«, wieder wies er auf den Lageplan mit der rotmarkierten Häuserzeile, »das ist Hafersack! Das ist seine Größenordnung! Zwölf Gründerzeithäuser inklusive Hinterhäuser und Seitenflügel.« Er konnte seine Bewunderung nicht verhehlen, in seinen Augen lag seliger Glanz. »Zum ersten Mal vorbei an Stange & Partner. Ich kann es nicht fassen«, sagte er ergriffen, setzte sich in den Sessel, fühlte sich aber durch Edgars Gleichmut bemüßigt, wieder aufzuspringen und sich Bewegung zu verschaffen.

»Halte dich um Gottes willen von der Pawlowski und dem Hafersack fern!« rief er beschwörend vom Fenster her.

Edgar steckte seine Zeichnungen in den Ordner und entgegnete sachlich: »Ich mache das noch diese Woche fertig!«

Erasmus setzte sich, sah Edgar träumerisch an, dann rollte er plötzlich in seinem Sessel dicht auf ihn zu.

»Du mußt dich mit Harald absprechen! Da draußen ist ein Mord geschehen! Es wimmelt von Polizei. Die rennen überall rum und stellen Fragen. Wir haben die Russen abgezogen.«

»Ein Mord?«

In Edgars Magen kribbelte es, und sein Herz schlug heftig.

»Der Nachbar. Irgendein Typ vom Arbeitsamt. Am Montag, gerade als du dort warst! Harald ist gestern schon befragt worden.«

Erasmus winkte ab. Für ihn war es vor allem eine lästige Verzögerung.

»Wir fahren eine andere Strategie«, erklärte er, »besetzen die Baustelle mit legalen und halblegalen Deutschen, bis sich die Lage beruhigt hat. Die Bullen werden nicht so blöd sein, Leute, die erst nach dem Mord auftauchen, zu befragen. Trotzdem, sei vorsichtig und halt die Augen offen!«

»Und was soll ich sagen, falls mich jemand anspricht? ... Was habe ich dort zu suchen?«

Edgar drohte die Stimme zu versagen, er bemühte sich, unauffällig dreinzuschauen, was seinem bleichen Gesicht einen lächerlichen Zug verlieh. Erasmus hatte dafür keinen Sinn.

»Ach so, stimmt!«

Er sprang hoch, öffnete die Vorzimmertür und verlangte ungeduldig, wie jemand, dem Kleinkram lästig ist: »Die Papiere für Herrn Winter!« dann wandte er sich Edgar wieder zu: »Du hast ab sofort eine Praktikantenstelle bei mir. Klär das noch heute auf dem Arbeitsamt! Mandy hat schon mit einer Frau Hagedorn gesprochen. Die erwartet dich.«

Edgar erhob sich langsam, nahm den Ordner und streckte Erasmus die Hand entgegen, der drückte sie herzlich und blickte siegesgewiß.

»Das läuft! Das wird!«

»Danke!« murmelte Edgar kaum vernehmlich.

Er fühlte, daß alles gut und richtig war; er hatte seinen Arbeitsplatz verteidigt und das zahlte sich jetzt aus. In seinen Ohren rauschte das Blut, und er preßte den Ordner fest an seinen Körper.

»Chef!« flüsterte Mandy in seinem Rücken.

Sie hatte den Kopf ins Zimmer gesteckt. Erasmus sah mit hochgezogenen Brauen an dem bewegungslos verharrenden Edgar vorbei.

»Die Pawlowski ist am Telefon und will noch heute einen Termin. Was soll ich ihr sagen?«

»Was will sie denn?«

Auch er hatte die Stimme gesenkt und schien nicht angetan.

»Das wollte sie mir nicht sagen. Es sei wichtig!«

»Ich rufe sie umgehend zurück!«

Er strich sich mit beiden Händen nachdenklich übers

Haar. Die Tür wurde geschlossen, Edgars Starre löste sich, und er trat unschlüssig von einem Fuß auf den anderen.

»Da siehst du es!« sagte Erasmus wie zum Beweis, legte ihm die Hand auf den Rücken und schob ihn sanft in Richtung Tür. »Wer weiß, was die wieder will?«

Er hielt Edgar zurück.

»Du bist zufällig keinem von beiden begegnet, oder?«

»Nein!«

»Gut!« beruhigte Erasmus vor allem sich selbst. »Wir wissen, worum es geht. Wir müssen darüber nicht sprechen, stimmt's?«

Edgar nickte zustimmend, brachte aber kein Wort heraus.

»Gut, gut«, wiederholte Erasmus erleichtert und schob ihn endgültig zur Tür hinaus.

Das erste und einzige, was er auf dem Weg zu Frau Hagedorn denken konnte, war: Sieh dich vor, Paola Pawlowski! Sieh dich vor! Wenn er auch nicht hätte sagen können, was er konkret mit dem Gedanken verknüpfte, so empfand er darüber doch eigene Stärke. Die wieder und wieder ausgestoßene Drohung beinhaltete das Wissen, wozu er imstande war, gleichermaßen die unheimlich beruhigende Freude über die Arglosigkeit seiner Gegnerin. Es befriedigte ihn, daß niemand ahnte, mit wem man sich einließ, wenn man sich mit ihm einließ. Sieh dich vor, Paola Pawlowski!

Es entsprach dieser Haltung, mit gleichzeitigem Klopfen in Sandra Hagedorns Zimmer zu treten und der Frau entgegenzuschmettern: »Ich habe keine Zeit! Entschuldigen Sie, wir müssen das nur schnell fertigmachen!« dabei breitete er die Formulare auf dem Tisch aus.

Es brauchte einen Moment, bis sie ihn erkannte. Das erleichterte sie zwar, aber sie war keinesfalls gewillt, sich ein derartiges Verhalten bieten zu lassen.

»So geht es aber nicht, Herr ...?« Sie überlegte.

»Winter«, half er ihr.

»Sie gehen jetzt wieder raus, Herr Winter, und warten, bis ich Sie rufe!«

»Das werde ich nicht!« entgegnete er vorlaut. »Ich habe eine Praktikantenstelle, und wenn ich mich nicht darum kümmere, verliere ich sie genauso schnell, wie ich sie bekommen habe!«

Er setzte sich auf den Stuhl und strahlte sie an.

»Das ist mir doch egal«, empörte sie sich, zog an ihrer Zigarette, sah ihn verärgert an, begriff offenbar, daß es zu einem Eklat führen mußte, wenn sie sich durchsetzen wollte, und räumte, ihr Gesicht gnädig verziehend, ein: »Dann machen wir in Ihrem Fall mal eine Ausnahme.«

Sie blätterte das Formular durch, schob es in seine Richtung und wies auf die entsprechende Stelle: »Nur hier müssen Sie noch unterschreiben! Übrigens«, fuhr sie fort, während sie den Blick auf ihn richtete, »ich bin ab sofort für Sie zuständig.«

»Gut«, freute er sich und schob die Papiere zurück. »Wünschen wir uns, daß sich die Zusammenarbeit zwischen Ihnen und mir erfolgreicher gestaltet als zwischen Herrn Schwerter und mir.«

Edgar legte eine Souveränität an den Tag, von der Sandra Hagedorn beeindruckt war. Sie lächelte versonnen.

»Sie können sich nicht vorstellen, was gestern, kaum daß Sie weg waren, hier losging.«

»So, was denn?«

»Na die Polizei. Sie wissen doch. Herr Schwerter. Der Mord.«

»Ja, und?«

Es erregte ihn, daß sie darüber sprach, er verspürte Neugier, aber beunruhigt war er nicht.

»Stellen Sie sich vor, er ist in seinem eigenen Haus ermordet worden.«

»Was Sie nicht sagen. Wissen Sie auch warum?« erkundigte er sich aufdringlich.

»Nein«, antwortete sie ein wenig verlegen. »Wissen Sie, daß Sie wie die Polizisten fragen? Die wollten immer nur wissen, ob er Feinde hatte.«

Edgar lachte laut und unecht.

»Warum lachen Sie denn so?«

»Ich? – Ich stelle mir gerade vor, wen er zum Feind gehabt haben soll.«

»Oh, ich habe es den Beamten nicht gesagt, man soll ja nicht schlecht über Tote sprechen, aber Herr Schwerter konnte sehr ... ungehalten sein. Sie glauben gar nicht, wie er mit einigen Leuten umgesprungen ist. Ich habe seine Stimme oft durch die Wand gehört, so laut hat er manchmal geschrien, aber sonst war er umgänglich. Ich bin immer gut mit ihm ausgekommen.«

Wieder lachte Edgar unverhältnismäßig.

»Das stimmt, ein Sympathieträger war er nicht gerade, aber daß die Arbeitslosen ihre Fallmanager ermorden ... Glauben Sie das wirklich?«

Er sah sie wie schon bei ihrer ersten Begegnung mutwillig an, dachte wieder: Siehst du es denn nicht? Ich war es! Und wie gestern hielt sie auch heute seinem Blick lange stand, bevor sie ihren senkte. Sie errötete sogar leicht.

»Ausschließen sollte man es jedenfalls nicht, finde ich. Und wenn die Polizisten sich schon nach seinen Feinden erkundigen, dann suchen sie doch wohl nach dem Motiv. Warum sollten sie uns alle sonst so etwas fragen?«

»Sie haben sich ja ernsthaft Gedanken gemacht«, entgegnete Edgar anerkennend. »Dann komme ich, Ihrer Meinung nach, auch als Täter in Frage.«

»Sie doch nicht!«

»Warum nicht? Trauen Sie mir das nicht zu?«

Ihr wurde unbehaglich, und als sie flüchtig zu ihm sah, zog er mit den Fingern seine Mundwinkel zu einer Fratze auseinander und schüttelte heftig den Kopf. Im ersten Moment war sie entsetzt, dann belustigt.

»Hören Sie auf! Darüber scherzt man nicht!«

»Ich nicht? Warum nicht? Sagen Sie es!«

»Nein, Sie doch nicht! Aber Sie können sich nicht vorstellen, mit was für Leuten wir hier mitunter zu tun haben. Da sind einige Kriminelle dabei und wirklich viele, die eine große Aggressivität in sich tragen. Das können Sie mir glauben.«

»Ja, aber dann sollten Sie das der Polizei sagen«, belehrte er sie ernst. »Sie dürfen Ihren Verdacht nicht für sich behalten. Vielleicht haben Sie recht und können die Polizisten auf die richtige Spur lenken.«

»Nein, ich habe ja keinen Verdacht. Ich weiß ja auch nicht, mit wem Herr Schwerter es zu tun hatte. Ich wollte nur sagen, daß sehr viele Leute ein Gewaltpotential haben. Ich merke das hier doch jeden Tag. Ich habe ja auch Verständnis für die Leute, aber es wird immer schlimmer.«

»Entschuldigen Sie!« sagte Edgar überkorrekt und wie verwandelt. »Mir fällt ein ... Ich habe keine Zeit!«

Er stand auf und ging, ohne sich zu verabschieden, hinaus. Sie war so überrascht, daß sie sich aufrecht hinsetzte und diese Haltung für einen Moment beibehielt, obwohl er längst weg war.

Kaum in seiner Wohnung eingetroffen, beugte er sich über die Unterlagen und sann nach, was die Auftraggeber wollten. Es gab eine Anzahl dilettantischer Zeichnungen, die mit dem Grundriß des Hauses nicht viel zu tun hatten. Er lachte nachsichtig. Die Bauherren hatten im Grunde sehr genaue Vorstellungen, wußten aber nicht, wie man sie umsetzen konnte. Er war dazu imstande. Arbeitszimmer, Bad, Schlafräume, viel Licht, Großzügigkeit. Er rieb sich begeistert die Hände und machte erste Skizzen.

Seine Ideen waren realistischer und geschmackvoller, als das, was Erasmus überlegt und den Unterlagen als Skizzen beigefügt hatte. Er war sich sicher, daß sein Entwurf den Vorstellungen der Auftraggeber entsprechen werde. Die Charakteristik des Hauses muß erhalten bleiben, dachte er. Sie wollen es. Ich würde es auch wollen. Dieses Gebäude ist zumindest noch von einer Idee beherrscht, auch wenn sie schlicht ist, aber darum geht's!

Er ging in die Küche und sah hinaus in den Hof. Es dämmerte und feuchte Schwaden standen zwischen den erleuchteten Fenstern. Constanze war nicht zu sehen, im Kinderzimmer brannte Licht, aber dort waren die Gardinen zugezogen.

Er mußte mit Harald sprechen. Die alten Biberschwänze würden nicht ausreichen, passende Dachsteine vom

Abriß mußten besorgt werden. Er griff nach dem Handy auf dem Tisch.

Nur die Eins, dachte er, von plötzlicher Unruhe erfaßt. Johanna, du mußt aus meinem Leben! Ich werde dir nicht helfen können. Die einzige und beste Hilfe, die ich dir geben kann, ist, daß wir uns niemals wiedersehen. Wenn du wüßtest, was ich getan habe ... daß ich ein Mörder bin! Du wärst froh, mir nie begegnet zu sein!

Er hatte gedankenversunken auf das Handy gestarrt. Als es klingelte, wußte er, daß sie es war. Dreimal, viermal, dann nahm er ab.

»Du solltest dich doch melden!« hörte er sie sagen. »Ich habe uns um acht mit Viktor in der Kneipe verabredet! Ist das in Ordnung?«

»Ja.«

»Geht's dir gut?«

»Ja.«

»Also, dann bis später?«

»Ja.«

Er hörte sie lachen, dann legte sie auf. Er hockte sich klein auf den Stuhl, stand wenig später auf und durchsuchte hektisch seine Hosentaschen nach Viktors Zettel. Auch er hatte dessen Telefonnummer, sie stand unter der Adresse, aber was wollte er damit?

»Genug jetzt!« brüllte er, schaltete das Radio laut an und ging kalt Duschen.

Ich darf nie zur Besinnung kommen! Niemals, beschwor er sich, griff das Englischbuch und lernte stur.

Als er die Kneipentür öffnete, schlug ihm vom Stammtisch Gejubel entgegen. Hassan el Straffat, Kürzlich, Georgeman und der Kaplan erhoben sich lachend und hielten ihm ihre Hände zum Abklatschen hin. Jeder hatte ein kurzes, persönliches Wort, selbst die ihm unbekannten Rentner nickten respektvoll.

Er ging benommen und nach Luft ringend zum Kanapee. Auf dem Weg stieß er mit Roswitha zusammen, die ihn lachend umarmte, küßte und zum Tisch begleitete.

Sein Stuhl war unbesetzt, Wein und Wasser standen

bereit, er hörte die laute Schlagermusik, die Stimmen um sich her und verstand kein Wort.

Johanna drückte ihn und sagte: »Schön, daß du da bist!«

Viktor übertönte alle mit seinem Baß.

»Du kommst nachher mit zu mir! Ich habe einige Bücher für dich ausgesucht, aber dummerweise liegenlassen.«

Erasmus fuchtelte wie am frühen Morgen schon mit den Händen in der Luft umher und sprach auf Harald ein, der irgend etwas Unverständliches erwiderte, worüber sie sich halbtot zu freuen schienen.

Roswitha beugte sich zu Edgar und sagte mit vergehender Stimme: »Viktor hat Sandro heute derart zurechtgewiesen, der traut sich bestimmt nicht, noch mal aufzutauchen.«

Sie sah Viktor mit liebevoller Bewunderung an, der mit geschlossenen Augen den Kopf schüttelte und nicht wollte, daß darüber gesprochen wurde.

Edgar gab Johanna einen Kuß auf die Wange, ungeschickt, als würde ein Vogel nach ihr picken, trank einen Schluck und blickte stumm in sein Glas.

Johanna freute sich. Ihr war seine Geste nicht peinlich.

»Meine Wohnung ist so schön. Wann kommst du mich besuchen?« fragte sie und sah ihn groß an.

Edgar antwortete wie aus der Pistole geschossen: »Zwischen acht und zehn! Sag den Tag!«

Johanna lachte auf. Sie stellte ihren Kopf schräg und blinzelte ihm amüsiert zu.

»Also morgen?«

»Morgen um acht«, bestätigte er, vor Befangenheit ausatmend.

Erasmus rief: »Hat alles geklappt, Edgar!« Sein triumphierendes Gesicht tauchte urplötzlich neben Johannas Kopf auf. »Der Vertrag mit Hafersack ist so gut wie unterschrieben, und die Pawlowski hat sich nur wichtigmachen wollen!«

Johanna wandte sich irritiert in Erasmus' Richtung. Ihre Nasenspitzen berührten sich fast. Er wich zurück.

»Hab ich was Falsches gesagt?« erkundigte er sich verunsichert bei Harald, zog die Achseln hoch und die Mundwinkel herunter.

Der rollte mit den Augen, spitzte seine Lippen und formulierte genüßlich: »Wie immer Erasmus, wenn du Dollarzeichen in den Augen hast, solltest du einfach nur schweigen.«

»Wieso denn ...?«

Erasmus sah sich um.

»Ach so, Entschuldigung! – Du bist ...«

Er schlug sich gegen die Stirn.

»Verstehe! Du und Hafersack ...? Und Edgar ...!«

Harald schloß die Augen und warf seinen Kopf klatschend zwischen die Handflächen.

Viktor donnerte: »Du zahlst den Abend!« und schlug sich vergnügt auf den Schenkel.

»Ja, ja!« rief Erasmus, seine weitausgebreiteten Arme über dem Tisch hebend und senkend. »Das hätte ich doch heute sowieso gemacht ...«

»Übrigens Edgar!« Erasmus war etwas eingefallen. »Ich hab dir doch von dem Mord erzählt. Da müssen wir uns jetzt genau absprechen! Die Bullen haben Harald vernommen. Die suchen nach dir!«

»Nach mir?« Edgar war leichenblaß.

»Ist nicht weiter wild. Du hast ja die Praktikantenstelle. Kann nichts passieren. Du warst in meinem Auftrag dort!« Erasmus nickte, für ihn war es eine Lappalie.

»Ja«, mischte sich Harald ein. »Ich habe nämlich nichts von dir gesagt. Also wenn sie dich fragen, sagst du, daß wir uns nicht begegnet sind. Darauf muß ich mich verlassen, sonst haben sie mich am Arsch!«

Alle sahen Edgar an.

»Wie kommen die auf mich?« brachte er tonlos hervor.

Harald lachte geringschätzig.

»Irgendeine Nachbarin hat dich am Fenster gesehen. Die haben eine genaue Beschreibung von dir. Ein Glück, daß ich die Russen noch wegschaffen konnte. Nach denen haben sie sich auch erkundigt. Am besten, du sagst, daß wir uns jetzt, hier und heute, kennengelernt haben, falls sie fragen!«

Erasmus winkte heftig ab. »Quatsch, alles Quatsch! Die sollen uns in Ruhe lassen. Bei mir haben sie sich bis jetzt noch nicht gemeldet. Und wenn – deine Papier sind doch in Ordnung.«

»Wer ist denn ermordet worden?« erkundigte sich Johanna.

»Der Nachbar«, sagte Harald gleichgültig. »Typischer Anscheißer, schlich ständig ums Haus. GESTAPO – STASI – BND, Deutscher mit Tradition. Mich hat er ein-, zweimal dumm von der Seite angequatscht. Wem denn das Haus gehöre und was denn gebaut werden solle? – Die Russen haben nie Licht angehabt, und morgens und abends war ich ja meistens da. Bis auf Montagabend.«

Edgar überlegte. Er sah die naserümpfende Frau auf der Straße vorübergehen.

»Dann darf ich auch nichts von den Russen sagen!« schlußfolgerte er halblaut.

»Du darfst überhaupt nichts sagen!« stellte Viktor entschieden fest. »Du warst allein auf der Baustelle! Du bist gekommen, kurz nachdem Harald gegangen war! Sprecht die Zeit ab und gebt ihm einen Schlüssel, falls die fragen, wie er reingekommen ist!«

Harald nickte, kramte einen Schlüssel aus der Tasche und warf ihn Edgar zu, der ihn in sein Portemonnaie steckte.

»Erasmus hat dich beauftragt«, fuhr Viktor fort, »die Bestandszeichnungen anzufertigen! Du hast nichts gesehen! Nicht die Frau! Nichts! Wann bist du wieder gegangen?«

Viktor schien zu wissen, wovon er sprach. Er strahlte eine Überlegenheit aus, die Edgar beruhigte und ihm einen Lachreiz aufsteigen ließ.

»Gegen fünf ... etwa!«

»Hast du jemanden gesehen? Hat dich jemand gesehen? Hast du mit irgend jemandem gesprochen? Irgendwas Besonderes? Überleg genau!« verlangte Viktor konzentriert.

»Nein«, freute sich Edgar. »Ich habe niemanden gesehen, außer der Frau, die mich gesehen hat.«

Er schüttelte den Kopf.

»Dabei bleibst du, egal, was sie dir alles erzählen!«

Viktor wandte sich an Harald. »Die Russen! Wieso haben die sich nach denen erkundigt?«

»Nicht direkt nach den Russen. Die wußten, daß da Arbeitsgeräusche zu hören waren, und wollten wissen, wer außer mir noch dort gewesen ist. Ich hab gesagt, daß am Montag niemand dort war. Aus die Maus!«

Harald trank einen Schluck.

»Die Bullen«, sagte er dann verächtlich, »bringen uns den ganzen Zeitplan durcheinander. Und zusätzliche Kosten verursachen sie uns obendrein. Wie sollen wir denn da in Ruhe deren Gehälter verdienen?«

Viktor überlegte. »Wie hast du die Russen eigentlich unbemerkt wegbekommen?«

»Dienstag um sieben, ich wollte gerade los, kamen die Bullen angerauscht. Ich hab die Jungs in meinen Transporter gesetzt und bin mit ihnen auf die Baustelle nach Hohenschönhausen gefahren, später hab ich sie zur Grenze gebracht. Wenn sie etwas gemerkt hätten, hätten sie mich garantiert gefragt.«

Viktor gab keine Ruhe. »Und für welche Zeitspanne wollten sie wissen, wo du warst?«

»Jetzt ist es aber genug«, fand Erasmus.

Viktor gebot durch ein energisches Handzeichen, daß er schweigen möge.

»Montag zwischen sechzehn und neunzehn Uhr. Da war ich in der Schönhauser und dann zu Hause«, antwortete Harald. »Das können zehn Zeugen bestätigen.«

»Siehst du«, erklärte Viktor, »und exakt da war Edgar ohne Alibi unmittelbar in der Nähe des Tatorts. Das ist doch kein Kinderspiel! Wenn die Bullen den Täter nicht finden, ist Edgar ruck zuck ihr Hauptverdächtiger, versteht ihr das nicht?«

Er sah die anderen ernst an.

»Jetzt übertreibst du wirklich«, winkte Erasmus ab, und auch Johanna schaute verständnislos in die Runde. Nur Edgar beschlich ein banges Gefühl.

»Jetzt mal ganz langsam!« verlangte Viktor achtungsgebietend. »Ihr habt keine Ahnung von Bullen-Psychologie. Wenn wir so schnell wie möglich Ruhe vor denen haben wollen, braucht Edgar ein Alibi!«

Erasmus war zwar ein wenig gefaßter, fand aber: »Es gibt doch überhaupt keine Verbindung zwischen Edgar und dem Opfer. Wo soll denn das Motiv sein?«

»Als ob es darum geht!« erwiderte Viktor. »Wir müssen im Vorfeld alles entkräften, worüber ein Bulle nachdenken könnte. Und über Edgar würden sie nachdenken. Weißt du, ob nicht irgend etwas gestohlen worden ist? Schon hätten sie ihr Motiv. Nein, Edgar war zwischen sechzehn und achtzehn Uhr bei mir zu Hause, danach hier. Und nachher kommst du mit, die Bücher holen, dann weißt du gleich, wie es bei mir aussieht. Du bist um halb vier gekommen und gegen sechs gegangen. Und denk daran, wenn sie dich fragen, erst überlegen, bis es dir einfällt, wenn überhaupt. Das ist wichtig!«

»Doch«, bekräftigte Harald, »Bullen denken schematisch. Die haben keine Phantasie, die haben einen Fragebogen, den sie abarbeiten.«

»Nie unterschätzen, die Kameraden!« ermahnte Viktor und zündete sich eine Zigarre an.

»Wäre es nicht besser, bei der Wahrheit zu bleiben?« fragte Johanna besorgt. »Das wird sich doch bestimmt alles aufklären. Edgar kann doch keiner Fliege was zuleide tun. Das merkt doch jeder.«

»Viktor weiß, was er tut!« entkräftete Roswitha ihre Besorgnis. »Man kann gar nicht so blöd denken, wie es kommt, wenn die Bullen erst im Spiel sind. Ich hab da schon allerlei durch.«

Sie winkte ab, seufzte und schüttelte den Kopf.

»Genau«, rief Edgar merkwürdig aufgedreht. »Ich bestätige Haralds Aussage und Viktor meine. Wir müssen doch zusammenhalten. Darauf trinken wir!«

Er riß sein Glas hoch und blickte erleichtert in die Runde. Sie stießen miteinander an.

»Und damit genug!« verlangte Erasmus.

Johanna wandte sich leise an Edgar. »Sieh nicht hin, aber eben ist ein Mann reingekommen, der mir jetzt andauernd über den Weg läuft. Ich habe ihn heute schon wieder zweimal gesehen. Ob das von Sven ausgeht?«

Sie war blaß. Edgar sah zu Viktor, der Johannas Veränderung zwar bemerkt hatte, aber nichts hatte verstehen können. Viktor hatte auch zur Kenntnis genommen, daß ein Gast eingetreten war, zu dem Roswitha jetzt ging.

»Probleme?« brummte er freundlich in Johannas Richtung.

Sie sah zu ihm auf, blickte ihn einen Moment an, nickte kaum merklich und senkte den Blick.

»Es ist möglich, daß Hafersack sie überwachen läßt«, erklärte Edgar. »Er will ihren Ruf ruinieren, um ihr das Kind wegnehmen zu können.«

Da Viktor nicht zu verstehen schien, fügte er hinzu: »Er beansprucht das alleinige Sorgerecht, wenn das Kind auf der Welt ist!«

Johanna sah wieder auf. Viktor meinte: »Das halte ich für ausgeschlossen. Du bist die Mutter, was sollte er gegen dich anführen?«

»Ich weiß nicht. Vielleicht will er mich nur einschüchtern?«

»Indem er dir einen Schnüffler auf den Hals hetzt?«

Johanna nickte, und Edgar sah sie teilnahmsvoll an. Viktor beobachtete den Mann. Er saß an einem Tischchen neben der Tür, schaute in seine Kaffeetasse und wirkte nichtssagend.

»Weißt du, ob er ein Auto hat?« fragte Viktor.

Johanna nickte. Sie war aufgeregt.

»Einen weinroten Corsa. Ich hab mir die Nummer aufgeschrieben, als er heute morgen in meiner Straße stand!«

Sie suchte in ihrer Handtasche und reichte Viktor einen Zettel. Der nahm ihn schmunzelnd, winkte Roswitha zu sich und forderte sie auf: »Schick mal 5,28 aufs Klo!«, stand auf und ging zigarreschmauchend zur Toilette.

Steve folgte wenig später. Edgar und Johanna sahen sich an. Sie waren aufgeregt und still. Als Viktor wiederkehrte, hingen ihre Blicke erwartungsvoll an ihm.

»Du darfst dich nicht einschüchtern lassen. Dabei bin ich dir behilflich«, beruhigte er Johanna. »Sag mal«, wandte er sich an Erasmus, »dieser Auftrag von Hafersack, wie ist der eigentlich zustandegekommen?«

»Wie soll der zustandegekommen sein? – Ich bin einfach der Größte! Das hat Hafersack erkannt. Ich habe doch sowieso immer die Arbeit für Stange & Partner gemacht. Es war eine Frage der Zeit, bis er kapieren mußte, daß ich dann gleich alles machen kann!«

»Erasmus!« rief Harald. »Du bist der billigste. Das ist ein Unterschied! Genaugenommen bist du der größte ...« Er kicherte albern. »Ich sag's ja gar nicht!«

»Funktioniert es legal oder illegal?« verlangte Viktor zu wissen.

»Legal ist alles plus minus null«, antwortete Harald.

»Nicht gut!« fand Viktor.

»Wieso?« fragte Erasmus ungeduldig.

»Weil du mit so einer Type auf Augenhöhe verhandeln mußt! Wenn der von Anfang an auf dich herabblickt, zertritt er dich! Der hat dich doch schon jetzt als Verlierer eingestuft!«

»Das warten wir erst einmal ab!« Erasmus zog seinen Zopf über die Schulter auf die Brust und blickte entschlossen drein. »Mich haben schon viele falsch eingeschätzt. Unser Anwalt ist mit mir den Vertrag durchgegangen. Wir können bis zu zehn Prozent der Gesamtbausumme zum Nachweis nachfordern. Da kann überhaupt nichts schiefgehen!« Er hatte wieder seinen siegesbewußten Blick.

»Die habt ihr aber hoffentlich nicht mit einkalkuliert?« fragte Viktor.

»Natürlich nicht!« entrüstete sich Erasmus. »Bin ich wahnsinnig?«

»Wahnsinnig ist, daß du dir erst mal einen Mercedes geordert hast«, warf Harald ihm vor.

»Und du dir einen Transporter!« gab Erasmus im gleichen Ton zurück.

Viktor winkte ab. Er schien genug gehört zu haben. Alle sahen ihn an. »Ich kann euch nur viel Glück wünschen«, meinte er ernst.

»Worauf willst du denn hinaus?« hakte Erasmus nach.

Viktor lächelte. Steve kehrte von der Toilette zurück, steckte ihm im Vorübergehen eine kleine Plastiktüte zu und setzte sich an den Stammtisch.

»Ich möchte nur nicht«, sagte Viktor, »daß euch das Fell über die Ohren gezogen wird.«

»Hm«, brummte Erasmus. »Zuviel Sorgen darf man sich auch nicht machen.«

Er trank sein Bier, und Harald fügte sachlich hinzu: »Das müßte eigentlich klappen.«

Viktor sah Johanna und Edgar an und zeigte ihnen die Plastiktüte in seiner Hand.

»Scheint so, als wenn ihr recht habt. In dem Auto lagen etliche Filme. Ich lasse sie morgen entwickeln, dann wissen wir, wofür sich der Herr interessiert.«

Er blickte in dessen Richtung. Der Mann saß unverändert, wippte unruhig mit dem Knie, und als sie an ihm vorüber hinausgingen, schien er sie nicht zu beachten.

Johanna hatte sich eine Taxe bestellt.

»Wehe, du vergißt unsere Verabredung!« rief sie Edgar aus dem Auto zu.

Er nickte, dann ging er neben Viktor an dem weinroten Corsa vorüber, dessen Beifahrertür offenstand. Edgar beruhigte es, jemanden wie Viktor zu kennen.

Nach einigen Metern sagte Viktor: »Das mit den Bullen darf man keinesfalls auf die leichte Schulter nehmen. Niemals etwas sagen, wonach man nicht ausdrücklich gefragt wird, und selbst dann ist es gescheiter, sich nicht erinnern zu können. Nicht aus Trotz, sondern aus Gleichgültigkeit. Sollen sie ruhig glauben, einen gleichgültigen Menschen vor sich zu haben. Damit bedient man ihr Vorurteil. Ich hatte übrigens am Montag gegen halb fünf einen zehnminütigen Anruf.«

Sie sahen sich einen Moment an.

»Falls sie dein Alibi überprüfen sollten, werde ich mich über diesen Anruf an die Zeit erinnern, in der du bei mir warst. Ich habe mich mit meiner Halbschwester über die Geburtstagsfeier für unseren Vater abgesprochen. Er wird in zwei Wochen siebenundachtzig. Weißt du, warum ich das mache?«

»Damit sie mich danach fragen können?«

Edgar mühte sich, seinen stoßweise gehenden Atem zu bezwingen. Viktor schien zufrieden mit der Antwort. Sie waren an einem sanierten Mietshaus angelangt, dessen rosa Fassade mit allerlei Krakeleien besprüht war.

»Damit begegnen wir allen Eventualitäten und nehmen ihnen restlos den Wind aus den Segeln. Nachdem sie von mir von dem Anruf erfahren haben, werden sie dich damit konfrontieren. Und dann erinnerst du dich an diesen einen Anruf!«

Viktor lachte leise, als sehe er die ratlosen Gesichter der Beamten vor sich, und schloß die Tür seiner in der vierten Etage gelegenen Wohnung auf.

»Auch meine Glaubwürdigkeit können sie sich dadurch bestätigen lassen, falls sie daran zweifeln sollten.«

Sie betraten einen geräumigen Flur. Links führte eine Tür ins Bad, rechts hängten sie ihre Jacken in den Schrank. Die Tür geradezu führte in einen einzigen, unerwartet großen Raum von gut fünfzig Quadratmetern Ausmaß, in dem sich sowohl die Küchenzeile als auch der Wohnbereich befanden. Auf dem Eichenparkett lag ein Perserteppich mit schöner blau-roter Ornamentik. Gegenüber der Einbauküche stand eine glatte, braune Ledercouch über Eck und zwei dazugehörige u-förmige Sessel vor einem altertümlichen Tischchen mit messingbelegter Platte. An den Wänden, selbst um beide Fenster und die Türen, standen überfüllte Bücherregale, nur an der Wand parallel zur Sitzgruppe waren Schränke in geschmackvoller Schlichtheit eingepaßt, die bis zur Decke hinaufreichten. Eine Stehlampe aus den zwanziger Jahren spendete warmes Licht.

Als Edgar sich in einen der Sessel setzte, fragte er: »Schläfst du hier auf der Couch?«

Viktor stellte ein Glas Whisky vor ihn, schob das D-Dur Violinkonzert von Bach in die Anlage, winkte Edgar, ihm zu folgen, und öffnete die beiden mittleren Türen der hohen Schränke.

»Offiziell schon.«

Wenn man durch den Schrank ging, gelangte man in

ein großes Arbeitszimmer mit gewaltigem Schreibtisch vor beiden Fenstern, auf dem der Computer stand und unzählige Papierstapel lagen. Auch hier Bücher über Bücher und vier kleine, mit weißem Leinen bezogene Sessel um ein rundes Tischchen. Die den Fenstern gegenüberliegende Tür führte ins Schlafzimmer, das mit Kleiderschränken, Bücherregalen und einem Doppelbett ausgestattet war und an welches sich ein großzügiges Badezimmer anschloß. Der ursprünglichen räumlichen Aufteilung nach befand man sich in der Nachbarwohnung, was Edgar bereits klargeworden war, als sie den Schrank durchquert hatten.

»Das erzählst du aber keinem!« sagte Viktor, als sie wieder im Wohnzimmer Platz genommen hatten und trank einen Schluck. Er schmunzelte. »Das ist meine Antwort auf Hartz IV. Mehr als fünfundfünfzig Quadratmeter stehen mir nicht zu. Ich habe die Wand vorsichtshalber einziehen lassen, denn ich bin in deren Augen mittellos, und das ist gut so.«

Mittellos, dachte Edgar staunend, ist hier schlecht glaubhaft zu machen.

Viktor wies auf drei übereinanderliegende Bücher neben dem schweren Kristallaschenbecher auf dem Tisch.

»Nicht, daß du sie vergißt. Die hast du schließlich schon am Montag mitgenommen. Sag mal, Edgar«, fragte Viktor unvermittelt, »du liebst Johanna, oder?«

»Nein!« verwahrte sich Edgar und trank hastig.

Viktor saß lässig im Sessel, hatte die Arme auf die Lehne gelegt, seine Hände hingen ruhig hinab, und der Baß seiner Stimme tönte warm.

»Ich weiß, daß du eine Neigung hast, anderen zu helfen, aber wenn ich euch beide betrachte, gewinne ich den Eindruck, daß ihr gefühlsmäßig stark aneinander gebunden seid. Warum gesteht ihr euch das nicht ein? Es ist auf Dauer nicht mit anzusehen, daß du leidest wie ein Hund.«

»Das stimmt nicht! Wirklich nicht Viktor!«

Edgar drückte die Knie aneinander und umklammerte sie mit den Händen.

Viktor empfand allein durch diesen Anblick seine Ansichten deutlich belegt und sah ihn wohlwollend an. »Wovor hast du bloß solche Angst, Junge?«

Edgar war es zumute, als verlöre er den Boden unter den Füßen. Er hätte Viktor alles, restlos alles anvertrauen wollen, rang nach Luft, krallte die Finger in die Knie, und sein Blick schweifte von Wand zu Wand, während er verzweifelt nach den richtigen Worten suchte.

Es klingelte. Viktor drückte sich aus dem Sessel.

»Das kann nur Roswitha sein«, brummte er und ging kopfschüttelnd zur Tür.

Edgar nahm die Bücher, sprang auf und wollte sofort nach Hause, als ein lauter Knall erschallte. Er erschrak, stand eine Sekunde wie gelähmt, ließ dann die Bücher fallen und stürzte Viktor nach.

Der lag ausgestreckt zwischen dem Türrahmen am Boden. Über ihm stand breitbeinig ein Mann in Lederjacke, der eine Pistole mit beiden Händen umklammerte und auf Viktors Kopf gerichtet hielt. Seine Haare waren gelb gefärbt, er zitterte vor Aufregung und schien im Begriff abzudrücken, als er den heranstürzenden Edgar gewahrte und die Waffe auf ihn richtete. Sein Gesicht war wutverzerrt, er schrie etwas Unverständliches, als das Flurlicht erlosch und Edgar, ohne nachzudenken und mit aller Kraft, auf ihn zusprang. Der Schuß löste sich, dann polterten beide die Treppe hinab. Auf dem Absatz riß der Mann sich los, kreischte hysterisch und stürmte davon.

Das Licht ging an. Edgar rappelte sich hoch und lief eilig die Stufen hinauf. Viktor stand bereits wieder im Türrahmen und hielt sich den Arm unterhalb der Schulter. Blut rann zwischen seinen Fingern hindurch und hatte sich in das hellblaue Flanellhemd gesogen. Vor seinen Füßen lag die Pistole.

»Russisches Modell«, brummte er.

Sie sahen sich einen Moment an, dann bedeutete Viktor mit einer Kopfbewegung, daß Edgar hineingehen möge, trat beiseite, um ihn vorbeizulassen, und folgte. Edgar setzte sich in den Sessel, während Viktor eine

Gabel aus der Schublade nahm, mit der aufgefädelten Pistole zurückkehrte und sie auf den Tisch legte.

»Das wird eine lange Nacht«, stellte er ruhig fest.

»Wer war das?« fragte Edgar verstört.

»Das war Sandro«, tönte es dunkel. »Hätte ich der Ratte gar nicht zugetraut.«

Das Blut rann unaufhaltsam, Viktor ging ins Bad, holte ein Handtuch, schlang es um die Wunde und sagte: »Wir müssen die Polizei rufen. Das ist dummerweise das einfachste. Pack deine Bücher ein! Tüten sind hinten in der Schublade.« Er deutete in Richtung Küche. »Häng sie am besten an deine Jacke, sonst vergißt du sie noch.«

Viktor wählte die Notrufnummer. Sein Gesicht war unnatürlich bleich. Das Blut tropfte aufs Parkett; große dunkle Tropfen mit kleinen Spritzern darum. Edgar hängte die Bücher an seine Jacke im Schrank, brachte aus dem Bad ein neues Handtuch und half den Verband zu wechseln. Das benutzte Handtuch war mit Blut vollgesogen, es fühlte sich kalt und klebrig an.

»Ist nur eine Fleischwunde«, erklärte Viktor und blickte zur Pistole. »Brauchen wir die?«

»Wozu?« murmelte Edgar, sah Viktor fragend an und flüsterte: »Ich weiß nicht.«

»Leg sie in den Flur, aber faß sie nicht an!« entschied Viktor. »Die bringt ihm ein paar Jahre mehr ein.«

Er ließ sich erschöpft in den Sessel sinken, während Edgar die Pistole auf der Gabel hinausbalancierte und ein neues Handtuch holte. Dann klingelte es.

10. KAPITEL

Die beiden Streifenpolizisten riefen den Notarzt, lösten die Fahndung nach Sandro aus, steckten die Pistole in eine Plastiktüte und setzten sich auf die Couch. Edgar kochte Kaffee. Sie nahmen ihre Mützen ab, erklärten, daß sie den Tatort sichern und auf die Zuständigen warten müßten, bedankten sich für den Kaffee und brachten Viktor Verständnis entgegen. Der jüngere, ein dünner, großer Mann mit rotblonden Haaren und langen gelben Zähnen, sagte tröstend: »Sie können sich gar nicht vorstellen, was wir Tag für Tag erleben.«

Viktors Gesicht war erschreckend bleich, die Wunde hörte nicht auf zu bluten, und Edgar wechselte das Handtuch.

Der Notarzt war eine korpulente, rothaarige Russin mit blauem Lidstrich, die darauf bestand, Viktor umgehend in die Klinik zu bringen. Sie sagte mehrmals, das R stark rollend und als wolle sie singen: »Er muß verbracht werden! Er muß verbracht werden!« schnitt mit dem Skalpell seinen Hemdsärmel auf, legte einen Verband an und meinte besorgt: »Aber wissen Sie, wir müssen das behandeln. Können Sie noch gehen?«

Viktor fragte, ob sie nicht erst einen Kaffee trinken wolle, und Edgar holte ihr eine Tasse. Sie setzte sich ohne zu zögern; es konnte so schlimm nicht sein.

Wenig später erschien ein Kommissar, der sich mit Krause vorstellte, auf und ab ging und allerlei Fragen stellte. Er hielt seine schwarze Mütze mit beiden Händen auf dem Rücken, hatte das spitze Kinn eigentümlich vorgestreckt und achtete peinlich darauf, den Teppich nicht zu betreten. Seine Sohlen quietschten auf dem Parkett, er unterdrückte mehrmals ein Gähnen und schaute durch seine dickglasige Brille mal hier, mal dort hin. Abschließend seufzte er leise, öffnete seine moosgrüne Jacke und setzte sich zu den anderen, um ebenfalls Kaffee zu trinken.

Die Notärztin, die inzwischen erfahren hatte, was geschehen war, erklärte halb singend: »Die Welt ist so schwarz geworden. Die Menschen werden immer kleiner.«

»Sie meinen wahrscheinlich gewissenloser«, berichtigte Kommissar Krause freundlich. »Werden immer gewissenloser – die Menschen, verstehen Sie, das wollten Sie wohl sagen.«

Wenig später brachen alle auf. Die Ärztin hatte auf Viktors anfängliche Weigerung entrüstet gesungen: »Ja aber, das ist doch alles zerfleddert. Ihr ganzer Arm ist ganz zerfleddert. Ihnen muß geholfen werden. Sie brauchen die Hilfe der Mediziner.«

Er antwortete ihr auf russisch, woraufhin sie ihn bewundernd ansah. Sie stützte ihn, als sie die Treppe hinuntergingen, und verbat sich Viktors Sträuben ebenso energisch wie die Hilfe des jüngeren Polizisten.

»Dieser Mensch ist mein Patient!« rief sie.

Viktor war einer Ohnmacht nahe. Die Ärztin sprach jetzt nur noch russisch. Es fiel Viktor schwer zu antworteten.

Edgar lief von Unruhe erfüllt durch die Straßen, einzig die Bücher, sein Alibi, beruhigten ihn etwas. Gut, daß er ein Alibi hatte, aber daß er eins brauchte ... Er war nie ernsthaft davon ausgegangen, als Täter in Betracht zu kommen, jetzt war es eine Frage der Zeit, bis die Polizei bei ihm auftauchen würde. Jetzt hatte es eine Bedeutung, daß er den Bierkasten angefaßt hatte; sie würden seine Fingerabdrücke nehmen.

Habe ich den Kasten abgespült, fragte er sich immer wieder. Warum kann ich mich daran bloß nicht erinnern? Er schlug sich mehrmals verzweifelt gegen die Stirn und blieb stehen.

Ich kann nicht nach Hause! Wenn sie dort auf mich warten! Wenn ich ihnen so in die Hände falle ...!

Er machte kehrt und ging langsam in die entgegengesetzte Richtung.

Warum mußte ich auch das Fenster öffnen? Die Frau solange anstarren? Klar, daß sie sich genau an mich erinnert. Wenn sie die Fingerabdrücke haben, ist alles vorbei. Ich muß davon ausgehen, daß sie meine Fingerabdrücke nicht haben! Darauf muß ich vorbereitet sein. Nur darauf!

Er konzentrierte sich und versuchte sich genauestens einzuprägen, was Viktor ihm gesagt hatte, dann spielte er das bevorstehende Verhör wieder und wieder im Geiste durch.

Bevor er den Hinterhof betrat, versteckte er die Bücher unter einem Auto, blieb eine Weile stehen, und erst als er sicher war, daß die Polizei ihn nicht erwartete, holte er sie hervor und ging in die Wohnung.

Es war fast drei, als er sich endlich auszog, ins Bett warf und sein Kopfkissen umarmte. Im Geiste sah er das wutverzehrte Gesicht Sandros und dessen gelb gefärbte Haare.

Der zweite Schuß hat mir gegolten, dachte er mit schaurigem Gefühl und bildete sich ein, den Luftzug gespürt zu haben, mit dem die Kugel an seinem Kopf vorbei in den Türrahmen geschlagen war.

Das muß etwas zu bedeuten haben. Ich habe ein Schicksal. Vielleicht hatte Viktor recht, als er meinte, ich hätte mein Schicksal verstanden. Ich verstehe es. Ja, ich verstehe es.

Er fiel in einen unruhigen, von quälenden Traumbildern durchwobenen Schlaf, aus dem er drei Stunden später mit jähem Schrei und schweißgebadet aufschreckte.

Ja, dachte er, ich habe Schwerter erschlagen!

Er sah sich um, als müsse da jemand sein, sprang auf, las sich die Buchtitel durch und kleidete sich an.

Mein Zeitplan kommt völlig durcheinander! Es ist schon sechs!

Im Vorderhaus brannten etliche Lichter. Er löffelte seine Haferflocken.

»Über die Liebe«, »Der Idiot«, »Der Prozeß«, er packte die Bücher zurück in die Tüte und begann seine Entwürfe für das Bauernhaus zu vervollständigen, denn Zeit hatte er keine. Um zehn sollte er seine Aussage protokollieren lassen.

Im Polizeigebäude schaute er sich aufmerksam um und versuchte, etwas Wesentliches, Hilfreiches für sich in Erfahrung zu bringen, aber alles, was ihm begegnete, war Routine und kam ihm ungefährlich und bedeutungslos vor. Der Kommissar bot ihm Kaffee an und war einzig interessiert, die Angelegenheit so schnell wie möglich zu erledigen. Edgars Fragen, ob er viel zu tun habe und ob Morde immer aufgeklärt würden, beantwortete er mit einem müden, ausweichenden Lächeln. Er wirkte auf Edgar beruhigend kraftlos, desillusioniert und schien jedes Engagement verloren zu haben.

Nach zwanzig Minuten war Edgar bereits wieder auf der Straße und rief Frau Lottermoser, die Bauherrin an. Sie war sofort bereit, sich mit ihm zu treffen. Er setzte Harald in Kenntnis, der noch nicht wußte, ob er den Termin einhalten könne, rannte zur Bahn und lief auf dem Bahnsteig unruhig auf und ab.

Im Zug dachte er über das Verhör nach, als bereite er sich auf eine Prüfung vor. Er fühlte, daß er es gründlich tun mußte, wie immer, wenn er ein gutes Ergebnis erzielen wollte.

Den Bus nahm er nicht, sondern rannte zum Bauernhaus. Es war eine Strapaze, aber es erleichterte ihn.

Frau Lottermoser war noch nicht da. Er schloß die Tür auf und ging schwer atmend in die Kammer, in der die Russen geschlafen hatten. Sie war vollständig leer und wirkte eng und verkommen. Die Kochzeile in der Küche war ebenfalls leergeräumt. Nichts deutete darauf hin, daß sie hier gehaust hatten.

Er schritt bedächtig hinauf ins Dachgeschoß und blickte aus dem Giebelfenster zu Schwerters Haus hinüber. Der Wind trieb graue Wolken über die lehmigen Felder, und er begann aus tiefer Brust zu summen.

Schwerters Garten lag in winterlicher Nacktheit überschaubar da. Bis auf den alten Apfelbaum war alles neu angelegt. Die freitragende Treppe geleitete zur grünen

Eingangstür, und in die grüngestrichenen Fenster waren Messingsprossen gefügt. Schemenhaft und kaum erkennbar nahm er eine Frau am Giebelfenster wahr. Schwerters Frau? Er meinte, sie habe ein schmales Gesicht, und bemerkte eine Zigarette in ihrer Hand vor der Brust. Sie stand bewegungslos wie ein Bildnis. Lange sahen sie einander an. Hatte sie nicht gelächelt, bevor sie verschwand?

Kurz darauf vernahm er Geräusche an der Tür, hörte zu summen auf und ging den Geräuschen langsam entgegen.

Frau Lottermoser war eine gepflegte, sehr attraktive Frau Anfang Vierzig, mit braunem, hochgestecktem Haar und schmalen, grünen Augen, in deren Winkeln sich Fältchen gebildet hatten. Sie trug einen beigefarbenen Mantel und hatte süddeutschen Akzent.

Als Edgar ihr versicherte, daß er ab sofort ausschließlich für ihr Haus zuständig sei und es keinerlei Verzögerungen mehr geben werde, lief sie mit langen Schritten vor ihm her und erklärte wortreich, wie sie und ihr Mann sich den Umbau vorstellten. Vollständig begeistert war sie, als er ihr seine Entwürfe vorlegte, durch die sie entzückt ihre eigenen Intentionen bestätigt fand. Sie zündete sich eine Zigarette an, betrachtete eingehend die auf der Küchenzeile ausgerollten Zeichnungen und sagte: »Herr Winter, Sie können stolz auf sich sein. Ich sehe schon, daß Sie ihren Beruf verstehen. Sie haben unseren Geschmack genau getroffen. Und dabei sehe ich Sie eben zum ersten Mal. Das werd ich auch heute noch Ihrem Chef, dem Herrn Hahn sagen, wie zufrieden ich mit Ihnen bin.« Sie war guter Dinge. »Wir bauen bereits zum dritten Mal. Und wenn's der liebe Herrgott will, zum letzten Mal. Das war der Karriere meines Mannes geschuldet, dieses leidige Herumvagabundieren.« Sie lachte unbekümmert. »Mein Mann wird ab Mai eine leitende Stelle im Klinikum antreten, dann muß alles fix und fertig sein! Aber Sie schaffen das, da bin ich unbesorgt.«

Edgar rollte die Zeichnungen zusammen und sicherte ihr zu, umgehend entsprechende Kopien zu senden und die Unterlagen ans Bauamt zu reichen.

»Super! In Ihnen haben wir einen kompetenten Partner, das spürt man gleich. Wenn's hier nur nicht so arg kalt wäre«, klagte sie und rieb sich die Hände.

Sie stand einen Moment unschlüssig neben ihm, dann faßte sie vertraulich seinen Arm, sah ihm tief in die Augen und erkundigte sich mit eigentümlich schmeichlerischem Ton, ob sie ihn irgendwohin mitnehmen könne, und da er verneinte, weil er hoffe, hier noch den Bauleiter zu treffen, verabschiedete sie sich fröhlich und voller Zuversicht. Er roch den intensiven Duft ihres frischen, blumigen Parfüms, der den Raum erfüllte.

Vor dem Haus stand ein schwerer, dunkelblauer Mercedes, von dem aus sie ihm überschwenglich zuwinkte, bevor sie einstieg. Er winkte verhalten zurück, dann schritt er nochmals die Treppe hinauf und sah hinüber zu Schwerters Haus. Drei, vier Minuten, dann riß er sich von der klinkergelben Fassade im trüben Licht los. Als er die Tür abschloß, hielt der weiße Transporter in seinem Rücken. Harald stieg gar nicht erst aus, wartete ungeduldig, bis Edgar eingestiegen war, und sagte: »Hab's nicht früher geschafft. Egal. Bevor ich es vergesse, die Bullen waren heute bei Erasmus. Machen Welle wie Typen, die völlig im dunkeln tappen.«

Er hatte ein Zigarillo zwischen seinen Lippen und raste zurück in die Stadt.

»Wie Beamte, denen man ihren Acht-Stunden-Schlaf verweigern will. Ich hab nichts gegen Beamte. Sie tun ja nichts. Aber dich wollen sie unbedingt sehen. Erasmus meint, du seist ihre letzte Hoffnung. Die stellen tausend Fragen, nur über dich.«

Er bremste scharf und verlor das Zigarillo. Es fiel zwischen seine Beine. Als er es wieder zwischen die Lippen klemmte, fehlte die Glut, und es roch brenzlig. Er drückte sich aus dem Sitz und fegte die Glut mit dem Handrücken vom Polster.

»Alles voller Einschußlöcher. Irgendwann fackle ich den Wagen ab. Nächste Woche bekomme ich den neuen, dann rauche ich nicht mehr beim Fahren. Jedenfalls versuch ich es, na ja. Die Lottermoser ist im Leben auch ein bißchen kurz gekommen, hast du es gemerkt?«

Er sah Edgar aus seinen kleinen, müden Augen erwartungsvoll an.

»Die Bullen können mich mal«, entgegnete Edgar fest und starrte auf die entgegenrollende Fahrbahn.

»Aber die Lottermoser«, Harald lachte, »die könnten wir alle mal. Wie lief's denn mit ihr?«

»Der Auftrag ist sicher«, antwortete Edgar unbeteiligt. »Kann so zum Bauamt.«

»Die ist mit deiner Planung einverstanden?«

Harald war überrascht und blickte Edgar an.

Der nickte zwar, starrte aber weiter auf die Straße.

»Ohne Wenn und Aber?«

Er schien es nicht zu glaube, obwohl Edgar nochmals nickte. Harald fuhr einige Zeit schweigend. Es hatte zu regnen begonnen, der Wischer surrte alle paar Sekunden über die Scheibe, dann sagte Harald entschieden: »Montag geht's los!«

Ecke Jablonski stieg Edgar aus. Harald nahm die Zeichnungen für Erasmus an sich, warf einen flüchtigen Blick darauf und fand es eine gute, einfache Lösung, nur daß er die alten Dachsteine verwenden sollte, gefiel ihm nicht.

Edgar wartete, bis das Auto im Verkehr verschwunden war. Regen ging in feinen Stichen nieder. Der dunkle Himmel drohte, daß es erst der Anfang wäre. Wolken schoben sich tief auf die Dächer.

Während er ziellos durch die Straßen lief, regte sich eine unbegründbare Wut in ihm. Er wünschte, daß ihn jemand aufhalten möge, aber es geschah nicht.

Man kann machen, was man will, keiner schert sich drum! Wo ist eigentlich die Polizei? Ja, wo seid ihr? Habt ihr mich vergessen?

Am Thälmann Park setzte er sich auf eine Bank und beruhigte sich etwas. Er sah zu den erleuchten Fenstern der Plattenbauten, die wie Kreuzworträtsel aus Lichtern anmuteten.

Warum die Polizisten nicht zu mir kommen? Ob das Taktik ist? Wollen sie mich schmoren lassen, weichkochen? Wenn sie heute bei Erasmus waren, müssen sie doch auch zu mir kommen. Es wird Methode sein, nichts weiter. Die werden sich wundern. Ihre Methoden haben bei mir keine Wirkung. Wenn sie keine Fingerabdrücke haben, werden sie sich an mir die Zähne ausbeißen.

Er stand auf und ging weiter, obwohl es noch nicht acht war, aber es war ihm egal. Bestünde Johanna darauf, daß er zu früh sei, würde er wieder gehen. Er glaubte den gesamten Weg über, daß er ungelegen käme und kaufte einen kleinen, bunten Blumenstrauß.

Als Johanna die Tür öffnete, war es eigenartigerweise genauso, wie er es erwartet hatte. Sie sah ihn ratlos an, und er sagte selbstverständlich: »Ich weiß, daß ich zu früh bin, aber ich kann auch wieder gehen.« Er hielt ihr den Blumenstrauß entgegen.

»Ja – nein«, entgegnete sie.

Sie trug ein langes, graues Wollkleid, und ihr Gesicht war blaß.

»Ich dachte, du wärst pünktlich!«

Da Edgar sich nicht bewegte, bewegte auch sie sich nicht.

»Dann geh ich wieder!«

Sie griff den Strauß und schüttelte energisch den Kopf.

»Komm rein!« Sie nahm seine Jacke. »Ich habe überraschend Besuch bekommen.«

Sie wandte sich zur Garderobe, einer Reihe einfacher an die Wand geschraubter Haken, an der ihr Anorak und ein tiefblaues Jackett hingen, hängte die Jacke dazu und flüsterte: »Sven ist da!«

Das hätte sie nicht sagen müssen, Hafersack stand im Flur und sah Edgar, der seine modrigen Schuhe auszog, lächelnd an.

»Herr Winter, wenn ich mich recht erinnere. Wir hatten schon das Vergnügen.«

Er hatte die Hände in den Hosentaschen, stand lässig an der Tür zum Wohnzimmer und beobachtete die beiden. Es schien, als lutsche er genüßlich ein Bonbon zwischen seinen schmalen, rosa Lippen.

»Herr Hafersack!« rief Edgar befremdend freudig, als hätte er einen guten Bekannten vor sich, und lief mit ausgebreiteten Armen auf ihn zu. »Daß wir uns sobald wiedertreffen!«

Sven Olaf Hafersack entzog sich im letzten Augenblick einer Umarmung, lief mit kurzen Schritten eilig ins Zimmer und setzte sich demonstrativ in die äußerste Couchecke. Es war ihm höchst unangenehm, daß Edgar auf dem Fuße folgte und direkt neben ihm Platz nahm. Er fand keine Möglichkeit, den ihm gemäßen Abstand herzustellen, wich in Richtung Fenster aus und betastete, von dem dreisten Verhalten beunruhigt, die Knopfleiste seines gelben Kaschmirpullovers. Edgar hatte die Hände auf die Knie gestemmt und sah ihn aufdringlich an.

Johanna war von dem Anblick belustigt, und als Hafersack es bemerkte, sprang er auf, stieß die Hände in die Taschen und postierte sich in der Mitte des Raumes.

»In Anbetracht der Umstände scheint es mir wenig aussichtsreich, wenn ich bleibe«, stellte er fest und sah Johanna strafend an. »Ich glaube nicht, daß ich mir ein derart lächerliches Benehmen bieten lassen muß!«

Sie ging auf ihn zu und sagte entschieden: »Wenn du schon unangemeldet auftauchst, kannst du auch sagen, was du zu sagen hast. Also setz dich einfach wieder hin!«

Sie wies auf einen der beiden Sessel, und da er unschlüssig stehenblieb, schob sie ihn sacht in die Richtung. Er riß seine Hände mit energischer Bewegung aus den Hosentaschen, setzte sich, verschränkte die Arme vor der Brust und sah zum Fenster. Johanna ging Kaffee kochen.

Außer der Polstergarnitur gab es einen Schreibtisch aus lackiertem Kiefernholz und zwei Bücherregale. Alles war neu gekauft, auch der in Zimmern und Flur ausgelegte, graue Teppichbelag und die bis auf den Boden hinabreichenden, weißen Gardinen aus matt glänzendem Stoff. Einige gerahmte Familienfotos hingen an den Wänden, und in beiden Regalen standen Bücher. Edgar stellte anerkennend fest: »Das ist doch ganz beachtlich in der kurzen Zeit, finden Sie nicht?«

»Ja«, bestätigte Hafersack gereizt, betrachtete Edgar skeptisch, wohl eine weitere Zudringlichkeit befürchtend, und wandte den Blick mit vornehmer Geringschätzung ab.

»Wissen Sie jetzt, wie Sie Johanna und Ihr Kind angemessen unterstützen können?« fragte Edgar laut.

Sven Olaf Hafersack wandte sich ihm zu und überlegte. Er räusperte sich, kam aber nicht zur Antwort.

»Es muß doch ein wunderbares Gefühl sein, Vater zu werden. Sie müssen stolz sein. Ich wäre es. Ich bin direkt neidisch auf Sie.«

Hafersack schaute amüsiert. »Das glaube ich Ihnen sogar.« Er setzte sich etwas aufrechter. »Herr Winter, ich will offen zu Ihnen sein. Sie sind mir nicht sympathisch. Nicht weil Sie tun, was Sie tun – und daß Sie sich um Johanna kümmern, finde ich durchaus achtenswert –, sondern weil Sie es tun, wie Sie es tun! Ihre Rüpelhaftigkeit zeugt von allzu großer Unreife. Ihr einstiger Kommilitone Westhof, nebenbei, ein vielversprechender junger Mann, empfindet Sie ähnlich schwierig.«

Die eigenen Worte erbauten ihn. Er reckte seinen gebräunten Kopf in die Höhe und in seine dunklen Äuglein geriet ein gnädiger Glanz.

»Na ja«, entgegnete Edgar, »der Zweck heiligt die Mittel, wie man so sagt. Ich hatte die Absicht, daß Sie sich mit Johanna verständigen. Jetzt sind wir hier.«

Johanna brachte Kaffee. Sie hatte die letzten Worte mit angehört, stellte das Tablett ab, zwinkerte Edgar zu und sagte: »Schön, daß ihr euch nähergekommen seid.«

Sie setzte sich neben Edgar auf die Couch.

Hafersack nippte am Kaffee und sagte, die Tasse dicht vor seinen Mund haltend: »Hanni, ich halte es für keine gute Idee, unsere privaten Angelegenheiten im Beisein von Herrn Winter zu erörtern. Es scheint mir angeraten, einen neuen Termin zu vereinbaren. Du hast recht, schließlich bin ich unangemeldet erschienen.«

Er lächelte weltmännisch.

»Woher hast du eigentlich meine Adresse?« erkundigte sich Johanna und sah ihn gespannt an.

»Von Paola«, antwortete er, als verstehe er nicht, wie sie auf eine solche Frage kam.

»Und woher hat die sie?«

»Bitte, Hanni!« Er lehnte sich zurück und faßte die Sessellehnen. »Da wirst du sie wohl selber fragen müssen. Was meinst du, wann können wir uns treffen?«

Johannas Gesicht bekam einen angestrengten Zug, die kleine Falte stand auf ihrer Stirn.

»Ich denke, du sagst jetzt, was du zu sagen hast. Edgar ist mein Freund. Er würde es sowieso erfahren. Ich glaube, daß ich mich mit dir allein auch nicht mehr treffen möchte. Und – ich heiße nicht Hanni!«

»Gut!« rief er kurz, klopfte mit ausgestreckten Fingerspitzen beider Hände auf die Tischkante, sprang auf, stürmte in die Zimmermitte, verharrte dort und rammte die Hände in die Hosentaschen. Er legte seinen Kopf in den Nacken, hielt einige Sekunden unbewegt in dieser Pose aus und setzte sich dann genauso ruckartig wieder hin.

»Gut! Wie du willst! Wenn es für dich nichts Privates zwischen uns geben kann, machen wir es öffentlich. Übrigens bezeichnend für deinen Charakter!«

»Den Mann, der mich beobachtet, hast du den geschickt?«

Johannas Gesicht hatte Farbe bekommen. Sie saß aufrecht auf der Couch, die Arme neben ihre Schenkel gestützt und wirkte überaus konzentriert.

»Ha«, lachte er. »Verfolgungswahn hast du also auch schon!«

Er warf einen kurzen Blick zu Edgar, der schaute in seine Kaffeetasse und wirkte eher unbeteiligt.

»Ich habe mit Mutter gesprochen«, fuhr Hafersack, um Korrektheit bemüht, fort. »Du hast diese wundervolle Frau ja kennengelernt. Das Kind wird in meiner Familie aufgezogen! Seit sie es erfahren hat, freut sie sich. Es wird die beste Erziehung und Bildung erhalten. Du mußt keine Sorge haben, es wird für alles gesorgt. Du wirst dem Kind natürlich in großzügiger Weise begegnen können und alle Schritte seiner Entwicklung miterleben. Das wird sich zwangsläufig herstellen. Mutter wünscht, daß du das Kind solange stillst wie möglich. Am Wohl des Kindes ist uns allen schließlich gleichermaßen gelegen. Dadurch wärst du zwangsläufig für eine entsprechende Zeit, also unmittelbar vor der Geburt bereits – so ist es jetzt beschlossen – Gast in unserem Hamburger Haus. Eine denkbar günstige Gelegenheit, für die Zukunft vernünftige Wege des weiteren Umgangs zu vereinbaren.«

Es schien, als erwärmte ihm allein die Vorstellung das Herz, seine Züge wirkten verklärt.

Johanna war erstarrt, doch es schien ihm nicht aufzufallen. Immerhin bemerkte er, daß Edgar ihn düster ansah, aber selbst für ihn hatte er jetzt einen ungezwungenen Blick.

»Mutter und vor allem der alte Herr lassen dir ausrichten, daß es in dieser Angelegenheit kein Gefeilsche geben wird. Vater hat das grundsätzlich verfügt. Ich soll dir von ihm ausrichten, daß er große Stücke auf dich hält. Du kennst seine altmodische Art. Du bestimmst deine dir gemäß erscheinende Summe, und das Geld geht dir anstandslos zu.«

»Anstandslos«, wiederholte Johanna kaum vernehmlich.

»Anstandslos!« begeisterte sich Hafersack. »Wenn der alte Herr das sagt ... Aber du kennst ihn.«

Er trank Kaffee und wunderte sich über das Schweigen. Johannas Starre löste sich, sie lehnte sich weit in die Polster zurück, die durchgedrückten Arme am Körper, und suchte Edgars Blick vergebens. Er schien aus seiner Kaffeetasse nicht aufsehen zu wollen, und erst, als er Hafersacks Stimme vernahm, zuckte er zusammen.

»Was sagen Sie, Herr Winter, ist das ein Angebot?«

Edgar blickte den lächelnden Mann an.

»Zweifellos, ein Angebot ist es.«

Er sah zu Johanna, aber nun mied sie seinen Blick.

Sven Olaf Hafersack bekam ein ungutes Gefühl: Sollten die beiden es auf sein Kind abgesehen haben, es womöglich gemeinsam aufziehen wollen? Ein kleines Glück in ärmlichen Verhältnissen? Sie sahen beide wie ertappt zu Boden. Was hatte das zu bedeuten? Aber denen brauchte er doch nicht zu drohen? Die hatten doch keine Wahl! Die waren, wie er dachte, am Ende zu vernünftig. Er klopfte mit den Fingerspitzen auf die Tischkante.

»Gut! Wir sind uns soweit einig.« Er stand auf und sah auf seine kostspielige Uhr. »Ich habe Verpflichtungen.«

»Ja«, sagte Johanna wie erwachend, erhob sich und ging in den Flur. Auch Edgar stand auf, ergriff Hafersacks Hand und sagte nachdenklich: »Hegen Sie Hoffnungen. Ich brauche nur zu warten.«

»Neun Monate«, entgegnete Hafersack, sah ihn voller Befremden an und fügte schnell hinzu: »In Ihnen habe ich mich erfreulicherweise getäuscht. Nichts für ungut. Sollte mich nicht wundern, wenn sich unsere Wege unter anderen Vorzeichen nochmals kreuzen.«

Er wollte Johanna in den Flur folgen, aber Edgar hielt seine Hand fest.

»Bei Leuten wie Ihnen brauchen Leute wie ich nur zu warten, dann wird es einen Augenblick geben.«

Es hatte wie eine unbedeutende Redensart geklungen, aber auf Sven Olaf Hafersack machte sie Eindruck.

»Was meinen Sie? Wie darf ich das verstehen?« fragte er gereizt.

Edgar ließ die Hand los. »Wir freuen uns auf das Kind. Verstehen Sie das? Wir werden es beschützen.«

»Ich auch«, entgegnete Sven Olaf Hafersack und folgte Johanna in den Flur.

Als Johanna wiedergekehrt war und sich neben Edgar gesetzt hatte, sagte er nach langem Suchen: »Schön hast du's hier.«

Sie reagierte nicht.

Wieder rang er nach Worten, bis er hinzufügte: »Und warm ist es auch.«

Er hatte sie aufmuntern wollen, die Worte waren jedoch nichtssagend und ausdruckslos über seine Lippen gekommen.

»Am Ende steht man doch alleine!« sagte Johanna traurig. Sie huschte hinaus und kehrte mit einem Pullover zurück. Es war ein weinroter Pullover mit weißen, um die Brust laufenden Hirschen.

»Gefällt er dir?«

Sie hielt ihn vor ihren Körper.

»Ein schöner Pullover«, sagte Edgar.

»Den will ich dir schenken!«

»Mir?«

»Na wem sonst?« Sie lachte. »Meinem Ritter von der traurigen Gestalt.« Sie warf ihn in seinen Schoß. »Komm, probier ihn an!«

Er stand verlegen auf, zog seinen alten, blauen Pullover langsam über den Kopf und streifte den weinroten ungeschickt wie ein Kind über. Er wagte nicht, sie anzusehen, während sie an den Ärmeln und am Bund herumzog und sich prüfenden Blicks zurücklehnte.

»Der paßt! Und er steht dir! Was du gleich für ein attraktiver Mann bist?«

Sie freute sich an seinem Anblick und an seinem schüchternen Gebaren.

»Stimmt's Edgar, du wirst mir beistehen?«

»Du hast mein Wort.«

»Ich glaube nämlich, daß ich mich längst entschieden habe. Aber darüber werden wir nicht reden.«

Er war verwundert und wußte nicht, wohin mit seinen Händen. Erst verbarg er sie hinter dem Rücken, dann faßte er sie vor dem Bauch, und daß sie an den Seiten hinabhingen, war ihm unangenehm. Aus seiner kleinen Verlegenheit war in Sekundenschnelle eine selbstzerstörerische Entschlossenheit geworden, er ballte die Hände zu Fäusten und stieß zwischen den Zähnen hervor: »Johanna, du kennst mich nicht! Keiner kennt mich!«

Sie betrachtete ihn neugierig, mußte aber nach einem kleinen Moment kichern.

»Wir werden nicht darüber reden. Ich hab's doch gesagt. Es ist sinnlos.«

Er schaute sie an und suchte nach Verständnis. Da er einsah, daß es vergeblich war, fühlte er eine Unruhe und mühte sich, die Pullover zu wechseln.

»Nein, nein, den behältst du schön an!« rief sie und hinderte ihn, da er nicht gehorchen wollte und sein Kopf schon im Kragen verschwunden war, indem sie seine Hände festhielt. »Ich möchte dich in deinem alten Lumpending nie wieder sehen!«

»Weißt du Johanna«, sagte er, »wenn ich so über alles

nachdenke, über deine Probleme und meine Probleme, dann fällt mir auf, daß dazu noch unsere Probleme gehören. Das es sich bei unseren Problemen um ganz spezielle Formen von Problemen handelt!«

Er hielt inne, sah ihren fragenden Blick und erklärte: »Was wir unterlassen, dafür werden wir uns zu verantworten haben. Nicht dafür, was wir getan haben! Ich meine, vor unserem Gewissen«, blieb stehen und sah sie bedeutungsvoll an. »Ich habe soviel falsch gemacht, weil ich soviel nicht gemacht habe! Hätte ich aber getan, was ich mir untersagt habe – aus nicht nachvollziehbaren Gründen übrigens –, dann hätte ich nicht getan, was ich getan habe!«

Er selbst schien von seinem Gedanken keineswegs verwirrt, eher im Gegenteil, dafür war es Johanna um so mehr.

»Setz dich doch erst einmal!« forderte sie ihn auf. »Du machst mich nervös. Edgar, es ist wirklich wichtig, daß du für dich selbst schleunigst Klarheit gewinnst. Ich kann dich oft überhaupt nicht verstehen. Wenn ich dich aber nicht verstehen kann, wie soll ich dir dann helfen?«

»Helfen? Du mir?« Er sah sie fragend an. »Wie willst du mir helfen?«

»Indem ich dich in deinen Bestrebungen unterstütze. Indem ich dir zur Seite stehe, mit Rat und Tat. Dazu müßte ich aber wissen, was du willst.«

»Ich weiß aber nicht, was ich will. Ich glaube auch nicht, daß du weißt, was du willst, daß es überhaupt irgend jemand genau weiß.«

»Siehst du, genau das meine ich. Diese, deine Art! Natürlich weiß jeder, was er will. Selbst dieser greuliche Mensch, dieser Sandro, wußte, was er wollte. Er wollte Viktor ermorden, aus Rache!«

Edgar sah sie verblüfft an.

»Na siehst du!« freute sie sich. »Und du wußtest auch gleich, was du wolltest. Viktor beistehen! Sven will mir das Kind abkaufen. Seine Eltern wollen es auch. Alle wissen, was sie wollen! Du weißt, daß du mir beistehen willst. Du weißt, daß du als Architekt arbeiten willst. Und sonst weißt du auch noch so allerlei. Aber dabei kann ich dir doch helfen.«

»Ja«, gab Edgar staunend zu und verstand nicht, warum er nicht selbst darauf gekommen war. »Aber etwas, wobei du mir helfen könntest ...?«

»Weil du dir nicht helfen lassen willst! Weil du dich nicht zu öffnen wagst! Du mußt Vertrauen zu mir finden und mich teilhaben lassen an deinem Leben ... Ich werde dich nicht enttäuschen. Das verspreche ich dir!«

Er überlegte, wie er sie an seinem Leben teilhaben lassen könnte, der Gedanke an den Mord schob sich unaufhaltsam vor. Er sah Johanna so kläglich und betreten an, daß sie unwillkürlich auflachen mußte.

»Was du gerade gedacht hast, das erzähl mir jetzt bitte!«

»Daß ich geisteskrank bin«, gestand er finster.

»Na siehst du«, sagte sie anerkennend. »Das ist doch immerhin was. Und warum bist du geisteskrank, deiner Meinung nach, verrätst du mir das auch?«

»Ich glaube ... daß alle anderen Menschen ... geisteskrank sind.«

Sie atmete ein und zog die Augenbrauen hoch.

»Ich, Viktor, Roswitha, wir alle?«

»Nein«, wandt er sich gequält und rieb sich mit den Handflächen das Gesicht. »Ich weiß nicht.«

»Und das meine ich ja«, trumpfte sie auf, »du mußt dir Klarheit verschaffen und dich an das halten, was du weißt, dann ergibt sich das, was du nicht weißt, von ganz allein. Edgar, hör doch auf zu grübeln! Du bist ein so intelligenter und liebenswerter Mann. Du bist im letzten halben Jahr vereinsamt. Aber das ist doch nun vorbei. Du hast Freunde! Besinn dich doch darauf! Du hast mir auch noch gar nicht erzählt, was du für Erasmus arbeitest und wie du ihn findest? Über so etwas will ich mit dir sprechen!«

»Ja, natürlich. Du hast völlig recht«, erwiderte er, nickte entschlossen und sagte: »Erasmus ist nett.«

»Ach, Edgar.«

Sie nahm seinen Kopf zwischen die Hände und sah ihm in die Augen. »Mehr fällt dir nicht ein?«

Immerhin erzählte er ihr im Verlauf des Abends vom Bauernhaus und Frau Lottermoser, und als er sich verabschiedete, machte er einen recht gelösten Eindruck, fand sie.

Der Eindruck trog. Schon nach wenigen müden Schritten hielt er inne und ließ sich auf den Stufen eines Hauseingangs nieder. Allein daß er dort saß, war ihm Sinnbild seines Wahns. Noch schmerzlicher war ihm die vermeintliche Gewißheit, aus eigener Kraft nicht nach Hause gelangen zu können.

Irgendwann dämmerte ihm, daß er einen weinroten Pullover mit weißen, umlaufenden Hirschen trug, und daß Johanna diesen Pullover für ihn gestrickt hatte.

Um Gottes willen, warum tut sie das?

Er strich unablässig über die weiche Wolle und starrte auf die glänzenden Pflastersteine. Nach wenigen Augenblicken vermochte er sich aufzuraffen und langsam, die Handflächen an die Wolle geschmiegt, seinen Heimweg fortzusetzen.

Als er seine Wohnung erreicht hatte, war es halb zehn. Er streifte die Schuhe ab, ließ seine Jacke im Flur fallen, warf sich bäuchlings ins Bett und schlief ein.

»Wollen Sie das? Wollen Sie das?« rief sein Nachbar Rudel in Constanze Kalanders Wohnung und lief in aberwitziger Schnelligkeit vor der Yuccapalme auf und ab. Immer wieder streckte er die rechte Faust für einen winzigen Augenblick vor, als würde sich darin das verbergen, worauf er anspielte. Was für ein alberner, alter Idiot!

Constanze saß in ihrem blauen, seidenen Kimono auf der Ledercouch und lachte unerträglich hoch. Vor ihr auf dem Glastisch stand eine fast leere Flasche Wodka. Zwischen ihrem Lachen rang sie nach Worten, und es gelang ihr einige Male: »Ich will es!« zu rufen.

Sie stand auf – sie hatte hochhackige, rote Schuhe an – fiel aber schon nach dem ersten Schritt und stieß sich den Kopf an der Tischplatte. Sie blutete sogar und faßte fortwährend an ihre Stirn. Der Rentner lachte schadenfroh aus seiner Ecke her. Sie hatte eine CD einlegen wollen, und nun versuchte Edgar, der an der Zimmertür stand, ihren Wunsch zu erfüllen, kannte sich jedoch mit der Anlage nicht aus und drückte vergeblich auf die Knöpfe. Beide lachten über ihn, während er im Erdboden hätte versinken mögen. Constanze war so betrunken, daß sie auf allen vieren zu ihm gekrochen kam. Der Rentner zog den Sessel vom Tisch und setzte sich breit hinein. Er hatte seine Hände wieder hinter den Rücken geschoben und rief aufgeregt: »Wollen Sie das haben? Wollen Sie das haben?«

Constanzes Gürtel hatte sich gelöst, die Seiten des Kimonos hingen auf den Boden hinab, und sie rief wie irre: »Ja! Ja!«

Edgar stellte mit Entsetzen fest, daß Sie unter dem Kimono nackt war, und sah in ihr puterrotes, zu ihm aufblickendes Gesicht. Dann sah er, wie der Rentner einen Fünfzig-Euroschein hastig auseinanderfaltete und zwischen beiden Händen in die Höhe hielt: »Ausziehen! Ausziehen!« dabei rief und den Schein hin und her schwenkte.

Constanze gehorchte, drehte sich unmittelbar vor Edgars Füßen auf den Rücken und bemühte sich, den Kimono auszuziehen, war aber zu betrunken.

»Nun helfen Sie ihr schon!« befahl der Rentner, steckte den Geldschein in die Tasche seiner Jacke und starrte Constanzes nackten Körper an.

»Hilf mir schon!« kreischte sie mit sich überschlagender Stimme.

Edgar zerrte ihr grob das Kleidungsstück vom Leib. Sie fiel dabei auf die Seite, richtete sich gleich wieder auf und verlangte mit schneidender Stimme: »Gib es ihm!«

Edgar warf dem Rentner den Kimono in den Schoß, der ihn ergriff und begierig gegen seine Nase drückte. Seine Augen blitzten über dem blauen Stoff.

»Hier auf dem Tisch, Junge, hier auf dem Tisch werden sie es machen!«

Constanze rappelte sich mühsam auf und ging schwankend auf den Tisch zu, kniete davor nieder, legte die Brust auf die Platte und breitete die Arme aus, als es zaghaft an der Tür klopfte.

»Mama?«

Constanze drehte schwerfällig ihren Kopf.

»Geh ins Bett!« verlangte sie streng. »Keinen Mucks will ich hören!«

Das Kind gehorchte sofort. Constanze kicherte wieder. Der Rentner befahl: »Nun machen Sie schon! Geld will verdient sein! Aber davon habt ihr jungen Schnösel keine Ahnung. Das weiß ich. Aber nicht mit mir. Bei mir wird das Geld verdient. Da gibt's nichts geschenkt.«

Er sprang hoch, schob den Sessel in eine günstigere Position, setzte sich, zerrte den Kimono hektisch unter seinem Rücken hervor und drückte ihn wieder in sein Gesicht. Da Edgar sich nicht bewegte, wurde er wütend. »Was fällt Ihnen ein, Sie ... Sie?« Er rang nach Luft. »Kein Wunder, daß ihr alle keine Arbeit habt! Ziehen Sie sich aus, aber hoppla!«

Constanze verlangte jetzt auch energisch: »Zieh dich schon aus!«

Edgars Starre löste sich, er tastete vorsichtig hinter sich, um Halt zu finden, um etwas zu finden, wovon er mit Bestimmtheit wußte, daß es sich dort befand. Aber dort war nichts! Das konnte nicht sein! Er griff wieder und wieder ins Leere. Ihn packte Entsetzen und außerdem hatte er den weinroten Pullover anbehalten. Er schrie verzweifelt auf.

Kalter Schweiß stand ihm auf der Stirn, und es war still und dunkel um ihn her. Er saß aufrecht in seinem Bett.

Wie spät ist es denn?

Es war kurz nach elf. Er erhob sich langsam und ging in die Küche. Drüben brannte Licht.

Das war nicht Rudel, dachte er, das war Schwerter. Er war sich dessen völlig sicher. Die Vorstellung hatte etwas Tröstendes. Die aussichtslose Tragweite konnte für alles eine Erklärung bieten. Ich muß es aushalten und abwarten. Wenn ich verrückt bin, ist mein Körper nur willfähriges Organ meines kranken Geistes.

Er wechselte seinen Pullover gegen ein kariertes Baumwollhemd und fragte sich: Warum tue ich das? Daß er keine Antwort fand, schrieb er seiner geistigen Verfassung zu, und daß er es ihr zuschreiben konnte, fand er äußerst praktisch. Er wußte nur, daß er in diesem Pullover nicht zu Constanze hinübergehen konnte und sich angewöhnen mußte, sich mit derartigen Erscheinungen abzufinden. Wahrscheinlich, dachte er, ist das genau das Prinzipielle – sich einfach abzufinden.

11. KAPITEL

Constanze trug ein schlichtes, weißes Baumwollkleid, das ihre Knie unbedeckt ließ, war barfuß und sah ihn aufmerksam an. Als hätte sie geahnt, daß er kommen werde, standen Wein und zwei Gläser auf dem Tisch; sie schenkte ein und reichte ihm das Glas.

»Ich kann eigentlich nicht lange bleiben«, sagte er. »Ich habe viel zu tun ...«

Sie schwiegen eine Weile, er rutschte unruhig im Sessel hin und her, stützte die Handflächen auf die Lehnen, als wolle er sich hochdrücken, und sah sie unschlüssig an.

»Bleib noch!« bat sie und schenkte ihm nach.

Er setzte sich vorsichtig zurück, sah das volle Glas an, sah sie an und verspürte plötzlich den starken Drang, sich ihr mitzuteilen. »Heute ist mir klar geworden ...«, sagte er zögernd und unsicher blickend, »ich wollte sagen, daß ich ... das Leben eines anderen Menschen zerstören werde. Ja! Es ist eine Frau ... Ich muß aus ihrem Leben, so schnell wie möglich, aber ich weiß nicht, wie. Immer wieder begegnen wir einander. Alles ist unauflöslich ineinander verwickelt. Sie braucht meine Hilfe, und ich versichere ihr immer wieder, daß ich ihr helfen werde, aber es ist sinnlos! Wenn ich daran denke, was ich anrichte, könnte ich verzweifeln. Ich muß nur warten! Ich kann nichts dagegen tun! Ich bilde mir das nicht ein! Es ist, als ob das Schicksal es bestimmt hat. Kannst du das verstehen?«

Sie nickte und sagte leise: »Ich habe es schon fast vergessen.«

»Du kennst das?« rief er erstaunt und schaute sie fast bewundernd an.

»Ich habe schon alles zerstört.«

»Erzähl es mir! Ich muß es wissen!« verlangte er aufgeregt.

»Ich konnte wie du nur reagieren.« Sie lachte trotzig. »Wenn mir jemand Mitleid anträgt, schmeiße ich ihn raus. Als du mir die fünfzig Euro geben wolltest – weißt du noch, wie ich mich da aufgeführt habe? Wie ich mich immer aufführe, sobald mir jemand zu nahe kommt und womöglich von Gefühlen spricht. Ich kann nicht mehr anders.«

»Ja«, sagte Edgar beeindruckt, »es geht nicht anders, und mir wird es genauso ergehen!«

Sie stand auf, holte ihre Zigaretten, rauchte und sprach leise weiter: »Das geschieht von ganz allein. Aus Selbstschutz, verstehst du. Als ich noch Arbeit hatte – Sara war noch nicht geboren ...« Sie brach ab und überlegte. »Jedenfalls«, fuhr sie nach einem Blick in sein Gesicht fort, »lebte ich damals mit Saras Vater zusammen. Wir liebten uns und haben uns auf das Kind gefreut. Damals hatte er noch Arbeit. Er war auch Lehrer. Wir beide hatten Arbeit. Das stammt alles aus jener Zeit.« Sie wies auf die Einrichtung. »Dann verlor er – damit hatte man wirklich nicht rechnen können – seine Arbeit. Das war vielleicht gar nicht das Schlimmste, wir hätten es trotzdem schaffen können, aber er litt unter dem Zustand. Vielleicht anders als wir beide, aber die Intensität ... Wirklich Edgar, als liefe er Amok. Und ich war schwanger und hatte Arbeit, verstehst du. Ich glaube, das verstärkte sein Leid noch. Ich durfte nichts tun. Überhaupt nichts! Er legte mir eine Decke über die Knie, ein Buch in den Schoß, und wehe, ich sagte etwas, dann war er beleidigt und sprach mitunter tagelang kein Wort. Ich war doch nicht krank, ich war doch nur schwanger. Und sein vorwurfsvoller Blick ... Das hält niemand lange aus. Ich habe es jedenfalls nicht ausgehalten, und dann fingen wir an zu streiten. Das ging solange, bis wir über meine Arbeit, über alles, was mit der Schule zu tun hatte, kein Wort mehr sprachen. Die Wohnung war in penibler – eigentlich lächerlicher – Ordnung, die Mahlzeiten bestanden aus drei Gängen, und wir sprachen nicht mehr miteinander, außer wenn wir uns mit Freunden trafen. Damals hatten wir noch Freunde. Und dann wirkte er auch wie ausgewechselt, aber nur dann. Er war ausgelassen, lachte, war geistreich, und kaum, daß wir wieder allein waren ... alles wie weggeblasen, wie ein Spuk. Verbittert, wortkarg, nicht unhöflich – das mußt du nicht denken – im Gegenteil: überkorrekt! Er war unausstehlich. Aber das war alles erst der Anfang, denn dann fing die Phase seiner Eifersuchtszenen an, und die übertraf alles Vorausgegangene. Auch dabei war er nicht laut, falls du das denkst, aber er ermutigte mich unaufhörlich, mit den unzähligen Männern, die mich in seiner Phantasie begehrten, Verhältnisse einzugehen. Eines Tages schlug er einen gemeinsamen Spaziergang vor, ich war begeistert. Bis ich merkte, daß er mich direkt vor die Wohnung eines Kollegen führte, mir sogar noch eine Flasche Sekt in die Hand drückte, die Tür aufstieß und meinte: ›Du gehst jetzt da hoch. Es ist zu unser aller Besten.‹ Ich war wie gelähmt, nicht wütend oder erregt wie sonst. Ich ließ ihn davongehen und setzte mich im Park auf eine Bank. Ich habe bis zum Abend dort gesessen und über nichts nachgedacht. Die Zeit war einfach verstrichen. Ich bin nach Hause gegangen, als wenn es die normalste Sache der Welt wäre. Er war nicht da und der Abendbrottisch nur für eine Person gedeckt. Als er zwei Tage später wieder auftauchte, fragte ich ihn nichts. Ich wollte nicht wissen, wo er gewesen war oder was er getan hatte. Er erzählte mir, daß er eine andere Frau kennengelernt hätte und demnächst ausziehen werde. War alles gelogen. Ich wußte das. Ich hatte begriffen, daß wir nicht länger zusammenbleiben konnten. Alles mußte restlos zerstört sein. Eines Tages war er weg und ich allein. Drei Monate später kam Sara zur Welt.«

Sie senkte den Blick und fügte hinzu: »In den Schränken hängen noch seine Kleider. Er hat deine Größe. Wenn du willst, such dir raus, was dir gefällt. Du hast doch auch kein Geld.«

»Aber das muß doch nicht für immer sein«, sagte Edgar.

Sie hielt die Arme vor der Brust gekreuzt, streichelte ihre Schultern und reagierte nicht.

»Du kannst ihn doch anrufen, Constanze! Nach so langer Zeit kann man doch bestimmt wieder reden.«

Sie sah ihn an und schüttelte nachdenklich den Kopf.

»Das glaube ich nicht. Wenn du erst so geworden bist, wie du werden willst, würdest du es verstehen.«

»Gibt es denn dann kein Verzeihen?«

»Ich erzähl dir mal eine Geschichte übers Verzeihen. Als der Enkel mit dem Feuerzeug im Haus seiner Großmutter gekokelt hatte und das Haus bis auf die Grundmauern niedergebrannt war, stand die Großmutter verzweifelt vor der Ruine, und ihr Enkel kam aus seinem Versteck hervor. Er hatte sich nämlich verkrochen und gewartet, bis die Feuerwehrleute weg waren. Er stellte sich reumütig vor sie hin, sah sie treuherzig an und sagte: ›Entschuldige, Oma!‹«

Edgar war von der Wendung so überrascht, daß Constanze über seinen Anblick auflachte.

»Es ginge auch nicht«, erklärte sie dann. »Er hatte sich entschlossen, mit unserm Auto gegen einen Brückenpfeiler zu rasen. Seither liegt er in einem Pflegeheim und nimmt nichts mehr wahr. Wir können uns nicht mehr um Verzeihung bitten.«

Sie schwiegen eine Weile.

»Es ist dumm, die Vergangenheit wachzurufen«, sagte sie abgeklärt. »Ich werde dir bei Gelegenheit seine Sachen zusammenpacken. Was dir nicht gefällt, kannst du ja in einen Rot-Kreuz-Container werfen.«

Edgar sah sie mit großen Augen an. Er wollte das nicht und wollte etwas erwidern, aber bevor er dazu kam, sagte sie entschieden: »Am besten, du gehst jetzt!«

Auf der Schwelle faßte sie seinen Arm, zog ihn an sich und küßte ihn auf die Wange, dann schob sie ihn in Richtung Treppe und drückte leise die Tür ins Schloß.

Er fand keinen Schlaf. Er dachte an die Polizisten. Morgen mußten sie kommen, da war er sich sicher. Er malte sich das Verhör in allen Einzelheiten aus. Um halb drei fiel ihm ein, daß er nicht in den Briefkasten gesehen hatte. Er zog sich hastig an und lief hinunter. Der Briefkasten war leer. Wenn sie ihn nicht angetroffen hatten, hätten sie ihn vorladen können. Er setzte sich in die Küche, beschäftigte sich mit den Bauunterlagen und entschloß sich, die Arbeit hintereinander und ohne Unterbrechung fertigzustellen. Um sieben klingelte es in kurzen Abständen, gleichzeitig wurde gegen die Tür geklopft. Er war kreideweiß. Das waren sie! Er stand steif am Schreibtisch. Das Klingeln und Klopfen wollte nicht enden. Er stürzte zur Tür und riß sie auf. Vor ihm standen ein Mann und eine Frau. Der Mann drückte den Klingelknopf und sah ihm aufdringlich in die Augen.

»Winter, Edgar Winter, sind Sie das?« fragte er laut und drückte nochmals den Klingelknopf.

Dann versuchte er in die Wohnung zu drängen, aber Edgar versperrte ihm den Weg und brüllte, daß es durchs Treppenhaus widerhallte: »Sind Sie wahnsinnig?«

Der Mann, von kräftiger Statur, mit rundem Gesicht und einem Drei-Tage-Bart, wich einen Schritt zurück, war aber so geistesgegenwärtig, seinen Fuß in die Tür zu stellen.

»Herr Winter«, hörte er die Frau sagen, »entschuldigen Sie die Störung! Wir sind von der Kriminalpolizei und müßten Sie dringend sprechen.«

Ihr Begleiter drückte die Tür wieder auf, und Edgar starrte die Frau an, die aus dem Halbdunkel ihren Ausweis in die Höhe streckte.

»Dürfen wir hereinkommen?« erkundigte sie sich, und ihr Kollege brummte barsch: »Sie sind doch Herr Winter?«

Edgar blieb in der Tür stehen.

»Was wollen Sie von mir?« rief er aggressiv.

»Wollen wir das nicht lieber drinnen besprechen?« schlug die Frau vor.

Er trat beiseite und ließ sie in die Küche.

Gleichgültigkeit! Gleichgültigkeit, dachte er unablässig.

Die Frau setzte sich, faltete ihre Finger und nahm sie vors Kinn, während ihr Begleiter sich mit dem Rücken an den Türrahmen lehnte, die Arme vor der Brust verschränkte und Edgar aufmerksam musterte.

Edgar setzte sich der Frau gegenüber. Sie reichte ihm über den Tisch ihre Hand.

»Hauptkommissarin Wehrmann! Das ist mein Kollege Brand.«

Brand nickte ihm zu.

Gleichgültigkeit! Gleichgültigkeit, hämmerte es in seinem Kopf.

»Sind Sie ein Überfallkommando?« fragte er atemlos.

»Sie müssen schon entschuldigen«, sagte die Hauptkommissarin, »aber wir waren bereits zweimal vergeblich bei Ihnen.« Sie blickte sich neugierig in der Küche um. »Wissen Sie schon, weshalb wir mit Ihnen sprechen wollen, Herr Winter?«

»Sie werden es mir sagen.«

Es ist eine Prüfung, dachte er. Du bist alles hundertmal durchgegangen. Dir kann nichts passieren. Es ist nur eine Prüfung!

»Wissen Sie es, oder wissen Sie es nicht?« fragte Brand aggressiv von der Tür her.

»Keine Ahnung«, erwiderte Edgar.

Das war der richtig Ton. So mußte er es machen.

»Aber Herr Hahn wird doch mit Ihnen gesprochen haben? Hat er Ihnen nichts gesagt?«

Die Augen der Hauptkommissarin waren bräunlich hell, von unbestimmter Farbe und von hoch geschwungenen, weißblonden Brauen überstanden.

»Fragen Sie mich, was Sie mich fragen wollen!«

»Das war eine Frage, Herr Winter!« herrschte ihn Brand an. »Und die Spielregel ist: Sie antworten!«

Er rieb seinen Hals am Stehkragen seiner blauen Jacke.

»Herr Winter, mein Kollege hat recht! Ich habe Ihnen eine Frage gestellt.«

»Natürlich weiß ich, daß Sie bei Herrn Hahn waren«, räumte Edgar gleichmütig ein. »Er hat mir auch gesagt, daß Sie mich sprechen wollen. Jemand ist ermordet worden.«

Er lächelte Brand frech zu. An ihm mußte er sich orientieren, fühlte er, das war einfacher als an der Frau.

»Na sehen Sie, Herr Winter, jetzt fällt es Ihnen also wieder ein«, sagte die Hauptkommissarin.

Sie war verwundert, daß Edgar ihr nicht den Blick zuwandte, sondern stur in Brands Richtung schaute.

»Herr Winter, würden Sie mir bitte wieder Ihre Aufmerksamkeit schenken!«

Edgar verschränkte die Arme vor der Brust und sah zu ihr.

»Im Nachbarhaus der Baustelle von Herrn Hahn ist der Eigentümer ermordet worden, und Sie, Herr Winter, waren zur Tatzeit am Tatort. Sie sind dort gesehen worden! Was können Sie uns dazu sagen?«

Sie beugte sich ein wenig über den Tisch.

Jetzt hatte er einen Satz zu sagen, den er sich etliche Male zurechtgelegt hatte. Das beruhigte ihn. Die Prüfung begann.

»Ich habe ein Haus vermessen. Ich war dort am Montag zum ersten Mal in meinem Leben. Es ist ein altes Bauernhaus, ich war allein, und von einem Mord habe ich nichts bemerkt.«

Jetzt fühlte er sich sicher, jetzt nahm alles den vorausgedachten Verlauf. Mal sehen, wann sie auf die Tatzeit zu sprechen kommen. Ein überhebliches Lächeln lag in seinem Gesicht.

»Können Sie mir erklären, warum Sie das belustigt, Herr Winter?«

»Ihre Behauptung, die belustigt mich«, sagte er gleichgültig. »Ich habe niemanden gesehen. Ich glaube auch nicht, daß ich derartige Fragen beantworten muß. Stellen Sie Fragen zur Sache, damit ich meine Zeit sinnvoller ...«

»Kennen Sie Herrn Schwerter?« unterbrach die Hauptkommissarin schroff.

Wieder ein Satz, den er vorhergesehen hatte, und nichts über die Tatzeit.

»Selbstverständlich«, gestand er ohne Umschweife, »das war mein Fallmanager, aber der ist auch tot.«

Frau Wehrmann setzte sich zurück, und Edgar registrierte es mit Genugtuung.

»Sie waren zur Tatzeit am Tatort und kennen das Opfer!« Brand stieß sich von der Tür in den Raum.

»Ich kenne das Opfer überhaupt nicht!« verwahrte sich Edgar ebenso heftig.

Er hätte auch ruhig antworten können, aber es schien ihm so viel wirkungsvoller. Er fand es einen Fehler, daß sie ihm gleich zu Anfang verrieten, wer das Opfer war. Er war aufmerksam und konzentriert und hatte trotzdem die Ruhe, über sie nachzudenken.

Nein, ihr nicht. Den Schreck in der Morgenstunde hättet ihr euch sparen können. Erstaunlich, daß ihr die Verbindung zwischen Schwerter und mir schon kennt, aber wenn euch sonst nichts einfällt, können wir die Veranstaltung abbrechen.

»Herr Schwerter ist das Opfer!« stieß Brand zwischen den Zähnen hervor und ging einen weiteren Schritt auf Edgar zu.

Der sah ihn an und fragte naiv: »Schwerter? Wieso Schwerter?«

Die Hauptkommissarin gab ihrem Kollegen ein Zeichen. Er ging einen Schritt zurück. Sie hatte wieder ihr Lächeln aufgelegt.

»Das Opfer im Nachbarhaus war Herr Schwerter, ihr Fallmanager, Herr Winter! Ein auffälliger Zufall, finden Sie nicht?«

»Ja, aber trotzdem habe ich nichts damit zu tun.«

»Ich glaube, es wird das Beste sein, wenn Sie uns aufs Präsidium begleiten, Herr Winter.«

Brand nickte bekräftigend und ließ Edgar nicht aus den Augen.

»Dann können wir gleich die Gegenüberstellung machen«, sagte er drohend. »Los, kommen Sie, bringen wir es hinter uns!«

Edgar hatte weder im Auto noch im Präsidium ernsthafte Befürchtungen. Daß sie ihn stundenlang warten ließen und zwischen andere Männer reihten, bestärkte ihn. Sie wußten längst, daß er dort gewesen war und daß die Frau ihn am frühen Nachmittag gesehen hatte. An einen weiteren Zeugen glaubte er nicht, und als sie seine Fingerabdrücke nahmen, dachte er: Dagegen kann ich nichts machen, wenn das geschieht, ist es Schicksal.

Er war empfindungsleer, las sich wieder und wieder die Texte der verschiedenen Fahndungsfotos und Informationen durch, die an den Wänden im Flur hingen, unterhielt sich mit einer türkischen Putzfrau, die sagte: »Sieh mal den vielen Schmutz!« und auf einen beträchtlichen Stapel grauer, kleiner Pappschachteln deutete, die aufgehäuft neben einer Tür lagen und die sie in den Müllsack stopfte. Während er ihr zuschaute, wurde ihm schlagartig heiß, seine Schläfen pochten. Er zog den Reißverschluß seiner rechten Anoraktasche auf und tastete vorsichtig mit den Fingerspitzen hinein. Schwerters Notizbuch! Er zog es langsam hervor. Ihm war übel. Er mußte es loswerden, wagte aber nicht, es in den Müllsack zu werfen. Er sah, daß sie bald fertig sein würde, es waren nur noch wenige Schachteln übrig. Der Gang war leer, außer ihnen hielt sich kein Mensch dort auf.

»Entschuldigen Sie, kann ich das auch ...«

Zwei Männer traten aus einem nahen Zimmer, kamen den Flur entlang und unterhielten sich angeregt. Ihm versagte die Stimme. Die Putzfrau sah ihn fragend an. Er ging auf sie zu, kniete nieder und begann die Schachteln in den Sack zu stopfen. Sie bedankte sich. Die Männer schritten lachend vorüber, ohne sie zu beachten.

»Nicht der Rede wert«, sagte er.

Es war weg. Er warf die letzten Schachteln in den Sack, sie sah ihn freundlich an, dann schob sie den Müllwagen langsam den Flur hinunter. Vom Fahrstuhl sah sie nochmals zu ihm und nickte ihm zu. Er setzte sich auf die Bank, verfluchte sich für seine Unachtsamkeit und konnte sich lange nicht beruhigen.

Als sie ihn am Nachmittag in den Verhörraum baten, hatte er sich wieder unter Kontrolle. Als Hauptkommissarin Wehrmann behauptete, daß er zweifelsfrei identifiziert worden und seine Lage aussichtslos sei und ein Geständnis strafmildernd wirken werde, wußte er, daß er von sich aus sein Alibi nicht geben durfte! Er mußte warten, bis sie die entscheidende Frage an ihn richtete. Er durfte nicht wissen, wann sich der Mord ereignet hatte, und antwortete, um Gleichgültigkeit bemüht, geduldig auf die sich ständig wiederholenden Fragen.

Irgendwann war es schließlich soweit. Sie hatte die Ellenbogen auf den Tisch gelegt, die Finger ineinandergefaltet und lächelte ihm ermutigend zu. Brand saß versetzt neben ihr, hatte die Stuhllehne vor der Brust und den Kopf zwischen den Fäusten. Der Mann hatte die gesamte Zeit geschwiegen und keinen Blick von ihm gelassen.

»Zum Schluß, Herr Winter«, sagte die Hauptkommissarin, »wo waren Sie zwischen fünfzehn und neunzehn Uhr, ob Sie uns das noch rasch sagen könnten?«

Edgar zögerte. Erstmalig klopfte sein Herz. Es schlug ihm bis in den Hals hinauf, und er vermochte nur mühsam zu antworten.

»Ich bin gegen ... halb drei ... ungefähr ... zur S-Bahn gegangen und dann ... nach Hause gefahren.«

»Warum sind Sie nicht mit dem Bus gefahren?«

»Weil es Geld kostet.«

»Gesehen hat Sie niemand?«

»Weiß ich nicht.«

»Und zu Hause waren Sie dann auch allein, nicht wahr?«

Die gütige Freundlichkeit der Hauptkommissarin war kaum zu übertreffen. Sie hatte ihr rundes Kinn beinahe bis auf die Tischplatte hinabgesenkt.

Er überlegte. »Ach so ... da fällt mir ein ... Ich bin nicht gleich nach Hause gegangen.«

»Wo sind Sie denn hingegangen, Herr Winter?«

»Zu einem Freund. Ja, stimmt. Er hat mir nur Bücher geliehen.«

Edgar schaute auf den Tisch und sah nicht, wie die Hauptkommissarin sich aufrichtete und einen irritierten Blick zu Brand warf. Der zog die Augenbrauen hoch, die Mundwinkel runter und schüttelte leicht den Kopf.

»Wann waren Sie bei Ihrem Freund, ungefähr?«

»Gegen vier etwa«, antwortete Edgar mit unbändigem Herzklopfen, gleichwohl mit einem Gefühl rauschhafter

Überlegenheit, und entschied sich, besser niemanden anzusehen.

In ihrem Gesicht lag eine gewisse Enttäuschung. Sie hob den vor ihr liegenden Hefter und ließ ihn zurück auf den Tisch sinken.

»Hat Ihr Freund auch einen Namen?«

So sehr Edgar sich zu bezwingen suchte, ein Beben seiner Stimme vermochte er nicht zu unterdrücken: »Viktor Schönwalde.«

Sie erkundigte sich nach dessen Adresse, dann ging sie ohne weitere Erklärung mit Brand hinaus.

Es dauerte gut eine Stunde, bis sie sehr aufgeräumt wiederkehrte, Edgar mit in ihr Büro nahm und ihm einen Kaffee anbot, den er ablehnte. Sie gab sich leutselig, versuchte auch, diesen oder jenen Scherz anzubringen, konnte seine zur Schau gestellte Gleichgültigkeit jedoch nicht erschüttern.

»Wissen Sie«, sagte er, nachdem er sich ihr verändertes Benehmen eine Weile angesehen hatte, »auch wenn ich in Ihren Augen ein Mörder bin, aber wenn Sie mir weiterhin nichts zu essen geben, werden Sie mich auf dem Gewissen haben.«

Sie sah ihn verwundert an, entschuldigte sich und war bereit, ihm Würstchen mit Salat bringen zu lassen. Er aber verlangte: »Nehmen Sie mich in Untersuchungshaft, oder lassen Sie mich nach Hause!«

Sie sah ihn einen Moment an.

»Sie können gehen!«

Die ersten Meter vom Präsidium weg, noch bis um die Häuserecke, raste sein Herz. Er meinte, so leicht zu sein, daß seine Füße die Bodenhaftung verlieren könnten und man ihn an seinem Gang überführen werde. Aber je weiter er vorankam, desto mehr gewann er an Schwere und dachte: Na siehst du, wer will dir eigentlich was? Wenn man sich richtig vorbereitet, können sie einem nichts.

Es war längst dunkel, große Schneeflocken rieselten nieder, es roch in der kalten Luft nach Currywurst. Er kaufte drei, schlang sie hinunter und trank einen Becher

Tee. Um den Verkaufsstand herum verlor sich ein gelber Lichtschein, und er beobachtete die Leute beim Würstchenverzehren. Er konnte sich nicht sattsehen, stand lange dort, seufzte zufrieden und beschloß, Viktor einen Besuch abzustatten. Er war erleichtert, und zu laufen machte Spaß.

Als er auf den Klingelknopf drückte, erwartete er Viktors Stimme, aber nur der Türöffner summte. Er schritt die Stufen bedächtig hinauf, und auf dem Absatz, auf den er mit Sandro gestürzt war, sah er sich lange suchend um, als könnten sich Spuren finden. Er beugte sich sogar hinab, beschaute eingehend das braune Linoleum, aber alles war gründlich geputzt, die Messingkanten an den Stufen glänzten matt, nichts war zu erkennen. Um so erschrockener war er, als er den Blick hob und Viktor mit vor der Brust verschränkten Armen erblickte.

Sie umarmten sich wortlos und setzten sich in die ledernen Sessel. Klassische Musik spielte leise, und die altertümliche Stehlampe spendete warmes Licht. Edgar lauschte dem wehmütigen Klang der Violinen, und Viktor füllte die Gläser mit Whisky.

»Ich denke, den kannst du brauchen!«

Sie tranken und stellten die schweren Kristallgläser behutsam auf die messingbeschlagene Tischplatte zurück.

»Ich habe mir allerlei überlegt«, sagte Viktor mit dunkler Stimme. »Wir werden eine Reise machen. Du, Johanna, Roswitha, ihre Tochter und ich. Ich habe das Notwendige schon in die Wege geleitet. Wir werden nach Spanien fahren. Nach Lanzarote, sobald es geht.«

Edgar sah ihn an, schwieg aber.

»Die Polizei hat Sandro noch immer nicht gefaßt. Insofern ist es ganz gut, wenn Roswitha und ich für eine Weile verschwinden. Für dich und Johanna ist es auch gut, vielleicht auch für euch gemeinsam. Ich habe beschlossen, euch mitzunehmen, weil du mir das Leben gerettet hast und ...«

»Das mußt du nicht!« fiel Edgar ihm ins Wort.

»Ich weiß! Und vielleicht tue ich es auch gar nicht deswegen. Vielleicht tue ich es, weil ich zu verstehen meine, in welch schwieriger Situation wir alle uns befinden.«

»Nach Spanien? Was soll denn das?«

Viktor musterte ihn eindringlich. Er ließ ihn nicht aus den Augen, so wie Brand es schon den ganzen Tag getan hatte. Edgar wurde es unbehaglich. Er setzte sich zurück und sah lange auf den Boden, dann hob er entschlossen den Kopf und rief: »Du weißt es!«

Viktor lächelte, antwortete aber nicht.

Edgars murmelte tonlos: »Ja, du weißt es.«

»Die andern vermuten es. Sie können es nur nicht beweisen.«

»Na und«, rief Edgar trotzig. »Das ist mir doch egal! Sie hätten mich in Ruhe lassen müssen, dann wäre nichts passiert. Das haben sie jetzt davon! Ich wollte das nicht, das mußt du mir glauben! Und es ist mir egal, was mit mir geschieht. Es ist mir egal! Ich habe auf dieser Welt nichts, und wenn ich etwas habe, das lächerliche Bißchen, dann kommen sie und wollen es mir wegnehmen. Ich hasse, was man mir antut, genauso wie das, was ich anderen antue. Aber ich tue nur, wozu ich genötigt werde. Ich wehre mich, das ist mein Recht!«

Er trank hastig seinen Whisky aus.

»Warum hast du den Mann erschlagen?« fragte Viktor ruhig und füllte Edgars Glas.

»Warum?« Edgar sah ihn fassungslos an.

»Weil Erasmus, Harald, die Russen, ich, wir alle jetzt vor dem Staatsanwalt säßen. Weil Schwerter das Haus beobachtet hat, seit Tagen! Weil er mich als Kronzeugen gegen euch benutzen wollte, weil er nicht von seinem Vorhaben abzubringen war! Weil es um uns oder ihn ging. Das hätte jeder von uns tun müssen. Es ging gar nicht anders!«

»Vielleicht sollten wir etwas essen«, brummte Viktor. »Du hast doch sicher Hunger nach dem Tag.«

Er stand auf und ging zur Küchenzeile.

»Ich habe Linseneintopf. Ist das in Ordnung?«

Edgar nickte.

»Na ja«, sagte Viktor vom Herd herüber, »auf dein

Motiv werden sie nicht so leicht kommen. Das ist dein Glück. Fünf Jahre weiter ist es vielleicht schon gang und gäbe. Weißt du, wie mir das vorkommt? Als wenn du auf die Frage eines Beamten: Warum haben Sie den Beamten ermordet, antwortest: Sie sind der Grund.«

»Vielleicht ist es sogar so«, erwiderte Edgar düster.

Viktor rührte gemächlich in der Suppe, deren Aroma den Raum füllte.

»Sieh mal unter den Tisch, da liegt eine Tüte interessanter Fotos.«

Edgar bückte sich und schüttete die Fotos aus, auf denen Johanna beim Umzug, auf dem Weg zur Arbeit, an der Kasse im Supermarkt, beim Betreten der Kneipe, in allen Situationen zu sehen war. Datum und Uhrzeit standen auch darauf.

»Der läßt sie tatsächlich überwachen«, staunte Edgar.

»Ja«, bestätigte Viktor. »Komm essen!«

Sie löffelten schweigend die Suppe.

»Wenn du nicht gewesen wärst, säße ich von heute an im Gefängnis.« Edgar atmete tief durch. »Ich weiß nicht einmal, ob ich dir dafür danken kann. Ich meine – versteh mich nicht falsch, was soll ich hier draußen? Mir kommt alles sinnlos vor. Ich glaube, ich hätte heute genauso gut gestehen können, aber diese Leute sind mein Geständnis nicht wert, begreifst du? Dir kann ich gestehen, denn du verstehst mich. Du hast mich vom ersten Tag an verstanden. Du hast mir die Schwarzarbeit vermittelt, aber dieser Hauptkommissarin würde ich nie etwas zugeben. Kein Wort.«

»Wenn ich gewußt hätte, was du getan hast, hätte ich dir kein Alibi gegeben«, stellte Viktor sachlich fest. »Ich hätte dir geholfen, aber ich hätte dir kein Alibi gegeben. Allein daß uns beide jetzt ein Geheimnis verbindet, bei dem ich sehr im Zweifel bin, ob es lange unser Geheimnis bleiben wird, beunruhigt mich. Bist du sicher, daß du ein Leben lang damit leben kannst?«

»Ich verspreche es dir! Warum habe ich ihn denn erschlagen? Um unsere Gemeinschaft zu schützen! Von mir wird niemals jemand ein Sterbenswörtchen erfahren!«

»Und wenn du erkennst, daß du nur auf Sand gebaut hast, daß Erasmus dich nicht dauerhaft beschäftigen wird und du wieder zu Hause sitzt? Wirst du dich dann nicht fragen, warum du es getan hast?«

»Dann habe ich es eben nur um meinetwillen getan. Ich bereue es nicht. Und falls du Angst hast, daß sie dich wegen einer Falschaussage drankriegen, dann kennst du mich schlecht. Ich werde immer wissen, was ich dir schulde!«

Edgar schaute entschlossen, ein Funkeln lag in seinen Augen. Viktor griff sein Glas und stieß es gegen Edgars. Sie tranken einen Schluck.

»Erinnerst du dich, als wir uns kennenlernten?« fragte Viktor. »Als ich dich an meinen Tisch bat? Du warst mir – es ist ja erst knapp zwei Wochen her – aufgefallen. Ich könnte heute noch nicht sagen, wodurch eigentlich. Jetzt kommt es mir vor, als wenn wir uns eine halbe Ewigkeit kennen. Ich bilde mir ein – da hast du völlig recht –, ich verstehe dich vollständig. Du kommst mir wie ein Kamikaze-Pilot vor, der sich in seinem Flugzeug an der Schönheit der Aussicht erfreut oder sich über die mangelhafte Qualität seines Fluggerätes ärgert, je nach Stimmungslage. Eigentlich kann man sich nur staunend zurücklehnen und warten, wo du einschlagen wirst. Aber eines verspreche ich dir: Ich werde dir beistehen, so gut es geht!«

»Danke Viktor!«

Edgar nahm das Glas, stellte es aber, ohne es an die Lippen zu führen, zurück und sagte sorgenvoll: »Meinst du, daß ich verrückt bin? Gestern dachte ich es von mir selber.«

Viktor schüttelte lächelnd den Kopf. »Denk nicht, daß es mir soviel anders geht. Ich bin das, was man eine gescheiterte Existenz nennt.« Er zündete sich eine Zigarre an. »Ich bin immerhin fast fünfzig und ohne Arbeit und werde von meinem Vater und meiner Halbschwester großzügig unterstützt. Er ist ein reicher alter Mann mit alten Prinzipien, und die Wohnung hier gehört meiner Halbschwester. Sie hat nach dem Zusammenbruch ihr mütterliches Erbe zurückbekommen. Nicht hier in Berlin.

In Dresden, Halle und Leipzig. Außer dir weiß das niemand.« Er lehnte sich zurück und sah dem Rauch nach. »Bis in die siebziger Jahre war ich Ruderer, bekam dann aber Probleme mit dem Rücken und konnte kein Olympiasieger mehr werden. Das hat mich damals, als junger Mann, schwer getroffen, denn ich war ziemlich ehrgeizig und hatte von einem Tag auf den anderen all meine hochtrabenden Ziele verloren. Alles weitere hat sich irgendwie ergeben. Man hatte mir ein Journalistikstudium angeboten, ich selbst wußte nichts Gescheiteres und versuchte, das beste draus zu machen. Ich habe als Sportreporter für die Zeitung gearbeitet, was nicht das Schlechteste war, und letzten Endes hatte ich mich dran gewöhnt. Es hätte so weitergehen können, dann kam der Zusammenbruch. Dummerweise war ich bei der Stasi und überhaupt nicht reumütig, so daß sie mich nicht übernehmen wollten. Meine Frau mich übrigens auch nicht. Als sie davon erfuhr, hat sie sich scheiden lassen und mir den Umgang mit unserer Tochter verboten. Sie stammt aus einer Pastorenfamilie und war einer dieser ›Schwerter zu Pflugscharen‹-Menschen und besonders engagiert. Daran wirst du dich nicht erinnern können, aber ich frage mich manchmal, wo die alle geblieben sind. Wahrscheinlich sind sie in Jugoslawien, Afghanistan oder sonstwo und führen ›gerechte Kriege‹. Du siehst, Edgar, mit mir ist in Wahrheit nicht allzuviel los. Alles nur Schein.«

»Du warst in der Stasi? Du hast Leute bespitzelt? Du?«

»Die DDR war meine Heimat«, erklärte Viktor bedächtig. »Ich wäre froh, wenn es sie noch gäbe, und stand immer auf dem Standpunkt Brechts: Lieber eine stalinistische DDR als gar keine DDR. Ich bereue nichts. Ich bin einer dieser Unbelehrbaren, aber was soll ich dir das lange erklären – du warst beim Zusammenbruch zwölf Jahre alt. Ich müßte es irgendwann aufschreiben, damit du mich verstehst.«

»Na dann fang doch einfach an! Ich muß heute nacht noch die Bauakte fertigmachen. Ich habe meine Zeit komplett verplant. Ich würde es überhaupt nicht aushalten, wenn ich Zeit hätte. Das ist eine meiner wichtigsten

Erkenntnisse: Niemals Zeit haben! Und dann kann man das auch alles aushalten!«

»Ich bin sicher, daß du deinen Weg gehen wirst, und ich freue mich auf Spanien. Ich glaube, das wird uns allen hilfreich sein.«

Zum Abschied hielten sie sich lange und fest umschlungen.

Edgar rannte nach Hause. Wie sollte man das auch alles schaffen, wenn andauernd etwas dazwischenkam? Ich habe überhaupt keine Zeit, warf er sich keuchend vor, und stürmte die Treppen hinauf. Zu seinem Entsetzten traf er dort mit der Hauptkommissarin Wehrmann zusammen und rief spontan: »Ich hab jetzt wirklich keine Zeit mehr!«

»Herr Winter«, sagte sie knapp, »es dauert nicht lange!«

»Darauf muß ich mich verlassen können!« entgegnete er unwillig und eilte an ihr vorbei, daß sie Mühe hatte, ihm zu folgen.

In seinem Flur lag eine Nachricht von Erasmus:

Hi Edgar! Habe Dir einen Computer samt Software und Drucker vorbeigebracht und bei Deinem Nachbarn abgegeben. Frau Lottermoser hat Dich in ihr Herz geschlossen. Wir sind uns am Tag der Schlägerei in der Kneipe zufällig begegnet!!! Alles wird gut! Erasmus.

Die Hauptkommissarin war bei Edgar angelangt und versuchte zu lesen, was da geschrieben stand. Sie hatte sich auf die Zehenspitzen gestellt, aber Edgar steckte den Zettel rasch in die Hosentasche, lief in die Küche und setzte sich auf den Stuhl, auf dem er am Morgen gesessen hatte. Frau Wehrmann nahm gegenüber Platz und sagte: »Sie müssen schon entschuldigen, aber das ist berufsbedingte Neugierde, Herr Winter, das verstehen Sie doch.«

Da Edgar nur den Mund verzog und schwieg, fuhr sie fort: »Ihnen geht es nicht so gut, nicht wahr?« Sie sah sich in der kärglichen Küche um, schlug die Seiten ihres geöffneten Mantels schützend vor die Brust und hielt sie mit der Hand zusammen.

»Geht so.«

»Weshalb ich noch einmal hier bin, Herr Winter. Ich möchte Sie bitten, sich genau zu erinnern, ob Ihnen nicht doch irgend etwas aufgefallen ist. Wie Sie sich ja denken können, haben wir Ihr Alibi überprüft. Es besteht kein Zweifel an der Glaubwürdigkeit der Aussage von Herrn Schönwalde. Wir müssen aber jeder Spur nachgehen, und Sie sind mein einziger Zeuge. Es ist doch ein so scheußliches Verbrechen, und auch Ihnen muß an der Aufklärung gelegen sein. Zumal Sie Herrn Schwerter persönlich gekannt haben, nicht wahr. Das war schwer für Sie. Ich weiß das. Herr Winter, ich bitte Sie, versuchen Sie sich zu erinnern.«

Sie wirkte so freundlich und arglos, daß es Edgar flau in der Magengrube wurde. Sie war nicht ungefährlich. Er betrachtete sie. Sie sah ihn mit hochgezogenen Brauen an und lächelte verständnisvoll.

»Es tut mir leid, was passiert ist«, sagte er. »Ich kannte Herrn Schwerter. Wir kannten uns ein halbes Jahr.«

»Ich weiß«, sagte die Hauptkommissarin, die seine Erregung registrierte und nicht zu lächeln aufhörte. »Wir wissen von Frau Hagedorn, wie erschüttert Sie die Nachricht aufgenommen haben. Die Kollegin von Herrn Schwerter betreut Sie ja jetzt.«

»Frau Hagedorn«, murmelte Edgar wie in Gedanken. »Ja, sie wußte es. Sie hat es mir erzählt, Frau Hagedorn ...«

Er besann sich auf das Gesicht von Frau Hagedorn.

»Nein«, sagte er dann fest, »ich kann mich an nichts erinnern. Ich war zum ersten Mal dort in dem Haus. Ich habe meine Arbeit gemacht. Ich war ganz allein. Ich hatte zu tun. Warum fragen Sie nicht den Zeugen, der mich gesehen haben will?«

Sie faltete ihre Finger ineinander.

»Ach, da fällt mir ein, als Sie bei Herrn Schönwalde waren, geschah da etwas, woran Sie sich erinnern können? Kam vielleicht jemand zu Besuch, oder haben Sie vielleicht gemeinsam ferngesehen?«

Edgar senkte den Kopf und zwang sich zur Beherrschung. Wie sage ich es? Es muß ganz unauffällig scheinen! Ich kann ja so lange überlegen, wie ich will, um so gründlicher überlege ich schließlich. Langsam und unauffällig. Das ist die Frage, um die es ihr geht. Darum ist sie noch mal gekommen!

»Nein, da kam niemand ... Wir waren die ganze Zeit allein. Er ist angerufen worden, aber der Fernseher war aus. Da ist nichts Besonderes passiert. Ich weiß nicht, worauf Sie hinauswollen. Ich kann mich an nichts erinnern und kann Ihnen nicht helfen.«

Alles war ganz leicht und selbstverständlich über seine Lippen gekommen.

Ihr war nichts anzumerken. Sie lächelte unentwegt und sagte einschmeichelnd: »Und als Architekt, Herr Winter, haben Sie seit Ihrem Studium keine Anstellung finden können? Ein halbes Jahr suchen Sie nun schon vergeblich nach Arbeit, nicht wahr? Konnte Ihnen Herr Schwerter denn gar nicht helfen?«

»Herr Schwerter hat sein bestes gegeben. Die Lage ist einfach kompliziert. Er hat alles versucht und ich auch. Und seit Montag habe ich ja zum Glück die Praktikantenstelle.«

»Und die hat Ihnen Herr Schwerter noch vermittelt, nicht wahr?«

»Die habe ich mir selber besorgt«, entgegnete Edgar ein wenig schroff und bemerkte sofort ihren aufmerksamen Blick.

»Das freut mich aber für Sie, in diesen Zeiten, wo es so schwer ist, Arbeit zu finden. Wer hat Sie denn zu Herrn Hahn vermittelt?«

»Hahn habe ich in der Kneipe kennengelernt. Das war purer Zufall.«

»Da haben Sie wirklich Glück gehabt, nicht wahr? Da lebte ja Herr Schwerter noch. Sie haben ihm die glückliche Nachricht ja sicher noch überbringen können. Wie war das?«

»Nein, konnte ich nicht mehr.« Edgar war ruhig. Als er fortfuhr, lag ein freches Lächeln auf seinen Lippen. »Schade eigentlich, er hätte sich bestimmt gefreut. Gerade er hat sich doch so sehr um mich gekümmert.«

»Ach«, wunderte sich Frau Wehrmann, »dann haben Sie Herrn Hahn erst kürzlich kennengelernt? Er hat mir etwas ganz anderes erzählt, oder verstehe ich da etwas falsch?«

»Letzten Freitag habe ich ihn kennengelernt«, sagte Edgar, »daran kann ich mich genau erinnern. Da gab es eine Schlägerei in der Kneipe. Was hat er Ihnen denn erzählt?«

»Wahrscheinlich habe ich das jetzt durcheinandergebracht. Es war ein langer Tag. Ich muß da wohl noch mal in die Unterlagen schauen. Aber Sie verstehen, Herr Winter, ich wollte das heute unbedingt abschließen, dann ist es aus dem Kopf.«

Beide standen auf, und Edgar geleitete sie hinaus.

Sie reichte ihm die Hand.

»Ach, da fällt mir ein, worüber hat sich denn Herr Schönwalde am Telefon unterhalten? Das wissen Sie doch bestimmt noch?«

Es war ihr Tonfall, der ihn aufhorchen ließ und zu besonderer Achtsamkeit gemahnte.

»Was für ein Telefongespräch«, fragte er, als verstehe er nicht, was sie meinte.

»Sie sagten doch vorhin, daß Herr Schönwalde telefoniert hätte«, erinnerte sie ihn und gab sich besonders freundlich, beinahe entschuldigend.

»Ach so, das meinen Sie. Keine Ahnung, da müssen Sie ihn schon selber fragen. – Aber geklingelt hat es, das Telefon, daran kann ich mich erinnern, und gesprochen hat er auch irgend etwas, aber was? Tut mir leid.«

»Und ich hätte wetten können, Sie erinnern sich daran. Na dann, alles Gute für Sie!«

»Für Sie auch!«

Edgar schloß erleichtert die Tür und verbrannte Erasmus' Zettel im Spülbecken. Er sah aus dem Fenster, wie sie den Hof überquerte, ging einige Zeit zufrieden in der Wohnung umher, dann klingelte er beim Nachbarn.

Herr Rudel, gut zwei Köpfe kleiner, blickte mit schüchterner Freundlichkeit zu ihm auf. Er trug eine grüne Wollweste über einem, bis zum Kragen zugeknöpften, karierten Hemd, sonderbar enganliegende Trainingshosen, und seine Füße steckten in Filzschuhen, die einen Reißverschluß auf dem Spann hatten. Aus dem dunklen Inneren seiner Wohnung sprangen die Lichter des Fernsehapparates, und die Stimmen hitzig debattierender Politiker hallten bis in den Flur.

»Ach, Herr Winter, kommen Sie doch noch?« grüßte er bescheiden. »Ich hatte mit Ihnen heute kaum mehr gerechnet.«

Er klemmte seine Daumen entschlossen unter die Achseln.

»Ist es nicht schön, daß wir uns endlich mal vernünftig kennenlernen? Wie anständige Menschen sozusagen. Die Menschen haben heutzutage gar keine Zeit mehr für einander. Ist das nicht schade?«

»Ja«, gab Edgar ungeduldig zu. »Zeit und Geld hat kaum noch jemand.«

»Da sagen Sie was Wahres, Herr Winter. Na ja, ich bin ja Rentner, aber ob Sie es glauben oder nicht, auch ich habe keine Zeit. Nicht ein bißchen. Aber kommen Sie doch erst mal herein. Ich bin aber auch unhöflich heute.«

Er trat beiseite, um ihn hindurchzulassen. Edgar folgte der Einladung nur widerstrebend, wollte aber nicht unhöflich sein und wartete, bis Herr Rudel an ihm vorbei die halb angelehnte Wohnzimmertür aufhielt, das Deckenlicht einschaltete, sich verbeugte und sagte: »Immer rein in die gute Stube. Auf ein paar Minuten wird's schon nicht ankommen.«

»Aber wirklich nur einen Moment«, betonte Edgar und betrat den Raum.

Das Zimmer war geräumig. In der Anbaureihe stand ein riesiger Fernseher. Die Couch, zwei Sessel und der Tisch befanden sich gegenüber, und auf dem Boden lag ein Teppich mit großem, buntem Blumenmuster. Alles befand sich in armseliger, lebloser Ordnung und roch nach Fichtennadel-Raumspray. Herr Rudel schaltete den Ton des Fernsehers aus und eine merkwürdige Lichtquelle an. Es handelte sich um ein eckiges, gläsernes Behältnis, in dem eine Flüssigkeit blasenerzeugend waberte und aus dem orangenfarbenes Licht strahlte, das verschlungene Schatten an die Wände warf. Er stellte eine Schachtel Konfekt, eine Flasche Eierlikör und zwei Gläser auf den Tisch, knipste die Deckenlampe aus und setzte sich in den Sessel, in dem eine Kniedecke für ihn bereit lag. Das halbdunkle Licht wirkte befremdend, Edgar fühlt sich unbehaglich, sah aber geduldig zu, wie Herr Rudel die Gläschen füllte, den überquellenden Tropfen vom Flaschenhals leckte, sich selbst zwei Stückchen Konfekt entnahm und dann die Schachtel herüberschob.

»Nun sagen Sie mir doch mal, Herr Winter, was war das denn für eine unangenehme Frauenperson von der Polizei, die unmittelbar vor Ihnen bei mir geklingelt hat und wissen wollte, wann Sie am Montag nach Hause gekommen sind?« Er steckte sich die Schokolade in den Mund und fügte mit einer gewissen Entrüstung hinzu: »Als wenn mich das etwas anginge.«

Edgar faßte die mit Kunstlederstreifen belegten Armlehnen seines Sessels.

»Bei Ihnen war sie auch?«

»Na wenn ich es Ihnen doch sage. Was Sie für ein Temperament hätten, wollte die wissen. Ob Sie ein ruhiger Mensch sind und was sich in Ihrer Wohnung abspielt. Aber da können Sie ganz unbesorgt sein. Nichts habe ich der erzählt, rein gar nichts. Als wenn wir Ossis die Stasi-Zeiten vergessen hätten. Ich bin kein Denunziant. War ich mein Leben nicht! Und diesen Wessis«, er schwenkte seinen Zeigefinger hin und her, »denen traue ich keinen Schritt weit.«

»Ja«, entgegnete Edgar, »ich kann Ihnen das auch nicht genau sagen. Unmittelbar neben einer Baustelle, die ich betreue, ist ein Mord geschehen, und jetzt überprüfen sie alle Leute, die in der Nähe waren.«

»Sag ich's nicht!« betonte Rudel. »Seien Sie bloß auf der Hut vor der. Die hat es faustdick hinter den Ohren. Das hab ich aus deren Augen gelesen. Wenn solche keinen Erfolg haben, dann greifen die wahllos zu.«

Er wies auf die stummgeschalteten Politiker im Fernseher. »Da, sehen Sie!«

Edgar nickte und wagte nicht, sein Glas auszutrinken und zu gehen.

»Herr Winter, mal ganz im Vertrauen«, Rudel dämpfte die Stimme und beugte sich gegen die Tischplatte, »nun sagen Sie mir mal ganz unter uns, warum haben Sie denn neulich nachts so vehement gegen meine Tür geschlagen. Glauben Sie mir, ich hab die halbe Nacht kein Auge zu getan. Ich dachte fortwährend, was mag da nur Entsetzliches geschehen sein, daß so ein sympathischer, ruhiger, junger Mensch derart erregt sein kann?«

Edgar sann nach einer Antwort und sah seinen Nachbarn unruhig an.

»Entschuldigen Sie«, sagte er endlich sichtlich verlegen, »in jener Nacht ... da war ich ... hoffnungslos betrunken. Ja! Ob Sie es mir glauben oder nicht, ich war hoffnungslos betrunken. Ich habe die Türen verwechselt. Das ist die ganze Erklärung und ich habe nicht verstanden, warum meine Bekannte mir nicht öffnet. Ich hätte mich schon längst bei Ihnen entschuldigen sollen. Tut mir leid.«

»Ich sag Ihnen ganz ehrlich«, freute sich der Nachbar, »so was hab ich mir beinahe schon gedacht. Unter uns Pastorentöchtern, denken Sie nicht, daß ich nicht auch mal jung gewesen bin! Ha!« er winkte ab und lehnte sich in den Sessel zurück. »Wenn Sie wüßten, was ich in Ihrem Alter alles angestellt habe. Ha! Und den Weibern waren wir hinterher!«

Er nahm sein Glas in die Hand. Edgar tat es ihm unverzüglich nach.

»Nein, nein, wir waren nicht von schlechten Eltern, das sag ich Ihnen! Ja, jetzt – ich werde dieses Jahr siebzig, ist doch alles recht beschaulich geworden, aber glauben Sie mir, meine kleinen Freuden gönne ich mir trotzdem noch. Das ist zwar zugegebenermaßen alles kostspielig, aber der Mensch lebt nicht vom Brot allein.« Er hob sein Glas. »Na, nun lassen Sie uns mal gemütlich anstoßen!«

Sie beugten sich über den Tisch, stießen an und tranken den Eierlikör. Edgar setzte das leere Glas ab und stand sofort auf.

»Ach, wollen Sie wirklich schon los?«

Herr Rudel schien enttäuscht, drückte sich aber aus seinem Sessel und knipste das Deckenlicht wieder an.

»Der junge Mann, der die Dinge für Sie abgegeben hat, erzählte mir, daß Sie Architekt sind. Das ist aber mal ein schöner Beruf, wenngleich ich Ihnen ganz freimütig gestehen will, daß ich mit dem, was heute so gebaut wird, wenig anfangen kann. Wie ist denn Ihre Meinung dazu, wenn ich Sie als Fachmann mal fragen darf?«

Edgar hielt bereits einen der großen Kartons in seinen Armen.

»Ich bin da ganz Ihrer Meinung. Die Gründerzeithäuser, die aus der Wilhelminischen Zeit natürlich auch, also alle historischen Gebäude, die ordentlich saniert und bunt angestrichen werden, sind so, wie sie sein sollen, aber das, was neu gebaut wurde, vielleicht von einigen Ausnahmen abgesehen ...«

Herr Rudel half Edgar beim Transport. Dabei freute er sich unentwegt.

»Das finde ich auch. Man darf ja froh sein, daß sie die einstmalige Stalinallee nicht abreißen. Ich wüßte gar nicht, wo es in West-Berlin etwas Vergleichbares gibt. Das ist doch gewachsene Geschichte.«

Edgar seufzte und war froh, als alles in seine Wohnung geschafft war. Mein Gott, dachte er, was für ein Tag, zog sich aus und legte sich ins Bett.

Ich habe eiskalte Füße, hoffentlich habe ich mich nicht erkältet.

12. KAPITEL

Die Klingel schrillte. Er schreckte jäh aus dem Schlaf und starrte lauschend ins Dunkel.

Wer ist das? Wenn es die Polizei ist, holt sie mich endgültig! Also haben sie einen Beweis gefunden! Fingerabdrücke oder einen neuen Zeugen! Es war nicht anders zu erwarten, dachte er resignierend. Wie konnte ich nur annehmen, daß sie es nicht herausfinden? Warum das so lange gedauert hat?

Er stand auf und war bereit, sich zu ergeben. Es klingelte abermals.

»Ich komme ja!« rief er, knipste die Lampe an, zog seine Kleider über, sah sich um, als wolle er sich den Anblick einprägen, und ging entschlossen zur Tür.

Es war halb zwölf. Constanze stand vor ihm, hatte drei prallgefüllte, schwarze Müllsäcke mitgebracht und meinte: »Nachdem wir darüber gesprochen hatten, wollte ich das Zeug so schnell wie möglich lossein.«

Edgar war weder überrascht noch erleichtert und bugsierte die schweren Säcke mit Constanzes Hilfe in die Küche, dann lief er ins Zimmerchen, schaltete den Radiator an, rollte sein Bettzeug in die Couchecke und deckte die wollene Decke darüber.

Constanze blickte sich neugierig um, und Edgar stand abwartend an ihrer Seite, dann sah sie ihn an, schüttelte den Kopf und lächelte.

»Eisig hier.«

»Es erwärmt sich schnell! Möchtest du einen Pullover?«

Sie nickte, und er gab ihr den weinroten Pullover mit den umlaufenden, weißen Hirschen, den sie dankbar über ihre dünne Bluse zog.

»Schöner Pullover«, befand sie, setzte sie sich in den ramponierten Drehsessel und rieb ihre Hände wärmend aneinander.

»Ich koche uns Tee.« Er zündete die Kerzen an, die Johanna überall im Zimmer verteilt hatte, und Constanze betrachtete interessiert die Skizzen vom Bauernhaus, die sie auf seinem Schreibtisch erblickt hatte. Sie ließ sich dabei viel Zeit, während er geduldig wartete.

»Du hast mir gar nicht gesagt, daß du Arbeit hast!«

Sie hielt ihm eines der Blätter entgegen. »Oder ist das von früher?«

»Nein, nein, ich habe eine Praktikantenstelle.«

Sie tranken Tee.

»Weißt du, Constanze«, sagte Edgar, in seine Tasse blickend, »ich bin unsicher und mache alles falsch. Ich habe in letzter Zeit Angst vor mir selbst bekommen. Das einfachste wäre, wenn sie mich abholten. Ja«, er sah entschlossen auf, »das wäre das einfachste!«

»Wer sollte dich denn abholen?« wunderte sich Constanze.

»Mich? Abholen?« Er machte einen hilflosen Eindruck. »Am besten in die Klapsmühle, dann wäre Ruhe. Endlich Ruhe! Ich bin verrückt. Du mußt nicht lachen!«

Sie sah ihn eine Weile an, dann verwarf sie ihre Bedenken.

»Ach, du gibst dich deinem Selbstmitleid hin! Dafür wirst du aber kein Verständnis bei mir finden. Ich verabscheue Selbstmitleid! Ich will überhaupt nicht bestreiten, daß ich nicht weiß, wovon du sprichst, aber ich habe dafür kein Verständnis!«

»Und du? Warum bist du denn hier? Um mir die Kleider zu bringen? Daß ich nicht lache! Du hast es bei dir allein nicht ausgehalten. Das ist die Wahrheit! Du sehnst dich nach Zuwendung wie jeder. Du hast keinen Schlaf gefunden, meinst du, ich wüßte das nicht? Wer sollte es besser wissen als ich? Deine Zurschaustellung vor dem gesamten Hinterhaus ...? Aber dir macht das natürlich nichts aus. Du bist darüber erhaben, nur über die lächerlichen fünfzig Euro, über die bist du so überhaupt nicht erhaben. Dein Selbstmitleid besteht doch genau darin, daß du jegliches Gefühl unterdrückst, um so egoistisch wie möglich sein zu können. Die Form deiner Selbstaufgabe grenzt ja an Perversion!«

»Na schön«, rief sie, »dann sitzen eben eine Perverse und ein Verrückter zusammen und trinken Tee. Was ist denn daran außergewöhnlich? Das ist doch das Normalste der Welt!«

»Ist es auch. Ich bin verrückt genug, die Kleider deines Mannes zu tragen, und du bist so pervers, dabei nichts zu empfinden!«

»Die Kleider meines Mannes, mein Lieber, die schenke ich dir aus Mitleid, so ist das. Ich hätte sie genauso gut in den Rot-Kreuz-Container werfen können, aber ich gebe sie dir, weil du den Rot-Kreuz-Container personifizierst! Und wenn du die Kleider meines Mannes trägst, dann weiß ich, daß sie einem armen Menschen nützen. Ja, und dabei empfinde ich Freude, stell dir mal vor, weil ich jemandem helfen konnte. Jemandem, der mir auch geholfen hat. Ich bin in der Beziehung nicht sentimental, tut mir leid. Ich bin praktisch veranlagt.«

»Ja, praktisch veranlagt, das bist du wirklich. Ich kenne niemanden, der so praktisch veranlagt ist wie du!« Er blickte sie triumphierend an und fügte gehässig hinzu: »Deine Art, mit mir ins Bett zu gehen, zum Beispiel, hat doch mit mir überhaupt nichts zu tun! Das ist reine Notdurft, die du befriedigst, und es ist dir völlig egal, ob ich dir dabei zur Verfügung stehe oder ein anderer! Denkst du, ich weiß das nicht?« Er lachte abfällig. »Vor dem Nachbarn – mit mir für Geld!«

»Na wenn du meinst ... Schön, daß du es begriffen hast und gleichzeitig mit mir ins Bett gehst. Das beschreibt deinen Edelmut wirklich. Du bist so völlig anders!«

»Du hast recht!« lenkte er überraschend ein. »Ja, ja, du hast völlig recht! Aber ich habe doch gesagt, daß ich verrückt bin. Ich habe es dir doch gesagt!«

Er betastete mit den Fingerspitzen nervös seine Stirn.

»Wenn du darauf bestehst«, sagte sie belustigt.

»Ja«, verlangte er.

Sie schwiegen, und er wunderte sich, warum sie nicht aufstand und ging. Er blickte flüchtig in ihr Gesicht, senkte den Blick aber gleich wieder, da sie ihn aufmerksam ansah. Das tun in letzter Zeit alle, dachte er. Er hob den Kopf, in seinem Gesicht lag eine befremdende Anspannung und erklärte: »Mich wird es über kurz oder lang sowieso nicht mehr geben. Die Kleider sind für einen wie mich völlig nutzlos.«

Er lächelte böse und ärgerte sich, daß sie nichts erwiderte. Nur das leise Surren des Radiators war zu hören, und die Kerzen auf den Fensterbrettern flackerten.

»Ich finde es übrigens bemerkenswert, daß du deinen Mann in den Tod getrieben hast«, fuhr er um so beleidigender fort. »Nein, wirklich. Noch bemerkenswerter finde ich, wie du damit umgehst. Und wenn du Kindern Nachhilfe gibst, kannst du ihnen die wichtigsten Lebensregeln ja gleich vermitteln. Schade nur, daß du nicht bereit bist, auch mir einige Lektionen zu erteilen!«

Er hatte seinen Blick nicht von ihr gewandt und verstand nicht, daß sie sich gemütlich in den Sessel zurücklehnte und ihn erwartungsvoll anschaute, als erzähle er ihr ein unterhaltsames Märchen.

»Bin ich etwa zu alt für deinen Unterricht?« fragte er drohend.

»Nein! Im Gegenteil! Du machst rasche Fortschritte. Wenn du dir jetzt noch abgewöhnen könntest, dich für etwas Besonderes zu halten, wärst du perfekt.«

»Wieso?« rief er mit weitaufgesperrten Augen. »Ich bin keineswegs besonders!« Er stockte, überlegte und fügte grüblerisch an: »Ich habe heute Herrn Rudel getroffen. Ich hatte ihn mir ganz anders vorgestellt. Meinst du das?«

»Ach!« rief sie ungeduldig, als ärgere sie sich über seine Begriffsstutzigkeit. »Ich sitze hier in deiner Wohnung. Du hast mich hereingelassen, dann benimm dich doch auch so! Oder soll ich gehen?« Sie strich sich ihr Haar hinters Ohr.

Er sah sie verständnislos an.

»Ja!« sagte er und sprang auf. »Ja, du mußt unbedingt gehen. Sofort! Entschuldige, ich kann dir das nicht erklären. Oder doch: Ich habe keine Zeit! Ich bin dir dankbar, daß du mich geweckt hast! Ich schlafe zu viel. Viel zu viel!«

Er stand dicht vor ihr und wartete, daß sie aufstehe, bemerkte aber nicht, daß ihr dafür der nötige Platz fehlte, und lächelte schief zu ihr hinab.

»Ja, willst du mich nun los sein oder nicht?« erkundigte sie sich freundlich.

»Du kannst gerne bleiben«, antwortete er zu ihrer Überraschung und ohne sich von der Stelle zu rühren. »Aber ich habe zu tun!«

Sie war von seiner Überspanntheit nun doch leicht irritiert, und da er nicht begriff, daß er ihr im Weg stand, lehnte sie sich zurück in den Sessel und sagte entschieden: »Jetzt gehen wir gemeinsam die Kleider durch, dann ist das erst mal erledigt!«

»Gut«, entgegnete er sofort. »Den Computer muß ich auch noch aufbauen! Irgendwo muß man ja anfangen. Es geht nicht anders.«

Er eilte in die Küche, zog die drei Säcke ins Zimmer und schüttete deren Inhalt auf die Couch. Dann trat er vor den Schrank, öffnete die Türen, sah mehrmals hin und her, griff nach ein Paar Socken und hielt mit den Worten inne: »Das muß alles umgeräumt werden!«

Constanze schaltete die von der Decke herabhängende Glühlampe ein und stellte sich neben ihn.

»Tu mir mal den Gefallen und zieh den dunklen Anzug an!«

Edgar blickte sie fragend an. Sie suchte und hielt ihm das Kleidungsstück entgegen.

»Sei so lieb! Dann wissen wir, ob alles paßt!«

»Natürlich«, sagte er, »sonst wäre ja alles sinnlos«, eilte in den Flur und kleidete sich um.

Wenige Augenblicke später stand er in der Zimmertür, und der Anzug paßte, als wäre er maßgeschneidert. Constanze klatsche vor Begeisterung in die Hände, zupfte ein wenig an ihm herum und sagte: »Den Anzug habe ich immer besonders gemocht. Er kleidet dich. Du siehst toll darin aus. Hast du einen Spiegel?«

»Nur den im Flur.«

»Der ist zu klein. Da, schau!«

Sie deutete auf die Fenster.

»Sieh dich an!«

Er blickte im Fenster sein Spiegelbild an und dann verlegen zu Constanze.

»Da staunst du?« freute sie sich. »Kleider machen Leute.«

Sie klatschte nochmals in die Hände, dann umarmte sie ihn. Sie hielt seine Arme umschlungen, und er gab der sanft wiegenden Bewegung nach, die von ihr ausging.

»Ich räume den Schrank ein und du baust deinen Computer auf! Ist das in Ordnung?«

Sie sprachen fortan nur wenige Worte. Edgar hatte das Radio eingeschaltet, eine Flasche Wein geöffnet und Oliven, Käse und Brot auf den Tisch gestellt. Keiner von beiden nahm davon. Constanze räumte die Kleider in den Schrank und hatte Edgars Einverständnis, seine alten, abgetragenen Sachen wegzuwerfen. Er richtete den Computer auf seinem Schreibtisch ein. Es herrschte eine stille Geschäftigkeit. Jeder hatte für sich zu tun, und wenn sich ihre Blicke zufällig trafen, wunderten sie sich, wie es doch noch zu diesem Einvernehmen hatte kommen können.

Bald lag alles sorgfältig einsortiert. Edgar blickte in den Schrank. Unglaublich, daß dies alles seins war. Er legte behutsam den Arm um ihre Schulter.

»Komm«, sagte sie, »laß uns noch ein Glas Wein trinken, dann muß ich rüber. Es ist schon nach zwei.«

Nachdem Constanze ihn verlassen hatte, lief Edgar unentwegt auf und ab, öffnete immer wieder den Schrank, blickte hinein, nahm diese oder jene Jacke heraus, zog sie über, ging auf und ab, hängte sie zurück und verschloß die Tür sorgsam. Auch zum Computer lief er, sah den Bildschirm an und ließ seine Finger liebevoll über die Tastatur gleiten. Er war unfähig, seine Ruhelosigkeit zu unterdrücken. Sobald er sich setzte, wurde es ihm unwohl. Er leerte in kleinen Schlucken die Weinflasche zur Hälfte, ein Gefühl von Ekel stieg in ihm auf. Die andere Hälfte auch, befahl er sich. Dann hatte er eine düstere Befürchtung, lief in die Küche, riß die Schublade auf, zog die Werkzeugkiste hervor, nahm den Hammer heraus und betrachtete ihn erleichtert. Er legte ihn vorsichtig auf den Küchentisch und setzte sich davor.

Wie konnte ich nur annehmen, daß er weg sei? Der Hammer ist doch hier!

Er nahm ihn, ging zur Spüle, wusch ihn unter dem Wasserstrahl wieder und wieder, trocknete ihn ab und legte ihn auf den Tisch zurück.

Damit habe ich einen Menschen erschlagen. Ich habe das getan. Ich bin dazu imstande. Wozu werde ich noch imstande sein? Viktor weiß es, bald werden es alle wissen. Alle werden es wissen, auch Johanna. Sie werden mich überführen, früher oder später. Wie hatte ich nur annehmen können, ungestraft davonzukommen? Woher hatte ich die Kraft, die Kommissarin so geschickt zu belügen? Woher? Und warum? Warum überhaupt? Warum kann ich nicht allen sagen, so war es, und aus diesem Grunde habe ich es getan? Ich habe es getan, damit ich ein normales Leben führen kann! Nach ihrem Verständnis hätte ich die Schwarzarbeit nicht annehmen dürfen. Ich hätte Viktor anzeigen müssen, das ist ihr Verständnis. Ihr Verständnis für meinesgleichen ist Unverständnis. Ich habe mich in mein Los zu fügen. Das ist ja unglaublich!

Er sprang auf, lief erregt auf und ab, setzte sich wieder und starrte den Hammer an.

Warum hält Viktor zu mir? Warum hat er mich nicht verraten? Ihm muß augenblicklich klar gewesen sein, daß ich der Mörder bin. Aber er hat mich gedeckt. Warum? Jetzt hat er mich in der Hand. Er hält mein Schicksal in seiner Hand. Jederzeit kann er zur Polizei gehen und alles aufklären.

Wieder lief er umher, und die Vorstellung, ein Leben lang an Viktor gebunden zu sein, beunruhigte ihn stark. Er hätte gern mit ihm gesprochen und wollte ihm am liebsten niemals mehr begegnen.

Schließlich stand er auf, legte den Hammer zurück

in den Werkzeugkasten und nahm sich vor, nie wieder darüber nachzudenken. Er setzte sich an den Computer, begann seine Berechnungen einzugeben und schlief nach einer Stunde gegen seinen Willen im Drehsessel ein.

Um sechs erwachte er schweißgebadet. Die Kerzen waren heruntergebrannt. Er hatte den Radiator nicht ausgeschaltet und empfand die Wärme unerträglich, dann bestaunte er einen Moment den Computer, trat vor den Schrank und betrachtete die einsortierten Kleider. Er entschied sich für eine Jeans und einen dunkelblauen Pullover mit Knopfleiste. Alles war wie neu, wie ungetragen, und die Wäsche verströmte einen angenehm frischen Geruch.

Nachdem er kalt geduscht und die Kleider übergezogen hatte, stellte sich vor den kleinen Spiegel im Flur und fand es bedauerlich, sich nicht vollständig anblicken zu können. Er zog auch ein graues, dezent gemustertes Tweed Jackett und einen braunen, mit Seide gefütterten Wintermantel über und konnte nicht fassen, daß er mit einem Schlag eine komplette Garderobe besaß. Er konnte sich nicht sattsehen, selbst Krawatten gab es, und es verging eine beträchtliche Zeit, bis er einen akzeptablen Knoten zustandegebracht hatte. Die Krawatte noch um den Hals, setzte er sich in den Drehsessel und dachte, wenn sie mich abholen, ist es nicht zu ändern, aber wenn sie mich nicht abholen, wird alles gut! Er verspürte den Wunsch, Johanna anzurufen. Warum eigentlich nicht? Aber es war natürlich zu früh. Später, ja später, da würde er sie anrufen. Constanze! Viktor! Er hatte das Bedürfnis, sich mit ihnen allen zu treffen. Er mußte nur erst seine Arbeit für Erasmus erledigen. Das war ja überhaupt das Wichtigste!

Er legte die Kleidungsstücke sorgsam zurück, aß seine Haferflockensuppe und setzte sich voller Eifer an den Schreibtisch.

Am frühen Nachmittag klingelte es. Sofort war der Gedanke an die Polizei wieder da. Es war ähnlich wie in der Nacht. Wieder blickte er sich besorgt um, bevor er zur

Tür ging. Wenn sie etwas gegen ihn in der Hand hatten, sollten sie ihn mitnehmen, dann war ohnehin alles verloren, wenn das nicht der Fall war, sollten sie ihn in Ruhe lassen.

Richard Westhof lächelte ihm aus sanften Kulleraugen entgegen und strich sich verlegen über die weichen Locken. Edgar betrachtete ihn von oben bis unten, wobei ihm die riesigen, glänzenden Schuhe besonders auffielen, und sagte kurz, beinahe unhöflich: »Johanna wohnt nicht mehr hier! Weißt du das nicht?«

»Ich bin nicht ihretwegen hier! Ich wollte mit dir reden. Es geht um dich. Es zeichnen sich gewisse Möglichkeiten ab. Darüber wollte ich mit dir sprechen ... Wir haben uns Gedanken gemacht. Sehr vielversprechend. Du wirst überrascht sein.« Er bemerkte Edgars unverständige Miene und räusperte sich. »Selbst für mich überraschend, aber erfreulich, überaus erfreulich!«

Sie setzten sich ins Zimmer und tranken Kaffee. Richard zündete sich eine Zigarette an, tupfte eine beträchtliche Zeit damit vorsichtig im Aschenbecher und sagte: »Ich will mich gar nicht lange mit Vorreden aufhalten. Ich habe eine Arbeitsstelle für dich.«

Er sah Edgar bedeutungsvoll an und hob die Zigarette an seine Lippen.

»Du? Für mich?«

»Ja«, bestätigte Richard gewichtig. »Einmalige Chance. Weltweit agierendes Management. Stammsitz London, Filiale Stuttgart. Ich kann dir nur raten, sofort zuzugreifen! Das kann für dich der Start in eine riesige Karriere sein! Du mußt sofort zugreifen!«

Er hatte sich aufgerichtet, die linke Hand auf die Tischplatte gestützt und die Zigarette hoch über den Kopf gehoben.

»Ja, aber ...«, brachte Edgar unsicher vor. »Ich meine ... Ich verstehe nicht? Du für mich? So plötzlich?«

Edgar sprang aus seinem Sessel, lief unruhig umher, setzte sich im nächsten Moment wieder und blickte Richard fragend an. Der lächelte ihm mit gespitzten Lippen zu, sprach aber kein Wort.

»Wieso ich?« Edgar krallte seine Finger in die Armlehnen. »Erklär es mir doch! Was ist geschehen?«

»Zufall«, antwortete Richard endlich. »Purer Zufall. Ich habe von der Stelle erfahren und an dich gedacht.« Er freute sich. »Ja, an wen sonst? Du warst schließlich der beste Student unseres Jahrgangs, und du hast keine Arbeit. Versteh doch, Edgar, das Leben besteht aus Zufällen.«

»Zufall? Stuttgart? Wann denn? Da werden sich doch Hunderte bewerben.«

Richard schüttelte zufrieden den Kopf.

»Niemand außer dir wird sich bewerben.« Er machte eine bedeutungsvolle Pause. »Es ist übrigens nicht nur mein Verdienst. Sven Olaf Hafersack hat seinen Einfluß ebenfalls geltend gemacht.«

»Hafersack? Was hat der denn mit mir zu schaffen?«

»Es bedurfte seiner Fürsprache«, erklärte Richard schnell. »Sven Olaf wollte nicht, daß du davon erfährst. Aber da er häufig mit den Stuttgartern zu tun hat, hättest du es früher oder später doch gehört, und so erschien es uns besser, dir gleich reinen Wein einzuschenken. Auf seinen ausdrücklichen Wunsch gibt es keine weiteren Bewerber außer dir! Er bittet dich im Gegenzug, Johanna nichts davon zu sagen! Sie soll nicht den Eindruck gewinnen, daß er ihre Entscheidung bezüglich des Kindes beeinflussen wolle. Das verstehst du doch?«

Richard vermied es, Edgar anzusehen, und drückte seine Zigarette sorgfältig aus.

»Ich versteh überhaupt nichts. Du und Hafersack, ihr besorgt mir Arbeit? Entschuldige bitte, wenn ich das etwas merkwürdig finde, aber daß Johanna aus Zartgefühl nichts davon erfahren soll ...?«

»Aber Edgar«, holte Richard mit leisem Vorwurf aus und faltete seine Hände vor der Brust. »Das ist doch ganz einfach zu verstehen. Ich habe mit Sven Olaf gesprochen. Natürlich ging es vorrangig um das Kind, aber dabei kamen wir auch auf dich zu sprechen. Ich habe ihm deine Lage geschildert. Ich habe ihn für dein Verhalten um Verständnis gebeten. Ich habe ihn letztlich bewegen können, sich für dich einzusetzen. Es ist ja lächerlich, jemandem, der hilft, Absichten zu unterstellen. Was hat er davon, ob du Arbeit hast oder nicht? Nein Edgar! Du hast sein Mitleid geweckt, und wenn es ihm unangenehm ist, daß Johanna davon erfährt, dann sollte man soviel Anstand besitzen, das zu respektieren. Im übrigen treffe ich ihn heute abend. Ich weiß genau, wie er sich freut, wenn ich ihm von unserer Begegnung berichten werde. Du schätzt Sven Olaf falsch ein. Du siehst das Bild, das Johanna dir gemalt hat, aber glaub mir, ich habe ihn anders kennengelernt. Du wirst überrascht sein zu hören, daß er sich von Paola getrennt hat, daß er große Pläne in Bezug auf seine Vaterschaft hegt, und daß er sich nichts sehnlicher wünscht, als zu einem vernünftigen Verhältnis mit Johanna zurückzufinden.«

Richard steckte sich überaus flink eine neue Zigarette an. Edgar schüttelte nachdenklich den Kopf, trank einen Schluck Kaffee und betrachtete ihn, dann zog sich ein Lächeln in sein Gesicht. »Ich war noch nie in Stuttgart ...«

»Es wird dir gefallen. Wirtschaftlich kein Vergleich zu Berlin. Übrigens, am ersten März soll es losgehen. Du mußt unbedingt deine Bewerbungsunterlagen abschikken.«

Richard zog eine schwere Brieftasche aus seinem Jackett, entnahm ein gefaltetes Papier und legte es behutsam auf den Tisch.

»Da steht alles drauf, was du wissen mußt.«

»Danke, Richard!« Edgar war gerührt. »Und bestell auch Sven Olaf meinen Dank!«

»Das werde ich, das werde ich. Ich werde ihm auch versichern, daß du Johanna nichts ausplauderst.«

Edgar nickte entschieden und erkundigte sich bescheiden: »Sind die beiden sich denn jetzt einig?«

Richard verzog den Mund. »Schwierig, schwierig. Das liegt aber nicht an Sven Olaf. Das liegt an Johanna! Ich verstehe ihre Haltung überhaupt nicht, und du weißt, daß ich sie eigentlich gut kenne. Sie hat sich verändert.« Er sah sinnend dem Rauch nach. »So lebenslustig und unkompliziert, wie sie früher war ... Und jetzt?« Er lachte einvernehmlich. »Heute so, morgen so. Ich will ganz offen zu dir sein, es gibt Momente, in denen ich bereue, mich für sie eingesetzt zu haben. Tatsächlich! Wir beide hatten Verständnis für ihre Lage. Das kann man doch nicht anders sagen. Wir wußten, daß sie dringender Unterstützung bedurfte, und wir sind vorgeprescht für sie. Wir haben dabei völlig außer acht gelassen zu fragen, was Sven Olaf für Ansichten vertritt, und jetzt erkennen wir, daß er keineswegs der ist, für den Johanna ihn ausgibt. Nicht er ist stur, sondern sie ist es. Sie kann ihre Vorstellungen nicht klar formulieren. Sie telefoniert stundenlang mit mir! Vielleicht kannst du mir ja erklären, was sie eigentlich will?«

»Ich? Sie ist die Mutter. Wie sollten wir nachempfinden, wie es ist, das eigene Kind wegzugeben?«

»Wegzugeben, Edgar, ich bitte dich! Sie gibt das Kind in die Obhut des Vaters. Sie kann es jederzeit besuchen und wird obendrein großzügig abgefunden. Wo, frage ich dich, entsteht ihr da dieser große seelischer Druck, von dem sie ständig spricht?«

Edgar schwieg und blickte in seine Kaffeetasse. Richard fuhr überzeugt fort: »Sie ist gekränkt, daß sich die Liebe zwischen ihr und Sven Olaf nicht erfüllt hat! Darunter leidet sie! Sie will alles oder gar nichts! Eine Freundschaft mit Sven Olaf ist ihr nicht genug! Das jedenfalls ist mehr und mehr meine Meinung.«

Edgar sah betroffen auf. Richard strahlte über das ganze Gesicht, dann kippte er seine Tasse an, vergewisserte sich, daß sie leer war, und erhob sich mit den Worten: »Man muß im Leben erkennen können, wer seine Freunde sind.« Er warf sich seinen Mantel schwungvoll über die Schulter. »Was mir auffällt und worüber ich ehrlich erfreut bin: Du hast dich zu deinem besten verändert. Doch, doch ich merke das! Du hast dich gefangen. Das ist gut. Du brauchst deine Kraft für deine berufliche Karriere.«

Sie standen im Treppenhaus und reichten sich die Hände. Richard zwinkerte ihm zu. »Du bist einer von den Guten, Edgar. Du bist einer von uns!«

Dann schritt er, überaus vorsichtig auftretend und sichtlich zufrieden mit sich, die Stufen hinunter.

Edgar las wieder und wieder das Papier. Arbeitsbeginn 1. März. Sechs Monate Probezeit. Anfangsgehalt dreitausendvierhundertfünfzig Euro. Nach Ablauf der Probezeit mit unbefristetem Arbeitsvertrag verhandelbar.

Er lief durch die Wohnung, nahm seine Bewerbungsunterlagen zur Hand und sah sie prüfend durch. Es gab nichts zu verbessern, und schon in zwei Wochen würde es losgehen.

Gern hätte er sich jemandem anvertraut. Aber wem? Sein erster Gedanke war Johanna ... Viktor ... Constanze ... Constanze würde sich mit ihm freuen. Ihr gegenüber war er zu nichts verpflichtet, aber sie war mit der Tochter bei ihren Eltern. Viktor und Johanna hingegen ...? Er war sich nicht einmal sicher, ob er sie überhaupt in Kenntnis setzen sollte. Was wäre, wenn er einfach verschwände? Sich nie wieder bei ihnen melden würde? Er wäre aus ihrem Leben und sie aus seinem. Wie sollten sie darauf kommen, daß er in Stuttgart wäre? Wozu mußten sie es wissen? Es war sein Leben! Gut, wenn sie einander vergessen würden.

Am unheimlichsten erschien ihm plötzlich Viktor. Viktor wußte alles! Er war ihm ausgeliefert.

Edgar stand mit verschränkten Armen vorm Fenster und grübelte angestrengt in das monotone Grau des sich verlierenden Tageslichtes, und als die Konturen der Gemäuer sich in die Dunkelheit auflösten, beschloß er, seine Angelegenheiten grundsätzlich zu ordnen. Er setzte sich an den Computer und arbeitete an der Bauakte für Erasmus, dann zog er eine halblange, schwere Lederjacke über und verließ die Wohnung.

Als er sich weit genug entfernt glaubte, verlangsamte er den Schritt und versuchte zu resümieren, wie er es nannte. Er schritt langsam, die Hände auf dem Rücken, durch einen kleinen Park, dessen Wege von Lampen matt beschienen wurden. Der Kies knirschte unter seinen Füßen. Aber trotz größter Anstrengung vermochte er nicht zu resümieren. Von abgrundtiefer Ausweglosigkeit gepackt, fühlte er sich wie in eine Grube gestoßen. So sehr er sich bemühte, seine Gedanken zu ordnen, es gelang ihm nicht. Er machte kehrt und ging den Weg, den er gekommen war, zurück. Er lief immer schneller, bald rannte er, und als er die Kneipe betrat, war er außer Atem.

Es war Sonnabend, nur Viktor saß vor einer Tasse Kaffee auf seinem angestammten Platz und sah ihm entgegen, senkte aber den Blick, als hätte er ihn nicht erkannt. Edgar setzte sich zu ihm.

»Ich habe Arbeit! Richtige Arbeit!«

Viktor betrachtete ihn eingehend.

»Guten Abend!«

»Guten Abend!« erwiderte Edgar irritiert.

Viktor nahm die auf dem Tisch liegende Zigarre und steckte sie in Brand, betrachtete die Glut, stieß den Rauch aus und blickte hinterher. Edgar sah sich nach Roswitha um, aber sie war nirgends zu entdecken, dann versuchte er Viktors Blick zu finden, der aber nahm nicht die mindeste Notiz von ihm. Edgar stand auf und war entschlossen nach Hause zu gehen.

»Bleib sitzen!«

Edgar gehorchte.

»Wir fliegen am Mittwoch um elf von Tegel. Ich hole dich um acht vor deinem Haus ab. Kannst du dir das merken?«

Edgar nickte. Ihm war unheimlich. Er fühlte, daß er keine Wahl hatte.

»Ich habe Arbeit, richtige Arbeit«, wiederholte er.

»Ab wann?«

»Ab 1. März.«

»Bis dahin sind wir zurück.«

Er zog an der Zigarre, lehnte sich zurück, hob die Arme an die hohe Lehne des Kanapees.

»Mit Johanna habe ich bereits gesprochen«, sagte er, als hätte es eine bestimmte Bedeutung. »Sie freut sich. Freust du dich auch?«

Edgar sah sich wieder in dem leeren Gastraum um.

»Ich? Ja. Ich weiß nur nicht, wie ich das alles schaffen soll.«

»Hast du nicht schon alles geschafft?«

»Wie meinst du das? Was ist denn überhaupt los?«

Er war erregt und befürchtete, Viktor wußte, daß Hafersack ihm die Arbeit besorgt hatte. Aber das konnte doch nicht sein!

»Woher hast du die Klamotten?« erkundigte sich Viktor.

»Von einer Freundin«, entgegnete Edgar verlegen. »Sie wohnt im Vorderhaus. Ihr Mann ist verunglückt.«

»Verunglückt«, wiederholte Viktor sarkastisch. »Wenn das kein Zufall ist. – Deiner Johanna geht's übrigens schlecht, falls dich das noch interessiert. Wir haben hier den halben Nachmittag zusammengesessen und dich mehrmals versucht anzurufen. Roswitha begleitet sie gerade zu ihrer Verabredung mit Hafersack. Als ich ihr von den Fotos erzählte, ist sie fast zusammengebrochen. Stell dir vor, sie will einfach nicht an das Schlechte im Menschen glauben. Ist das nicht komisch?«

»Was willst du denn sagen? Bin ich etwa schuld, daß sie von dem schwanger ist? Ich habe sie aufgenommen, als sie nicht wußte, wohin. Ich hab mich um sie gekümmert! Du weißt überhaupt nicht, was los ist! Eine Freundschaft mit Hafersack ist ihr nicht genug! In Wahrheit will sie mit ihm eine Familie gründen! Darüber spricht sie natürlich nicht! Das ist ihre große Enttäuschung! Ich, du, wir alle sind nur Lückenbüßer! So sieht's aus!«

»Den Eindruck hatte ich aber nicht! Mir erschien sie vielmehr als eine hilflose Frau, der ihr Kind weggenommen werden soll! Der Bursche, der ihr helfen sollte, ein Kommilitone von euch, hat sich längst auf Hafersacks Seite geschlagen. Sie hat in ihrer Verzweiflung sogar bereut, daß sie bei dir ausgezogen ist, weil sie es allein nicht aushält. Jetzt überlegt sie, ob sie dich nicht bitten könnte, bei ihr einzuziehen. Ich finde, das hört sich ganz anders an!«

Edgar war kreidebleich.

»Viktor! Du weißt, was ich getan habe!« Er blickte sich um, aber da war niemand. »Mir gegenüber hat sie stets nur von Freundschaft gesprochen«, fuhr er leise fort. »Oder von noch weniger.« Er verstummte abrupt, dann fügte er tonlos hinzu: »Ich könnte nicht zu ihr ziehen. Ich bin doch auch nur ein Mensch.«

Viktor lachte kurz auf. »Aber du warst es doch, wenn ich mich recht erinnere, der sie seiner Hilfe versichert hat, und jetzt mußt du zu deinem Wort stehen!«

»Ich werde ihr ja auch helfen!« Edgar hob seine verkrampften Finger an die Schläfen.

»Ich helfe dir!« rief Viktor überraschend und schnellte vor. »Du weißt gar nicht, wie sehr ich dir helfe. Du hast nicht die leiseste Vorstellung davon! Meine Hilfe für dich ist wie ein lebenslanger Fluch!«

»Und ich! Habe ich dir etwa nicht geholfen? Ohne mich säßest du nicht hier. Ich habe dein Leben gerettet! Und dabei hat mich die Kugel dieses Verrückten nur um Zentimeter verfehlt. Ich will nichts gegen einander aufrechnen, falls du das glaubst, aber ich erwarte von dir, daß du es auch nicht tust!« Er beugte sich weit über den Tisch. »Denk doch nicht, daß mir nicht längst klargeworden ist, wie uns unser Geheimnis aneinander bindet. Mir graust es genauso wie dir davor. Was willst du jetzt machen? Mich anzeigen? Ist es dir wohler bei der Vorstellung, daß ich im Gefängnis schmore? Ist dir dein Gewissen dann leichter? Ich bereue da drinnen genauso wenig wie hier draußen! Wenn ich bereit zu bereuen wäre, ginge ich freiwillig in den Knast, das kannst du mir glauben. Aber ich bin nicht dazu bereit. Niemals!«

Sie saßen lange schweigend, bevor Edgar hinzufügte: »Wenn du meinst, mich anzeigen zu müssen, dann tu es jetzt! Ich möchte nicht, daß du es mir erklärst! Ich möchte, daß du es einfach tust! Wenn du es aber nicht möchtest, dann laß uns nie wieder darüber sprechen! Das bist du mir für dein Leben schuldig!«

Viktor nickte bedächtig, dann stand er auf und ging langsam in Richtung Tresen. »Möchtest du auch ein Bier?«

Edgar bejahte. Viktor kehrte zurück, nahm auf dem Kanapee Platz und hielt ihm das Glas zum Anstoßen entgegen, dann tranken sie und wischten sich die Lippen.

»Hat Johanna dir gesagt«, erkundigte sich Edgar, »wieviel Geld sie von Hafersack für das Kind bekommen wird?«

»Ja ...«, brummte Viktor gedehnt. »Sie hat Andeutungen gemacht. Genaues weiß ich nicht. Sie doch wohl auch nicht, wenn ich sie recht verstanden habe.«

»Zweihundertfünfzigtausend!«

»Spielt das eine Rolle? Fußballspieler sind teurer, Adoptivkinder billiger, und Hafersacks Auto kostet vielleicht soviel, was hat das mit ihrem Problem zu tun? Wenn sie das Kind nicht gegen sein Auto tauschen will, hat sie mein vollstes Verständnis.«

»Ja, natürlich, ich weiß, aber wenn sie am Ende gar nichts bekommt?«

»Das steht zu befürchten«, gab Viktor zu. »Sie ist zu impulsiv. Vielleicht auch zu blauäugig. Ich hatte Mühe, ihr auszureden, die Fotos mitzunehmen. Sie wollte auch nicht verstehen, daß sie ihr Wissen für sich behalten müsse, um es im richtigen Moment einzusetzen.«

»Ihr Wissen über den Detektiv hat sie schon verraten«, hob Edgar hervor. »Ich war dabei, als sie sich bei Hafersack erkundigte, ob er sie überwachen lasse und woher er ihre Adresse habe.«

Viktor schlug mit der Faust auf den Tisch und donnerte: »Wahrscheinlich kann man ihr wirklich nur raten, soviel Geld wie möglich herauszuschlagen.«

Er stand auf und ging mit langen Schritten durch den Gastraum. Edgar blickte sich nach ihm um und dachte, wenn du ihr nicht einmal zu helfen imstande bist, wie kannst du es da von mir verlangen.

»Im Grunde ist es grob fahrlässig«, tönte es aus der Raummitte, »sie darin zu bestärken, ihr Kind zu behalten. Aber wie zynisch muß man denn sein? Man kann doch nicht umhergehen und alle erschlagen, denen man ausgeliefert ist. Aber das beste wäre es! Ja! Es wäre das beste.«

Edgar hielt sein Bierglas mit beiden Händen umfaßt und lauschte den schweren Schritten in seinem Rücken. Als er bemerkte, daß Viktor stehenblieb, fragte er: »Warum will sie das Kind überhaupt? Vielleicht ist es ein

Fehler? Ein noch zu revidierender Fehler! Sie ist im ersten Monat. In ein paar Wochen würde niemand mehr über die Sache sprechen.«

Viktor setzte sich, sah Edgar an und sagte entschieden: »Weil es ihr Recht ist! Weil sie ein Recht auf eine freie Entscheidung hat!«

»Das stimmt doch nicht. Du hast doch vorhin selbst gesagt ...«

»Ich weiß, was ich gesagt habe, aber kampflos aufzugeben ... sich stumm in sein Schicksal zu fügen ... Gerade du müßtest doch wissen, worum es geht. Du warst doch derjenige, der mir erklärt hat, daß er sich gegen die Verhältnisse wehren werde, und du«, er lachte mit geschlossenem Mund, »hast es ja auch versucht!«

Viktors Zigarre war verloschen, und Edgar beobachtete, wie er den Stumpen über der Flamme eines langen Streichholzes drehte, um ihn wieder in Brand zu setzen.

»Meine Arbeitstelle ist in Stuttgart«, sagte er leise.

In diesem Moment erklang Lachen, die Tür wurde aufgestoßen, und die beiden Frauen betraten das Lokal.

»Nanu«, rief Roswitha, »habt ihr alle Gäste verscheucht? Hier herrscht ja eine Stimmung wie auf einem Begräbnis. – Johanna hat sich wacker geschlagen, nein wirklich. Ich denke, wir trinken eine Flasche Sekt!«

Sie beugte sich zu Edgar und küßte ihn schmatzend auf die Wange.

»Guck nicht immer so miesepeterig!« ermahnte sie ihn und lief zur Theke.

Johanna zog den Reißverschluß ihres Anoraks auf und reichte Edgar die Hand. Er erhob sich und sah ernst in ihr bleiches Gesicht. Ihre Hand war kalt, sie sagte: »Ich erkenne dich ja gar nicht wieder.«

Er ließ ihre Hand los und blickte kurz an sich hinunter. »Die Kleider ...? Ja. Die habe ich geschenkt bekommen. Noch viel mehr. Eine komplette Ausstattung. Du würdest staunen, was ich alles habe.«

Sie setzten sich, und Johanna betrachtete ihn von der Seite, während er angestrengt in sein Glas schaute.

»Schön, daß du da bist.«

Er nickte, ohne sich ihr zuzuwenden. Roswitha stellte das Tablett ab und verkündete: »Johanna war so souverän! Das hättet ihr erleben sollen, wie sie diesen Richard abgefertigt hat. Nein wirklich, das hat sie richtig gut gemacht. Und da hat sie auch recht, der spielt ein doppeltes Spiel, das habe ich dem gleich angemerkt. Wie der immer mit den Augen rollt und keinen anzusehen wagt, und dieses Rumgefuchtel mit den Händen in der Luft. Der ist krebsrot angelaufen, als du ihn gefragt hast, wieviel Hafersack ihm angeboten habe.« Sie sah Johanna anerkennend an. »Und sie hat kein Wort über den Detektiv verloren! Jedenfalls wissen jetzt alle, woran sie sind, nicht wahr, Johanna?«

Sie hob ihr Glas, stieß mit den anderen an, trank ein Schlückchen und fügte mit Gewißheit hinzu: »Das schafft der nie, dir dein Kind wegzunehmen! Wirklich, es ist unglaublich, wie selbstsicher der wirkt, das muß man zugeben. Ich möchte mal wissen, wo der das hernimmt! Der tut grad so, als wäre Johanna süchtig und ginge auf den Strich.«

Sie trank noch ein Schlückchen und sah sich zufrieden in der Runde um.

»Ich habe Sven Olaf gesagt«, erklärte Johanna, »daß ich mein Kind behalten werde und nichts mehr mit ihm zu tun haben möchte.«

»Und wie hat er reagiert?« fragte Viktor.

»Keine Miene hat er verzogen«, antwortete Roswitha, die sich vor Aufregung nicht zurückhalten konnte. »So unter dem Motto: Träum mal schön weiter.«

»Er führt etwas im Schilde«, ergänzte Johanna. »Da bin ich ganz sicher. Ich kenne ihn.«

»Aber was?« fragte Roswitha. Da ihr niemand antwortete, meinte sie freudestrahlend: »Was sollen wir uns dadurch verrückt machen lassen? Wir fliegen für eine Woche nach Lanzarote! Ich freue mich wahnsinnig! Ihr nicht?«

Sie küßte Viktor und rubbelte ihm kräftig das Haar.

»Was meinst du denn zu unserer Reise?« erkundigte sich Johanna zurückhaltend bei Edgar.

Er spürte einen Kloß im Hals, und seine Stimme drohte zu versagen. Unter großer Anstrengung brachte er hervor: »Es wird vielleicht das Schönste in meinem Leben sein.«

»Ach Gottchen«, rief Roswitha. »Edgar, du bist wirklich süß! Da kannst du dir mal ein Beispiel nehmen, Viktor, so gefühlvoll bist du nie.«

»Wem habt ihr denn die Reise zu verdanken, wer hat denn solche begnadeten Ideen?« scherzte Viktor. »Ich hoffe, ihr macht euch Gedanken, wie ihr mir eure Dankbarkeit erweisen wollt. Denkt ja nicht, ich wäre uneigennützig. Lob und Ehrerbietung ist das Mindeste, was ich stündlich von euch erwarte!«

»Da fällt mir schon was ein!« Roswitha lachte. »Ich befürchte nur, daß stündlich nicht an mir scheitern wird.«

»Na, na, na!« entgegnete Viktor. »Das ist genau die Art von Ungehörigkeit, die ich nicht erwarte!«

Johanna mußte jetzt auch lachen und hielt sich die Hand vor den Mund.

Als sie sich voneinander verabschiedeten, herrschte eine muntere Stimmung. Edgar hatte Johanna angeboten, sie nach Hause zu begleiten, und sie hatte sogleich seinen Arm ergriffen. Als sie schweigend nebeneinander gingen, fühlte er sich an etwas weit Zurückliegendes erinnert und verspürte eine heftige, aber unbestimmte Sehnsucht. Warum konnte es nicht wieder so sein? Wie hatte das alles nur in so kurzer Zeit in so weite Ferne rücken können?

Er zählte ihre hallenden Schritte und wünschte, daß sie niemals ankämen. Als sie in ihre Straße einbogen und der Häuserblock zu sehen war, fragte Johanna: »Wollen wir noch ein wenig weiterspazieren?«

Edgar nickte, und sie gingen an Johannas Haus vorüber.

Wenn er es ihr doch nur nicht sagen müßte ... Edgars Sorge war, daß sie über seine Arbeitsstelle von anderer Seite erfahren würde. Schritt für Schritt schob er es vor sich her und sann über die richtigen Worte nach, dann faßte er sich endlich ein Herz.

»Johanna, ich muß dir etwas sagen!« Ihm schien, als drücke sie seinen Arm fester. »Ich habe eine Arbeit gefunden. In Stuttgart.«

Sie liefen weiter, als wenn er nichts gesagt hätte. Sein Herz klopfte heftig. War es möglich, daß Richard sie schon informiert hatte? Warum schwieg sie so beharrlich?

»Johanna, hast du gehört?«

»Ja. Ich freue mich für dich.«

Ihre Stimme hatte ganz normal geklungen.

»Das wird an unserer Freundschaft nichts ändern!« versicherte Edgar. »Das mußt du mir glauben! Ich werde dir beistehen, was immer auch geschehen mag!«

Er blieb stehen, stellte sich vor sie und blickte sie an. Ihr Gesicht erschien ihm so schön.

»Das weiß ich, Edgar«, erwiderte sie sanft.

Er seufzte erleichtert, drückte ihren Arm fest, dann gingen sie langsam weiter.

»Wenn wir nicht wollen, verlieren wir uns nicht aus den Augen«, sagte Johanna. »Es liegt doch nur an uns.«

»Ja! Ich verdiene dort viel Geld! Ich kann dich jedes Wochenende besuchen! Ich kann mir ein Hotel leisten, Flugzeug, spielt alles keine Rolle. Oder du besuchst mich! Ich kann das alles bezahlen. Ich kann dich finanziell unterstützen! Ich kann ...«

»Beruhige dich, Edgar! Ich mach mir darum keine großen Sorgen. Ich weiß schon, wo ich dich finde. Ich freue mich für dich, und du solltest dich auch freuen! Endlich hast du mal ein bißchen Glück.«

Johanna machte einen selbstverständlichen Eindruck. Er verstand seine anfänglichen Befürchtungen nicht mehr, und außerdem hatte sie ja recht, im Grunde war es die normalste Sache der Welt. Was hatte er denn erwartet, wie sie darauf reagieren werde? Er schüttelte nachdenklich den Kopf.

»Und du ... hast dich jetzt endgültig entschieden, dein Kind zu bekommen?« erkundigte er sich.

»Ja, ich habe mich entschieden! Sven glaubt zwar nicht, daß es endgültig ist, aber der wird sich wundern. Wenn das Kind geboren wird, bin ich siebenundzwanzig. Genau das richtige Alter.«

»Aber seine Reaktion ...? Ich meine, er wird das nicht einfach hinnehmen.«

»Was will er denn machen? Ich bin nicht asozial! Er kann sich nicht irgend etwas aus den Fingern saugen. Ich lasse mich von niemandem einschüchtern, und sein Geld kann er sich sonstwohin stecken!«

Sie sah Edgar an, der ihren Blick fühlte, aber vermied, ihm zu begegnen.

»Ich habe dich und deine Freunde, Roswitha und Viktor. Sie sind auch meine Freunde geworden. Ihr steht mir bei! Viktor ist genauso uneigennützig wie du.«

Sie schwieg ein, zwei Schritte, bevor sie hinzufügte: »Ich weiß, wem meine Dankbarkeit gebührt. Ich werde das niemals vergessen!«

Sie hatten den Häuserblock umrundet, eine Minute noch, dann würden sie vor ihrer Haustür stehen. Unwillkürlich verlangsamten sie den Schritt. Johanna löste sich behutsam aus seinem Arm, stellte sich vor ihm auf die Eingangsstufe und sah zu ihm hinab.

»Möchtest du noch mitkommen?«

Er schüttelte kaum merklich den Kopf, sie wandte sich schnell um, schloß die Tür auf und war im nächsten Moment verschwunden.

Hastigen Schrittes trat Edgar den Heimweg an, und wirr schossen ihm die Gedanken an Johanna durch den Kopf. Ich liebe dich, Johanna, aber alles, was ich tue, richtet sich gegen diese Liebe. Jetzt ist es zu spät und ohne Hoffnung. Ich bin ein Mörder. Ich gehe nach Stuttgart, und wohin du gehst ... Ich möchte es am liebsten gar nicht wissen. Der Versuch Hafersacks, sich des Kindes zu bemächtigen, ist doch auch ein großes Verbrechen, überlegte Edgar. Aber Hafersack bedient sich juristischer Mittel. Hafersack kann mir eine abgelegene Arbeitsstelle besorgen, das kostet ihn ein Lächeln. Er kann jeden aus Johannas Nähe verbannen, damit sie sich einsamer und wehrloser fühlt. Wenn Hafersack von der Reise erfährt! Er wird es erfahren! – Viktor! Viktor wird niemals zulassen, daß ich diese Reise absage. Niemals! Dem ist völlig egal, ob ich den Job verliere. Er durchschaut mich vollständig, er weiß ja auch alles von mir ... Johanna, ich kann dir nicht raten, und wir können nicht darüber sprechen. Du mußt allein darauf kommen, so wie ich in dem Keller ganz allein darauf gekommen bin. Du versprichst dir von dieser Reise etwas? Ich weiß nicht, was Viktor damit bezweckt. Auch er spielt nur sein Spiel. Wir durchschauen seine Absichten nicht. Ich bin doch schon viel weiter gegangen. Ich blicke auf etwas zurück, das du noch vor dir hast. Wie willst du mich einholen? Und zu erklären gibt es doch nichts! Nein, wirklich nicht.

Edgar blickte sich um, ihm war plötzlich, als hätte er Schritte in seinem Rücken vernommen, aber so angestrengt er auch lauschte und die Straße hinunterspähte, es war niemand zu erblicken. War es möglich, daß Hafersack auch ihn beobachten ließ? Er bog um die Ecke, drückte sich in einen dunklen Hauseingang und wartete. Wenn es die Polizei war, die ihn beobachtete, dann stand er unter Verdacht. Aber welche Erkenntnisse wollten sie durch seine Beobachtung gewinnen? Das alles ergab keinen Sinn, sein Alibi war nur durch Viktor zu widerlegen, und der ...

Er wagte nicht, sich zu bewegen, hörte Schritte und leise Stimmen, aber es war nur ein Liebespaar, das eng umschlungen an ihm vorüberging ...

Kurz nach Mitternacht war Edgar über allerlei Umwege an seiner Haustür angelangt.

»Kannst du bitte rüberkommen? C. K.«

Edgar fand die Nachricht im Flur und betrachtete den Zettel unschlüssig. Er spürte kein Verlangen, fühlte sich ausgebrannt und erschöpft, meinte aber, ihr zuviel zu schulden und ihrer Bitte entsprechen zu müssen.

Kaum daß er eintrat, umschlang sie seinen Hals, schmiegte ihren Körper an seinen und streichelte ihm liebevoll das Haar, während er sie an den Schultern hielt, sanft von sich schob und fragend anschaute. Ihre dunklen Augen blickten traurig, und ihr Mund war leicht geöffnet, als hätte sie mitten im Wort aufgehört zu sprechen.

»Ich hatte den ganzen Tag Sehnsucht nach dir«, sagte sie leise.

Sie versuchte sich wieder an ihn zu schmiegen, er aber hielt sie unter einiger Anstrengung zurück, so daß sie verzagt von ihm abließ und ins Zimmer ging.

Constanze trug ihren blauen Kimono. Auf dem Tisch stand eine halbvolle Flasche Rotwein, ihr fast leeres und ein unbenutztes Glas, im Aschenbecher lagen etliche Kippen, daneben die Zigarettenschachtel, und von der Schrankwand fiel das warme Licht auf die Bücherrücken und den lindgrünen Teppichboden. Das Zimmer war blau von Rauch. Sie schenkte ihm augenblicklich ein, als befürchte sie, er würde andernfalls wieder gehen.

»Schön, daß du endlich gekommen bist. Möchtest du Musik?«

Er sah sie an und schüttelte den Kopf. Sie nahm ihr Glas und beugte sich darüber, als suche sie etwas zu erblicken.

»Ist alles in Ordnung?« erkundigte er sich.

Sie nickte, ohne aufzusehen.

»Wo warst du denn so lange?«

»Unterwegs.«

»Ist es dir schon unangenehm, wenn ich dich umarme?« fragte sie gegen ihre Verlegenheit.

»Nein! Es war nur überraschend. Ich ... Es war ein anstrengender Tag.«

Er streichelte mit den Außenseiten seiner Finger ihre Wange. »Was glaubst du, wie froh ich wäre, wenn ich die nächste Woche nicht weg müßte und hier bei dir bleiben könnte. Ein Freund hat mich für eine Woche nach Lanzarote eingeladen. Ich kann nicht absagen.« Er überlegte. »Ich hab keine Wahl. Ich muß mit. Und das hat alles mit dem Teil meines Lebens zu tun, von dem du nichts weißt.«

»Eine Woche Spanien wird dir guttun. Was ist denn daran so schrecklich?«

Sie hat recht, dachte Edgar, wie immer, und bald bin ich in Stuttgart.

Er zog sie auf seinen Schoß und preßte ungestüm seinen Mund auf ihre weichen Lippen. Ihre Finger krallten sich in seinen Nacken, und er stöhnte lustvoll auf.

Den ganzen Sonntag hatte Edgar an der Fertigstellung der Bauakte gearbeitet. Als er am Abend seine Wohnung zu einem kurzen Spaziergang verlassen wollte, stand Richard Westhof überraschend vor der Tür. Er trug die Garderobe des Vortages und schmetterte Edgar großtuerisch entgegen: »Auf ein Wort nur, alter Freund!«

Edgar bat Richard lediglich in die Küche und schaute ihm mit verschränkten Armen von der Tür aus an.

Richard erkundigte sich im Plauderton, ob Edgar Johanna zwischenzeitlich begegnet wäre, und als dieser bejahte, fragte er ernsthafter und mit einem gewissen Unterton: »Hast du ihr schon von deiner Arbeit in Stuttgart berichtet?«

Edgar nickte.

»Gut! Gut!« lobte Richard. »Ich soll dir übrigens die besten Grüße von Sven Olaf übermitteln. Er wünscht dir Erfolg. – Wie hat sie es denn aufgenommen?«

»Sie hat sich für mich gefreut. Worum geht es überhaupt?«

»Worum es geht?« überlegte Richard. »Es geht darum ... Oder andersherum ...« Er räusperte sich und setzte sich sehr aufrecht. »Ich gehe wohl recht in der Annahme, daß dir das Ergebnis der gestrigen Unterredung bekannt ist?«

»Die Einzelheiten nicht«, antwortete Edgar ausweichend. »Sie sagte nur, daß sie das Kind behalten wolle.«

»Das weißt du also, aha. Ich wollte es nur wissen, um lange, überflüssige Erklärungen zu vermeiden. Ich kann mir nicht vorstellen, daß du nicht auch diesbezüglich deine Ansichten überdacht hättest. Oder sollte ich mich da in dir getäuscht haben?«

»Grundsätzlich ... meine ich ... nach wie vor, daß es ihre Entscheidung ist.«

Richard schob sich eine Zigarette zwischen die Lippen, legte die Hand schützend um die Flamme des Feuerzeuges und zündete sie an.

»Du bist doch gut vertraut mit ihr«, setzte Richard, der von dieser Antwort nicht sonderlich erbaut schien, erneut an. »Du bist doch, sozusagen, ihr einziger Vertrauter ...«

»Was willst du?« erkundigte Edgar sich ungeduldig.

Man konnte meinen, Richard habe die Frage nicht verstanden, denn er sah sich eigentümlich beunruhigt in der Küche um, als suche er etwas Bestimmtes.

»Das ist doch eine Schnapsidee, das Kind behalten zu wollen!« stieß er umso überraschender und empört hervor. »Eine vollständige Schnapsidee! Der Frau ist nicht zu helfen! Sven Olaf will das Kind! Seine Eltern wollen es! Er ist der Vater! Was bildet sie sich denn ein?« Er hielt inne, betrachtete Edgar mit Befremden. »Ich kann dir nur raten, mein Lieber, dich von dieser Verrückten loszusagen! Mich hat sie gestern von der Vermittlung entbunden, stell dir das vor! Es gäbe nichts mehr zu vermitteln, und damit ist sie aufgestanden und gegangen! Du kannst dir nicht vorstellen wie tief Sven Olaf getroffen war – von mir will ich gar nicht reden.«

Er zog eine beleidigte Miene.

»Versteh doch Edgar, der Mann ist die Großzügigkeit in Person! Ihr gegenüber! Wie weit will sie ihn noch erniedrigen? Wie weit noch?«

Richards Mund hatte wieder die Form eines kleinen o's angenommen. Er hob bedeutsam seinen Finger neben den Kopf.

»Ich verstehe das Leid dieses Mannes. Du mußt uns helfen, sie zur Vernunft zu bringen. Ich erwarte von dir, und Sven Olaf hofft auf deine Einsicht, daß du jeglichen Kontakt zu Johanna abbrichst! Darum bitten wir nicht! Wir verlangen es!«

Edgar sah in das fleischige Gesicht und legte zwischen jedes Wort eine Pause: »Ich – werde – in – Stuttgart – sein!«

»Du teilst unsere Ansicht?« rückversicherte Richard sich.

»Ich habe verstanden!«

»Sven Olaf ist ein hervorragender Menschenkenner«, vertraute er Edgar bedeutungsvoll an. »Er hat mir vorhergesagt, daß du vernünftig reagieren würdest.« Er rollte seine Äuglein. »Gut für dich«, betonte er nachdrücklich, »daß du weißt, wer deine wahren Freunde sind!«

Er ließ seinen Worten ein merkwürdig kullerndes Lachen folgen, das seine Selbstzufriedenheit veranschaulichte, umarmte Edgar und nahm dessen zaghaftes Schulterklopfen als Bestätigung für seine erfolgreiche Mission.

»Jeglichen Kontakt sofort abbrechen!« rief er nochmals von der Treppe her.

Stuttgart, dachte Edgar, Hafersack will mich von ihr weghaben ... von wegen bester Student! Wenn ich mich nicht an die Regeln halte ...!

13. KAPITEL

Punkt acht Uhr tauchte Edgar in Erasmus' Büro auf und war ungeduldig. Er lief umher, war nicht bereit, sich zu setzen und verweigerte den Kaffee.

»Was ist denn mit dir los?« erkundigte sich Erasmus aus seinem Chefsessel, drehte sich hin und her, um Edgar besser im Auge zu behalten, und klopfte mit dem Lineal auf sein Knie. Erasmus machte einen entspannten Eindruck, schien von Edgars Unruhe belustigt und sah es sich auch eine Weile geduldig mit an, dann verlangte er plötzlich: »Jetzt setz dich endlich!«

Edgar blieb stehen, starrte aus dem Fenster und sagte, als spräche er jemanden in der Ferne an: »Alles muß so schnell wie möglich erledigt werden! Ich werde nach Stuttgart gehen. Ich kann nicht länger für dich arbeiten. Willst du den Computer wiederhaben?«

»Setz dich endlich! Was ist denn mit dir los?« fragte Erasmus. »Du kommst mir völlig abwesend vor. Frau Lottermoser würde sich freuen, dich heute nachmittag auf der Baustelle zu sehen. Hallo! Erde an Edgar! Das wäre auch mir sehr wichtig!«

»Ja, kein Problem«, antwortete Edgar wie aus einem Traum erwachend und sich nervös umschauend.

Erasmus betrachtete ihn amüsiert.

»Komm mal mit!« verlangte er dann. »Na komm, komm, komm!«

Er sprang auf und verließ, gefolgt von Edgar, das Büro. Auf das entgegenkommende Lächeln Mandys reagierte keiner von beiden, und so zog sie ein beleidigtes Gesicht.

Auf der Straße stand ein neues, silbergraues Mercedes Cabriolet, an dem unzählige Wassertropfen perlten und dessen Innenraum mit Lederpolstern und Holzfurnier ausgestattet war.

»Steig ein! Das ist meiner!«

Erasmus ließ voller Stolz und mit Blick auf Edgar den Motor an. Aber Edgar erweckte den Eindruck, als ließe er sich in einem Taxi zu einer Beerdigung fahren. Erasmus zog eine Sonnenbrille aus der Jackettasche, setzte sie auf seine große Hakennase, hängte seinen langen Zopf über die Kopfstütze – ihm würde weder der verhangene Tag noch Edgar die Laune verderben können – und raste mit quietschenden Reifen die Straße hinauf.

»Ist das 'ne Karre!« rief er und schlug gegen das Lenkrad.

Edgar sah ihn an und verstand nicht, wohin Erasmus mit ihm wollte, fragte aber auch nicht. Erasmus hupte und winkte aus dem Fenster, sobald er eine Frau erblickte. Edgar starrte stumm auf die Straße.

»Willst du auch mal?« fragte Erasmus nach einer Weile unverminderten Hupens und Winkens voller Begeisterung. »Du hast doch einen Führerschein?«

»Nein, wirklich, ich möchte nicht fahren.«

»Warum denn nicht?« wollte Erasmus wissen und schlug ihm ausgelassen auf den Schenkel. »Ist echt 'ne geile Karre. Riech mal«, er sog die Luft ein, »das riecht doch einfach nur nach Geld, und das merken die Weiber. Sie wollen hier sitzen und das riechen. Ich weiß es Edgar, ich weiß es! Große Zeiten liegen vor uns!«

Nachdem sie den Häuserblock mehrmals umrundet hatten, parkte er hupend und winkend vor seinem Büro. Edgar beneidete Erasmus um dessen kindliche Freude und verstand nicht, warum er selbst nie so unbeschwert und begeistert sein konnte.

»Zu der Lottermoser mußt du heute noch«, betonte Erasmus. »Die hat einen Narren an dir gefressen. Da hilft alles nichts!«

Er ging an einen der grauen Schränke, stellte eine schwere Kassette auf den Schreibtisch, kramte sein großes Schlüsselbund aus der Tasche seiner engen Jeans und öffnete sie mit den Worten: »So Edgar, jetzt machen wir erst mal Kasse!« Dabei entnahm er ein Bündel Geldscheine und zählte es langsam und sorgfältig.

»Eintausendachthundert.«

Er warf das Geld nachlässig auf den Tisch, überlegte einen Moment und warf noch zwei Fünfzig-Euroscheine dazu.

»Ist doch alles fertig fürs Bauamt?« Er deutete auf die Unterlagen.

»Selbstverständlich!«

»Mandy!«

Sie stand sofort im Zimmer.

»Kopieren! Zeichnungen dazu! Fertigmachen für Bauamt und Auftraggeber! Wir trinken jetzt Kaffee.«

Erasmus ließ sich in seinen Sessel sinken, als läge der Tag schon überaus erfolgreich hinter ihm, und schlürfte aus seiner Tasse.

»Ich weiß, daß du nach Stuttgart gehen wirst«, erklärte er mit bedeutungsvollem Blick. »Hafersack hat es mir gesagt! War übrigens eine ganz merkwürdige Situation, weil wir wegen des Vertrags zusammensaßen und er gerade unterschreiben wollte. Da sah er mich plötzlich an, daß ich nur noch das Schlimmste befürchtete, und fragte wie aus heiterem Himmel: ›Sie kennen Herrn Winter, nicht wahr?‹ Ich wußte gar nicht, was ich sagen sollte. Es kam so unerwartet. Mir fiel natürlich die Pawlowski ein. Dann wollte er wissen, was ich von dir halte. Ich hatte den Eindruck, daß er das Gespräch nur geführt hat, damit ich dich darin bestärke, nach Stuttgart zu gehen. Warum hat er nicht einfach gesagt, was er will? Du, der wollte sogar wissen, wie ich das Verhältnis zwischen dir und dieser Johanna einschätze und ob das ein Grund für dich sein könnte, auf den Job zu verzichten. Ganz merkwürdig. Ich weiß ja nichts Genaues und hab ihm gesagt, ich könne mir nicht vorstellen, daß du den Job deswegen nicht annähmest. War das verkehrt?«

»Nein, nein. Und über die Reise – habt ihr auch über die Reise gesprochen?«

»Ja.«

»Und daß Johanna mitkommt?«

»Ja, klar.«

»Und wie hat er darauf reagiert?«

Erasmus betrachtete Edgar neugierig

»Ist der eifersüchtig, oder worum geht es zwischen euch? Wie bist du überhaupt so nahe an den rangekommen, und wieso besorgt der dir einen Job?«

»Er hat mich in sein Herz geschlossen!« antwortete Edgar ironisch.

Erasmus lachte gekünstelt.

»Das wünsche ich keinem, da fühlst du dich wie eine Fliege im Bernstein. Sei bloß vorsichtig, der hat irgendwas mit dir vor. Ich hab das genau gespürt. Glaub mir, ich hab dafür ein Näschen.«

Er stieß mit dem Zeigefinger gegen seine Nase und stand auf. »Meinen Vertrag hat er jedenfalls unterschrieben. Ich kann dir nicht sagen, warum der das alles wissen wollte. Ich werde aus dem einfach nicht schlau, aber ich bin sicher, daß es mit dem Job zu tun hat. Das ist eine riesige Firma, die haben super Architekten und sind weltweit an allen Ausschreibungen beteiligt ... Bei aller Liebe, Edgar, die werden nicht wirklich auf dich warten, da ist doch irgend etwas faul!«

»Und bei dir? Denkst du etwa, wenn er mit dir Verträge schließt, ist es anders? Du solltest viel mehr auf der Hut sein!«

Erasmus betrachtete ihn und begann das Geld einzusammeln.

»Bei mir weiß er, daß ich der Preisgünstigste bin und im Prinzip sowieso schon lange die meiste Arbeit mache. Warum soll er Stange & Partner mitverdienen lassen, wenn er mich direkt ausquetschen kann? Bei mir ist es offensichtlich, aber wie ist es bei dir?«

Er klopfte die Geldscheine auf dem Schreibtisch sorgfältig zu einem Block und warf sie lässig vor Edgar auf den Tisch. Die Scheine lagen aufgefächert wie ein Kartenspiel.

»Tausendneunhundert! Baubetreuung, Abnahmen usw. habe ich abgezogen, und den Computer kannst du behalten, der ist sowieso längst abgeschrieben, aber du fährst noch zu der Lottermoser!«

Edgar nickte, nahm das Geld eilig an sich und erhob sich verlegen von seinem Stuhl.

»Und gerade jetzt hätte ich dich wirklich dringend brauchen können«, sagte Erasmus mit aufrichtigem Bedauern. »Bei der vielen Arbeit muß ich mir mindestens zwei, drei Praktikanten dazunehmen, aber du sollst ja unbedingt nach Stuttgart. Der große Meister wünscht es, und des Herren Wege sind – bekanntermaßen – unerforschlich! Laß dir eine komplette Akte von Mandy für die Lottermoser geben!«

Er reichte Edgar die Hand.

»Paß auf dich auf!«

»Du auch, Erasmus! Und danke für alles!«

Er trug seine Bewerbungsunterlagen zur Post, dachte dabei kurz über Erasmus' Befürchtungen nach, gab aber nichts darauf. Sollte doch geschehen, was immer geschehen solle. Solange überhaupt etwas geschah, war es gut. Wenn er nur nie wieder in eine Zeit des Stillstands zurückfiele. Aber diese Zeit glaubte er hinter sich gelassen zu haben, und seine Zuversicht vermittelte sich nicht zuletzt durch das Geld, welches in seiner Jackentasche steckte. Niemals hatte er mit einer solchen Summe gerechnet, und er bildete sich ein, Unvorstellbares bewirken zu können. Obwohl er sich selbst sagte, wie naiv dieses Gefühl sei, vermochte er es nicht zu unterdrücken.

Er wollte, bevor er zur Baustelle fuhr, das Geld nach Hause bringen, aber als er den Hof überquerte, stieß er auf Herrn Rudel.

»Na, das ist nun wirklich mal eine glückliche Fügung«, tat der freudig überrascht. »Gerade eben habe ich noch an Sie gedacht, weil ich doch unbedingt mit Ihnen sprechen wollte!«

Er trug eine unverhältnismäßig große Pelzmütze und sah Edgar erwartungsvoll an.

»Worum geht es denn?« fragte Edgar entgegenkommend, nachdem sie sich die Hände geschüttelt hatten.

»Es ist kein Thema für zwischen Tür und Angel«, bemerkte Herr Rudel gewichtig. »Es ist sogar recht heikel.

Ich müßte direkt an ihr Verständnis appellieren!« Er kratzte nachdenklich die Wange. »Vielleicht könnte ich Sie auf einen Kaffee einladen, gleich dort vorn. Es dauert nicht lange, da können Sie unbesorgt sein, aber es liegt mir auf der Seele, es bedrückt mich regelrecht, und wo wir uns nun schon mal in die Arme gelaufen sind, ist es für mich wie ein Wink des Himmels, nicht wahr.«

Er sah Edgar unterwürfig an.

Edgar hatte nichts dagegen, verspürte sogar ein gewisses Interesse, und so setzten sie sich in die kleine, leere Gaststätte, an der er oft vorübergegangen, aber nie eingekehrt war.

Eine schwergewichtige junge Frau fragte nach ihren Wünschen. Augenblicke später servierte sie Kaffee und hielt sich bereitwillig in ihrer Nähe auf.

Herr Rudel hatte die Schapka beim Eintritt vom Kopf gezogen und in seinen Schoß gelegt. Er strich sich mehrmals über die Glatze und öffnete seine Jacke, rutschte auf dem Stuhl hin und her und räusperte sich ordnend.

»Ich bin kein Mann großer Worte«, schickte er voraus, »aber ich bin ein mitfühlender Mensch, Herr Winter. Das müssen Sie mir zugestehen. Und jetzt geht es mir um einen jungen Menschen, der mein ganzes Mitgefühl verdient. Sie kennen diesen Menschen, Sie stehen ihm sogar recht nahe. Ich weiß das, wir müssen darüber keine großen Worte machen ...« Er trank einen Schluck Kaffee und fügte hinzu, wobei er gespannt wegen der Wirkung seiner Mitteilung in Edgars Gesicht blickte: »Es handelt sich um Frau Kalander!«

Edgar betrachtete den kleinen Mann reserviert, war aber nicht sonderlich verwundert.

»Ja, also«, fuhr Herr Rudel fort, »das alles ist keineswegs so, wie Sie es sich denken.« Wieder kratzte er sich die Wange. »Finden Sie nicht auch, daß hier eine unerträgliche Hitze herrscht?«

Edgar nickte, und Herr Rudel machte eine unwillige Geste, sah sich mehrmals um, als suche er eine Lösung, und nahm dann zögernd das Gespräch wieder auf.

»Ich meine, Sie haben einen Eindruck gewonnen, der

falsch ist. Das wird Ihnen noch oft im Leben widerfahren – Sie sind jung und werden erkennen, daß die trügerische Seite des Lebens zu durchschauen äußerst schwierig ist. Sehen Sie, ich habe Frau Kalander vor über einem Jahr kennengelernt. Ich habe gleich gemerkt, daß sie eine stolze junge Frau ist. Ich habe damals für mich entschieden, ihr zu helfen. Wissen Sie, ich habe meine wohlverdiente Rente und sonst keinen Menschen auf der Welt. Mir macht es nichts aus zu teilen – mehr als essen kann man schließlich nicht –, aber Geld von mir ohne Gegenleistung anzunehmen, war sie nicht bereit. Ja, so war das, stellen Sie sich das vor. Ich hatte ihr angeboten, sie monatlich im Rahmen meiner Möglichkeiten zu unterstützen. Sie wollte mit mir nicht mehr sprechen, können Sie sich das vorstellen, so sehr gekränkt hatte sie mein Angebot. Allein das Gefühl, jemandem helfen zu können, ist doch einem wie mir mehr als genug. Sie dürfen mir glauben, daß ich niemals andere Absichten hegte!«

Er blickte Edgar bekümmert an.

»Und was ist jetzt daraus geworden? Ich ertrage den Anblick nicht, wenn Frau Kalander halbnackt in ihrer Küche sitzt und denkt, mir damit eine Freude zu bereiten.«

»Wie bitte? Sie wollen mir weismachen, daß Frau Kalander das Geld, das Sie von Ihnen erhält, vor sich selbst rechtfertigt, indem sie jeden Abend nackt in ihrer Küche sitzt?«

»Genau wie Sie sagen, Herr Winter, genauso ist es.«

Edgar lehnte sich zurück und sah seinen Nachbarn, der sich den Schweiß von der Stirn wischte, skeptisch an.

»Sie können sich nicht vorstellen«, klagte Herr Rudel, »wie mich das beschäftigt. Ich könnte darüber reineweg verrückt werden. Sie selbst hat mir ja diesen Vorschlag unterbreitet. Ich weiß gar nicht, wie sie auf eine derartige Idee hat kommen können, und ich habe obendrein eingewilligt.«

»Aber Sie haben mir doch selbst erzählt, daß Sie sich ihre ›kleinen Freuden‹ noch leisten, und von Frau Kalander weiß ich, daß Sie ihr die Unterwäsche kaufen, ganz abgesehen von der Sache mit den fünfzig Euro.«

»Was für eine Sache meinen Sie?«

Der Nachbar machte einen verlegenen Eindruck und rutschte wieder unruhig auf seinem Stuhl rum, aber Edgar war augenblicklich klar, daß er Constanze niemals einen derartigen Vorschlag unterbreitet hatte. »Vergessen Sie das mit den fünfzig Euro«, sagte er, »da habe ich etwas durcheinandergebracht.«

»Ja also«, fuhr der Nachbar fort, »Sie können sich gar nicht vorstellen, wie unangenehm mir gerade das mit den Trikotagen war. Nein, das war auch so eine Idee von Frau Kalander, aber ich habe ihr zu verstehen gegeben, dazu künftig nicht mehr bereitzusein.« Er seufzte. »Herr Winter, ich wollte Ihnen das alles sagen, damit Sie wissen, was Sie von mir zu halten haben, aber jetzt will ich zu meinem eigentlichen Anliegen kommen! Um es kurz zu machen – und ich setze Ihre Diskretion voraus –, neulich abends hat sich mir Frau Kalander anvertraut, und daher weiß ich auch, daß sie beide sich nähergekommen sind und was für große Stücke sie auf Sie hält. Ich würde fast behaupten, daß sie sich in Sie verliebt hat. Das hat sie zwar nicht direkt ausgesprochen, nein, nein, aber man hat doch seine Menschenkenntnis. Und darum nun, wollte ich Sie bitten – ich weiß, daß mir das nicht zukommt, daß Sie, sozusagen, gewissermaßen – aufrichtig und respektvoll mit ihr umgehen!«

Edgar blickte in seine Kaffeetasse. Herr Rudel wischte sich mit einem weißen Taschentuch den Schweiß aus dem Gesicht.

»Frau Kalander ist eine gute Frau, immer hilfsbereit und zuvorkommend, und wenn sie ihre Verbitterung erst verloren hat, ach, ha, ha, dann wird ihr Herz wieder erblühen. Wissen Sie überhaupt, daß sie mir die kleine Sara in letzter Zeit schon mehrfach anvertraut hat. Ich darf auf die Kleine aufpassen, wenn die Mama keine Zeit hat. Wir spielen Mensch ärgere dich nicht, oder ich lese ihr Geschichten vor. Die unschuldigen Äuglein, ach ...«

Sein Gesicht war krebsrot angelaufen, und er zwinkerte mehrmals vor Glück.

Edgar fühlte Übelkeit in sich aufsteigen, und nur unter großer Anstrengung gelang es ihm, ruhig zu bleiben.

»Herr Rudel«, sagte er langsam. »Ich will Ihnen nicht zu nahetreten, aber ich glaube, daß Sie Frau Kalander nicht richtig verstehen. Sie weiß, was sie will und wenn sie in der Küche sitzt, dann tut sie es nur für Sie, um Ihnen eine Freude zu bereiten. Ich glaube gar nicht, daß es ihr in erster Linie um das Geld geht, sie macht es aus dem gleichen Grund wie Sie. Sie sollen sich an ihrem Anblick freuen, was könnte sie Ihnen auch anderes geben – sie besitzt doch sonst nichts. Glauben Sie mir, nichts würde sie glücklicher stimmen, als wenn Sie ihr das sagen und bestätigen.«

Herr Rudel war augenblicks von Unruhe erfüllt. Er wischte sich die Stirn, rutschte auf dem Stuhl herum, strich sich seine Glatze und blickte ratlos.

»Ach Gott, die arme Frau«, brachte er mitfühlend hervor. »Ich habe mich diesbezüglich immer sehr zurückhaltend und ausweichend gegeben. Wie ich Ihnen ja bereits sagte, ist mir das alles peinlich und unangenehm, aber wenn es so ist, wie Sie sagen, dann freilich ...«

»Wenn es anders wäre, würde Sie Ihnen doch nicht ihr Kind anvertrauen«, erklärte Edgar.

»O ja! Nein, nein!« rief Herr Rudel mit einer heftigen Bewegung, daß seine Schapka herunterfiel und über den Fußboden rollte. Edgar bückte sich und reichte sie ihm.

»Wenn ich Sie nur um eins bitten dürfte«, sagte Herr Rudel flehentlich, »erzählen Sie Frau Kalander nichts von unserem Gespräch! Das müssen Sie mir versichern! Ich bitte Sie! Sie könnte es als einen Vertrauensbruch auslegen. Die gute Absicht würde sie nicht erkennen. Ich bitte Sie!«

Nachdem Edgar es ihm mehrmals versichert hatte, verabschiedete er sich eilig, reichte der Kellnerin das Geld und war im nächsten Moment verschwunden.

Nach einigen Schritten dachte er: Ich trage die Kleider ihres Mannes, und sie vertraut mir ihre privaten Geschichten an. Würde ich nicht nach Stuttgart gehen, wären wir wie füreinander geschaffen. Im Grunde wäre es unausweichlich. Rudel hat schon recht, die Sache mit den fünfzig Euro hat sie sich ausgedacht, um mich zu provozieren oder meine Reaktion zu testen. Ist ihr ja auch gelungen. Aber daß sie diesem alten, schmierigen Kerl ihre Tochter überläßt? Mir soll sie unter keinen Umständen begegnen, und Rudel darf hoppa, hoppa Reiter mit ihr spielen. Von wegen, die trügerische Seite des Lebens. Das ist doch alles ... Allein die Vorstellung ...

Während der Bahnfahrt vertiefte er sich in die Bauakte. Als er den Bahnhof verließ, strahlte die Sonne mal mild, dann wieder wurde es finster, je nachdem wie schnell der frische Wind die dunklen Wolken vorübertrieb, und er entschloß sich zu laufen. Er ging aufmerksam den Weg, den er am Tag des Mordes gegangen war, versuchte sich einzuprägen, was ihm begegnete und suchte vergeblich nach etwas Bekanntem.

Wie unaufmerksam ich war, dachte er enttäuscht. Ich habe nichts behalten. Aber im Grunde kann die Kommissarin mir erzählen, was sie will, wenn sie keine Spuren oder Zeugen hat, wird sie nie etwas herausfinden.

Er war an jener Bushaltestelle angelangt, an der er am Tag des Mordes ein Weilchen gewartet hatte, und konnte es sich selbst nicht erklären, warum er sich in das Wartehäuschen neben zwei ältere Damen setzte. Sie hielten ihre Taschen auf den Schößen, unterbrachen ihre Unterhaltung, musterten ihn skeptisch, fuhren aber, nachdem sie einen einvernehmlichen Blick getauscht hatten, leise in ihrem Gespräch fort. Als er bemerkte, worum es ging, schlug er seine Bauakte auf, täuschte vor zu lesen und lauschte gespannt.

»Man ist ja seines Lebens nicht mehr sicher! Ich schließe alle Türen hinter mir ab«, erklärte die schmächtigere Dame besorgt.

»Was glauben Sie, wir sind doch nicht lebensmüde. Mein Mann hat die Axt neben dem Bett.«

Die korpulente Frau sah erhaben auf ihre Gesprächspartnerin hinab. Sie trug eine feste, grüne Regenhaube auf dem Kopf, die sie unter dem fleischigen Kinn straff geschnürt hatte.

»Um Gottes willen«, rief die Schmächtige und zog ihre Handtasche schützend vor die Brust.

Ihre dünnen Lippen waren auffällig rot geschminkt, und die Frisur bestand aus spärlichen Löckchen.

»Mein Mann meint ja, daß alles so kommen mußte. Die hätten hier von Anfang an nicht hergepaßt. Und die Frau, na. Das ist doch so eine ...«

Sie winkte ab und verzog verächtlich den Mund.

»Der Eckehard Schwerter war rechtschaffend«, sagte die Korpulente entschieden, »das weiß ich von meinem Mann. Der hat alles beobachtet und notiert. Jedes fremde Auto, aber wie so einer an so eine geraten kann ...? Wir haben das nie verstanden.«

Sie machte eine bedeutungsvolle Pause und fügte dann flüsternd hinzu: »Wenn Sie wüßten.«

»Aber was denken Sie, das weiß ich doch! Ich könnte Ihnen Sachen erzählen ...«

Die Schmächtige lehnte sich zurück und genoß den fragenden Blick ausgiebig, bevor sie überlegen fortfuhr: »Mein Mann hat es fotografiert, jawohl! Schwarz auf weiß! Selbst mit diesem Bengel, dem Lehrling von Schröders, selbst mit dem. Und der ist wenigstens zwanzig Jahre jünger als die! Ich sage Ihnen. Wir wissen alles ...!«

»Nein!«

»Wenn ich es Ihnen sage. Wir haben alle Beweise!«

»Aber das müssen Sie der Polizei übergeben!«

»Wo denken Sie hin, das interessiert die Polizei nicht! Mein Mann und ich haben uns den Mund fusselig geredet, das können Sie mir glauben. Die hat ein Alibi, und fertig waren sie mit uns. Auf den Gedanken, daß die einen Auftragsmörder geschickt hat, kommen die gar nicht.«

Die korpulente Frau dachte eine Weile angestrengt nach. »Vielleicht kann die ja jetzt, wo der Mann tot ist, das Haus nicht mehr halten?«

»Das wäre ein Segen!« erwiderte die schmächtige Dame. »Und vor allem, wenn diese Person erfährt, daß wir alles wissen!«

Sie erschauerte bei der Vorstellung, und ihre korpulente Begleiterin sah sie mitfühlend an.

»Das dürfen die Polizisten nicht weitersagen«, beruhigte sie. »Die haben Schweigepflicht. Am besten, Sie kommen mit Ihrem Mann mal vorbei. Ich lade Sie zum Kaffee ein!«

»Wie nett von Ihnen!«

»Dann bringen Sie gleich die Beweise mit!«

Die Schmächtige warf einen mißtrauischen Blick zu Edgar und flüsterte: »Die widerwärtigsten Bilder hat er schon vergrößert. Wenn so eine schon nicht ihre gerechte Strafe bekommt, dann sollte man die wenigstens ...«

Der Bus nahte, und sie standen auf.

»Ganz meine Meinung! Heutzutage muß man alles selbst in die Hand nehmen. Es gibt keine Gerechtigkeit mehr«, betonte die korpulente Dame, und die Schmächtige beteuerte: »Das mit der Axt machen wir auch, da können Sie sicher sein.«

Nachdem sie mühsam eingestiegen waren, sahen sie sich verwundert nach Edgar um, der den Blick stur in die Akte gesenkt hielt und erst aufstand, als der Bus fort war. Dann schlenderte er auf Schwerters Haus zu, blieb davor stehen und schaute es sich eingehend an. Plötzlich wurde seine Aufmerksamkeit auf das äußere, rechte Fenster gezogen. Dort stand, vielleicht einen Meter von der Scheibe entfernt, die Frau, die er schon einmal gesehen hatte.

Du bist das also, dachte er, die man für die Mörderin hält. Das tut mir leid für dich. Wenn ich dir irgendwie helfen könnte, würde ich es tun. Nach dem, was ich gehört habe, war deine Ehe nicht gerade glücklich, stimmt's? Habe ich dir vielleicht schon geholfen?

Sie stand wie beim letzten Mal, den Ellenbogen in die Hand gestützt, zwischen den Fingern die Zigarette, und sah ihn unverwandt und regungslos an. Er konnte sie nicht genau erkennen und hätte nicht sagen können, ob sie ihm tatsächlich zulächelte, aber er bildete es sich ein. Er fühlte sich sicher und blickte herausfordernd in ihre Richtung. Sie trat auf das Fenster zu. Es war unverkennbar, sie lächelte. Edgar erwiderte ihr Lächeln, und sie machte, ganz eindeutig, eine Kopfbewegung in Richtung Tür. Augenblicklich erfaßte ihn eine starke Erregung.

Ahnst du, daß ich es war, oder bist du tatsächlich eine Nymphomanin, fragte er sich. Es ist gefährlich, ich weiß.

Es ist verrückt! Aber was bedeutet das schon? Du hast recht, wir sollten uns kennenlernen.

Er war im Begriff, in das Haus zu gehen, als lautes Hupen in seinem Rücken erschallte und er erschrocken zusammenzuckte. Frau Lottermoser fuhr vorüber und winkte vergnügt. Ihrem Wagen folgte ein dunkelblauer Kombi, in dem er die Hauptkommissarin erkannte.

Er sah nochmals zum Fenster, die Frau war verschwunden. Von einem sonderbaren Mutwillen erfüllt, ging er langsam zum Bauernhaus, wo ihn Frau Lottermoser begrüßte.

»Mein Mann bedauert so sehr, Sie nicht persönlich kennenzulernen«, sagte sie mit übertriebener Herzlichkeit.

Edgar bedankte sich, reichte ihr die Bauakte und blickte sich, bevor sie das Haus betraten, flüchtig nach der Kommissarin um; sie saß im Auto, telefonierte und beachtete ihn nicht.

Das Bauernhaus war von Lärm erfüllt, die Wohnzimmertür stand weit offen, Staub lag in der Luft, und Harald saß über Papiere gebeugt am Tisch, ohne die beiden zu bemerken. Aus dem angrenzenden, nach hinten zum Garten gelegenen Raum, dessen Tür ebenfalls offenstand, drangen die Geräusche lautstark und die Staubschwaden so dicht herein, daß es Frau Lottermoser ein Hüsteln abnötigte und sie ihren Mantel vor der Brust zusammenschlug. Harald sah auf, schloß eilig die Tür und öffnete die Fenster zur Straßenseite, dann begrüßte man sich.

»Sie sind ja schon fleißig, Herr Emsig«, freute sich Frau Lottermoser. »Dürfen wir das denn? Die Genehmigung liegt doch noch gar nicht vor!«

»Ach«, zerstreute Harald ihre Bedenken, »wir haben soviel zu tun, wofür wir keine Genehmigung brauchen. Morgen geht's mit Heizung und Sanitär los, und die Jungs reißen raus, was überflüssig ist.«

Gerade weil Harald bemüht war, möglichst selbstverständlich zu wirken, machte er einen besonders unsicheren Eindruck. Augenscheinlich fiel ihm der Umgang mit Frau Lottermoser nicht leicht, und so sah sie sich unweigerlich nach Edgar um.

»Was sagen Sie, Herr Winter?«

»O ja«, bekräftigte Edgar, »selbstverständlich dürfen wir das. Die Genehmigung bezieht sich hauptsächlich auf statische Änderungen. Herr Emsig ist ein erfahrener Bauleiter, er weiß, was er tut!«

Sie sah Edgar dankbar an, lief träumerisch durchs Zimmer und blickte hinaus auf die Straße. Als im nächsten Moment aus dem Nachbarraum lautes Gepolter erschallte, wandte sie sich wieder an Edgar.

»Schön, Herr Winter, daß Sie noch mal gekommen sind.« Sie ging auf ihn zu und stellte sich merkwürdig nahe vor ihn. »Herr Hahn hat mir ja mitgeteilt, daß sich für Sie eine neue berufliche Perspektive ergeben hat, aber gerade zu Ihnen haben mein Mann und ich Vertrauen gefaßt, und darum habe ich Herrn Hahn gebeten, daß ich mit Ihnen heute noch mal die gesamte Planung durchgehe. Es ist doch wichtig, Herrgott, der Stil des Hauses darf auf keinen Fall verlorengehen, und Sie haben dafür ein ganz einzigartiges Verständnis. Sie werden Herrn Emsig, besser als ich das könnte, erklären, was wir meinen.«

Sie sah ihm tief in die Augen. Harald drehte seinen Kopf mehrmals anerkennend hinter ihrem Rücken, hielt beide Daumen in die Höhe und zwinkerte Edgar zu.

Frau Lottermoser schlug vor, nun nochmals gemeinsam alles in Augenschein zu nehmen, aber in diesem Moment betrat die Hauptkommissarin das Zimmer.

»Wer sind Sie?« erkundigte sich Frau Lottermoser nicht unhöflich bei der blonden, kräftigen Frau.

Frau Wehrmann stellte sich vor, zeigte ihren Ausweis, vermochte aber nur Frau Lottermosers Verständnislosigkeit über die Störung zu steigern.

»Was wollen Sie in meinem Haus?« fragte sie angriffslustig, ging einen Schritt auf die Hauptkommissarin zu und musterte sie von oben bis unten.

Frau Wehrmann bat um Verständnis für ihr unaufgefordertes Eintreten und erklärte, daß sie wegen einiger Fragen an die Bauleute gekommen sei. Sie war bemüht, Frau Lottermoser gewogen zu stimmen, informierte sie über den im Nachbarhaus verübten Mord, ohne sie damit im geringsten beeindrucken zu können, und entnahm ihrer Umhängetasche das Phantombild eines Verdächtigen, welches sie ihr wie zur Entschuldigung reichte.

»Vielleicht kennt einer von Ihnen den hier Abgebildeten oder kann sonstige Angaben machen?«

Frau Lottermoser sah flüchtig das Bild an, lachte kurz auf und reichte es an Edgar weiter. Der erkannte sofort Sergej darauf und übergab es kopfschüttelnd an Harald. Die Hauptkommissarin schaute forschend in die Gesichter der beiden Männer, als die Tür des angrenzenden Zimmers aufsprang, Dennis und Steve überrascht von den vielen Leuten hereinstapften, grüßten, sich an den Tisch setzten, ihre Stullen hervorkramten und zu essen begannen. Harald reichte das Bild mit einer gewissen Verlegenheit, die Edgar deutlich bemerkte, an die Hauptkommissarin zurück, die das Papier griff und zu den Bauleuten schritt. Beide lachten sofort vergnügt auf, dann stellte Steve sachlich fest: »Wenn es den geben würde, würde den jeder kennen.«

»Nichts fürs Auge der Typ«, ergänzte Dennis.

Steve erkundigte sich: »Wird der gesucht, damit er keinen zu Tode erschrecken kann?«

»Polizeiliche Präventivmaßnahme, Hassan el Straffat, so sieht's aus!« rief Dennis.

»Islamistischer Gesichtsattentäter«, setzte Steve noch einen drauf. »Der beste Freund des Rucksackbombers!«

Beide fielen in lautes Gelächter und riefen »Huh«, als wollten sie einander erschrecken. Frau Lottermoser lachte auch, während Edgar und Harald schadenfroh grinsten, so daß die Hauptkommissarin voller Empörung das Phantombild an sich nahm und einsteckte. Von der Tür rief sie sehr dienstlich in das nicht endenwollende Gelächter: »Herr Winter, mit Ihnen müße ich kurz allein sprechen!«

Edgar sah sie an. Das Grinsen lag noch immer in seinem Gesicht.

»Kommen Sie!« verlangte die Hauptkommissarin und verließ grußlos den Raum.

Harald schlug Frau Lottermoser vor, sie derweil durchs Haus zu führen und über die anstehenden Arbeiten zu informieren, wozu sie sich, nach einem rückversichernden Blick mit Edgar, bereiterklärte.

Die Hauptkommissarin erwartete ihn mit verbissener Miene vorm Eingang unter der Linde. Dann lief sie schnell an den geöffneten Fenstern vorüber, aus denen unvermindert das Lachen Dennis' und Steves klang, ging zur Giebelseite, die zu Schwerters Haus wies und von Sonne beschienen wurde, postierte sich ziemlich in der Mitte der alten Backsteinmauer und wartete ungeduldig, bis Edgar herangetrottet war. Als er vor ihr stand, drängte sie ihn energisch mit dem Rücken gegen die Wand und stellte sich vor ihm auf. Er sollte auf Schwerters Haus sehen, und daß ihn die Sonne blendete, befriedigte sie.

»Was soll das?« fragte Edgar unwillig und wollte sich an ihr vorbeischieben.

Sie stieß ihn heftig mit den Fingerspitzen zurück, als spiele sie Volleyball, und er prallte gegen die Wand. Rasch trat sie noch einen Schritt auf ihn zu, so daß er eine unbequeme Haltung beibehalten mußte, wollte er sie nicht berühren.

»Alles lustig! Alles ein Witz! Nicht wahr, Herr Winter!«

Sie war nicht direkt unbeherrscht, aber es ging eine starke Aggressivität von ihr aus, und Edgar konnte nicht einschätzen, wie weit sie sich unter Kontrolle halten würde.

»Sie machen mir nichts vor, Herr Winter!« sagte sie. »Und wenn Sie ein richtiger Kerl wären und nicht so ein jämmerlicher Waschlappen, dann würden Sie zugeben, daß Sie Schwerter ermordet haben, nicht wahr! So war es doch, Herr Winter!«

Sie wartete vergeblich auf eine Reaktion. Edgar regte sich nicht, war ruhig und sah sie teilnahmslos an. Wieder stieß sie ihm heftig mit den Fingerspitzen gegen die Brust.

»Schönwalde hat Ihnen das Alibi gegeben! Sie haben ihm das Leben gerettet! Aber den kriege ich auch noch. Der sitzt auf einem besonders hohen Roß und glaubt, unantastbar zu sein. Sie beide werden sich noch wundern, das verspreche ich Ihnen! Und nicht nur Sie, Hahn, Emsig, allesamt stecken Sie unter einer Decke!«

Allmählich war sie von seinem unbeteiligten Blick irritiert. Ihr Gesicht wurde rot vor Zorn. Er blickte an ihr vorbei, hoch zu den Giebelfenstern an Schwerters Haus, und da stand sie. Er konnte sie kaum erkennen, aber da stand sie.

»Sie kleiner verlogener Feigling!« zischte die Hauptkommissarin. Sie stieß mehrmals provozierend mit den Fingerspitzen gegen seine Brust, aber er sah sie nur kurz an und dann wieder zum Fenster hinauf.

»Hatte Herr Schwerter eigentlich eine Frau?« fragte er gleichmütig.

Die Hauptkommissarin war sichtlich aus dem Konzept gebracht.

»Das wissen Sie doch ganz genau!« warf sie ihm an den Kopf, dann überlegte sie einen Moment. »Hatten Sie ein Verhältnis mit Ihr? Wir kriegen es sowieso raus!«

Wieder sah er die Hauptkommissarin kurz an, um dann zum Fenster hinaufzublicken, und obwohl die Sonne ihn blendete, erkannte er sie. Er fragte sich, was sie wohl denke, denn sie mußte die Hauptkommissarin zwangsläufig kennen.

»Hatten Sie ein Verhältnis mit ihr?«

Die Hauptkommissarin hatte den Eindruck, als höre er ihr überhaupt nicht zu, als wäre sie Luft für ihn und stieß ihm heftig gegen die Brust. Er betrachtete sie aufmerksam und fragte frech: »Ist für die Einschüchterungstaktik nicht Ihr Kollege zuständig?«

»Ob Sie ein Verhältnis mit Ihr hatten, möchte ich wissen?« herrschte sie ihn an.

Er schüttelte den Kopf und stellte mit einem gewissen Bedauern fest: »Sie sind so einfältig.«

Dafür verabreichte sie ihm eine schallende Ohrfeige, dann sah sie erschrocken zur Hofseite und trat rasch einen Schritt zurück.

Frau Lottermoser und Harald waren um die Ecke gebogen.

»Was geschieht denn da, Herr Winter?« rief Frau Lottermoser und eilte auf die beiden zu.

Edgar warf der Hauptkommissarin einen geringschätzigen Blick zu.

»Sie ist der Ansicht, daß wir alle, Sie natürlich ausgenommen, das heißt, das weiß ich gar nicht ...« Er wandte sich der Hauptkommissarin zu. »Zählen Sie Frau Lottermoser auch zum Kreis der Verdächtigen?«

Sie warf ihm einen haßerfüllten Blick zu, stieß hervor: »Ich habe erfahren, was ich erfahren wollte«, und schickte sich an zu gehen.

Frau Lottermoser, der man bei ihrer Eleganz ein so energisches Vorgehen nicht zugetraut hätte, hielt sie zurück. Sie faßte die Hauptkommissarin fest am Arm und betonte, daß sie Juristin sei und sofortige Aufklärung verlange, wobei Sie Edgar fragend ansah. Diese Gelegenheit nutzte die Hauptkommissarin, um sich loszureißen und hitzig zu erklären: »Ich habe nur die Vermutung geäußert, daß Herr Winter nach wie vor zum Kreis der Verdächtigen zu zählen ist und ich sein Alibi für durchaus fragwürdig halte.«

Mittlerweile hatten sich auch Steve und Dennis der Gruppe zugesellt und neben Harald postiert.

»Sie vermuten!« rief Frau Lottermoser laut. »Und versuchen Ihre Vermutungen durch Einschüchterung zu erhärten? Das ist Nötigung! Ist Ihnen das eigentlich bewußt? Wenn hier etwas fragwürdig ist, dann Ihr Verhalten, Frau Hauptkommissarin. Sind sie sich darüber im klaren, daß ich Herrn Winter dringend raten werde, rechtlich gegen Sie vorzugehen? Das Mindeste, was Sie tun können, ist, sich sofort, aber sofort zu entschuldigen und zu hoffen, daß dieser ungeheuerliche Vorfall ohne Folgen für Sie bleibt!«

Zwar lag im Gesicht der Hauptkommissarin noch ein Rest von Trotz, aber die Einsicht, keine Wahl zu haben, überwog. Während alle Blicke gespannt auf sie gerichtet waren, hatte sie die Augenbrauen zusammengezogen, hielt den Kopf gesenkt und wirkte wie ein Kind, das seine verdiente Strafe erwartet. Schließlich ging sie einen

Schritt auf Edgar zu, reichte ihm ihre Hand und hob mit einem Ruck den Kopf. Ihr Gesicht war bleich. Edgar ergriff die Hand, sie war kalt und kraftlos. Seine Hand war warm wie seine linke Wange.

»Entschuldigen Sie, Herr Winter!« sagte sie deutlich und mit fester Stimme. »Ich kann mir mein Verhalten selbst nicht erklären.«

Sie litt unter der Situation. Als sie ihm ihre Hand entzog, wich sie seinem Blick aus. Er hatte sie ernst, vielleicht mit einer gewissen Neugier, keinesfalls herablassend oder spöttisch, angeschaut. Sie bemühte sich zu lächeln, und doch spürte jeder, daß sie von widerstreitenden Empfindungen förmlich zu platzen drohte. Sie sah von einem zum andern, ohne dabei wirklich jemanden anzusehen, ihr Blick huschte ziellos umher.

»Wenn es jetzt vorbei ist«, sagte Edgar mit einiger Erregung und unverhältnismäßig laut, »vergessen wir es einfach.«

»Das wäre gut, ja. Ich hab mich da in etwas verrannt.«

Wieder sah sie rasch in die Runde.

»Zumal Sie doch Ihre Phantomzeichnung haben«, mischte sich Frau Lottermoser belehrend ein. »Ich verstehe Ihr Vorgehen überhaupt nicht.«

»Na, wenn sie den Gesichtsattentäter nicht finden kann«, scherzte Steve, »dann braucht sie einen anderen, sonst gibt's Gemeckertes vom Chef.«

»Sonst heißt es Verkehr regeln«, fügte Dennis hinzu, worauf Steve meinte: »Dafür haben Frauen eine ganz natürliche Begabung.«

»So sieht's aus«, rief Dennis lachend. »Der war übrigens gut, el Straffat. Gib mir fünf!«

Sie klatschten sich ab, und alle lachten, bis auf die Hauptkommissarin, die überaus dienstlich erklärte: »Es handelt sich bei dem Gesuchten vermutlich um einen Landstreicher. Er ist mehrfach auf den Feldern gesehen worden und soll ärmliche Kleidung tragen. Vielleicht fällt er Ihnen auf.«

Ihr war es sichtlich angenehm, auf diese Art mit den Anwesenden zu sprechen. Sie nutzte die erstbeste Gelegenheit, um sich zu verabschieden. Jedem reichte sie die Hand, und als sie bei Edgar angelangt war, zischte sie ihm kaum hörbar zu: »Mit Ihnen bin ich noch lange nicht fertig!«

»Aber ich mit Ihnen«, entgegnete er lautstark.

Unangenehm für Edgar war, daß Frau Lottermoser nicht von seiner Seite wich, vor allem versuchte sie, ihn unentwegt zu überzeugen, gegen die Hauptkommissarin vorzugehen, und bot ihm ihre kostenlose Hilfe an. Er war kurz davor, die Geduld zu verlieren, als ihr Handy klingelte und sie ein längeres Telefonat führte.

Die Männer waren ausgelassen und machten noch immer ihre Witze. Harald, der Sergej natürlich wiedererkannt hatte, flüsterte Edgar beruhigend zu, daß die Russen längst zu Hause seien und keinerlei Anlaß zur Sorge bestehe. Auf Edgars Bitte hin erklärte er sich sofort bereit, ihn samt seiner Habseligkeiten nach Stuttgart zu fahren. Steve, der zur Zeit bei einem Kumpel wohnte, war überglücklich, die Wohnung übernehmen zu können.

Alles hatte sich in wenigen Minuten gefügt, so daß Edgar sich in einem Hochgefühl geradezu überschwenglich von Frau Lottermoser verabschieden wollte.

»Aber ich kann Sie doch mit in die Stadt nehmen«, bot sie ihm mit bedeutungsvollem Augenaufschlag an. Sie saßen kaum im Auto, als sie ihn zum Essen einlud. Als er vorgab, dafür keine Zeit zu haben, meinte sie: »Schließlich darf es im Leben nicht immer nur um Arbeit gehen.«

Was weißt du denn vom Leben, dachte Edgar und war froh, als er endlich aussteigen konnte.

Am späten Nachmittag, er packte seine Sachen zusammen, stand Richard Westhof vor der Tür. Überrascht war Edgar nicht. Er bildete sich sogar ein, mit ihm gerechnet zu haben.

Westhof schnaufte, das fleischige Gesicht war gerötet und seine Verärgerung unübersehbar: »Sag mal, bist du jetzt von allen guten Geistern verlassen?«

Er trat in den Flur und betrachtete einen Moment die zahlreichen Kartons.

»Das kannst du alles vergessen! Vergiß es einfach! Ja, vergiß es!«

Er stampfte zornig mit dem Fuß auf, ging ins Zimmer, sah die leeren Regalreihen, den leeren Schreibtisch, blickte auch in die Kleiderschränke und schüttelte ungläubig den Kopf.

»Sag mal, Edgar, wie naiv bist du eigentlich?«

Edgar stand teilnahmslos in der Tür. Richard wandte sich augenrollend ab, stieg über einen Stapel Ordner, stieß heftig den Drehsessel aus dem Weg, blickte kurz aus dem Fenster, drehte sich abrupt um und verschränkte die Arme vor der Brust. Edgar war ihm gefolgt und hatte sich an den Kleiderschrank gelehnt.

»Ist dir eigentlich klar, daß ich deinetwegen aus Hamburg hergekommen bin? Nur deinetwegen! Kannst du dir nicht vorstellen, daß ich noch andere Dinge zu tun habe! Du hast alles verspielt, ist dir das klar?« sagte Richard mit größtmöglichem Vorwurf, sah demonstrativ zum leeren Schreibtisch und stülpte seine Lippen vor. »Gute Gelegenheit hier mal zu renovieren.«

Edgar blieb unbeeindruckt und setzte sich auf die Couch.

»Komm zur Sache. Ich habe nicht viel Zeit!«

Richard atmete vor Entrüstung heftig durch, dann kramte er aus der Tasche seines lindgrünen Jacketts Zigaretten hervor und setzte sich vorsichtig, als befürchte er zusammenzubrechen, in den Sessel.

»Wir hatten eine Übereinkunft, Edgar! Weißt du, was eine Absprache ist? Was es bedeutet, sein Wort zu geben? Du hast mir versprochen, die Finger von Johanna zu lassen. Keinen Kontakt mehr, das war der Deal. So habe ich es Sven Olaf zugesichert, und dafür solltest du den Job bekommen. War es so, oder habe ich etwas falsch verstanden?«

»So ist es noch immer.«

»So ist es nicht! Du fährst mit ihr in den Urlaub! Damit ist der Job passé. So ist es!«

Edgar betrachtete Richard ungerührt, biß sich auf die Lippe und schwieg beharrlich.

»Ich komme mir gegenüber Sven Olaf wie der letzte Trottel vor, denn für uns hat das gegebene Wort, Ehre und Treue, noch eine Bedeutung. Edgar, du hast eine einmalige Chance geboten bekommen, ergreif sie! Sven Olaf hilft dir aus diesem Loch. Er bietet dir ein menschenwürdiges Leben. Er reicht dir die Hand. Laß die Reise sausen, zieh nach Stuttgart, und alles wird gut!«

»Für mich beginnt die Vereinbarung mit Hafersack an dem Tag, an dem ich meinen Arbeitsvertrag unterschrieben habe«, entgegnete Edgar heftig. »Ich traue weder dir noch ihm über den Weg. Ich habe dir ...«

Richards Handy klingelte. Er lauschte eine Weile, stand auf und verließ schnell das Zimmer. Es war lächerlich, denn Edgar verstand jedes Wort, das er mit Hafersack sprach, und wie genau er die Lage und auch Edgars letzte Bemerkung schilderte, vor allem, wie nervös und besorgt er dabei wirkte. Als er sich wieder setzte, strahlte er immerhin über das ganze Gesicht und erklärte bedeutungsvoll: »Das war Sven Olaf. Er hat in gewisser Hinsicht sogar Verständnis für deine Haltung und sich bereiterklärt, dir heute abend eine Stunde seiner Zeit zu opfern. Er lädt dich zum Essen ein. Er will mit dir persönlich sprechen! Von Mann zu Mann, sozusagen.«

Edgar überlegte, dann schüttelte er den Kopf.

»Geh du hin! Ich habe mit Hafersack nichts zu bereden. Sag ihm, ich halte mich an mein Wort, wenn er sich an sein Wort hält. Du siehst, wie es hier aussieht. Ich werde eine Wohnung in Stuttgart mieten und bereits einige Tage vor Arbeitsbeginn dort sein.«

»Nimm die Einladung an! Dein Job hängt an einem seidenen Faden. Ein Anruf Sven Olafs ...«

Er brach ab, registrierte staunend Edgars unerschütterlichen Gleichmut, setzte sich und begann zu rauchen.

»Hör zu Richard!« Edgars Stimme klang ruhig, und die Worte waren abgewogen. »Wenn es mit der Arbeit nicht klappt, werde ich Johanna fragen, ob sie mit mir zusammenleben will. Ich werde das Kind mit ihr aufziehen. Wenn es so kommt, werde ich mich mit allen Mitteln für sie einsetzen. Sag das Hafersack!«

»Bin ich wahnsinnig!« rief Richard. »Der läßt sich doch von dir nicht erpressen! Und ich soll der Überbringer der Botschaft sein?« Ein hilfloser Zug lag in seinem Gesicht, sein Mund stand eigentümlich rund und weit offen. »Weißt du eigentlich, wie der reagiert, wenn es nicht nach seinem Kopf geht? Denkst du, ich wäre freiwillig hergekommen? Was geht mich eure Geschichte an? Aber mich fragt er schon gar nicht mehr, er sagt es meinem Vater.«

»Mach dir keine Sorgen! Sag ihm meinetwegen, ich hätte ausgerechnet heute keine Zeit. Sag ihm, was du willst.«

»Du hast doch keine Ahnung! Wir betreuen eine seiner Baustellen, wir brauchen jeden Auftrag!«

Es war Richard herausgerutscht, er bereute es und preßte die Lippen aufeinander, als wolle er sich fortan jedes weitere Wort verkneifen, dann erhob er sich zögernd.

»Erklär mir lieber, wie du und Johanna so leichtfertig eure Zukunft aufs Spiel setzen könnt? Das hat für mich mit Realitätsverlust zu tun! Begreift ihr denn nichts? Seit ich mich in diese dumme Geschichte gemischt habe, kommt es mir vor, als wäre mein Leben aus den Fugen geraten.« Er setzte sich nochmals vorsichtig auf die Kante des Sessels. »Edgar, Hafersack hat meinen Vater über Nacht mit einem Auftrag geködert. Selbst wenn ich es gewollt hätte, hätte ich mich nicht für Johanna starkmachen können. Ich habe es euch von Anfang an gesagt, es kann ein Segen oder ein Verhängnis werden. Sie wird ihr Kind niemals behalten, mein Vater sagt das auch, und du kannst deinen Job in den Wind schreiben, darauf gebe ich dir Brief und Siegel!«

Er besann sich einen Moment. Es war ihm plötzlich wichtig, sich Edgar vollständig zu erklären.

»Natürlich weißt du, daß der Job einzig dazu dient, dich so weit wie möglich von Johanna wegzubekommen. Ich habe mit dem Job überhaupt nichts zu tun. Ich könnte dir gar keinen Job besorgen, das war allein Hafersacks Idee, und ich nur der Mittelsmann ... Edgar, du mußt dich an die Regeln halten! Er hat sie aufgestellt, und jetzt verlangt er, daß du die Hände von Johanna läßt ...«

»Dann hätte die Arbeit heute beginnen müssen«, fiel ihm Edgar ungeduldig ins Wort. »Ich habe es dir doch erklärt!«

»Ja – aber so geht es nicht! Er versteht nicht, daß du den Brocken nicht schluckst, daß du Bedingungen stellst ... Er glaubt mir nicht. Komm doch mit!«

»Richard, wovor hast du bloß so große Angst? Ich fahre nach Lanzarote und anschließend nach Stuttgart. Alles andere wird sich ergeben.«

Richard stand abrupt auf.

»Also gut, wenn du es so willst.«

Er ging zur Tür, sah sich nochmals um, als hoffe er, daß Edgar seine Entscheidung revidiere.

»Kann ich dich wenigstens telefonisch erreichen?«

Richard gab endgültig auf, wünschte viel Glück und verschwand.

Am nächsten Morgen um sechs Uhr kam Harald und brachte weitere Umzugkartons. Er wirkte übernächtigt, seine kleinen, umherhuschenden Augen waren gerötet, und er seufzte vielfach, als drückten ihn Sorgen.

Nachdem sie die Kartons schweigsam in die Wohnung geschafft hatten, tranken sie Kaffee.

Wenig später ging Edgar in ein Internet Café und fand die Adresse einer älteren Dame, die eine teilmöblierte Mansarde zur Vermietung anbot. Er rief sofort an. Sie verstand nicht, wie jemand sich einmieten könne, ohne die Wohnung zuvor besichtigt zu haben und sich obendrein mit allen sonstigen Bedingungen widerspruchslos abfand. Darüber argwöhnisch geworden, sagte sie mit vernehmlichem Vorwurf: »Ich habe keinen guten Eindruck, Sie erscheinen mir etwas zu gleichgültig, junger Mann!« Und erst nach einer halben Stunde und weiteren, zusätzlichen Telefonaten, auch mit ihrem sehr viel pragmatischeren Sohn, willigte sie unter der Bedingung ein, daß er sowohl die Kaution und die Miete für den Monat März bei seinem Erscheinen zu begleichen habe.

Wieder zu Hause, begann er in rasender Eile Kartons zu packen, sortierte leichte Kleider für die Spanienreise aus und stopfte sie in seinen alten Rucksack. Es waren nicht seine Kleider. Er nahm sich vor, all die fremden Kleidungsstücke wegzuwerfen, sobald er sein erstes Gehalt bekäme; nie wieder sollten ihn die Sachen an Constanze erinnern. Eine gute Woche noch, träumte er sich in seine Zukunft, in die Mansarde, die er sich eigensinnigerweise bescheiden und düster ausmalte.

Sein Zimmerchen mit den grauen Wänden und leeren Regalreihen über dem ausgeräumten Schreibtisch wirkte trostloser denn je. Was geht es mich an, dachte er und legte sich, die Hände hinter dem Kopf verschränkend, auf die Couch. Warten ist wirklich schwierig. Das halten nur wenige lange aus. Er wartete die ganze Nacht hindurch.

Das Taxi fuhr pünktlich vor. Edgar warf seinen Rucksack in den Kofferraum und setzte sich zu Roswitha und Laura auf den Rücksitz. Sie begrüßten einander verhalten, und außer Viktors Frage, ob Edgar seinen Ausweis bei sich habe, sprachen sie nichts.

Erst als Johanna zustieg, änderte sich die Stimmung. Sie umarmte jeden und plauderte drauflos. Als sie am Flughafen ankamen, bildete sich Edgar ein, ihm stehe ein großes Vergnügen bevor.

14. KAPITEL

Es war idiotisch, für die Reise nach Lanzarote seinen Job aufs Spiel gesetzt zu haben.

Von Anfang an hatte Edgar ein mulmiges Gefühl, und schon am zweiten Tag nach der Ankunft bereute er, überhaupt mitgefahren zu sein.

Viktor und Johanna waren seither ein Paar. Es war ganz selbstverständlich dazu gekommen, und beide hatten kein Hehl daraus gemacht. Johanna hatte, als sie in einem kleinen Restaurant bei einer Flasche Wein gemütlich beisammen saßen und die Sonne im Meer versank, freimütig verkündet, ihr Kind nun doch an Hafersack »verkaufen« zu wollen, und Viktor, der das eine vernünftige Entscheidung fand, hatte sich sofort bereiterklärt, sie mit allen Mitteln zu unterstützen. Als er daraufhin großspurig behauptete, daß zweihundertfünfzigtausend für Hafersack eine lächerliche Summe sei und unter siebenhundertfünfzigtausend gar nichts laufen solle, war Johanna ihm um den Hals gefallen. Als dann Roswitha ihre Tochter ins Bett brachte, machten Johanna und Viktor einen Spaziergang, von dem sie erst im Morgengrauen zurückkehrten.

Von da an heulte Roswitha täglich und zog sich mit ihrer Tochter zurück. Dummerweise wohnten beide mit Viktor in einem Zimmer, und dort ging es in den Nächten so laut zu, daß andere Gäste sich beschwerten. Schließlich war Edgar zu Roswitha und Viktor zu Johanna gezogen.

Trübsinniger hätte es nicht kommen können. Edgar hielt weder Roswithas endlose Haßtiraden aus noch den Anblick der sich gänzlich unbefangen gebenden Jungverliebten, die engumschlungen oder mindestens händchenhaltend eine Art Schaulauf ihrer Seligkeit veranstalteten. Wenn Edgar sich auch fortwährend einredete, ihn ginge das nichts an, verspürte er doch Kränkung und Schmerz ebenso stark wie Roswitha, nur verbat ihm sein Stolz, sich davon etwas anmerken zu lassen. So durchstreifte er von Selbstvorwürfen gequält lieber einsam die Insel und hoffte, trotz der verbotenen Reise, auf Hafersacks Gnade.

Sein Hoffen ging in Erfüllung. Bei seiner Rückkunft fand er die ersehnte Bestätigung aus Stuttgart im Kasten und setzte sogleich alle Hebel in Bewegung, um so schnell wie möglich aus Berlin verschwinden zu können. Und normalerweise hätte dem auch nichts im Wege gestanden, aber Viktor verzögerte den bevorstehenden Umzug um einen ganzen Tag. Harald, mit dem längst alles abgesprochen war, überbrachte die Nachricht. Viktor bestand auf einer Abschiedsfeier, und da Harald zugesagt hatte, blieb Edgar keine Wahl. Edgar hatte sich gewünscht, niemanden wiedersehen zu müssen. Es war wie verhext. Um Constanze nicht zu begegnen, hatte er sogar das Licht nicht eingeschaltet, und wenn es an der Tür klingelte, öffnete er nicht. Doch gegen Viktor gab es anscheinend kein Mittel, der platzte je nach Belieben in Edgars Leben. Edgar tröstete sich damit, daß es das letzte Mal sei.

Nichts Gutes ahnend, sich größte Zurückhaltung auferlegend, ging er in die Kneipe. Johanna sprang augenblicks von Viktors Seite auf, fiel Edgar mit zur Schau gestellter Herzlichkeit um den Hals und betonte, daß die Abschiedsfeier allein ihre Idee gewesen sei. Sie fand gar kein Ende, hielt ihn fest umschlungen und sprach von »Ehrengast« und »Siegertyp«, während Edgar zu Roswitha blickte, die am Tresen lehnte und tat, als bemerke sie von alldem nichts. Es war peinlich, zumal Johanna sich aufführte, als gehöre ihr die Kneipe. Sie führte lautstark das Wort, lachte unaufhörlich und ließ es sich nicht nehmen, die Getränke zu bestellen, wobei sie Roswitha durch den Raum nachrief: »Wenn ein guter Freund einen vernünftigen Job bekommt, könntest du dich ruhig etwas freundlicher geben!«

Viktor schien das Verhalten Johannas in keiner Weise zu berühren. Er saß selbstbewußt und breit wie immer auf dem Kanapee, schmunzelte zufrieden in die Runde und strahlte übers ganze Gesicht, sobald Johanna sich an ihn schmiegte, ihn küßte oder ihm anzüglich mit der Zunge über die Lippen fuhr. Immerhin zogen Erasmus und Harald gelegentlich skeptisch die Brauen hinauf und wirkten betreten, was freilich nicht lange anhielt, da sie große Erwartungen bezüglich Hafersacks Auftrag hegten, über den sie fast pausenlos sprachen. Edgar wurde es von Minute zu Minute unerträglicher. Bald meinte er, die zwanghafte Heiterkeit nicht länger ertragen zu können. Als Johanna, den Kopf an Viktors Brust, Roswitha abermals aufforderte, etwas geselliger zu sein, wurde es ihm zu bunt.

»Laß sie endlich in Ruhe!« platzte es aus ihm heraus.

Roswitha fing an zu heulen und lief zum Tresen. Johanna lächelte weiter, als sei nichts geschehen, und Viktor meinte gelassen: »Sie hat doch recht. Zwischen Roswitha und mir war nie etwas Ernsthaftes. Genau betrachtet ist alles wie immer. Du solltest dich nicht so sentimental wie sie benehmen.«

Und Johanna ergänzte: »Wir sind und bleiben Freunde. Daran wird sich nie was ändern. Das müßte doch selbst sie begreifen.«

»Sie begreift es aber nicht!« sagte Edgar höhnisch. »Ich übrigens auch nicht! Vielleicht sieht eine Frau mit der Handelsware Kind im Bauch die Dinge anders. Vielleicht begreifst du nichts!«

»Das laß mal hübsch unsere Sorge sein«, erwiderte Viktor scharf und zündete sich eine Zigarre an.

»Und das gehört wohl kaum hierher!« fügte Johanna gereizt hinzu.

»Wieso denn nicht?« fragte Edgar. »Schließlich profitieren alle, die hier am Tisch sitzen, von Hafersacks Geld. Die beiden haben einen fetten Auftrag abgegriffen, ich bekomme den Job, und ihr verscheuert ihm sein eigenes Kind!«

Da Harald und Erasmus ihn fragend ansahen, erklärte er spöttisch: »Siebenhundertfünfzigtausend verlangen ...«

»Genug Edgar!« donnerte Viktor und erhob sich mit heftiger Bewegung von seinem Platz.

»Niemals«, sagte Edgar mit bebender Stimme zu Johanna, »werde ich begreifen, daß du nur kalt und berechnend und auf deinen Vorteil bedacht über Leichen gehst!«

»Vorsicht Edgar!« drohte Viktor, der sich wieder gesetzt hatte, »über Leichen gehen hier ganz andere.«

Noch bevor jemand darauf hätte eingehen können, schrie Johanna betroffen auf: »Ich, kalt und berechnend? Wenn das Kind geboren ist, werden Viktor und ich heiraten! So ist das, mein Lieber! Da staunst du, was? Darauf wärst du in deinem dummen Kinderhirn nicht gekommen. Du bist wirklich so was von ... unvorstellbar blöde!«

Erasmus und Harald, die der heftigen Debatte neugierig gefolgt waren, grinsten sich an, und Harald säuselte in das eingetretene Schweigen: »Neun Monate können zur Ewigkeit werde.«

Erasmus erwiderte ebenso leise: »Gegen den Altersunterschied ist diese Ewigkeit kurz.«

Viktor überging die Bemerkungen und erklärte betont gemessen: »Wir hatten heute nämlich nicht nur vor, Edgar zu verabschieden, sondern, sozusagen, auch unsere Verlobung zu feiern. Wir lieben uns, dabei spielt der Altersunterschied nicht die geringste Rolle«, belehrte er sich erhebend Erasmus von oben herab, und kreiste gewaltig mit der Hand in der Luft.

Offenbar war etwas vorbereitet worden, denn wenig später servierte Roswitha mit verheultem Gesicht zwei Flaschen Champagner. Edgar, dem die Bemerkung von der Leiche in Mark und Bein gefahren war, wollte nur noch fort, legte sich striktes Schweigen auf und trank brav mit den anderen, bis die Flaschen geleert waren. Den Liebesbezeigungen Johannas und Viktors zuzusehen vermied er. Er glaubte nicht einen Moment, daß Johanna es mit Viktor ernst meinte. Er hätte sein Leben darauf verwettet und wünschte, sie dafür und für alles andere hassen zu können.

Endlich war es ausgestanden. Johanna umarmte ihn ebenso überschwenglich wie zur Begrüßung und hauchte ihm ins Ohr: »Wenn du jetzt eifersüchtig bist, hast du es dir selber zu zuschreiben. Denk mal darüber nach, mein Lieber«

Er schwieg und hätte sie ohrfeigen können. Als er sich von Peter, dem Kneiper, und dann von Roswitha verabschiedete, sagte Roswitha laut: »Daß du dich von dieser falschen Schlange überhaupt anfassen läßt!«

Wieder schwieg er. Es war ja vorbei.

Am nächsten Morgen in aller Frühe belud er mit Harald den Transporter, dann machten sie sich unverzüglich auf den Weg. Harald hatte nie Zeit, alles machte er in Eile und meistens schweigsam. Edgar bewunderte ihn dafür. Man trifft selten auf Menschen, mit denen zu schweigen nichts Peinliches hat. Harald war so einer. Die Fahrt verging wie im Fluge, und als sie sich in Stuttgart die Hände drückten und Edgar ihm wenigstens das Benzingeld geben wollte, schüttelte Harald unmißverständlich den Kopf, klopfte ihm kräftig auf die Schulter, stieg ins Auto und raste davon.

Das in den zwanziger Jahren erbaute Bürgerhaus lag in einer ruhigen Seitenstraße am Stadtrand in einem recht großzügigen Garten mit alten Bäumen, in deren Kronen er durch seine Dachfenster blickte. Edgars Mansarde war nicht, wie er sich vorgestellt hatte, klein und düster, sondern geräumig und licht. Er bewohnte ein mittleres und ein sehr kleines Zimmer, das Bad war fensterlos und die Küche, die er mit dem gegenüber wohnenden Studenten der Technischen Hochschule teilen mußte, nur über den dunklen Flur, der auch ins Treppenhaus führte, zu erreichen. Die Wirtin, Frau Großkopf, eine akkurate und auf Umgangsformen bedachte Beamtenwitwe, machte ihn als erstes mit dem aus Nürnberg stammenden, schlaksigen, jungen Mann bekannt, der mehrmals gähnte, beide aus glasigen, braunen Augen gleichgültig anblickte und wortlos seine schweißige Hand reichte. Edgar entschied unwillkürlich, auf die Küchenbenutzung zu verzichten.

Anschließend wurde ihm von seiner Vermieterin eine in Folie eingeschweißte Verbotsliste mit den Worten ausgehändigt: »Einen Rat gebe ich Ihnen gleich: Halten Sie sich daran! In diesen Dingen verstehe ich wirklich keinen Spaß!«

Damenbesuch, das war besonders hervorgehoben, war nur zwischen fünfzehn und zweiundzwanzig Uhr gestattet, und jedwede Zuwiderhandlung stellte einen außerordentlichen Kündigungsgrund dar.

Das Verhältnis zu Frau Großkopf allerdings, empfand Edgar aus anderen Gründen bald problematisch; sie hatte ihn nach einigen Wochen bereits so fest ins Herz geschlossen, daß sie ihm alle möglichen Vergünstigungen einräumte und selbst die Nutzung des Gartens gestattete, was sie, wie sie mehrfach betonte, noch keinem ihrer Mieter erlaubt habe. Sobald er nur das Haus betrat, suchte sie Kontakt, erbat seine Hilfe bei kleinen Erledigungen und hatte als Belohnung etwas zu Essen bereitstehen. »A bissele schwätzen« konnte sich Stunden hinziehen und war nur durch Spaziergänge bis in den späten Abend zu vermeiden. Das Haus unbemerkt zu betreten, war so gut wie ausgeschlossen, doch nach zweiundzwanzig Uhr kam Frau Großkopf in aller Regel nicht mehr aus ihrem Zimmer.

Auf seinen Spaziergängen verließ Edgar die Siedlung nie, sondern lief immer auf gleichem Wege ums Karree. Er sah bewußt nichts an und wollte nichts bemerken. Die Stadt, eigentlich alles Äußere, lehnte er von Anfang an rigoros ab, und daran änderte sich nichts.

Seine Arbeitsstelle befand sich im westlichen Teil Stuttgarts, in einem altehrwürdigen Gebäude, in dem einige Unternehmen ihren Sitz hatten. Aus dem mit rot-weißem Marmor ausgestalteten Eingangsportal führte die breite mit rotem Kokosläufer bespannte Treppe hinauf ins zweite Geschoß. Dort prangte an der mit Schnitzereien verzierten Tür das Messingschild: World Wide Engeneering Ltd. Trat man ein, gelangte man in den überaus großzügigen Salon, in dessen Mitte ein aufwendig gearbeiteter Ratsherrentisch und zwölf schwere Lehnstühle standen. An den Wänden hingen Fotografien bedeutender Bauwerke, die die Firma weltweit errichtet hatte, und den Fenstern gegenüber, vor den bis zur Decke hinaufreichenden Regalen, saß, hinter ihren imposanten Schreibtisch geduckt, Frau Schmuck, die Sekretärin, klein und unscheinbar. An ihr vorüber, durch die hohe Flügeltür, mußte man, wollte man in das Büro des Chefs, Dr. Leon Silberberg. Die Gediegenheit diese Raumes hatte Edgar vom ersten Tag an gefangengenommen. Die andere Tür, dem Eingang gegenüber, führte in den langen Flur, durch den er in das Großraumbüro gelangte, in dem er, neben elf weiteren Mitarbeitern, seinen Arbeitsplatz fand. Ein sachlich eingerichteter, heller Raum, in welchem ihm der Schreibtisch direkt an der Tür zugewiesen worden war, gegen den einige Kollegen beim Raus- oder Reingehen mutwillig mit der Tür stießen.

Das störte Edgar ebenso wenig wie die spöttischen Bemerkungen, die der leitende Architekt in aller Öffentlichkeit zu machen beliebte, sobald er Edgar bei Fehlern ertappte.

»Herr Winter«, sagte Friedrich Kalk überaus entgegenkommend, »wir haben alle Verständnis dafür, daß Sie aus dem Osten der Republik zu uns kommen durften, aber wir befinden uns bereits im fünfzehnten Jahr der Einheit. Wir arbeiten hier nicht mehr mit Hammer und Sichel.«

Nach solchen Bemerkungen nahm Kalk stets die Brille ab, putzte die getönten Gläser und wechselte dabei selbstzufriedene Blicke mit anderen Kollegen, insbesondere mir seinem Stellvertreter, Hajo Reich. Setzte Kalk die Brille wieder auf die fleischige Nase, seufzte er jedes Mal, als bestehe keine Hoffnung, und der breitschultrige Reich nickte ihm halb verständnisvoll, halb bewundernd zu.

Nachdem Edgar über einige Tage eine Banane auf den Schreibtisch gelegt worden war, für die er sich immer bedankte, bevor er sie aß, hieß er bei fast allen Mitarbeitern ganz offen nur noch »der Bananenmensch«.

Edgar litt in den ersten vier Wochen darunter, vieles schlicht und einfach nicht zu wissen. Um Hilfe zu bitten, fiel ihm schwer. Für die Einarbeitung war ihm Tanja Makarowa, eine Wolga-Deutsche, zugeteilt worden, doch sie saß im anderen Eck des Büros. Er hätte den gesamten Raum durchqueren müssen. Auch war ihm die Vorstellung, sie bei ihrer Arbeit zu stören, so unangenehm, daß er sich lieber unverhältnismäßig lange mit den simpelsten Dingen herumplagte, bis er sie selbst herausfand.

Zwar blieb Tatjan Makarowa, sofern sie den Raum verließ, bei ihm stehen und beantwortete geduldig seine Fragen, doch geschah das selten. Edgar fiel auf, daß sie sich nicht an der Kampagne gegen ihn beteiligte, sich eher neutral, vielleicht auch gleichgültig verhielt, aber dennoch unwillkürlich in das Gelächter einstimmte, das den geistreichen Bemerkungen der beiden Vorgesetzten oder anderer Kollegen unweigerlich folgte.

Im übrigen ging es im Büro fast lautlos zu. Wenn einzelne Kollegen miteinander sprachen, dann sehr verhalten und in der Regel Dienstliches betreffend. Da Edgar von Tag zu Tag weniger Fehler machte und bald auch keine Fragen mehr an Tanja Makarowa zu stellen brauchte, hätten die Anfeindungen abklingen können, aber Friedrich Kalks Abneigung gegen Edgar war durch dessen unerschütterlichen Gleichmut und den beharrlichen Starrsinn, mit dem er seiner Arbeit nachging, stetig gewachsen. Seit dem Vorfall mit den Bananen dachten Kalk und Reich zwar übereinstimmend geringschätzig von ihm, doch das Vergnügen, ihn weiterhin zu drangsalieren, wollten sie sich keinesfalls nehmen lassen. Edgars mittlerweile fehlerlose Arbeit bot keinen Angriffspunkt, und so kam Hajo Reich auf die Idee, ihn mit schwierigen und komplexen Aufgaben zu betrauen, die gar nicht in Edgars Zuständigkeit fielen. Peinlich genau suchten sie nach Mängeln, doch der erhoffte Effekt trat nicht in gewünschtem Maße ein. Es bot sich nur Gelegenheit zu kleinlicher Kritik, die selbst andere Mitarbeiter übertrieben fanden. Kaum jemand lachte mehr, einige schüttelten mißbilligend den Kopf und bekundeten sogar Sympathie für Edgar. Von da an setzte Reich ihm Abgabetermine, die Edgar beim besten Willen nicht einzuhalten vermochte.

Als er auf die penetrant wiederholte Frage Reichs, wann er denn nun endlich fertig sei, schließlich antwortete, er brauche noch zwei Tage, mischte sich Friedrich Kalk in bedauerndem, geradezu mitleidigem Tonfall ein. »Das kann nicht Ihr Ernst sein, Herr Winter. Muß ich Sie denn wirklich daran erinnern, daß Sie sich in der Probezeit befinden? Glauben Sie mir, nichts liegt mir ferner, als Ihrer jungen, hoffnungsvollen Karriere im Wege zu stehn ...« Er überlegte und strich sich nachdenklich das Kinn. »Um nicht das Schlimmste heraufzubeschwören, rate ich Ihnen dringend, einige Stunden Ihrer Freizeit zu opfern. Mit ein paar unbezahlten Überstunden gleichen Sie Ihr Defizit schnell wieder aus. Und dann braucht der Chef auch nichts zu erfahren.«

Während Kalk seine Brillengläser putzte, waren sämtliche Augen auf Edgar gerichtet, und als der erleichtert und mit unvergleichlicher Naivität entgegnete: »Gern, das wollte ich Ihnen auch schon vorschlagen«, brach nach einem Moment des Erstaunens lautes Gelächter aus, und jemand rief: »Ich kümmere mich freiwillig um die Bananen!«

Dieser Vorfall ereignete sich Mitte Juni. Bis dahin war ihm seine Freizeit, besonders an den endlosen Wochenenden, unerträglich gewesen. Zwar hatte er die Zeit verplant und sich von seinem Gehalt Fachliteratur gekauft, die er studierte, aber seine Erinnerungen konnten ihn unerwartet heftig überkommen. Dann lag er stundenlang auf dem Bett und starrte ruhelos an die Decke.

Unmittelbar nach seiner Ankunft hatte er Constanze einen erklärenden Brief geschrieben. Eine Antwort traf nicht ein. Das war beruhigend. Viktor hingegen und selbst Johanna riefen regelmäßig an und erkundigten sich, wie es ihm gehe und was seine große Karriere mache. Johanna hatte ihm sogar Briefe geschrieben, in denen sie von Freundschaft, Verantwortung füreinander und von schönen alten Zeiten sprach. Außerdem bedrängte sie ihn, endlich einmal nach Berlin zu kommen. Edgar fand das unverschämt, antwortete darauf nicht und verstand nicht, warum sie ihn nicht in Ruhe ließ. Mit Johanna glaubte er, leicht fertigzuwerden, aber sie war mit Viktor zusammen, und gegen den ... So wortkarg und abweisend Edgar sich am Telefon auch verhielt, sie meldeten sich immer wieder. Einmal hatte er Viktor vorsichtig zu verstehen gegeben, daß es für alle besser wäre, wenn sie nichts mehr voneinander hören würden, aber der war darauf nicht eingegangen und hatte belustigt geantwortet: »Kommst du nicht bald zu uns, kommen wir zu dir.« Die Vorstellung, daß die beiden irgendwann vor seiner Tür stehen könnten, war Edgar unerträglich. Wie sollte er denn die Vergangenheit vergessen, wenn er immer wieder damit konfrontiert wurde? Warum verstand Viktor das nicht?

Edgars Leben verlief monoton. Die Mahlzeiten nahm er in billigen Restaurants oder an Imbißbuden ein, in seiner Wohnung hatte er nur Schokoriegel, Kekse und Vitaminsaft vorrätig, weil er sich mit seinem Nachbarn die Küche nicht teilen wollte. Edgar hatte dem Studenten, als der ihm im gemeinsamen Flur ein paar belanglose Worte sagte, brüsk an den Kopf geworfen: »Sprechen Sie mich nicht an! Ich lege auf Gespräche keinen Wert!«

Seither grüßten sie sich nur noch flüchtig. Einzig in der guten Stube oder im Gartenpavillon seiner Vermieterin hatte Edgar etliche Stunden an der Seite eines anderen Menschen zugebracht und geduldig die ausführlichen Familiengeschichten angehört.

Doch jetzt war die lästige Freizeit dank Friedrich Kalks Überstundenangebot glücklicherweise auf ein Minimum zu beschränken, und fortan verließ er das Büro nur noch zum Essen und Schlafen.

Seine Vorgesetzten überschütteten ihn mit Arbeit, wunderten sich eine Zeitlang, mit welchem Gleichmut er alles erledigte, gewöhnten sich daran und dachten bald nicht weiter darüber nach.

Eines Abends Ende Juli, lange nach Feierabend, kam Tanja Makarowa ins Büro und erklärte ohne Umschweife und mit merklicher Erregung: »So darf es nicht weitergehen! Ich spreche nicht nur für mich. Eine Anzahl Mitarbeiter sind der gleichen Meinung. Sie machen fast die gesamte Arbeit von Herrn Kalk. Wissen Sie eigentlich ... Er gibt Ihre Entwürfe für seine aus! Die letzten beiden Aufträge verdankt die Firma Ihrer Arbeit, und Herr Kalk läßt sich dafür feiern. Wir verstehen, Sie befinden sich in der Probezeit, aber Ihre Bescheidenheit wird Ihnen nicht helfen, eine Festanstellung zu bekommen. Im Gegenteil, wenn Dr. Silberberg nichts von Ihrer tatsächlichen Leistungsfähigkeit erfährt, erweisen Sie sich selbst einen denkbar schlechten Dienst. Wir haben uns entschlossen, Ihren Fall bei der nächsten Dienstbesprechung vorzutragen, deswegen bin ich hergekommen und möchte Sie bitten, aufzulisten, was Sie in den letzten Monaten im einzelnen getan haben.«

Edgar schaute sie verdutzt an. Sie stand unmittelbar vor seinem Schreibtisch, die Hände in die Hüften gestützt.

»Sie sollten sich nicht einmischen, wirklich, das ist ein Mißverständnis«, bat er. »Mir macht das nichts aus. Ich mache das gern.«

Sie warf ihm einen nicht eben freundlichen Blick zu.

»Meinetwegen, aber es geht hier nicht nur um Sie ...«

»Worum geht es denn noch?« mischte sich Dr. Silberberg mit leiser, eindringlicher Stimme ins Gespräch.

Er war unbemerkt durch den Konferenzraum, der zwischen seinem Büro und dem Großraumbüro lag, eingetreten, auf die beiden zugegangen und reichte ihnen seine lange, schmale Hand zur Begrüßung. Er war ein schlanker, großer Mann Ende Fünfzig, mit markanten, durchfurchten Gesichtszügen, dünnen, weißen Haaren und ging leicht gebeugt.

»Also, ich höre, Frau Makarowa!« verlangte er mit spöttischer Miene.

»Umso besser«, entgegnete Tanja entschlossen und berichtete, was ihr so wichtig war.

Silberberg setzte sich an einen der Schreibtische, rauchte eine Zigarette und wirkte amüsiert.

»Wissen Sie«, sagte er, nachdem sie geendet hatte, »das Wichtigste ist mir das Betriebsergebnis. Wie es im einzelne zustandekommt, interessiert mich insofern sekundär, solange es zustandekommt. Läßt Herr Winter sich nun derart ausbeuten, wie Sie beschreiben, dann ist das seine Angelegenheit, die mich nichts angeht, und die ich viel eher – das werden Sie einsehen – begrüße. Andererseits wirft sich mir die Frage auf, was unsere hochdotierten

Herren Reich und Kalk den Tag über tun, deren Gehälter sehr direkt mit dem Betriebsergebnis im Verhältnis stehen, wenn die sich ihre Arbeit durch Sie erbringen lassen, Herr Winter?«

Er betrachtete Edgar eingehend aus kalten Augen und erwartete eine Antwort. Aber was hätte Edgar antworten können? Und so blickte er Dr. Silberberg treuherzig an und erklärte: »Ich habe es eben bereits Frau Makarowa gesagt. Mir macht das nichts aus. Ich mache das gern.«

Dr. Silberberg ging langsam zum Fenster und warf seine Zigarette auf die Straße hinunter, dann trat er an Edgars Schreibtisch und erkundigte sich mit einem leisen Seufzer: »Was machen Sie im Augenblick?«

»Den Umbau des Multi-Funktionsgebäudes«, antwortete Edgar und drehte den Bildschirm in Dr. Silberbergs Richtung.

»Das machen Sie?«

Er vermochte seine Verwunderung nicht zu unterdrücken, sah genauer in den Computer und klickte verschiedene Ausschnitte an.

»Sie haben den Hotelkomplex und das Bürohaus für die Steiner Gruppe entworfen? Mal raus mit der Sprache!«

»Ich habe es Ihnen doch gesagt«, betonte Tanja Makarowa. »Herr Winter sitzt Nacht für Nacht hier und erledigt Dinge, die überhaupt nicht in seinen Kompetenzbereich fallen.«

»Wie kommen Sie eigentlich dazu?« fragte Dr. Silberberg mit spürbarem Befremden und drohendem Unterton.

»Die Arbeiten sind mir übertragen worden«, antwortete Edgar ruhig. »Ich wußte nicht, daß ich Sie darüber hätte in Kenntnis setzen müssen.«

»Aber selbstverständlich hätten Sie das müssen!« erwiderte Dr. Silberberg scharf, besann sich und fügte hinzu: »Das heißt, Sie, Frau Makarowa! Und nicht bei der nächsten Besprechung, da gehört Derartiges ohnehin nicht erörtert, sondern unverzüglich mir persönlich!«

Er steckte die Hände in die Hosentaschen und begann

langsam auf und ab zu gehen. Seinen Bewegungen haftete etwas Vorsichtiges, Empfindsames an. Man sah, wie sehr Alltägliches und Gewöhnliches ihn belästigte. Als er wieder am Schreibtisch angelangt war, blieb er stehen und sah beide nachdenklich an.

»Morgen um Punkt neun Uhr, Herr Winter«, sagte er, als stieße der bloße Gedanke ihn ab, »sind Sie mit einer lückenlosen Liste, auf der ich alles, restlos alles vorfinden will, was Sie seit Ihrem Eintritt bei uns gearbeitet haben, in meinem Büro! Sie beide gehen hier heute abend erst raus, wenn diese Liste fertiggestellt ist. Sie sehen sämtliche Ablagen und Dateien durch, erstellen mir entsprechende Verweise auf Quellen – und wenn ich Ihnen einen guten Rat geben darf: Zu niemandem, zu absolut niemandem ein Wort!«

Er grüßte mit flüchtiger Handbewegung und ging hinaus.

»Sehen Sie, ich habe es Ihnen gesagt«, triumphierte Tanja. »Jetzt brauchen Sie sich keine Gedanken mehr um Ihre Übernahme machen. Besser hätte es gar nicht kommen können!«

Sie machte einen gelösten Eindruck, lief zum Fenster und sah in die Straße.

»Was halten Sie davon, wenn wir etwas essen gehen, bevor wir anfangen«, schlug sie vor. »Bei dem, was Sie alles gemacht haben, kann es dauern, bis wir fertig sind. Sie haben doch bestimmt auch noch nichts gegessen, oder?«

Edgar, den die überraschende Entwicklung beunruhigte, war dieser Vorschlag höchst verdächtig, und so willigte er nur aus Ratlosigkeit ein, warf es sich aber gleichzeitig als unverzeihlichen Fehler vor. Tanja strahlte eine Natürlichkeit aus, die ihm an ihr nie aufgefallen war und seinen Argwohn weckte.

Die Luft war schwülwarm, als würde es bald gewittern. Sie gingen in das nahegelegene Restaurant, das von fast allen Mitarbeitern besucht wurde und das Edgar aus diesem Grund stets gemieden hatte. An einem der Tische, die auf dem Bürgersteig unter der roten Markise standen, nahmen sie Platz.

»Wissen Sie«, sagte Tanja, »was Sie bei Ihrer Einstellung durchmachen, hat jeder von uns durchmachen müssen. Bei mir war es vor vier Jahren nicht anders, aber Ihren Fleiß so radikal auszunutzen, das hat es bisher nicht gegeben. Man hätte da viel früher einschreiten müssen. Aber denken Sie nicht, Dr. Silberberg interessiert sich für das Verhältnis unter uns Mitarbeitern, das sind für ihn Nebensächlichkeiten, mit denen man ihn besser nicht behelligen sollte. Wir haben die Liste aus einem anderen Grund anzufertigen«, erklärte sie geheimnisvoll, »deswegen war uns auch klar, jetzt Gehör bei ihm zu finden.«

Edgar reagierte nicht auf die Mitteilung. Tanja war verwundert. Er legte die Karte beiseite, in der er bis dahin gelesen hatte, drehte sich nach der Kellnerin um und winkte ihr ungeduldig. Tanja hatte den Eindruck, er habe nicht zugehört. Das stimmte nicht, aber er wünschte, sie möge gehen und nichts weiteres erzählen.

»Frau Makarowa«, sagte er zurückhaltend, »die Aufstellung für Dr. Silberberg ... Verstehen Sie mich bitte nicht falsch! Dabei brauchen Sie mir wirklich nicht zu helfen. Sie können sich darauf verlassen, daß sie pünktlich um neun auf seinem Schreibtisch liegt. Mir macht das nichts aus, und Sie haben gewiß besseres ...«

Die Kellnerin war an den Tisch getreten. Edgar bestellte sich Gulasch und ein Glas Wasser, Tanja Forelle und ein Glas weißen Burgunder.

»Ich habe heute nichts anderes vor«, antwortete sie. »Und wenn Dr. Silberberg es so verfügt, bleibt mir sowieso keine Wahl.«

Dagegen konnte Edgar nichts einwenden, und plötzlich wollte er unbedingt wissen, was es mit der Liste auf sich hätte, biß sich aber sogleich heftig auf die Lippe, um sich jedes Wort zu verbieten.

»Sie sollten sich nicht so zurückziehen«, riet Tanja ihm freundlich. »Die meisten Mitarbeiter sind nett. Sie müssen sie nur näher kennenlernen. Aber wenn Sie selbst auch immer so verschlossen sind ... Ich komme aus Rußland!«

Sie begleitete diese Erklärung mit einem kleinen, irgendwie entschuldigenden Lachen.

»Was denken Sie, welchen Hänseleien ich ausgesetzt war! Auch Zudringlichkeiten. Herr Reich fand daran besonderen Gefallen. Sie sind ein Mann, da ist Ihnen das natürlich erspart geblieben. Ich hatte nicht Ihre Standhaftigkeit, aber auch ich habe einen starken Willen. Ich habe oft bedauert, was Ihnen widerfahren ist, aber ich habe Sie – warum soll ich es Ihnen verheimlichen – dafür bewundert und auch ein bißchen beneidet, wie unbeeindruckt Sie immer geblieben sind. Ich glaube, die meisten haben nur darüber lachen müssen, wie unbeeindruckt Sie wirkten. Wissen Sie, ich ... ich fange schnell an zu weinen. Das war mir immer sehr peinlich ... Na ja, das ist eine Veranlagung. Meine Mutter weint auch immer gleich los. Aber Gott sei Dank, zum Ausgleich lache ich genauso leicht.«

Während die Kellnerin servierte, sah Tanja ihn neugierig an. In ihren grünen Augen glänzten zwei winzige goldene Fünkchen, und ihr Gesicht drückte ein gewisses Erstaunen aus.

»Was sind Sie nur für ein ernsthafter Mensch«, stellte sie halb besorgt, halb im Scherz fest. »Nie verziehen Sie eine Miene, sehen mit Ihren Augen alles an wie ein Ungläubiger. Sie werden es erleben, in ein, zwei Wochen ist der ganze Spuk vorüber!«

»Entschuldigen Sie!« entgegnete Edgar. »Guten Appetit!« und begann zu essen.

Sie schüttelte ein wenig den Kopf und nahm das Besteck zur Hand.

Durch das Zuhören, durch ihre Natürlichkeit war sein Argwohn erheblich geschwunden. Doch er wollte erfahren, was es mit der Liste auf sich habe. Und plötzlich drängte es ihn auch, sich ihr verständlich zu machen.

»Ich glaube«, sagte er ernst, »ich habe einen falschen Beruf ergriffen. Ich weiß nicht, was ich hier tue und warum ich es tue. Ich glaube, ich könnte alles andere ebenso tun. Es kommt mir vor, als gäbe es etwas sehr viel Wichtigeres für mich, aber das stimmt nicht, ich habe nichts anderes als diese Arbeit.«

Er aß weiter, als hätte er nichts gesagt.

»Seien Sie unbesorgt«, entgegnete Tanja herzlich, »das geht jedem hin und wieder so. Sie sind ein guter Architekt. Glauben Sie mir, ich beziehe mich auf konkrete Ergebnisse Ihrer Arbeit, wenn ich Ihnen das sage. Seien Sie zuversichtlich! Wissen Sie, es ist natürlich bekannt, was man in meiner ehemaligen Heimat in solchen Fällen empfiehlt, aber es ist heilsam für die Seele – doch, doch! Dort geht man mit guten Bekannten eine Nacht lang essen und vor allem trinken, und dann muß alles vergessen sein. Ja, so ist es dort!«

»Das mache ich auf keinen Fall«, antwortete Edgar entschieden.

»Dann ist es noch nicht schlimm genug!« meinte Tanja. »Aber gute Bekannte, besser noch Freunde, müssen dabei sein! Wenn Sie es allein machen, wird alles doppelt so schlimm.«

Später, im Büro, als sie die Liste fertiggestellt hatten, wagte er endlich, sich zu erkundigen, was es damit auf sich habe.

»Das habe ich mir gedacht«, freute sie sich, »daß Sie es nicht aushalten würden. Mal sehen, wie lange er braucht, habe ich mir vorhin im stillen gesagt und mir vorgenommen, nicht wieder darauf zurückzukommen. Sie haben es bis zum letzten Moment hinausgezögert. Alle Achtung! Es geht um Folgeaufträge. Ihre Entwürfe haben Anklang gefunden. Soweit ich weiß, geht es um mehrere Hotelkomplexe in Spanien und Griechenland. Eine große Sache, und wenn Herr Kalk, Herr Reich und ich, von denen die Herren in London und Dr. Silberberg geglaubt haben, wir seien dafür verantwortlich gewesen, ohne Sie hätten arbeiten müssen, wäre es zu einem Eklat gekommen. Ich will damit nicht sagen, wir wären nicht imstande, Ihre Lösungen zu übernehmen und auch ohne Sie fortzuführen, aber bei aller Einheitlichkeit und Funktionalität der Bauwerke bleibt doch ein Rest Individualität des Entwurfverfassers erhalten, die man zwar imitieren kann, die aber von Objekt zu Objekt an Substanz einbüßt, und das wäre Dr. Silberberg sofort und schlimmstenfalls auch den Auftraggebern aufgefallen.«

Sie lachte vergnügt und verabschiedete sich. Edgar blieb noch über eine Stunde am Schreibtisch sitzen. Er dachte nicht über den Termin bei Dr. Silberberg und nicht über Tanja nach. Er war unfähig zu arbeiten, obwohl er sich alle paar Minuten dazu ermahnte. Wieder muß ich nur warten, überlegte er beklommen. Es ist wie in der Hartz-IV-Zeit, wie in Schwerters Keller, wie in Lanzarote ... Ich kann nichts als warten, während sich etwas zusammenbraut, ganz ohne mein Zutun fortwirkt und mich wie einen Schiffbrüchigen an einen anderen, unbekannten Ort wirft. Sie werden mir verbieten, durch den stillen, gediegenen Salon und an meinen Schreibtisch zu gehen. Sie werden es mir einfach verbieten ...

Als er in dem lauen Gewitterregen nach Hause ging, fühlte er sich leer und erschöpft. An diesem Zustand hatte sich nichts geändert, als er am Morgen Silberberg die Liste übergab.

Dr. Silberbergs geräumiges Büro war im Stil eines englischen Clubzimmers eingerichtet. Die Wände waren holzgetäfelt, und in den Türen der eingebauten Regale blitzten geschliffen Glasscheiben. Schwere Ledersessel standen um einen ovalen Tisch aus dunklem Holz, und hinter dem wuchtigen Schreibtisch saß Dr. Silberberg in einem Lehnstuhl und rauchte. Die Fenster in seinem Rücken waren geöffnet, der Wind spielte mit den Gardinen, und Edgar sank tief in den weichen Polsterstuhl ihm gegenüber. Es war beklemmend still. Dr. Silberberg öffnete den oberen Knopf seines weißen Hemdes, zog die graue Weste zurecht, sah einen Moment zu Edgar hinab, dann studierte er eingehend die Liste.

»Wir machen heute eine Zäsur«, sagte er kaum vernehmlich.

Er drückte seine Zigarette aus, erhob sich langsam, wandte Edgar den Rücken zu und stellte sich, die Hände in den Hosentaschen, schweigend vor die Gardine. Nach einer Minuten nahm er wieder Platz und richtete seine kleinen, dunklen, aus dem blassen Gesicht eindrucksvoll hervorstechenden Augen abermals auf Edgar.

»Sie sind auf die Bitte eines unserer Geschäftspartner

bei uns, und nächsten Monat läuft Ihre Probezeit ab. Sie sind ohne Frage fleißig.« Er deutete mit dem Kopf kaum merklich auf die Liste. »Sie scheinen ein Talent für den Beruf zu besitzen, aber dafür – kein Rückgrat, Herr Winter. Sie lassen widerstandslos alles mit sich machen. Was wollen Sie bei uns?«

»Nichts«, antwortete Edgar laut, daß Dr. Silberberg eine unwillige Bewegung machte.

»Das dürften Sie mir gefälligst, der Vollständigkeit halber, etwas genauer erläutern!« verlangte er und spitzte die Lippen.

»Da gibt es nichts zu erläutern. Sie haben es gesagt. Ihr Geschäftspartner hat mir die Stelle vermittelt, darum bin ich hier. Ich habe mich bemüht und erledigt, was mir aufgetragen worden ist. Wenn es keinen Bedarf für mich gibt, dann gehe ich.«

Tonfall und Gebaren drückten seine gleichgültige Stimmung deutlich aus, doch die eigene Stimme weckte seine Lebensgeister, und er schaute entschlossen auf.

Dr. Silberberg lag nichts näher, als Edgars Papiere fertigzumachen und es dabei bewenden zu lassen, aber ein plötzlich aufkommendes Interesse an seinem Gegenüber, vielleicht sogar eine Art Sympathie, für die er sich keine Begründung geben konnte, hinderte ihn ebenso wie der Gedanke an die Belange der Firma, die er bei seinen Entscheidungen nicht unbeachtet lassen durfte. Wenn es ihm selbst auch nicht sonderlich darauf ankam, wen er beschäftigte und ob es graduelle Unterschiede bezüglich der Leistungsfähigkeit innerhalb der Belegschaft gab, so wußte er nur zu gut, daß seine Vorgesetzten anders darüber dachten und ihn besonders in jüngster Zeit mehrmals deutlich darauf hingewiesen hatten, seine Personalpolitik zu überprüfen. Dr. Silberberg hatte mit seinem Berufsleben seit langem innerlich abgeschlossen. Die Architektur hatte für ihn über die Jahre, in denen er, wie er es nannte, »uniforme Würfel und Quader« errichtet hatte, mehr und mehr an Bedeutung verloren und, nachdem er die Hoffnung aufgegeben hatte, jemals einen repräsentativen Auftrag verwirklichen zu können, sogar seine grundsätzliche, von Zynismus geprägte Abneigung provoziert. Hätte er es sich finanziell leisten können, lebte er längst in seinem Haus in der Toskana, nur war dieses Ziel seit der kostspieligen Scheidung von seiner Frau in bedrückend weite Ferne gerückt.

Zu seiner Überraschung stand Edgar auf und sagte laut: »Mir ist es am liebsten, wenn wir das Arbeitsverhältnis gleich heute beenden.«

Edgar war klargeworden, daß es mehr als die Probezeit für ihn nicht gab. Hafersack hatte die Leine ein bißchen länger gelassen. Nun war das halbe Jahr um. So war das. Jetzt wurde die Leine angezogen. Es war vorbei.

»Setzen Sie sich!« verlangte Dr. Silberberg als leide er Qualen, und begann mit den Fingerspitzen gereizt seine Schläfen zu massieren. »Sie kommen mir ja wie ein Irrwisch vor. Passen offensichtlich glänzend zu Frau Makarowa, deren Naturell beschert Leuten meines Alters Herzinfarkte.«

Er lächelte schmerzlich, setzte sich sehr aufrecht und sagte überaus konzentriert: »Zur Sache, Herr Winter! Ihren selbstgerechten Ton mir gegenüber möchte ich nie wieder erleben, es sei denn, Sie lieben kurze, finale Abgänge. Ich möchte von Ihnen mit Fenstern versehene, kostengünstige Quader und Würfel projektiert bekommen, sobald ich nur mit den Fingern schnipse, ansonsten möchte ich von Ihnen nichts hören. Was mir an Ihren beiden Entwürfen gefällt, und deswegen habe ich Ihnen Talent zugebilligt, ist der seltene Umstand, daß sich der interessante Reiz Ihrer Lösungen gerade durch eine unspektakuläre, fachlich fundierte Sachlichkeit herstellt, bei der Form und Funktionalität zu einer durchaus befriedigenden Einheit verschmelzen. Herr Kalk ist fünfzehn Jahre älter als Sie und, obwohl ich ihm wöchentlich sage, daß er allen überflüssigen Firlefanz weglassen möge und sich auf das Wesentliche konzentrieren solle, außerstande dazu. Der Mann ist zwar untalentiert und gefühllos wie ein Ziegelstein, aber er kompensiert das mit einer nicht hoch genug zu schätzenden Unaufdringlichkeit mir gegenüber, an der ein tätiges Beispiel zu nehmen ich

Ihnen dringlich anempfehlen möchte. Außer Ihnen verfügt Frau Makarowa über wirkliches Talent. Sie sollten sich bei Gelegenheit ihre Diplomarbeit zeigen lassen, die hat mich nicht gänzlich unbeeindruckt gelassen. Dann haben wir noch den Herrn Reich, einen Grobian, dessen Arroganz und sportlicher Ehrgeiz Ausdruck seiner wertfreien Mittelmäßigkeit sind. Sie vier werden fortan in Zweiergruppen die Planung übernehmen. Reich – Makarowa, Kalk – Winter. Morgen unterschreiben Sie bei Frau Schmuck Ihren unbefristeten Vertrag, den Sie akzeptieren oder nicht akzeptieren können, ohne jemals mit jemandem darüber zu sprechen. Ihr Gehalt ist den firmenüblichen Gepflogenheiten angepaßt.«

Er drückte auf den Knopf seiner Wechselsprechanlage.

»Frau Schmuck, sind Sie so lieb, meinen Tee und die Zeitung!«

Da Edgar sitzenblieb, blickte Dr. Silberberg ihn fragend an.

»Sollten Sie wider Erwarten einen Gesprächsbeitrag leisten wollen, bedenken Sie, daß Sie mich anregen, niemals aufregen sollten.«

Aus dem überraschenden Gefühl ungläubiger Siegesfreude heraus wollte Edgar jetzt alles. Er konnte gar nicht anders und erklärte: »Frau Makarowa wird von Herrn Reich belästigt. Lassen Sie mich mit ihm und Herrn Kalk mit ihr ...«

»Herr Winter«, unterbrach ihn Dr. Silberberg, indem er beide Hände abwehrend hob, »Maximilian I. wird als der letzte Ritter bezeichnet, das ist jetzt fünfhundert Jahre her. Wir leben im Zeitalter der Emanzipation. Seien Sie versichert, daß Herr Reich sich viel eher von Frau Makarowa belästigt fühlen wird. Heißt nicht eine russische Armeepistole ›Makarov‹? Fragen Sie, ob der Erfinder nicht ein Verwandter von ihr ist. Mich würde es nicht wundern.«

In Dr. Silberbergs Gesicht lag ein bedenklicher, überreizter Zug, aber Edgar konnte nicht aufhören.

»Außerdem möchte ich mit niemandem zusammenarbeiten! Am liebsten wäre es mir, ich würde überhaupt niemanden sehen und so lange arbeiten können, wie ich will.«

Dr. Silberberg musterte ihn lange und eingehend. Es war deutlich, wie sehr seine Geduld strapaziert wurde und alles auf der Kippe stand, dann lächelte er nachdenklich.

»Dafür habe ich mehr Verständnis, als Sie ahnen. Kommen Sie!« verlangte er für seine Verhältnisse überaus entgegenkommend, erhob sich und ging langsam, in seiner eigentümlichen Vorsichtigkeit, gefolgt von Edgar, der achtgeben mußte, ihm nicht in die Hacken zu treten, durch den Konferenzraum in das Großraumbüro, wo er, ohne jemanden anzusehen, nachlässig mit der Außenseite seiner Hand in Richtung Mitarbeiter grüßte (was ein devotes Gemurmel auslöste), dann hinaus in den langen Flur, öffnete an dessen Ende eine Tür und wies, ohne es zu betreten, in ein Büro.

»Das sollte Ihren Intentionen entsprechen, nicht wahr«, sagte er dabei leise. »Aber das werden Sie sich verdienen müssen. Ich bezahle Ihnen keine Überstunde, die Sie unaufgefordert leisten, setze aber voraus, daß Sie so weitermachen wie bisher. Ich erwarte, daß Sie etwaige Differenzen mit einzelnen Mitarbeitern unverzüglich klären, ohne daß ich damit in Berührung komme! Herr Kalk wird Sie in einer halben Stunde mit Ihren Aufgaben vertraut machen.«

Er drehte sich um, ging langsam den Flur hinunter und verließ ihn über den Salon. Augenblicke später lief Frau Schmuck aufgeregt ins Großraumbüro, kehrte aber gleich mit Herrn Kalk zurück. Als Ruhe eingekehrt war, betrat Edgar sein neues Büro.

15. KAPITEL

Der Schreibtisch stand unmittelbar vor dem Fenster, durch das man in einen Park blickte; rechts davon, die gelbe, sachliche Polstergarnitur, davor der Glastisch, und an der linken Wand einige lichtgraue Regale und Schränke, die ihn an Erasmus' Büro erinnerten. Edgar setzte sich auf die gelbe Couch, lehnte sich zurück und meinte, sich eigentlich freuen zu müssen. Er war übernommen worden und nicht länger Hafersacks Willkür ausgeliefert, und er hatte als einziger ein eigenes Büro. Aber er vermochte nicht, sich zu freuen. Er war ausgebrannt und keines Gefühls fähig.

Als zwanzig Minuten später Kalk mit zornrotem Gesicht und einem Stapel Akten vor dem Bauch durch die sperrangelweit geöffnete Tür trat, saß Edgar noch immer selbstvergessen dort. Kalk knallte die Unterlagen auf den Schreibtisch und stieß verächtlich zwischen den Zähnen hervor: »Sie Denunziant, Winter. Bilden Sie sich nicht ein, daß ich Ihnen das vergesse! Man trifft sich immer zweimal im Leben.«

Edgar betrachtete Friedrich Kalk unbeeindruckt, der mit drohender Pose langsam auf ihn zukam.

»Ihr Ostler seid alle feige Denunzianten! Ihr ward alle in der Stasi, das liegt euch im Blut, und als ihr nicht mehr wußtet, wen ihr denunzieren könnt, habt ihr euren eigenen Staat für Bananen und hundert Mark Begrüßungsgeld verraten, weil ihr Nestbeschmutzer seid! – Übelste Nestbeschmutzer, die immer nur den eigenen Vorteil im Auge haben! Das Trümmerfeld, das ihr hinterlassen habt und jetzt auf unsere Kosten saniert, sucht seinesgleichen! Dagegen war der zweite Weltkrieg ... harmlos!« Er war kreideweiß und schnaufte, als würde er rennen. »Das einzige, was man im Osten nicht abreißen muß, ist das, was im Krieg verschont geblieben ist! Glauben Sie, daß wir Ihr mieses Spiel nicht durchschauen? Glauben Sie das nicht!«

Er setzte seine getönte Brille ab und schaute Edgar aus kleinen, kurzsichtigen Augen haßerfüllt an, zog dann das Tüchlein hervor und begann kopfschüttelnd die Gläser zu putzen. Hajo Reich stürmte herein.

»Jetzt haben Sie die Hölle auf Erden, Winter, das verspreche ich Ihnen!«

Kalk sah dankbar zu Reich. Edgar stand auf, ging an den Schreibtisch und blätterte die Unterlagen durch.

»Was soll ich denn nun machen?«

Die beiden in seinem Rücken blickten sich einen Moment verdutzt an, dann sprang Reich auf Edgar zu, verdrehte ihm den Arm, packte ihn an den Haaren und schob ihn direkt vor Friedrich Kalk, der seine Brille aufsetzte und Edgars schmerzverzerrtes Gesicht eingehend betrachtete.

»Sie sollen so schnell wie möglich in das Loch kriechen, aus dem Sie gekommen sind. Das sollen Sie nun machen!«

Da Edgar nicht reagierte, verdrehte Hajo Reich ihm den Arm derart schmerzhaft, daß er aufstöhnen mußte, dann schob Reich ihn zum Schreibtisch und versuchte, Edgars Kopf auf die Tischplatte zu drücken, was ihm aber durch dessen heftige Gegenwehr nicht gelingen wollte.

»Laß ihn«, sagte Kalk gnädig, »wenn er nicht begriffen hat, kommen wir morgen wieder. Dann kannst du ihm den Arm brechen.«

Sie gingen zufrieden hinaus.

An diesem Tag, es war ein Freitag und kurz vor Feierabend, geschah, was Edgar seit langem befürchtet hatte. Frau Schmuck kam ins Büro und meldete Besuch. Die hochschwangere Johanna und Viktor waren eingetroffen. Schlagartig befiel Edgar seine nervöse Anspannung. Während sie sein Büro inspizierten, hätte er vor Wut schreien und sie hinauswerfen können, doch er bat sie stattdessen, in dem Restaurant, in das die Kollegen gingen, auf ihn zu warten. Er ließ sich viel Zeit, bevor er folgte.

Sie saßen an einem der Tische, die auf dem Bürgersteig standen. Tanja saß mit ihrer Freundin am Nebentisch. Johanna trank Schokolade, Viktor Bier, und kaum daß Edgar Platz genommen hatte, servierte die Kellnerin ihm einen Schoppen Rotwein und ein Glas Wasser.

»Das ist doch in deinem Sinne, hoffe ich«, sagte Viktor schmunzelnd.

»Ganz wie in alten Zeiten. Schön, Edgar, nicht?« freute sich Johanna.

»Morgen muß ich auch arbeiten!«

»Mußt du nicht«, Viktor hob das Bierglas, »meinte die Sekretärin.«

»Als ob die das wüßte.«

»Übertreib nicht immer so, Edgar«, wies Johanna ihn zurecht. »Morgen ist Sonnabend, und wir sind schließlich deinetwegen hergekommen, da wirst du ja mal einen Tag deiner kostbaren Zeit opfern können. Außerdem ist deine Probezeit doch sowieso gleich um. Wir wollten uns mal ansehen, wie du gelebt hast, bevor du wieder nach Berlin kommst. Oder willst du etwa hierbleiben?«

»Hier« hatte sie deutlich betont und sich abschätzig umgeschaut.

»Ich bin übernommen worden! Und nach Berlin würde ich nie wieder gehen!« entgegnete Edgar mit Genugtuung.

Er fühlte sich jetzt sehr viel besser, genoß die erstaunten Mienen und hoffte, sie würden endlich verstehen, daß sie nichts mehr miteinander verband. Johanna sah ihn mit einem Ausdruck von Neugierde und Bewunderung an und machte ihm unentwegt Komplimente. Sie überbot sich in Schmeicheleien und behauptete, immer gewußt zu haben, daß er es schaffen werde. Es wirkte aufgesetzt, und am Ende beschwor sie sogar die lebenslange Freundschaft zwischen ihnen. Viktor gab sich zurückhaltend, gratulierte und wunderte sich ein wenig über Hafersacks Großzügigkeit. Er berichtete, daß Hafersack mit Erasmus eine gemeinsame Firma gegründet habe, in der

Erasmus als Geschäftsführer fungiere, vermutete jedoch, daß Hafersack nur sein eigenes Projekt so billig wie möglich durchziehen wolle, worin Johanna ihm beipflichtete und empört meinte: »In unserem Fall will er es auf einen Prozeß ankommen lassen. Kannst du dir das vorstellen?«

»Sind ihm eure siebenhundertfünfzigtausend zu hoch?« fragte Edgar mit spöttisch.

»Wir haben die besseren Karten«, brummte Viktor. »Alles nur taktische Mätzchen. Außerdem lieben wir uns, und den Liebenden gehört die Welt. Wir können überhaupt nicht verlieren.«

Johanna wirkte weniger überzeugt.

»Eifersüchtig ist er, sonst nichts. Gekränkte Eitelkeit. Er erträgt den Anblick nicht. Jetzt, wo ich mit Viktor zusammen bin, fühlt er sich doppelt herausgefordert. Vielleicht«, sagte sie nachdenklich, »war es doch nicht so gut, ihm von uns zu erzählen. Seitdem er es weiß und Viktor kennt, ist er wie ausgewechselt. Früher bin ich immer aus ihm schlau geworden, aber jetzt ...?«

Viktor nahm ihre Hand, streichelte sie und sah Johanna liebevoll an. Sie ließ es teilnahmslos geschehen. Er schlug vor, etwas zu essen, und winkte der Kellnerin.

Als Johanna auf der Toilette war, sagte Edgar, daß er es besser fände, wenn sich ihre Wege von nun an trennten. Viktor sagte, er sehe es genauso und habe sich nur Johanna zuliebe immer wieder gemeldet.

»Die Freundschaft zu dir bedeutet ihr sehr viel«, erklärte er.

»Das ist doch alles nicht echt«, meinte Edgar. »Was will sie von mir? Was feilscht ihr mit Hafersack? Warum lebt ihr nicht einfach zusammen und vergeßt den ganzen Blödsinn, einschließlich mich?«

»Er will das Kind um jeden Preis. Wir ...«

»Na anscheinend doch nicht!« fiel Edgar ihm heftig ins Wort. »Sie will es verkaufen, sie wollte nie etwas anderes. Ich glaube dir, daß du sie liebst, aber nicht, daß sie dich ...«

Johanna kehrte zurück und sagte: »Wenn wir das Geld haben, machen wir eine riesige Feier. Ihr glaubt gar nicht, wie sehr ich mich darauf freue.«

»Zieht doch die Hochzeit vor!« erwiderte Edgar höhnisch.

Tanja Makarowa verabschiedete sich im Vorübergehen. Viktor nickte Edgar anerkennend zu, und Johanna erkundigte sich interessiert, wer das sei.

Die gekünstelte Stimmung hielt den gesamten Abend vor. Sie nötigten ihn, mit ins Hotel zukommen, wo sie bis spät in der Lobby saßen, und am darauffolgenden Tag, durch Stuttgarts Innenstadt zu spazieren. Edgar ließ es über sich ergehen, und als Viktor ihn beiseite nahm und fragte, ob er wirklich glaube, daß Johanna ihn nicht liebe, tat Viktor ihm so leid, daß er antwortete, er habe sich wohl getäuscht. Am späten Nachmittag mußten sie zum Flugplatz. Edgar war erleichtert.

Tanja Makarowa kam jetzt oftmals unaufgefordert in sein Büro und zog ihn in belanglose Gespräche. Seine abweisende Art ignorierte sie standhaft, und obwohl er sie mehrmals deutlich darauf hingewiesen hatte, daß er privaten Umgang mit niemandem wünsche, gelang es ihr, ihn nach unzähligen vergeblichen Versuchen zu bewegen, an einer kleinen Feier im Kreise andere Kollegen teilzunehmen. Sie ließ es dabei nicht bewenden, und bald war es selbstverständlich, daß er auf den in lockerer Regelmäßigkeit stattfindenden Geselligkeiten erschien, ohne allerdings wirklichen Anteil zu nehmen. Er hätte selbst nicht sagen können, warum er dorthin ging, vielleicht am ehesten, um seine Ruhe zu finden. Ihm war aufgefallen, daß vieles einfacher wurde, wenn er sich gesellig gab. Die Mehrheit der Kollegen hatten ihre Zurückhaltung und Voreingenommenheit abgelegt, sie grüßten ihn freundlich und wechselten unbefangen ein paar Worte mit ihm. Selbst als er die eindeutigen Annäherungsversuche von Tanjas Freundin, Yvonne Sänger, einer sehnigen Frau mit krausen Haaren und dunklen Augen, so energisch von sich gewiesen hatte, daß es allen Beteiligten peinlich war, änderte sich daran nichts.

In dem Gartenlokal, wo sich der Vorfall ereignete, waren bunte Lampions aufgehängt, und eine Kapelle spielte zum Tanz. Immerhin hatte Yvonne Edgar zur allgemeinen Überraschung auch zwei-, dreimal zum Tanzen animieren können und setzte sich dann später unversehens auf seinen Schoß, um ihn zu küssen. Insbesondere Tanja hatte sie dazu ermuntert. Seine abweisende Art war als Schüchternheit aufgefaßt worden, und um ihn zu ermutigen, wurde lautstark applaudiert. Er war aufgesprungen und Yvonne gefallen, und dabei hatte er zu der am Boden liegenden Frau gesagt: »Frau Sänger, nehmen Sie bitte zur Kenntnis, daß mir Ihre Zudringlichkeit unangenehm ist! Nehmen Sie es nicht persönlich. Ich habe andere Interessen!«

Man hielt ihn fortan für schwul, und so fühlte sich nicht einmal Yvonne Sänger ernstlich gekränkt. Edgar bemerkte davon nichts. Er galt als Sonderling und genoß Ansehen, gerade weil er allem gegenüber gleichbleibend unbeteiligt blieb. Allein die Tatsache, daß er ein eigenes Büro besaß, stets dort anzutreffen war, über jedes noch so unbedeutende planerische Detail Bescheid wußte und bereitwillig auftretende Fragen beantwortete, vor allem aber, daß sich ein enges Verhältnis zwischen ihm und Dr. Silberberg entwickelt hatte – das mit beider Schwulsein erklärt wurde –, verschaffte ihm dieses Ansehen. Selbst die Herren Reich und Kalk ließen es bei gehässigen Bemerkungen bewenden, zumal Edgar sich ihnen bemerkenswerterweise genau so wie allen anderen Kollegen gegen-über verhielt.

Die einzige, die Edgars Art als kränkend empfand, war Tanja. Eine Zeitlang ließ sie ihn links liegen und vermied es, ihn anzusprechen. Als sie aber eingesehen hatte, daß ihr Verhalten keinen Eindruck auf ihn machte, beschloß sie eines Abends, Ende Oktober, ihn nach Dienstschluß in seinem Büro aufzusuchen. Sie schminkte ihre mandelförmigen Augen und zog das braunes Kostüm an, von dem sie wußte, wie gut es sie kleidete.

Sie wollte ihn zur Rede stellen und ihm sagen, daß man die Menschen nicht alle gleich behandeln dürfe, daß man denjenigen, die einem wohlgesonnen seien, Achtung und Aufmerksamkeit nicht versagen könne, und ob ihm nicht klar sei, wie sehr man sie andernfalls kränke.

Wie er auch sie dadurch kränke, wollte sie ihm sagen. Sie wußte, daß die meisten Mitarbeiter sich nicht wesentlich anders als er verhielten. Freundschaften gab es auch unter ihnen kaum, jeder war auf seinen Vorteil bedacht, aber sie tranken und vergnügten sich hin und wieder gemeinsam, freuten sich auf ihren Urlaub oder das neue Auto ... Edgar hingegen lachte nie, kaum daß sie ihn einmal lächeln oder mehr als ein Glas Wein hatte trinken sehen. Und in den gleichen Kleidern lief er auch immer herum! Stets trug er einen grauen Anzug und ein weißes Hemd, und dafür, daß er schwul war, fand sie, machte er gerade in jüngster Zeit einen ungepflegten Eindruck. Natürlich war das ein Klischee, sie wußte es selbst. Was ging es sie an, daß er sich tagelang nicht rasierte und offenbar in seinem Büro auf dem Sofa nächtigte – nichts! Aber all diese Gedanken gingen ihr durch den Kopf, als sie in sein Büro trat.

Er saß hinter dem Schreibtisch im Licht der kleinen, gebogenen Lampe.

»Frau Makarowa?« er sah sie fragend an. »Was machen Sie so spät noch hier?«

»Ich wollte mit Ihnen sprechen«, entgegnete sie. »Wollen Sie mir keinen Platz anbieten?«

Edgar stand unsicher auf, kam hinter dem Schreibtisch hervor und wies auf die Polster.

»Natürlich, selbstverständlich. Bitte, setzen Sie sich! Bestehen irgendwelche Unklarheiten? Ich dachte, wir hätten heute vormittag eine akzeptable Lösung ...«

»Ich bin nicht hier«, unterbrach sie ihn, »um mit Ihnen über die Arbeit zu sprechen.«

Sie bemerkte Edgars Verlegenheit sofort. Obwohl sie selbst es für unangemessen hielt, fuhr sie ihn energisch an: »Ich möchte mit Ihnen über Ihr Verhalten mir gegenüber sprechen! Sie sollen mir erklären, warum Sie mich genauso wie Herrn Reich behandeln? Ich finde das unverzeihlich!«

Edgar sah sie entgeistert an und brachte keinen Ton heraus. Er fühlte eine Gefahr heraufziehen, unwillkürlich erfaßte ihn seine nervöse Anspannung.

»Ist Ihnen denn nicht klar«, fragte Tanja freundlicher, »wie verletzend Ihr Verhalten wirkt? Das müssen Sie doch bemerken. Ihr ganzes Leben scheint nur aus Arbeit zu bestehen. Sie sind wie ein Roboter. Warum müssen Sie immer so ernst sein? Ich habe Sie noch nie lachen sehen. Was muß man denn machen, um Sie aufzuheitern? Wissen Sie, mir würde es eine Freude sein ...«

»Frau Makarowa«, brauste Edgar auf, »was soll das? Habe ich mich Ihnen gegenüber jemals unkorrekt verhalten? Wohl kaum! Ich bin einzig hier, um zu arbeiten, alles andere geht mich nichts an, und ich verlange nur eines: Daß man das respektiert! Also bitte, sagen Sie mir, was Sie von mir wollen!«

»Was sind Sie nur für ein Ignorant«, warf Tanja ihm wütend vor. »Ich bin hier, weil mich Ihre Einsamkeit bedrückt, weil ich sehe, wie schwer Sie es haben, weil ich Mitgefühl empfinde und Ihnen meine Freundschaft anbieten möchte! Sehen Sie mich nicht so an! Ich möchte Ihnen helfen, die Freude am Leben zurückzugewinnen! Ist das denn so unverständlich?«

»Allerdings!« rief Edgar und überlegte kurz. »Was bezwecken Sie? Suchen Sie ein Verhältnis?«

»Ein Verhältnis!« Tanjas Stimme überschlug sich. »Mit einem Homosexuellen! Sie sind verrückt! Ja, Sie sind eindeutig verrückt!«

»Ach! Aha!« lachte Edgar gekünstelt. »Homosexuell bin ich auch. Bananenmensch, Ossi, Denunziant, Nestbeschmutzer und natürlich homosexuell! Da fällt Ihnen sicherlich noch mehr ein. Aber es ist mir egal, verstehen Sie! Sagen Sie oder denken Sie über mich, was immer Sie wollen, aber lassen Sie mich in Ruhe!«

»Sind Sie denn nicht homosexuell?« wunderte sich Tanja. »Sie haben selbst gesagt, Sie haben andere Interessen.«

»Frau Makarowa«, flehte Edgar, »verschonen Sie mich ...«

»Moment«, unterbrach sie. »Sie haben kein Verhältnis mit Dr. Silberberg?«

Edgar starrte sie aus großen Augen an, dann rief er: »Sie haben völlig recht!« und lief hinter seinen Schreibtisch.

»Dr. Silberberg und ich sind sogar ein Paar. Wir wollen heiraten, aber Sie wissen ja, wie schwierig selbst heute noch derartige Ehen ...«

»Spotten Sie ruhig, ja, spotten Sie ruhig«, fiel Tanja ihm ins Wort und lief schamrot an. »Ich habe es verdient! Spotten Sie, solange Sie wollen! Sie können mich damit nicht beschämen, ich schäme mich selbst zu sehr!«

Edgar hatte sich gesetzt. Sein Gesicht lag im scharfen Kontrast der kleinen, gebogenen Lampe, während Tanja verlegen ihr Kostüm zurechtzog.

»Es tut mir leid«, sagte sie leise. »Ich muß mich bei Ihnen entschuldigen!«

Sie hob den Kopf, ging auf ihn zu und reichte ihm die Hand. Er ergriff sie zögernd, wobei er langsam aufstand.

»Können Sie mir verzeihen«, fragte Tanja.

Sie drückte seine Hand kräftig, dann ging sie langsam zur Tür, faßte die Klinke und wandte sich nochmals um.

»Nun, da Sie mir verziehen haben, haben Sie mir ihr Vertrauen geschenkt. Das hat eine Bedeutung. Ich war nicht umsonst hier.«

Sie hatte recht, das Verhältnis zwischen beiden nahm durch diese Begegnung an Vertrautheit zu, und kurze Zeit später duzten sie sich, allerdings nur, wenn sie allein waren. Sie gingen gelegentlich gemeinsam essen, machten kleinere Spaziergänge, ohne daß sich eine gewisse Befangenheit zwischen ihnen ganz verlor.

Tanjas Versuche, etwas über Edgars Leben oder seine Vergangenheit zu erfahren, blieben erfolglos. Selbst wenn sie ihm aus ihrem Leben oder von ihrer Familie erzählte, spürte sie, daß es ihm unangenehm war. Jede noch so kleine Form persönlicher Nähe wies er zurück, aber immerhin lachte er mit ihr über allerlei Begebenheiten, die sich im Büro ereigneten, und berichtete ihr von seinen Begegnungen mit Dr. Silberberg. Es gab Momente, in denen Edgar unbeschwert wirkte, und diese Momente gefielen Tanja. Sie hatte die Hoffnung, daß er sich ihr eines Tages öffnen werde. Wenn sie sich mit Yvonne Sänger unterhielt, waren sie sich jedenfalls einig, daß man sich in Edgar Winter unmöglich verlieben könne. Der Gedanke allein ließ beide lachen.

Für Edgar waren die Begegnungen mit Tanja von anderer Bedeutung. Es schien ihm, als führe er, nur weil er sich mit ihr traf, ein normales Leben, und darauf kam es ihm an. Er hatte die Kollegen beobachtet, wie sie sich zueinander verhielten und wie sie ihre Freizeit gestalteten. Er bemühte sich, deren Verhalten nachzuahmen, und da fast alle irgendwelche Bekannten hatten, mit denen sie etwas unternahmen, war es praktisch, Tanja an seiner Seite zu haben. Allen war aufgefallen, daß beide auch außerhalb des Büros miteinander verkehrten. Edgar war es recht, gerade weil darüber gesprochen wurde. Tanja war beliebt, und er konnte auf bequeme Art partizipieren. Er wollte nach außen so unauffällig wie möglich erscheinen und hatte bereits mehrmals erwogen, ein Auto zu kaufen, denn alle hatten Autos, sprachen oft darüber und wunderten sich, daß er keines besaß. Er ließ sich sogar beraten, welches Fabrikat in Frage käme, und freute sich an dem Eifer, mit dem man ihm riet, zögerte den Kauf jedoch hinaus, da er nur um der Normalität willen diese kostspielige Ausgabe für unverhältnismäßig hielt. Im Grunde war es viel besser, ständig aufs neue mit ihnen darüber zu reden. Er erkundigte sich auch nach lohnenden Ausflugszielen in der näheren Umgebung, ohne sie allerdings jemals aufzusuchen, und wenn man ihn fragte, wie es ihm gefallen habe, äußerte er sich lobend, berief sich auf das, was ihm beschrieben worden war, und bedankte sich für die Empfehlung.

Er glaubte, seinen Platz im Leben gefunden zu haben. Die seltenen Anrufe Viktors und die häufigen Johannas ließen ihn kalt. Sie hatte einen gesunden Sohn geboren, und der Prozeß stand unmittelbar bevor, weil Hafersack sich hartnäckig weigerte zu zahlen. Sie hielten Edgar über alles auf dem laufenden. Er hörte es schweigend und ohne das geringste Interesse an. Warum sie es taten, war ihm ein Rätsel.

Außerdem gab es das spezielle Verhältnis zu Dr. Silberberg.

Einige Wochen nachdem Edgar seinen Arbeitsvertrag unterschrieben hatte, war mitten in der Nacht Dr. Silberberg in seinem Büro erschienen, hatte sich nach kurzem Gruß auf das Sofa gesetzt und ihm mindestens zwanzig Minuten schweigend bei der Arbeit zugeschaut. Dann hatte er leise, aber eindringlich festgestellt: »Sie sind ein sonderbarer Mensch, Winter. Man könnte meinen, Sie seien von Ehrgeiz zerfressen, dabei kann ich nicht die geringste Spur von Ehrgeiz an Ihnen entdecken, vielmehr haben Sie für mich eine ameisenhafte – will sagen – anscheinend unmotivierte Zielgerichtetheit, die nicht einmal unkreativ ist. Es kommt mir vor, als arbeiteten Sie wie besessen an der Vollendung des großen Haufens, ohne daß Ihnen jemand gesagt hätte, worum es sich dabei handelt, und ohne daß Sie selbst eine Vorstellung davon haben. Verstehen Sie mich recht, ich will nicht sagen, daß es den anderen Leutchen anders erginge, aber solche Undistanziertheit, solch Arbeitseifer wie bei Ihnen ist mir noch nicht untergekommen. Ich habe lange darüber nachgedacht, aber so nachhaltig wie durch Sie hat sich mir die Sinnlosigkeit eines Lebens bislang nie dargestellt. Woher nehmen Sie diese unerschöpfliche Kraft? Ich könnte davon auch gebrauchen.«

Dr. Silberberg war ein wenig angetrunken, und als Edgar ihm antwortete: »Ich denke nicht darüber nach. Ich erledige das einfach«, fiel er in ein langes, leises Lachen hinter vorgehaltener Hand.

»Wissen Sie, Winter«, sagte er dann trocken, »Sie kommen wir vor wie der zukünftige Mensch. Aber Sie haben recht, Sie erledigen das einfach. Sie sind ein Soldat. Ein Befehl, ein Jawohl. Man könnte meinen, Sie hätten keine Fingerabdrücke mehr. Sehen Sie jetzt, um Gottes willen, nicht auf Ihre Finger, damit würden Sie mir Angst machen. Nein, Winter«, sagte er ernst, und zündete sich eine Zigarette an, »der Eindruck, den Sie machen, besteht darin, daß Sie durch Arbeit alles andere auslöschen. Sie leben nicht im herkömmlichen Sinne – Sie leben bereits in der nächsten Generation. Der Vergleich mit dem Soldaten stimmt insofern nicht. Sie sind Befehlshaber und Ausführender in einer Person, und Sie wissen genau, was Sie tun. Sie beziehen Ihre Kraft aus Ihrer Anspruchslosigkeit – aus der sonderbaren Erkenntnis, obwohl nur Mittel zum Zweck, dennoch Selbstzweck zu sein. Autoritäten gelten Ihnen nichts. Das stimmt doch. Habe ich Ihren Respekt?«

»Sie sind mein Vorgesetzter«, antwortete Edgar bedenkenlos.

Silberberg sah ihn aufmerksam an.

»Sehen Sie, Winter«, sagte er dann besonders bedächtig, »ich habe vorhin bewußt lange geschwiegen, Sie aber haben nach wenigen Augenblicken keinerlei Notiz mehr von mir genommen und Ihre Arbeit fortgesetzt, als wäre ich nicht anwesend. Ich kenne keinen in diesem Büro, der etwas Vergleichbares tun könnte. Bei Ihnen habe ich zum erstenmal verstanden, was die Herren in London meinen, wenn Sie raten, das Personal nach neuesten Gesichtspunkten auszuwählen. Ich hielt es für eine Phrase, und ich sage Ihnen ganz offen, daß mich die Vorstellung, ausschließlich Mitarbeiter Ihrer Veranlagung zu beschäftigen, im Innersten beunruhigt. Ich bin Ihr Chef, Winter!« sagte er plötzlich schneidend. »Ist Ihnen das eigentlich bewußt!«

»Ja«, antwortete Edgar.

Silberberg stand auf und begann vorsichtig auf und ab zu gehen.

»Gut, gut«, murmelte er. »Und Ihnen ist wohl auch klar, daß Sie diese Quader und Würfel weitere vierzig Jahre bis zu ihrer Rente konzipieren müssen, und wenn Sie Glück haben, zwischendurch mal etwas Gläsernes, sagen wir eine Kuppel oder Pyramide, errichten dürfen ... Aber lassen wir das.«

Er blieb stehen und musterte Edgar eingehend.

»Was ist Ihr berufliches Ethos, Winter?«

»Dem Auftraggeber die optimalen statischen und funktionalen Lösungen für ein zweckgebundenes Gebäude aufzuzeigen«, antwortete Edgar und fügte hinzu: »In diesem Zusammenhang wollte ich Sie bitten, ob es nicht möglich wäre, künftig einen engeren Kontakt zu den Bauherren zu ermöglichen. Die Ansprüche werden oftmals aus den vorliegenden Unterlagen nicht deutlich genug erkenntbar. Ich habe auch den Eindruck, daß einige Bauherren durchaus andere Entscheidungen treffen würden, wenn man Sie im Vorfeld besser beraten könnte. Ich glaube, daß sich die vielen Entwurfsänderungen vermeiden ließen, wenn wir ...«

»Sieh mal an«, unterbrach ihn Dr. Silberberg, »daß Sie sich derartige Gedanken machen?« Er spitzte die Lippen und nahm wieder Platz. »Hätte ich Ihnen gar nicht zugetraut.« Er zündete sich eine Zigarette an. »Aber natürlich, Sie haben das große Los gezogen.«

Er lachte abermals leise hinter vorgehaltener Hand.

»Sie haben das Ziel Ihrer Träume erreicht, eine Anstellung in einer renommierten Firma gefunden und streben instinktiv vorwärts. Ich muß Sie wirklich im Auge behalten. Sie haben das Zeug – will sagen: die nötige Leidenschaftslosigkeit. Na, immerhin, ein bißchen Bewegung im Geschäft sollte uns allen förderlich sein.«

Nach diesem ersten Besuch kam Dr. Silberberg häufiger und zu den ungewöhnlichsten Zeiten. Bald erwartete Edgar ihn und wunderte sich, wenn er ausblieb. Über die Arbeit sprachen sie selten. Silberberg kürzte derartige Themen ab, indem er zu sagen pflegte: »Ich verlasse mich dabei ganz auf Sie.« Später fügte er »mein Lieber« an. Aber sie sprachen über Architektur, insbesondere über die Gotik, über die Dr. Silberberg promoviert hatte, eine Epoche, für die er sich noch immer erwärmen konnte. Erfreut gestand er sich ein, in Edgar einen verständigen und gebildeten Gesprächspartner gefunden zu haben. Die Burg in Pierrefonds und die Kirche Santa Maria Novella in Florenz waren seine bevorzugten Bauwerke, und er lieh Edgar Unterlagen, Bücher und Aufzeichnungen, die er zum Teil selbst angefertigt und über einen langen Zeitraum zusammengetragen hatte, um dessen Meinung darüber zu erfahren.

Silberberg führte seit der Scheidung von seiner Frau ein zurückgezogenes Leben. Die dreißigjährige Ehe war kinderlos geblieben, und außer unvermeidlichen und zu seinem Leidwesen zahlreichen geschäftlichen Kontakten gab es keinen Menschen, den er seiner Nähe für wert befand. Alte Bekanntschaften hatte er nicht gepflegt, und sein Verhalten, wenn er darüber nachdachte, auch als folgerichtig empfunden. Begegnete ihm dieser oder jener zufällig, gab er sich reserviert und ließ keinen Zweifel aufkommen, an dem bestehenden Zustand nichts ändern zu wollen.

Es war kurz vor Weihnachten, als Dr. Silberberg Edgar über Umstrukturierungen in der Firma unterrichtete. Wenig später lud er ihn zum Essen ein und vertraute ihm an, daß eine Zweigstelle in Shanghai eingerichtet werde und er Edgar für die Stelle des leitenden Architekten vorgeschlagen und bereits durch London bestätigt bekommen habe. Alles weitere seien nur noch Formalitäten.

Am zwanzigsten Dezember bereits fanden Gespräche in London statt, bei denen Edgar durch einige Herren der Geschäftsführung offiziell in seine neue Position eingesetzt wurde und seinen Arbeitsvertrag unterzeichnete. Dr. Silberberg hatte ihm nützliche Ratschläge erteilt, worauf bei der Vertragsunterzeichnung zu achten sei, und Edgar hatte sich daran gehalten. Überhaupt war Dr. Silberberg ihm seit Bekanntwerden der Entscheidung besonders gewogen, gab ihm Einblick in die Firmenhierarchie und Hinweise, wie er sich diesem oder jenem gegenüber verhalten solle. Über Simon Blackwood, Edgars zukünftigen Chef, äußerte er sich abfällig und wußte zahlreiche Details, seine Meinung zu begründen, aber trotz seiner deutlichen Warnungen mußte er zur Kenntnis nehmen, daß er mehr als ein gleichbleibend freundliches Anhören seiner Ansichten bei Edgar nicht erreichte.

Im übrigen beunruhigten Dr. Silberberg verschiedene Probleme. Abgesehen davon, daß er Edgar sehr ungern gehen ließ, da er aufrichtige Vertrautheit empfand und eingesehen hatte, daß dessen Fleiß und Talent höchst schätzbar waren, hatte er aus eben diesen Gründen keineswegs Edgar, sondern Tanja Makarowa für Shanghai vorgeschlagen. Er konnte nun nicht verstehen, wie man in London überhaupt auf Edgar Winter hatte kommen können, und mußte davon ausgehen, daß es Zuträger unter seinen Mitarbeitern gab; eine Tatsache, die ihn mit Abscheu erfüllte und als deren Drahtzieher er uneingeschränkt Simon Blackwood identifiziert zu haben meinte. Zum anderen hatte Edgar das vertraglich zugesicherte Recht, einen Mitarbeiter seiner Wahl nach Shanghai mitzunehmen, worauf er selbst ihn, zu seinem nachträglichen Ärger, hingewiesen hatte. Nun stand zu befürchten, daß es sich dabei eben um Tanja Makarowa handeln werde. Das aber wollte er unbedingt verhindern. Wo sollte er für beide schnellen Ersatz beschaffen? Der Gedanke, Kalks monströse und Reichs abgeschmackte Entwürfe womöglich selbst überarbeiten zu müssen, war unannehmbar, aber darauf konnte es leicht hinauslaufen, und so entschloß er sich am dreiundzwanzigsten Dezember zu einem ungewöhnlichen Schritt.

Um Edgar das Zugeständnis abzuringen, Tanja Makarowa in Stuttgart zu belassen, lud er ihn ein, Heiligabend und den ersten Feiertag gemeinsam zu verbringen. Und da er obendrein von Mitte Januar bis Mitte Februar seinen Winterurlaub geplant hatte, genau in der Zeit also, in der Edgars Abreise nach China lag, fühlte er gesteigerten Handlungsbedarf. Das alles war ihm höchst unangenehm und ließ ihn eine tiefe Sehnsucht nach seinem Haus in der Toskana empfinden. Er vermochte sich einzig mit dem Gedanken zu trösten, nur noch drei Jahre aushalten zu müssen, bis sein Vertrag ausliefe, und daß man ihm eine ordentliche Abfindung auszahlen würde, von der seine geschiedene Frau nichts erfahren mußte.

Dr. Silberberg bewohnte eine großbürgerliche Wohnung in ruhiger, leicht erhöhter Lage am westlichen Stadtrand unweit der Geschäftsfiliale. Die Einrichtung zeugte von ausgesuchtem und kostspieligem Geschmack, nichts war dem Zufall überlassen, und die vielen imposanten Gemälde von Bauwerke aus unterschiedlichen Epochen, die in kunstvollen Rahmen an den Wänden hingen, waren von kleinen, eigens dafür vorgesehenen Lampen beleuchtet. Auf dem Tisch, vor einer bequemen Couch, lag Tannengrün, vier unterschiedlich weit heruntergebrannte Kerzen leuchteten, und aus der Musikanlage erklang leise das Weihnachtsoratorium.

Edgar schenkte Dr. Silberberg einen antiquarischen Bildband über romanische und gotische Bauwerke, während er ein schönes Modell der Saint-Chapelle zu Paris erhielt, bei der man das Dach abnehmen und den nachgebildeten Innenraum betrachten konnte.

Sie setzten sich in die beiden gegenüberstehenden Ohrensessel und tranken schweigend Rotwein, dann aßen sie in der geräumigen und gemütlich eingerichteten Küche an dem großen, fast quadratischen Holztisch gedünsteten Lachs, den Dr. Silberberg vorsorglich von einer Gaststätte hatte anliefern lassen, wechselten aber auch dort kaum ein Wort. Erst als sie wieder ins Wohnzimmer gegangen waren, fragte Dr. Silberberg leise und wie beiläufig: »Haben Sie schon entschieden, wen Sie mit nach China nehmen werden?«

»Nein«, antwortete Edgar. »Ich weiß nicht, ob es klug ist, überhaupt jemanden aus dem Büro mitzunehmen. Außer Frau Makarowa fällt mir niemand ein, und selbst bei ihr bin ich mir nicht sicher, ob es eine vernünftige Entscheidung wäre.«

»Selbst bei ihr nicht?« fragte Dr. Silberberg mit gekünsteltem Erstaunen und zündete sich eine Zigarette an.

»Das einfachste wäre, wenn man in London über das Personal entschiede. Es gibt kaum Kollegen, die Privates und Dienstliches konsequent voneinander trennen können, und bei Frau Makarowa habe ich leider auch diesen Eindruck.«

»Ach, Sie auch?« freute sich Dr. Silberberg. »Ganz im Vertrauen, selbst mir gegenüber vermag Frau Makarowa offenbar ihre weiblichen Neigungen nicht im Zaum zu halten. Man vermag auf Anhieb nicht einzuschätzen, ob sie ihr an sich freundlich überschwengliches Naturell auslebt oder ob sie ernstliche Ambitionen hegt. Geht mir wie Ihnen. Es gab mehrere peinliche Momente. Auch das Verhältnis zwischen ihr und Herrn Reich – jetzt ist es wohl, Gott sei Dank, vorüber, belastete das Betriebsklima lange Zeit nachhaltig. Na ja. Ich stehe auf dem Standpunkt, daß es am gescheitesten ist, sich jemand völlig neuen zu suchen. Überlegen Sie mal, mein Lieber, eine Stelle vor Ort auszuschreiben. Es ist doch lächerlich anzunehmen, daß die Leutchen dort untalentierter sind. Im Gegenteil, die sind ganz anders motiviert! Und bedenken Sie die Vorteile der Ortskunde, der Landessprache, die Kenntnis der Sitten und Gepflogenheiten. Nein, nein, das machen Sie völlig richtig.«

»Könnte ich das denn?« fragte Edgar verwundert. »Ich meine, eine Stelle ausschreiben ...«

»Selbstverständlich können Sie das.« Dr. Silberberg lachte. »Frau Schmuck steht zu Ihrer Verfügung. Sie sind verantwortlich. Würden Sie jemanden von hier abziehen, müßte die Stelle schließlich auch neu besetzt werden. Gut, in ihrem Falle würde ich nicht zwangsläufig Ersatz anfordern können. Sie sind uns eher wie ein Kuckucksei ins Nest gelegt worden, aber wenn Sie zum Beispiel Kalk mitnähmen – den Sie übrigens nicht unterschätzen sollten, mein Lieber –, dann hätte ich mich zu kümmern. Sagen Sie mal, weil wir gerade dabei sind, in welcher Beziehung stehen Sie eigentlich zu Herrn Hafersack?«

»Wieso? Was hat der damit zu tun?«

»Nichts! Nichts«, entgegnete Dr. Silberberg über Edgars heftige Reaktion verwundert. »Mir ist das eben nur so eingefallen. Schließlich hat er Sie in die Firma gebracht, nicht wahr? Und da er mich gelegentlich anruft, um sich nach Ihnen zu erkundigen ...«

»Er erkundigt sich nach mir?« fiel Edgar ihm ins Wort und setzte sich ruckartig auf.

»Ja, was wundert Sie daran? Er hat Interesse an Ihrem Werdegang. Das ist doch allzu verständlich, nachdem er mich seinerzeit regelrecht genötigt hatte, Sie einzustellen.«

Dr. Silberberg betrachtete Edgar mit gespitzten Lippen, dessen sichtliche Erregtheit er als einen neuen, ihm unbekannten Zug wahrnahm, der instinktiv seine gesamte Aufmerksamkeit beanspruchte. Allein die Nennung des Namens hatte Edgar in Anspannung versetzt. Wie konnte es sein, hier, in dieser Wohnung, am Heiligabend, so überraschend und vollständig von der Vergangenheit eingeholt zu werden? Es kam ihm vor, als habe Dr. Silberberg ihn durchschaut. Er rang um Beherrschung und wäre am liebsten gegangen.

Das liegt doch alles hinter mir, dachte er. Silberberg weiß nichts! Wie könnte er auch? Hafersack weiß auch nichts. Niemand weiß etwas. Ich gehe nach Shanghai. Ich habe damit nichts mehr zu schaffen.

»Weiß Herr Hafersack von China?« erkundigte er sich schließlich.

Silberberg zögerte die Antwort hinaus und genoß die Anspannung in Edgars Gesicht.

»Nein«, sagte er endlich gedehnt. »Ich habe bisher keine Veranlassung gesehen, ihm davon Kenntnis zu geben. Das sind wohl auch Firmeninterna, die Herrn Hafersack besser vorenthalten bleiben sollten, wenigstens solange, bis Sie Ihre neue Stelle de facto innehaben und die Sache offiziell ist. Im übrigen – falls es Sie beruhigt – habe ich lange nichts von ihm gehört. Wußten Sie eigentlich, daß die Absprache zwischen Herrn Hafersack und mir ausdrücklich auf Ihre Probezeit beschränkt war?«

»Nein«, gestand Edgar, den das Gespräch mehr und mehr aufregte.

»Die Entscheidung, Sie zu übernehmen, oblag einzig und allein mir. Aber mich hatten Sie ja tatsächlich – Sie werden sich erinnern – durch Ihre Leistungsbereitschaft zu überzeugen gewußt. Nein, mein Lieber, Ihren jetzigen Status haben Sie sich redlich verdient.«

Er hob vorsichtig sein Glas. Sie stießen an und tranken.

»Würde es Ihnen etwas ausmachen«, fragte Edgar mit verlegenem Lächeln, »wenn Sie ... falls Herr Hafersack sich erkundigen sollte ... oder besteht die Möglichkeit Herrn Hafersack nicht darüber zu informieren ... wo ich bin beziehungsweise was aus mir geworden ist? Wissen Sie ... verstehen Sie mich, ich lege nicht den geringsten Wert darauf, nochmals mit ihm in Kontakt zu treten. Das alles betrifft Dinge, die weit zurückliegen und mit denen ich künftig nichts mehr zu schaffen haben möchte.«

Dr. Silberberg spitzte die Lippen, dann zog sich ein feinsinniges Lächeln in sein durchfurchtes und bei der gedämpften Beleuchtung besonders kontrastreiches Gesicht.

»Hätte nicht gedacht, mein Lieber, daß Sie eine so bewegte Vergangenheit haben. Aber zu Ihrer Frage, das andere geht mich beileibe nichts an: nein. Die Angelegenheit mit Ihnen ist damals über die Hamburger Filiale gelaufen. Sie dort unterzubringen wäre mir weitaus verständlicher gewesen, aber es mußte unbedingt Stuttgart sein. Ich weiß nicht, welche Vertraulichkeiten dort im einzelnen bestehen, aber Ihnen dürfte klar sein, daß Sie als leitender Architekt in den Firmen-Bulletins namentlich aufgeführt werden. Diese Unterlagen sind jedermann zugänglich, selbstverständlich auch über das Internet. Ich könnte mich allenfalls bedeckt halten – das sichere ich Ihnen gern zu, aber Ihren Aufenthalt vor Herrn Hafersack zu verheimlichen, ist ausgeschlossen. Vielleicht sollten Sie sich mit dem Gedanken beruhigen, daß China weit genug weg ist. Ich vertrete in derartigen Zusammenhängen den Standpunkt, daß es sehr viel wesentlicher ist, für sich selbst mit unliebsamen Lebensabschnitten oder auch einzelnen Personen radikal zu brechen und sich die eigene Radikalität als Beleg für geleistete Lebenstüchtigkeit zu quittieren, anstatt sich in Sentimentalitäten zu verlieren. Hatte übrigens besonders bei Ihnen, mein Lieber, den Eindruck, daß Ihr Handeln durch dieses Prinzip bestimmt wird.«

Edgar ärgerte sich über seine Frage. Alles, was er sich anhören mußte, hätte er sich denken können. Warum hatte er es nicht getan? Er blickte eines der Gemälde an und wünschte, so schnell wie möglich nach China zu reisen.

»Ich gehe definitiv davon aus«, sagte Dr. Silberberg bestimmt, »daß Sie niemanden der hiesigen Belegschaft abziehen werden, da Sie ja selbst richtigerweise begriffen haben, wie töricht ein derartiger Schritt wäre.« Dr. Silberberg ließ Edgar keine Zeit, etwas zu erwidern, und fragte schneidend: »Können Sie sich vorstellen, wer von den Mitarbeitern hinter meinem Rücken Kontakt nach London unterhält und dort regelmäßig Bericht über bestimmte Entwicklungen erstattet?«

Er musterte Edgar so eingehend, daß der unwillkürlich annahm, selbst in Verdacht geraten zu sein.

»Wie kommen Sie darauf?« erkundigte er sich nach einem Räuspern unsicher.

»Sie haben noch viel zu lernen«, stellte Dr. Silberberg fest. »Es genügt keineswegs, fleißig und talentiert zu sein, mein Lieber. Wenn Sie sich behaupten wollen, kommt es vielmehr auf Ihre Wachsamkeit und Ihren psychologischen Instinkt an. Niemand gönnt Ihnen, was Sie haben. Tausende kämpfen mit allen Mitteln um Ihren Posten, und das erste, was Sie in Ihre Seele aufnehmen müssen – denn es nur zu wissen ist lange nicht ausreichend –, ist die Erkenntnis, daß es keine Zufälle gibt! Hier oben ist alles geplant, für die Besten vorhersehbar und für die Dummen im nachhinein erklärlich. Ich habe Sie mehrfach auf Mr. Blackwood hingewiesen und dabei Ihre Gleichgültigkeit bemerkt. Jetzt sage ich Ihnen in aller Vertraulichkeit, und ich halte Sie für einen durchaus verschwiegenen, aber leider in diesen Dingen etwas oberflächlichen Mann, daß Ihr neuer Chef bei uns einen Spitzel etabliert hat, der insbesondere über Sie ausführliche Informationen liefert. Mr. Blackwood kommt nicht aus unserer Branche, Mr. Blackwood ist Manager. Dem ist völlig gleich, ob er mit lustigen kleinen Bomben, die wie Kinderspielzeug aussehen, oder mit Bauplanung handelt, den interessiert nur maximaler Gewinn. Diesem Ziel muß er, will er erfolgreich sein, alles unterordnen, und das tut er. Seien Sie sich nie sicher. Lernen Sie mit Zufällen zu intrigieren, damit Sie aufhören, an Zufälle zu glauben, bilden Sie Ihren Killerinstinkt weiter aus, glauben Sie mir, mein Lieber.« Dr. Silberberg trank einen Schluck bevor er fortfuhr. »Ich habe noch drei Jahre zu überstehen. Sie mindestens dreißig. Teilen Sie Ihre Kräfte ein und geben Sie mir Bescheid, wer der erste ist, der aus der Gerüchteküche gehört haben will, daß Sie nach Shanghai gehen werden. Damit können Sie mir einen großen Dienst erweisen. Ich gehe davon aus, daß Sie bisher mit niemandem darüber gesprochen haben?«

»Selbstverständlich habe ich mit niemandem gesprochen.«

Sie gingen vor Mitternacht zu Bett. Edgar übernachtete im Gästezimmer, und am Ersten Feiertag, nach dem Mittagessen in einer Gaststätte, bei dem Edgar verbindlich zugesagt hatte, keinen der Mitarbeiter nach China mitzunehmen, verabschiedeten sie sich voneinander.

Als er nach Hause kam, erblickte er Johanna vor seiner Haustür. Sie trug einen eleganten Wintermantel und hochhackige Stiefel. Er blieb vor Schreck wie angewurzelt stehen, sie lief auf ihn zu und flog ihm um den Hals.

»Edgar, Edgar, endlich kommst du. Ich warte schon eine Stunde. Ich wußte ja nicht, wo du bist. Warum gehst du nicht an dein Handy?«

»Wo ist Viktor?« fragte Edgar und schob sie derb von sich.

»Wir müssen in Ruhe reden, ganz in Ruhe, Edgar! Ich habe alles falsch gemacht! Sie haben mir mein Kind weggenommen! Bitte, laß uns reden! Du mußt mich anhören! Ich weiß jetzt, was ich will! Endlich, Edgar! Bitte!«

Sie gingen hinauf in seine Mansarde. Johanna setzte sich in einen der beiden Sessel, die vor dem runden Tischchen standen. Sie sah sich um, aber außer einem überfüllten Bücherregal war der Raum leer. Er goß Orangensaft in ein Glas, dann setzte auch er sich und sah sie teilnahmslos an.

»Ich habe mich endlich von Viktor getrennt!« verkündete sie, als hätte Edgar das seit langem von ihr erwartet. »Er ist Alkoholiker! Ich habe es nur zu spät bemerkt. Ich hätte mich viel früher .. ach, ich hätte mich nie auf ihn einlassen dürfen. Es war mein größter Fehler! Ich bereue das so sehr, Edgar, so sehr!«

»Alkoholiker?«

»Ja, er trinkt jeden Tag. Nicht nur in der Kneipe, auch zu Hause. Bei ihm geht nichts ohne Alkohol. Man merkt es ihm nicht an, jedenfalls nicht, wenn man ihn nicht kennt, aber ich kenne ihn jetzt. Er müßte dringend eine Therapie machen, aber er weigert sich. Ich konnte das nicht aushalten, Edgar. Das, und dann das mit meinem Hans, mit meinem Hans-Olaf, so heißt mein Sohn, aber das weißt du ja, der bei Svens Eltern aufgezogen wird, den ich nie wiedersehen werde. Sie haben ihn mir weggenommen, vor Gericht. Der Anwalt, den Viktor besorgt hatte, war eine totale Null. Und auf den habe ich mich verlassen. Mein Gott, auf den und auf Viktor! Mein Gott, wie blöd war ich nur!«

Ihr aufgeregtes Gerede ging ihm mehr auf die Nerven, als daß es ihn interessierte. Die ganze Situation erinnerte ihn stark an den Abend in Berlin, als sie bei ihm aufgetaucht war und Obdach gesucht hatte.

»Das Geld sollte dich trösten.«

Sie sah ihn erschrocken an. Ihre Lippen zuckten nervös. »Das Geld, ja, aber darum geht es doch nicht.«

Sie schwiegen eine Weile, dann bat Johanna, ob sie nicht in eine Gaststätte gehen könnten. Sie meinte, es wäre für sie besser, unter Leuten zu sein, und daß es sie ablenken würde in ihrer momentanen schwierigen Verfassung. Edgar hatte nichts dagegen, denn heute würde seine Vermieterin, die bei Verwandten eingeladen war, zurückkehren, und er wollte nicht, daß sie Johanna begegnete. Das hier war sein Leben und sein Zuhause, und da paßte Johanna nicht hinein.

Sie gingen in das erstbeste Café. Es stellte sich heraus, daß Johanna kein Hotelzimmer hatte. Sie war vom Flughafen gleich zu ihm gekommen, zu ihrem einzigen Freund, wie sie betonte. Edgar erkundigte sich sarkastisch, wieviel Hafersack denn nun gezahlt hätte, doch Johanna wich aus und meinte, es sei profan, über Geld zu sprechen und daß es wichtigere Dinge gäbe zwischen ihnen. Dann erzählte sie von dem Prozeß und wie ungerecht es dort zugegangen sei. Hafersack habe alles bekommen, was er gewollt habe. Erasmus sei es genauso ergangen, die Projektierung Hafersacks Häuser sei so gut wie fertig, und jetzt solle die Firma aufgelöst werden.

»Der einzige, der von Hafersack profitiert hat, bist du«, sagte sie nachdenklich.

»Du etwa nicht?« fragte Edgar.

»Laß uns über was anderes reden! Ich habe lange nachgedacht, weißt du. Wirklich lange ... und gründlich! Über uns, Edgar, nur über uns, wie nahe wir uns waren, und wie verständnisvoll du immer gewesen bist, wie du dich für mich eingesetzt hast. Weißt du noch, an dem Abend, als wir die ›Zauberflöte‹ im Radio gehört haben? Du kamst von Sven, ich hatte Pizza gemacht und strickte den Pullover für dich ... wie schön das war.«

»Solltest du jetzt nicht eigentlich das Kind stillen? In dem ›Hamburger Haus‹. Ich meine, was soll das alles? Was willst du von mir?«

»Sei doch nicht so gefühllos, Edgar. Bitte! Laß uns nie wieder davon reden. Das ist ein für alle Mal vorbei, das mußt du mir glauben. Ich bin doch nur hier, weil ich endlich weiß ... daß ich dich liebe, und immer nur dich geliebt habe. Ich habe es nur nicht gleich erkannt, aber jetzt weiß ich es. Warum habe ich denn immer den Kontakt zu dir gehalten? Viktor hat das nie verstanden. Ich selbst ja auch, aber jetzt weiß ich es doch. Ich liebe dich, Edgar, darum bin ich hier, um dir das zu sagen.«

Sie sah ihn flehentlich an und legte sanft ihre Hand auf seine. Es vergingen einige Sekunden, dann zog er die Hand zurück, verschränkte die Arme vor der Brust und sagte: »Nein, Johanna! Ich kann mich an keine schönen Zeiten erinnern. Laß uns das hier und heute beenden. Flieg wieder nach Berlin und vergiß mich!«

Die Kellnerin trat an den Tisch und fragte, ob noch etwas gewünscht werde. Edgar verlangte die Rechnung. Johanna saß wie versteinert.

Nachdem Edgar bezahlt hatte, sagte Johanna: »Du kannst mich nicht zurückweisen, nicht du. Alles, was du bist, verdankst du mir. Durch mich hast du Hafersack kennengelernt und die Arbeit bekommen. Ohne mich würdest du noch immer in deinem Hinterhaus wohnen und täglich neues Unheil heraufbeschwören. Was du geworden bist, verdankst du mir. Weis mich nicht zurück, Edgar, ich bitte dich, tu mir das nicht an, das habe ich nicht verdient.«

»Du hast doch das Geld«, erwiderte er spöttisch und stand auf, um die Mäntel zu holen.

»Ich habe keinen Cent bekommen.«

Edgar sah sie erstaunt an und setzte sich wieder.

»Wieso nicht?«

»Der Richterin war unbegreiflich, wie ich in meiner ungewissen Situation das Sorgerecht für meinen Sohne beanspruchen könne. Sie hat zum besten des Kindes entschieden und dem Vater, dem Supermillionär, das Sorgerecht zugesprochen. Wofür sollte ich Geld beanspruchen? Das hat alles Viktor versaut. Aber ich bin doch nicht deswegen hier. Ich bin unseretwegen hier, wegen unserer Liebe, das mußt du doch spüren.«

»Komm, laß uns gehen«, forderte Edgar sie auf. »Die frische Luft wird dir guttun.«

Er half ihr in den Mantel, dann liefen sie schweigend durch die Straßen. Johanna hatte sich bei ihm eingehakt und sah ihn immer wieder an. Sie gingen nicht schnell, und er sah stur nach vorn. Er weigerte sich, die Stille zu empfinden, die früher immer zwischen ihnen entstanden war und die er geschätzt hatte. Als sie in ein belebteres Viertel kamen, sagte Johanna leise: »Wenn du eine Taxe siehst, halt sie bitte an.«

Fünf Minuten später verabschiedeten sie sich voneinander. Edgar war schwer zumute. Sie tat ihm leid, aber es hatte keinen Sinn. So war es gut. Er nahm sich vor, Viktor anzurufen, vergaß es aber wieder.

Bereits am Neujahrstag, er hatte sich mit Tanja zum Essen verabredet, trat ein, was Dr. Silberberg angekündigt hatte. Sie tranken zum Abschluß Kaffee und hatten vor, danach einen üblichen Spaziergang zu machen, als Tanja ihn fast flüsternd ins Vertrauen zog.

»Hast du schon von den Veränderungen gehört, die in der Firma vorgenommen werden sollen?«

»Nein«, antwortete Edgar und verspürte eine gewisse Erregung.

Tanja sah ihn überrascht an. Sie schien verunsichert, machte ein nachdenkliches Gesicht und brauchte etwas Zeit, bevor sie sich entschloß fortzufahren.

»Sie wollen in Shanghai ein Büro eröffnen, und du sollst leitender Architekt werden. Hast du davon nichts gewußt?«

»Nein.«

»Man hat dich nicht in Kenntnis gesetzt?« fragte sie ungläubig.

»Woher hast du die Information?«

»Das kann ich dir nicht sagen. Die betreffende Person würde in Teufels Küche kommen, aber Sie ist absolut zuverlässig. Ich habe ihr versprochen, nichts zu sagen. Ich habe ihr mein Ehrenwort gegeben.«

»Am besten sprechen wir nicht darüber«, sagte Edgar betont gleichgültig, winkte dem Kellner und zahlte.

Es war ein grauer, verhangener Tag, wie schon die Tage vorher, aber es war nicht kalt. Eine Weile lief Tanja schweigend neben ihm.

»Sie müssen dich doch in Kenntnis gesetzt haben«, fing sie von neuem an. »Es soll schon im Februar losgehen. Glaub mir, die Quelle ist absolut vertrauenswürdig.«

»Tanja, laß uns darüber reden, wenn es tatsächlich so kommen sollte. Was hast du überhaupt damit zu tun?«

Edgar fühlte sich souverän und tat, was er zuvor noch nie getan hatte, er bot ihr seinen Arm.

»Wenn es so kommt ...«, sagte sie kleinlaut und brach ab. »Es wird so kommen, du wirst es erleben«, beschwor sie ihn. »Hat Dr. Silberberg denn keine Andeutungen gemacht? Du warst doch bei ihm. Er muß es dir doch sagen! Es gibt eindeutige Weisungen aus London!«

Edgar blieb abrupt stehen und sah sie fest an.

»Entweder sagst du mir sofort, was du weißt, und vor allem, von wem du es weißt, oder unsere Wege werden sich jetzt trennen!«

Tanja schloß die Augen. Sie litt entsetzlich. Edgar ließ keinen Blick von ihr und betrachtete sie mit nüchternem Interesse.

»Ich kann doch nicht mein Ehrenwort brechen«, sagte sie tonlos. »Reicht es denn nicht, wenn du weißt, daß es so ist?«

Er entzog ihr seinen Arm. Sie riß die Augen auf und starrte ihn entsetzt an. »Versprich mir, es niemandem zu verraten. Du mußt es bei deinem Leben schwören, Edgar.«

»Wenn es dir so wichtig ist, schwöre ich dir, es nicht zu verraten.«

»Heb deine Hand und schwöre!«

»Tanja, ist das nicht lächerlich?«

Er sah sich in der Straße um, aber kein Mensch war zu sehen.

»Ich bitte dich!«

Er hob die Hand und leierte: »Ich schwöre, bei meinem Leben, nichts zu verraten.«

Sie sah ihn traurig an.

»Du mußt ernst und aufrichtig dabei sein!«

Er hatte ihr seinen Arm wieder gereicht.

»Ich weiß es von Frau Schmuck.«

Edgar gab sich unbeeindruckt, erinnerte sich aber daran, beide oft zusammen gesehen zu haben und daß es durchaus vertraulich gewirkt hatte. Er dachte an Dr. Silbergs Worte, daß es keine Zufälle gäbe und daß er seine Instinkte schärfen müsse. Frau Schmuck war oftmals abends im Büro erschienen, gab immer vor, etwas vergessen zu haben, und hatte ein paar belanglose Worte mit ihm gewechselt. Er blieb stehen und sah Tanja an. Sie war so groß wie er, nun standen sie Auge in Auge. Nichts als Traurigkeit war in ihrem Gesicht zu lesen und die Furcht davor, jeden Moment weinen zu müssen.

»Tanja«, sagte Edgar halb vorwurfsvoll, halb tröstend, »weißt du eigentlich, auf wie dünnem Eis du dich bewegst? Es ist strengstens verboten, über firmeninterne Angelegenheiten zu sprechen. Du riskierst deine fristlose Entlassung, und nicht nur das: die Beurteilung, die du von Dr. Silberberg mit auf den Weg bekommst, wird so sein, daß du nie wieder einen Job findest. Unloyales Verhalten nennt man das. Wie kannst du mich in eine solche Situation bringen?«

»Weil ich verzweifelt bin, und weil ich es nicht länger aushalte«, antwortete sie bedrückt, und während sie sprach, rannen Tränen ihre Wangen hinab. Sie wandte den Kopf ab. Edgar zog sie weiter.

»Und wenn es so ist, daß ich nach China gehe, was hast du damit zu tun? Warum mischst du dich in Dinge, die dich nichts angehen?«

»Weil ich dich herzlich bitten will, mich mitzunehmen! Du hast die Möglichkeit, dir Mitarbeiter auszubedingen. Das ist durchaus üblich. Bitte, ich bitte dich, nimm mich! Du kennst meine Arbeit. Du weißt, ich bin überdurchschnittlich. Du kannst dich hundert Prozent auf mich verlassen und alles von mir verlangen! Ich tue, was du sagst! Egal was! Nimm mich mit! Bitte!«

Sie waren an einem Café vorübergelaufen. Edgar drehte entschlossen um, bestellte schon beim Eintreten zwei Wodka und setzte sich mit Tanja an einen abgelegenen Tisch. Ihre Wimperntusche war verlaufen, sie bemühte sich zu lächeln. Edgar unterdrückte jegliche Gefühlsregung und dachte, daß sich ihm jetzt Gelegenheit böte, das zwischenmenschliche Verhalten im Berufsleben examinieren zu können, ganz wie Silberberg, der ihm uneingeschränkt als Experte in diesen Dingen galt, es vielfach empfohlen hatte.

Nachdem sie den Wodka getrunken hatten, verlangte er, alles zu erfahren, was Tanja wußte. Als sie, nach anfänglichem Stocken, schnell und zusammenhängend berichtete, ermahnte er sich, auf etwaige Widersprüche zu achten. Er war nicht erstaunt zu erfahren, daß nicht er, sondern Tanja von Silberberg für die Stelle vorgeschlagen worden war und dieser keinen Ton über ihn hatte verlauten lassen. Sie wußte auch, daß Silberberg deswegen in großen Schwierigkeiten steckte. Es wurde mit Konsequenzen gedroht, sollte er seine Personalpolitik nicht grundlegend ändern.

»Ich möchte nicht in seiner Haut gesteckt haben«, flüsterte Tanja, »als sie sich für dich entschieden, obwohl er von dir nie etwas erwähnt hatte. Deine Entwürfe hat er für seine ausgegeben. Genau wie Kalk damals. Wenn

Regine, also Frau Schmuck, nicht so wie ich in deiner Probezeit ...«

»Dr. Silberberg ist zu clever, als daß man ihm auf seine letzten Tage noch etwas anhaben könnte«, unterbrach Edgar sie, da es ihm unangenehm war, darauf hingewiesen zu werden, von Tanja Hilfe erhalten zu haben. »Kennst du Mr. Blackwood?« fragte er schnell, um das Gespräch in eine andere Richtung zu lenken.

»Nein. Wer ist das?«

Edgar bestellte noch zwei Wodka. Aus dem Radio dudelte volkstümliche Musik.

»Da du ohnehin alles weißt: Blackwood ist mein neuer Chef in Shanghai. Du hast recht, ich gehe nach Shanghai, aber ich kann dir nicht helfen. Mir steht es nicht frei, Mitarbeiter abzuziehen. Ihr werdet für mich nicht einmal Ersatz bekommen. Bei euch wird alles sein, wie es war, bevor ich eingestellt worden bin. Mir ist lediglich gestattet, Mitarbeiter vor Ort einzustellen.«

»Nein! Das kann nicht sein! In London geht man zu neunundneunzig Prozent davon aus, daß du mich mitnehmen wirst. Das ist dein Recht! Regine hat es mir versichert! Man erwartet deine Entscheidung spätestens Anfang Februar. Selbst Silberberg hat schon Instruktionen für den Fall gegeben. Bitte Edgar, verlange, was du willst! Ich bin bereit, alles zu tun!«

Sie versuchte sogar, verführerisch zu lächeln. Edgar hatte das Gefühl, als habe sie sich ihm unterworfen. Er wußte nicht, wie er sich richtig verhalten sollte. Tatsache war, daß sie alles wußte. Daß Silberberg sie unbedingt behalten wollte, war auch klar ...

»Warum willst du denn so dringend weg?« fragte er unsicher und biß sich auf die Lippe.

»Ich halte es nicht aus. Ich bin nicht stark genug. Ich habe nicht deine Kraft. Ich bin diesem perversen Menschen nicht gewachsen.«

Wieder fing sie an zu weinen. Edgar reichte ihr sein Taschentuch und sah sich um, ob sie jemand beobachtete. Aber das Café war fast leer, die Kellnerin stand gelangweilt hinter dem Tresen, und die Musik war laut genug.

»Komm, trink!«

Sie stürzte den Wodka herunter und blickte in das leere Glas, das sie mit den Fingern streichelte.

»Vor einer Woche hat er mich vergewaltigt. Und er wird es wieder tun. Er hat es mir angedroht!«

»Reich?«

Sie nickte, ohne aufzusehen.

»Aber ich denke«, sagte Edgar leise, »ihr ward mal zusammen.«

»Was!« rief Tanja, preßte die Hand vor den Mund und sah ihn entsetzt an.

Edgar begriff, daß alles, was Dr. Silberberg ihm untergeschoben hatte, nur dessen Zwecken diente. Er fand das nicht verwerflich, eher beispielhaft. So mußte man sich eben verhalten, wollte man die eigenen Ziele verwirklichen.

»Warum zeigst du ihn nicht an, Tanja? Du mußt dich gegen ihn wehren. Du hast keine andere Wahl!«

»Anzeigen? Was soll dabei herauskommen? Alle erfahren davon, und der Ausgang ist ungewiß. An mir bleibt in jedem Fall der Makel. Alle denken ... denken ... du und ich haben ein Verhältnis. Reich denkt das auch. Ich soll dir von ihm ausrichten, für eine Russenschlampe bin ich ganz gut, und wenn du Fragen hast, kannst du dich gerne an ihn wenden. Er wollte auch dich damit kränken, aber er glaubt wohl, ich habe mich nicht getraut, es dir zu erzählen. Und dabei bin ich genauso eine Deutsche wie die anderen«, fügte sie an, als würde es etwas erklären.

Das ist allein dein Problem, dachte Edgar. Ich lasse mich da nicht hineinziehen, und biß sich abermals heftig auf die Lippe.

Als Tanjas Schweigen ihm unerträglich wurde, sagte er: »Hör zu Tanja, ich kann dir nichts versprechen, aber ich werde mein Möglichstes tun! Ich möchte, daß du Silberberg morgen von der Vergewaltigung in Kenntnis setzt! Deine Position ...«

»Nein!« unterbrach sie ihn erschrocken. »Ich war mehrmals wegen Reichs Zudringlichkeiten bei Silberberg. Immer vergebens. Er findet Gefallen daran, er ist ein sadistischer Lüstling, das ist mein Eindruck, und kümmert sich um uns nicht!«

»Du hörst mir jetzt zu!« verlangte Edgar. »Du gehst zu ihm! Du erzählst ihm nichts von der Vergewaltigung. Ja, das ist viel intelligenter. Du gäbest dir andernfalls eine Blöße. Vertrau mir, Silberberg wartet nur darauf, daß du das Zepter in die Hand nimmst. Der versteht überhaupt nicht, warum du es nicht längst getan hast. Also, du gehst zu ihm und sagst ihm, daß du die Stelle des leitenden Architekten und ein eigenes Büro für dich beanspruchst!«

»Der lacht mich aus!«

»Unterbrich mich bitte nicht andauernd!« wies Edgar sie zurecht. »Wenn du nicht lernst zuzuhören, wirst du nie etwas verstehen! Du weißt, wer der Spitzel ist, sie ist sogar deine Freundin. Das heißt, daß du alle wesentlichen Informationen kennst, lange bevor Entscheidungen getroffen werden. Du weißt, welche Informationen verlangt werden und welche nicht. Das ist entscheidend! Ich sage dir jetzt etwas im Vertrauen und rechne auf deine Verschwiegenheit. Silberberg weiß zwar, daß es einen Spitzel gibt, aber nicht, wer es ist. Silberberg versucht auch zu verhindern, daß ich dich mit nach Shanghai nehme.«

Tanja hing an seinen Lippen und zwang sich, ihn nicht zu unterbrechen. Jetzt hielt sie sich den Mund zu.

»Er versucht das«, erklärte Edgar, »weil er weiß, daß er mit Reich und Kalk die Arbeit nicht bewältigen kann und in diesem Fall selbst von morgens bis abends am Computer zubringen müßte. Du bist seine Hoffnung. Er setzt dich aber nicht von selbst auf die Stelle des leitenden Architekten. Er vertritt die Ansicht, daß die Kinder unter seinen gütigen Augen ihre kleinen Rangeleien allein austragen müssen und keiner allein deshalb, weil er fleißiger und talentierter als die anderen ist, auch der Geeignete sein muß. Ich stimme ihm darin völlig zu. Solange Reich dich vergewaltigen kann, ist Reich in Silberbergs Augen der Überlegene. Er nutzt sogar den Umstand aus, daß du immer fleißiger arbeitest, um auf diese Art an Reich vorbeizukommen. Du mußt eigentlich nur begreifen, daß du es so nicht schaffst ... Also, du gehst morgen in sein Büro, und unterbreitest ihm deine Vorstellungen. Überleg dir heute nacht alles gut! Du mußt alles bedenken, und gib nie preis, was du weißt! Unter keinen Umständen! Es ist die letzte Karte, die du ausspielen kannst, wenn alles eine unvorhersehbare Wendung nimmt und du Kompromisse aushandeln mußt.«

»Nimm mich doch mit!« bat sie nochmals.

»Wir werden sehen. Erst einmal erwarte ich von dir, daß du umzusetzen versuchst, was ich dir gesagt habe. Ich würde meine Entscheidungen auch immer von deinen Ergebnissen abhängig machen ...«

Er sah sie eingehend und mit aufrichtigem Interesse an.

»Ich werde es versuchen!« erwiderte sie tapfer. »Wollen wir noch ein Gläschen trinken?«

»Nein«, entgegnete er entschieden, »du brauchst morgen einen klaren Kopf, und wenn du richtig über alles nachdenkst, wirst du selbst den Weg erkennen, der dich zum Filialleiter macht.«

16. KAPITEL

Edgar empfand die Firma wie einen Kindergarten. Bereits am Nachmittag des nächsten Tages wurde das Büro neben seinem für Tanja hergerichtet, und sie warf ihm, wann immer sie ihm begegnete, dankbare Blicke zu. Zum Feierabend machte Dr. Silberberg die Belegschaft mit Umstrukturierungen bekannt. Tanja Makarowa war mit sofortiger Wirkung leitende Architektin und Herr Kalk ihr Stellvertreter. Herr Reich wurde in eine unangenehme Schwebeposition mit unklarer Aussicht verbannt, die Silberberg mit den Worten umschrieb: »Wir hoffen für Sie, daß Sie das nächste halbe Jahr unseren Ansprüchen gemäß absolvieren werden.«

Zum ersten Mal hatte Edgar den Eindruck, daß Dr. Silberberg eine kraftlose, verbrauchte Figur machte, und als sie sich auf dem Flur begegneten und Silberberg merkwürdig verspannt feststellte: »Sie haben Ihre Lektionen tatsächlich nachhaltig exerziert«, entgegnete Edgar gelassen. »Sie sollten achtsam sein, wenn Sie ihre letzten drei Jahre in Würde zu Ende bringen wollen.«

»Wie meinen Sie das?«

Edgar blieb nicht einmal stehen. »Es wird nicht lange dauern, bis Frau Makorowa Ihre Stellung beanspruchen wird.«

Tanja blühte auf, lief lachend durch den Flur und drangsalierte Herrn Reich auf unbarmherzige Weise. Edgar wollte mit alldem nichts zu tun haben. Er mied Tanja und sagte alle Verabredungen mit ihr ab. Sie kam dennoch häufig in sein Büro, er aber schüttelte nur den Kopf und gab vor, keine Zeit zu habe. Er mußte immer wieder an den Moment denken, als sie ihn in dem Café unterwürfig angelächelt hatte. Anderes verband sich ihm nicht mit ihr.

Gerade ihr Verhalten, so fand er, belegte viele der von Silberberg entwickelten Thesen. In seinen Augen war gerade sie eine Mitarbeiterin, die es zu verwalten galt. Er gab Silberberg gegenüber nie zu, mit Tanja gesprochen oder sie beeinflußt zu haben, und auf dessen Frage, in welchem Verhältnis er eigentlich zu Frau Makarowa stehe, antwortete er: »In keinem!«

Es gefiel ihm, Silberberg ein falsches Bild von Tanja zu suggerieren, und er freute sich besonders über dessen offenkundige Verunsicherung. Dr. Silberberg erschien nur noch selten und wenn, dann kurz in Edgars Büro.

Die einzige, die seine Aufmerksamkeit herausforderte, war Frau Schmuck. Er wollte zu gern herausfinden, ob sie für Simon Blackwood spitzelte, wie Silberberg vermutet hatte, oder ob sie nicht eher, wie Edgar vermutete, für die Geschäftsführung in London tätig war.

Sie war eine kleine Frau Anfang vierzig mit furchtsamen Augen. Wenn Edgar sich mit ihr unterhielt, kicherte sie oft albern. Aber so entgegenkommend er sich auch gab, es blieb eine Distanz zwischen ihnen. Und als sie eines Tages sagte: »Also bitte, jetzt hören Sie doch endlich auf, so zu tun, als wenn Sie Interesse an mir hätten. Ich bin einige Jahre älter als Sie«, war er eigentümlich betroffen, ging in sein Büro und dachte dort lange über die Bemerkung nach. Fortan redete er nur noch selten mit ihr und nur, wenn es sich nicht vermeiden ließ. Aber er beobachtete sie mißtrauisch.

Eines Abends erschien Tanja mit einer Flasche Champagner. Er war schroff, wovon sie sich nicht abschrecken ließ. Sie trug ein enganliegendes, dunkelgrünes Kleid mit buntbesticktem Stehkragen. Selbst Edgar nahm zur Kenntnis, wie attraktiv sie aussah. Zu seiner Verwunderung wirkte sie ernst und zurückhaltend. Sie sagte nur einige Worte, und als er den Champagner eingeschenkt hatte, nahm sie das Glas, stellte sich dicht vor ihn und bat ihn, er solle ihr in die Augen sehen. Ihr Blick hatte eine schwindelerregende Tiefe. Sie standen im Halbdunkel, unmittelbar neben dem Sessel. Das Licht der Bogenlampe verlor sich auf dem Schreibtisch. Ihm war beklommen, und er schaute mit einer solchen Ratlosigkeit in ihre Augen, daß sie ihn noch eindringlicher ansah. Dann sagte sie leise, aber sehr deutlich: »Ich danke dir für deine Menschlichkeit!«

Als sie ihn wenig später verließ, dachte Edgar, in meinem jetzigen Leben gibt es keine Zufälle, da hat Silberberg absolut recht, hier taktierte jeder seinen Fähigkeiten gemäß. Hajo Reichs Verhalten Tanja gegenüber ist vorhersehbar gewesen. Silberberg hat es vorhergesehen, und daß Tanja sich in ihrer Verzweiflung und mit den ihr zu Gebote stehenden Mitteln an mich gewandt hat, war auch vorhersehbar. Ich hätte nur genauer aufpassen müssen! Damit hat Tanja Erfolg. Was will sie mehr? Das bedeutet, daß sie dieses Mittel wieder einsetzen wird, sobald sie in eine schwierige Lage gerät. So wird sie auch die geheimen Informationen von Frau Schmuck erhalten. Mit Sicherheit weiß Frau Schmuck von den Vergewaltigungen. Tanjas Taktik ist einfach, sie erregt Anteilnahme und menschliches Verständnis. Dr. Silberberg taktiert mit zynischer Kälte, Halbwahrheiten und indem er Konstellationen schafft, in denen Mitarbeiter sich gegeneinander ausspielen. Kalk und Reich taktieren mit Drohung und Einschüchterung. Das alles ist leicht überschaubar, wenn ich genau aufpasse!

Zu seinem neunundzwanzigsten Geburtstag leistete sich Edgar ein Essen in einem teuren Restaurant. Es war ihm von Kollegen empfohlen worden, er hatte reservieren müssen und aß gerade den dritten Gang, als sein Handy summte. Es war halb zehn, er befürchtete, es sei Johanna, von der er seit ihrem Besuch nichts mehr gehört hatte, aber es war Viktor, der mit dunkler Stimme sagte: »Ich bin in Stuttgart. Können wir uns treffen?«

Eine viertel Stunde später nahm Viktor auf dem Stuhl gegenüber Platz. Edgar erschrak bei dessen Anblick, so erschöpft, verbraucht und alt sah er aus. Er wollte weder essen noch trinken, bestellte dann aber Kaffee.

»Was machst du hier? Was ist denn los?« erkundigte Edgar sich besorgt.

»Kannst du für einen Tag mit mir nach Berlin kommen«, bat Viktor. »Johanna liegt im Krankenhaus. Es geht ihr schlecht. Die Ärzte wissen nicht, ob sie es schaffen wird. Ich will nichts unversucht lassen. Sie haben mir geraten, liebe und vertraute Menschen zu ihr zu bringen, damit sie den Lebenswillen wiederfindet. Und du weißt ja, wie wichtig ihr die Freundschaft zu dir immer war.«

»Kaum«, antwortete Edgar. »Ich gehe in zehn Tagen als leitender Architekt nach China und habe wirklich alle Hände voll zu tun. Nein, ich habe keine Zeit. Beim besten Willen nicht. Und offen gesagt, sie und mich verbindet auch nichts mehr. Sie wird ausgerechnet mich bestimmt gar nicht sehen wollen. Was ist denn geschehen?«

Aber anstatt zu antworten, fragte Viktor: »Wie kommst du darauf?«

»Sie war hier.«

»Was? Was wollte sie?«

Edgar erzählte es ihm. Viktors Gesicht war grau wie Beton. Langsam, als müsse er sich ständig aufs neue besinnen, berichtete er schließlich von dem Prozeß. Neu daran war für Edgar nur, daß die Richterin die Schwangerschaft für aufgezwungen angesehen und Johannas Forderung auf das alleinige Sorgerecht als egoistisch und unreif bewertet hatte. Von da an sei Johanna nervös, melancholisch, zeitweise sogar depressiv gewesen. Den Gedanken, ihre Veränderung könne mit dem entgangenen Geld Hafersacks in Zusammenhang stehen, wies Viktor entschieden zurück. Für ihn lag es einzig an dem Verlust des Kindes, den Johanna nicht verwinden konnte. Ihm war unerklärlich, wie sie, ohne sein Wissen, nach Stuttgart hatte fahren können und obendrein, um Edgar ihre Liebe zu gestehen. Daß er Alkoholiker sein solle und sie sich deshalb von ihm getrennt habe, war Viktor ebenso unbegreiflich. Und alles schrieb er ihrer damaligen geistigen Verfassung zu, die ihn vom Tage der Urteilsverkündung an mit wachsender Sorge erfüllt und schließlich mit Johannas Selbstmordversuch geendet hatte. Sie hatte versucht, sich in ihrer Küche zu vergasen, und war im letzten Moment gerettet worden.

»Ich liebe sie. Ich würde alles für sie tun«, sagte Viktor.

Edgar empfand Mitleid für den bulligen Mann, dessen graues Gesicht vom Schmerz gezeichnet war, aber helfen, helfen konnte er ihm nicht. Er wußte auch nicht, was er von der Geschichte halten sollte. Er wollte Johanna nichts unterstellen, aber sie war ihm bei ihrem Besuch völlig normal vorgekommen.

Sie hat genau gewußt, was sie wollte, dachte Edgar, und den Selbstmordversuch hat sie unternommen, weil sie ihre Felle wegschwimmen sah, aber das sollte ich Viktor in seiner Verfassung nicht sagen.

Sie sprachen über Edgars Karriere. Viktor wirkte interessiert, vor allem von seinen Sorgen abgelenkt, und meinte: »Dann bin ich ja nicht völlig umsonst hergekommen und kann dich wenigstens gebührend verabschieden.«

Edgar erinnerte ihn, daß sie sich auf den Tag vor einem Jahr kennengelernt hatten und er es so genau wisse, weil es sein Geburtstag war.

Viktor gratulierte. Er hatte wieder etwas Farbe bekommen und freute sich jetzt sogar darüber, daß ihn seine »kindische Unruhe« hergetrieben hatte. Übernachten wollte er um keinen Preis in Stuttgart, dafür sei er einfach zu besorgt, erklärte er.

Edgar brachte ihn zum Flugplatz und wünschte ihm und Johanna Glück. Sie entschieden, ihr keine Grüße zu übermitteln, um sich nicht unnötig aufzuregen, und als sie sich zum Abschied umarmten, sagte Viktor: »Hoffentlich sehen wir uns nie wieder.«

Damit hatte er Edgar, der sich beschwingt auf den Heimweg machte, aus dem Herzen gesprochen.

Dr. Silberberg war im Urlaub und hatte die Firmenleitung Tanja übertragen, die sich über Edgars Unbeschwertheit nicht wenig wunderte. In ihren Augen war er über Nacht ein anderer Mensch geworden. Sie freute sich, daß er sie vor den Kollegen duzte. Daß er sie zur Begrüßung in den Arm nahm und auf die Wange küßte, schmeichelte ihr.

Abend für Abend lud er sie zum Essen ein, hörte mit Vorliebe ihre Familiengeschichten und stellte allerlei Fragen über ihr Leben in Rußland. Auch er erzählte ungezwungen aus der Kindheit und vom frühen Tod seiner Mutter. Sie waren sich schnell nähergekommen, und eines Abends offenbarte Tanja ihm, daß Frau Schmuck die Informationen ausschließlich für Mr. Blackwood beschaffe. Edgar bewegte das ihm entgegenbrachte Vertrauen. Er hatte sie nicht darum gebeten. Nach kurzem Überlegen fragte er, ob es ihr recht wäre, wenn sie auch weiterhin miteinander in Verbindung blieben. Tanja willigte sofort ein. In jener Nacht schlief er bei ihr.

Zwei Tage vor seiner Abreise, er war auf dem Weg zu Tanja, summte sein Handy. An der Nummer sah er, daß es Johanna war. Er nahm nicht an. Wenig später erhielt er eine Nachricht: *Warte bei Frau Großkopf. Bitte beeile dich! Deine Johanna.*

Edgar erstarrte, als hätte man ihm einen Eimer kaltes Wasser über den Kopf geschüttet. Dann stürmte er wutgeladen nach Hause. In der Diele erblickte er voller Entsetzen mehrere große Reisekoffer und zahlreiche kleinere Gepäckstücke. In seinen Schläfen rauschte es. Die Tür zu Frau Großkopfs guter Stube stand offen. Er trat ein und war sprachlos. Johanna und Frau Großkopf saßen am Tisch, tranken Kaffee und unterhielten sich angeregt. Als Johanna ihn bemerkte, kam sie freudig auf ihn zu und umarmte ihn.

»Was soll das?« murmelte Edgar.

Frau Großkopf hatte sich erhoben und sagte vorwurfsvoll: »Daß Sie eine so hübsche und nette Frau haben, hätten Sie mir aber sagen müssen.«

»Ich wußte es selbst nicht«, erwiderte er bebend und sah in Frau Großkopfs erstauntes Gesicht.

Dann befreite er sich aus Johannas Armen, die entschuldigend meinte: »So ist er leider manchmal. Merkwürdige Art von Humor, finden Sie nicht auch? Wir gehen erst einmal hinauf in seine Wohung, und ich rede mit ihm. Nachher können wir uns ja wieder zusammensetzen.«

Sie faßte Edgar unter den Arm und schob ihn Richtung Tür.

»Ist Ihnen nicht gut?« fragte Frau Großkopf, der Edgars entgeisterter Gesichtsaudruck nicht entgangen war. »Ich denke, Ihre Frau war so lange krank?«

»Das ist nur die Überraschung«, antwortete Johanna, und führte Edgar hinaus.

»Bist du wahnsinnig?« fragte er auf der Treppe.

»Laß uns lieber erst in deinem Zimmer sprechen«, hauchte sie ihm zu.

Dort angekommen, fragte er sie nochmals, ob sie wahnsinnig sei. Sie hatte sich mit dem Rücken gegen die Tür gelehnt und antwortete: »Wahnsinnig verliebt in dich bin ich.«

»Ich werde jetzt die Polizei rufen«, sagte er, sich zur Ruhe zwingend und zog das Handy aus der Tasche.

»Das würde ich an deiner Stelle nicht tun«, riet sie ihm. »Dann könnte es passieren, daß wir nicht nach Shanghai fliegen.«

»Wie bitte?«

Edgar wählte die Nummer.

»Ich kenne euer kleines Geheimnis! Viktor hat es mir verraten!«

Edgars sah sie an, dann auf das Handy und steckte es zurück in die Hosentasche. Er war keines klaren Gedankens fähig und hörte ihr zu, ohne genau zu verstehen, was sie erzählte.

»Hättest du mich nicht zurückgewiesen, hätte ich nicht versucht mich umzubringen. Du bist meine große Liebe, Edgar. Ohne dich kann ich nicht leben. Vor allem hättest du Viktor nicht sagen dürfen, daß ich bei dir gewesen bin. Kann sein, daß er dich als Rivalen empfunden hat.

Als es mir ziemlich schlecht ging und niemand wußte, ob ich überleben werde, hat er mir alles erzählt. Nett, nicht? Der Idiot liebt mich nämlich so sehr, daß er dachte, wenn er sein ganzes lächerliches Leben vor mir ausbreitet – und da ist dein Mord mit Abstand das Interessanteste –, würde ich bei ihm bleiben und ihn heiraten. Diesen Versager, daß ich nicht lache! Es war mein größter Fehler, mich auf ihn überhaupt eingelassen zu haben. Du solltest ihm übrigens nicht sagen, daß ich bei dir bin. Er ist rasend eifersüchtig und zu allem fähig, um mich zurückzubekommen. Er denkt, ich wäre für zwei Wochen bei meinen Eltern zur Erholung und hat mir hoch und heilig versprochen, mich nur einmal am Tag anzurufen. Also falls ...«

»Und was willst du von mir?« fuhr Edgar sie an, dem das Ausmaß ihrer Worte allmählich zu dämmern begann.

»Wir fliegen gemeinsam und bauen uns ein Leben auf. Wie es funktioniert, werden wir sehen. Wenn du ehrlich bist, Edgar, weißt du selbst ganz genau, daß du mich von Anfang an geliebt hast und mich auch jetzt noch liebst. Eigentlich gibt es also kein Problem. Jedenfalls gibt es keine akzeptable Alternative.«

»Wärst du auch hier, wenn du das Geld bekommen hättest?« fragte Edgar mit belegter Stimme und wußte im selben Moment, wie lächerlich die Frage war.

»Wahrscheinlich nicht. Geld soll über vieles hinwegtrösten. Ich weiß es nicht, ich habe keins.«

Wie kalt und berechnend sie ist, dachte er. Sie würde nicht eine Sekunde zögern, zur Polizei zu gehen. Viktor, dieser gefühlsduselige Trottel, muß wahnsinnig geworden sein!

»Vielleicht könnte ich dich monatlich unterstützen«, schlug Edgar vorsichtig vor.

»Das erwarte ich von meinem Mann als Selbstverständlichkeit«, antwortete sie lächelnd und setzte sich an das runde Tischchen. »Ich schlafe heute hier. Du solltest dich nicht wie damals anstellen. Du weißt, ich liebe Nächte, in denen ich umsorgt und gestreichelt werde.«

»Ich muß noch mal weg!« stieß er voller Abscheu hervor und ging zur Tür.

»Sei bitte gegen zehn zurück!« sagte sie. »Die nette Vermieterin geht um die Zeit schlafen, und wir haben keinen Fernseher.«

Edgar atmete tief durch, dann stürmte er hinaus. Die kalte Luft tat gut. Es war wie früher, ach, es war schlimmer als je zuvor. Dann summte sein Handy. Es war Tanja, er hatte sie völlig vergessen und entschuldigte sich umständlich. Ihre Stimme hatte einen liebenswerten Klang. Er mußte Tanja irgendeine Erklärung geben! Auf dem Weg zu ihr legte er sich eine Geschichte zurecht. Tanja zeigte großes Verständnis, als er ihr fahrig vorlog, daß seine Tante gestorben sei und er, als einziger Verwandter, sich um alles zu kümmern habe und sie hier und jetzt Abschied nehmen müßten. Er versicherte ihr, sich sofort nach seiner Ankunft in China zu melden, dann verließ er sie eilig vor Angst, zu spät nach Hause zu kommen.

Auf dem Heimweg dachte er, außer Frau Großkopf weiß niemand, daß sie mit mir nach Shanghai fliegt. Aber wenn man Frau Großkopf ein Foto von ihr vorlegt, wird sie Johanna wiedererkennen. Außerdem wissen sie es sowieso. Sie muß sich anmelden, hundert Formulare ausfüllen ... Es ist sinnlos.

Johanna saß mit Frau Großkopf bei selbstgemachtem Kirschlikör. Notgedrungen setzte sich Edgar zu ihnen und trank ein Gläschen mit.

Johanna meinte: »Sehen Sie, jetzt hat er sich wieder gefangen. Das ist der Arbeitsstreß.«

Frau Großkopf fand, daß er heute besonders schlecht aussehe. Edgar sprach kein Wort und ging mit Leichenbittermiene anschließend ins Bett.

Das Bett war schmal. Er hatte nur eine Decke und lag so eng wie möglich an die Wand gedrängt, regungslos und steif wie ein Stock. Als Johanna sich wenig später zu ihm legte und an ihn schmiegte, fühlte er, das sie nackt war. Dann faßte sie in seine Schlafanzughose. Er sprang auf. »So geht das nicht!« schrie er sie an.

»Wie sonst?« fragte sie belustigt.

Er zog sich an, schob die Sessel zusammen, setzte sich hinein und bemühte sich, ihre zynischen Bemerkungen über ein harmonisches Eheleben zu überhören.

Schlaf fand er weder in dieser, noch in der nächsten Nacht. Verzweifelt sann er nach einem Ausweg und spielte die absurdesten Möglichkeiten wieder und wieder durch. Sich der Polizei zu stellen, schien ihm vernünftiger, als sich in Johannas Hand zu begeben oder darauf zu warten, bis Viktor irgendwann herausfände, wo sie war, und ihn aus lauter Eifersucht anzeigen würde. Viktor, da war er sich sicher, würde alles tun, um seine geliebte Johanna zurückzubekommen.

Als er mit ihr im Flugzeug saß, glaubte er, daß es zwangsläufig zu einer Katastrophe kommen müßte. Wie sollte er an Johannas Seite seine Arbeit erledigen? Wie sollte er diesem doppelten Druck standhalten? Würde sie ihm gestatten, bis in die Nächte hinein zu arbeiten? Das wäre ja gut. Er mußte es abwarten. Am einfachsten wäre an ihr Rache zu nehmen, wenn er sich in ein, zwei Monaten der Polizei stellen würde und sie mittellos in Shanghai zurückbliebe. Aber was half ihm das? Konnte er ihr vielleicht sogar damit drohen, sich selbst anzuzeigen und so einen Kompromiß mit ihr aushandeln?

»Wir sollten so schnell wie möglich heiraten«, sagte sie und faßte seine Hand.

Er rührte sich nicht.

Die chinesische Stewardeß kontrollierte lächelnd, ob die Gurte angelegt waren. Edgar wandte langsam seinen Kopf in Johannas Richtung und musterte sie aufmerksam von der Seite. Sie bemerkte es nicht. Man darf sie nicht finden, dachte er. Man muß das alles nur sorgsam planen. Ich muß es sorgsam planen! Wie schlank ihr Hals ist. Ich glaube, ich könnte ihn mit einer Hand umfassen. Sie muß doch begreifen, daß es nur um Arbeit geht. Nur um Arbeit!

ISBN 978-3-360-01913-4

Umschlaggestaltung: www.buchgestalter.net
unter Verwendung des Gemäldes »Bildnis Paul Guillaume«
von Amedeo Modigliani
Druck und Bindung: Salzland Druck GmbH, Staßfurt

Ein Verlagsverzeichnis schicken wir Ihnen gern:
Das Neue Berlin Verlagsgesellschaft mbH
Neue Grünstr. 18, 10179 Berlin
Tel. 01805/30 99 99 (0,14 Euro/Min.)

Die Bücher des Verlags Das Neue Berlin erscheinen
in der Eulenspiegel Verlagsgruppe.
www.das-neue-berlin.de